Sezon Burz

風暴季節

Andrzej Sapkowski

安傑・薩普科夫斯基——著 葉祉君——譯

獵魔士

風暴季節

目次

科維爾
卡爾默罕
溫萊赫河
布拉河
布宜那河
大
瀚
海
亞得克拉格
青
雷達尼亞
喀艾德
拿威格拉德
特雷托格
奧克森福特
麗克賽拉河
彭達爾河
亞丁
特馬利亞
葛思維冷
奇達里士
奇達里士
艾蘭德
維吉馬
布蘭薩納谷
紫
科拉克
阿達樂特河
布
洛
奇
隆
馬
哈
喀
姆
維爾登
卡本山
利里亞
絲帶河
厚特拉河
布魯格
下索登
山
亞魯加河
上索登
伊那河
安
格
崙
琴特拉
亞梅兒山
納澤爾

慈善的天神啊！
從魍魎魑魅、地獄惡鬼、
長爪禽獸及夜襲之物手中
拯救我們吧！

《康瓦爾連禱文》
——西元十四至十五世紀

人們說，進步會照亮幽冥。
但黑暗永遠都會存在。
而黑暗之中永遠都有邪惡，
黑暗之中永遠都有尖牙、利爪、殺戮與鮮血。
在夜晚出襲的東西永遠都會存在。
而我們——獵魔士——之所以存在
就是要狙殺這些東西。

——卡爾默罕之維瑟米爾

與怪物戰鬥的人，當心了，可別自己也成了怪物。當你往深淵裡看久了，深淵也會看進你的內心。

《善惡的彼岸》
——尼采

我認爲往深淵裡看這件事根本就很愚蠢，這世上多得是更值得看的事。

《詩的半世紀》
——亞斯克爾

第一章

牠之所以活著，只爲殺戮。

牠趴在被太陽曬熱的沙地上。

牠感覺到一股震動，透過貼在地面上、滿是絨毛的觸角與剛毛傳來。雖然發出震動的位置尚遠，異得卻已經精準察覺，這讓牠不只能辨出祭品的方位與移動節奏，也抓出了祭品的重量。對大多數像異得這樣的掠食者來說，得知獵物的重量優於一切——跟蹤、攻擊與追捕代表需消耗能量，而能量得靠進食補充。通常像異得這樣的掠食者，在察覺獵物過小時，都會放棄攻擊，但異得卻不一樣。異得之所以存在，不是爲了要塡飽肚子、延續種族。這不是牠被創造出來的目的。

牠之所以活著，只爲殺戮。

一條腿肢從大樹倒下所留的凹洞中，小心翼翼地探出。只見一生物爬過腐幹，大跨三步跳出凹洞，如幽魂般閃過林間空地，躲進長了蕨類的下層植被，沒入密林。那生物快速而無聲地移動，忽而快跑，忽而跳躍，有如巨大的蚱蜢。

牠跳進乾燥而濃密的樹叢裡，將段段分明的甲腹貼到地面。土壤中傳來的震動越來越明顯。異得將頰鬚與剛毛感受到的震波組成了一個畫面、一個計畫。牠已經知道該從哪個方向接近祭品，在哪裡阻擋對方去路，該怎麼逼對方撤逃，該跳多大步才能從後面撲倒對方，該從多高的地方下手攻擊，用刀刃般的利顎將對方大卸八塊。一波波震動與脈衝已在牠體內堆出喜悅，那是身下壓著不斷掙扎祭品時所能帶來的喜悅，那是熱騰騰的鮮血味道所能帶來的欣快；那是哀號劃破空氣時所能帶來的歡愉。牠微微抖了一下，不斷收放螯鉗與節肢。

地面的震動非常清晰，差異也愈發明顯。此時異得已知道祭品不只一個，而是約莫三個，說不準是四個。其中兩個發出震動的方式沒什麼異常，第三個則顯示了對方的體型與重量甚小。至於那第四個——假使真的有第四個祭品——所發出的震動微弱而不規律，若有似無。異得定住不動，挺直身子，將觸角伸到草叢外，檢視空氣的流動。

地面的震動終於傳出異得一直在等待的訊號。祭品散了開來。其中一個，也就是最小的那一個，留在後方。而那第四個，也就是態勢未明的那個，則是消失了。看來那是假訊號、騙人的反射音，於是異得選擇忽略。

最小的祭品離其他人又遠了些。地面的震動轉強、轉近。異得將後肢一蹬，凌空躍起。

□

小女孩嚇得放聲大叫。她不但沒有逃開，還僵在原地，尖叫連連。

□

獵魔士縱身一跳，拔出利劍，往她衝去，但馬上便察覺事情不太對勁。他發現自己被引到空地上。

推著一車乾柴枝的男人發出慘叫，當著傑洛特的面飛上了一噚高，男人才剛摔下來，馬上又飛了起來，只是這回成了兩團血淋淋的肉塊，不再慘叫。這會兒，發出尖叫的換成了一名女人，她和她女兒一樣，也嚇得僵在原地、動彈不得。

獵魔士原已不抱希望，未想竟成功救了那女人。獵魔士跳過去，大力一推，將小徑上渾身是血的女人往樹林推，推進了蕨類叢裡。不過他馬上便發現這是個陷阱，是對方的詭計，因爲那個灰色、扁平、多腳、速度快得離譜的東西，已經遠離推車和首位受害者，往另一個方向奔去。牠的目標是依舊叫個不停的女孩。傑洛特見狀，立即跟了過去。

要是那女孩仍舊杵在原地，那他肯定來不及，不過女孩還不至於失去思考能力，見對方殺來，便拔腿死命狂奔。即便如此，灰色怪物還是可以輕易地追上她——追上女孩並殺了她，然後再掉頭，好把女人也殺了。要不是獵魔士當時在那裡，牠想必會得手。

獵魔士追上怪物，縱身一跳，單腳用鞋跟壓碎牠的一條後肢。灰色生物抽身閃躲，動作異常靈巧，鐮刀般的利鉗也順勢開剪，只差分毫便命中目標，若不是獵魔士立刻跳開，也會像牠那樣丟了一條腿。獵魔士還沒找回平衡，怪物又蹬地起跳，繼續發動攻勢。傑洛特爲求自保，反射性大大揮出一劍將怪物打回，攻勢頗爲凌亂。此舉雖稱不上進攻，卻也讓他奪回了主導權。

他率先發難，來到怪物面前，從牠的耳朵砍了下去，將牠頭胸部的甲殼整個切開，趁怪物尚未回神，又使出第二劍削掉牠的左顎。怪物張牙舞爪朝他衝去，像野牛般試圖用殘存的口顎刺向他。獵魔士把牠另一邊顎骨也打掉，反手一劍削去牠一條觸肢，再給牠的頭胸部一個重擊。

□

異得終於發現自己身陷險境，必須逃命。牠得逃命，逃得遠遠的，牠要躲起來、藏起來。牠之所以活著，就是爲了殺戮。爲了繼續殺戮，現在牠必須撤退。牠必須逃命……必須逃命……

□

獵魔士不容牠奔逃，追了上去，一腳踩在牠身體後半部，從上方狠狠砍下一劍。這一回，怪物頭胸部的甲殼被砍了開來，近綠色的濃稠血液隨之從裡頭往外噴洩。怪物不斷掙扎，按在地上的足肢瘋狂地又撥又踢。

獵魔士再度出劍，這回把怪物扁平的頭部與其他部分徹底分開。

戰鬥結束後，他大大鬆了口氣。

遠處響起雷聲。突然颳起的強風與快速轉暗的天色，預告著暴風雨即將來襲。

□

阿爾貝特・斯穆卡是新上任的市長，傑洛特對他的第一印象是一顆蕪菁，因爲他的身材偏圓，好像沒洗乾淨，看起來皮很厚，而且基本上不是有趣的人。換句話說，這人和他接觸過的市鎮級官員相比，沒什麼兩樣。

「人家說，最會對付麻煩的就是獵魔士。看起來，這話的確不假。」市長說。

等了一會兒，見傑洛特沒有任何反應，市長便又說：「我的前任尤納斯對你可是讚不絕口啊。你知道嗎？我本來當他只是在吹牛呢。我是說，他所說的，我並沒有照單全收。我知道這話呢，就像故事一樣，越說就越離奇，尤其是對那些民智未開，動不動就把奇蹟、奇事，再不然就是什麼力量超凡的獵魔士掛在嘴邊的人來說，更是這樣。結果你親自出馬示範，果然是眞的假不了。小溪後頭的針葉老林那邊，死的人多到數不完，不過那條路進城比較快，所以總是有蠢蛋往那邊走……去送死，把別人的警告都當成了耳邊風。現在這種世道，最好不要在荒野到處晃，也別到森林亂逛。四處都是怪物，是吃人的東西啊。特馬利亞的圖凱山那邊，才剛發生可怕的事——有個幽靈從林子裡跑出來，殺掉煤礦村裡十五個人。那村子叫獸角村，你一定聽過吧？我要是有半句假話，就罰我天打雷劈。好像連巫師也跑到獸角村去調查了呢。不過這些故事其實也沒什麼好說的，我們在安塞吉斯，安全得很，而這都多虧了你。」

他從櫃子裡拿出一個盒子，將紙攤在桌上，然後把羽毛筆放進墨水裡沾了沾。

「你答應過會殺了那可怕的東西。」他開口道，但沒有抬頭。「現在看來，你的確不是空口說白話。就一個浪人而言，你很守信用……救了那些人，救了那婆娘與丫頭。她們起碼有向你道謝吧？有向你下跪嗎？」

她們沒有下跪，獵魔士咬緊了牙關，因為她們還沒從驚嚇中回神，而我在她們穩下心神之前，就會離開這裡。在她們明白我因爲太過自負，以爲自己可以把三個人都保住，所以把她們當作誘餌利用之前，我就會離開這裡。在那女孩想到之前，在那女孩明白自己之所以會成爲半個孤兒，都是我的錯之前，我就會離開這裡。

他感覺很糟。這一定是他在戰鬥前用了鍊金藥水的關係，一定是這樣。

「那隻怪物眞是奇醜無比，」市長將沙撒在紙上，再抖到地板上。「他們把屍體帶回來的時候，我有仔細看了一下……那玩意是什麼來頭？」

關於這一點，傑洛特其實也不確定，卻不打算讓對方知道。

「阿拉赫諾魔而孚。」

阿爾貝特．斯穆卡動了動嘴唇，卻沒有辦法複述。

「呿，隨便啦，管牠去死。你就是用這支劍砍了牠嗎？用這口劍刃？可以看一下嗎？」

「不可以。」

「哈，這想必是下了咒的劍吧。而且一定很貴……很飢渴……不過我們在這裡閒扯淡，時間卻是不等人。任務完成，該付錢了。在正式辦妥前，先在收據上簽收一下，呃，畫個十字或什麼符號都行。」

獵魔士接過收據，轉向光源。

「您看吧。」市長輕蔑地搖了搖頭。「怎麼？您識字啊？」

傑洛特把那張紙放到桌上，推向官員，平靜地低聲說：

「這份文件裡有個小錯誤。我們講好的是五十克朗，收據上寫的是八十。」

阿爾貝特．斯穆卡將下巴抵到交疊的雙掌上。

「這不是錯誤。」他的聲音也沉了些。「這是讚賞。你殺了可怕的怪物，而這顯然不是簡單的差事……所以這種金額絕對不讓人意外……」

「最好是，別裝無辜。你想讓我相信尤納斯在主政的時候，沒有開過這種收據給你？我敢拿人頭保證……」

「我不明白。」

「保證什麼？」傑洛特打斷他：「他故意報高收據，再把從王庫多揩來的錢財和我對分？」

「對分？」市長輕蔑地勾起嘴角。「別太誇張，獵魔士，別太誇張了。你算哪根蔥？這差額你只能分三分之一。十克朗。反正對你來說，這已經是高額獎金了。光憑我的身分，就該多拿一點。作爲一國的官員，身家就應該要豐厚。官員的身家越厚，就代表國家的威望越高。話說回來，你又懂什麼？這場對話已經讓我覺得乏味了，收據你簽是不簽？」

雨水不斷敲打在屋頂上，外頭傾盆大雨，不過雷聲已停，風暴已遠。

插曲

兩日後

「來，請。」科拉克的國王貝路宏傲慢地點點頭。「請。來人！賜座！」

廳裡的拱頂有天花板裝飾，還畫了一艘在浪花中的帆船，周圍有一群海神衛隊與馬頭魚尾怪，還有幾隻長得像龍蝦的生物。廳裡還有另一幅畫，是世界地圖，畫在廳裡的其中一面牆上。珊瑚從很久以前起，便一直認爲這幅壁畫是張夢幻地圖，上頭的陸地及海洋幾乎完全不符合它們實際的位置，但卻畫得很好看、很有品味。

兩名侍僕吃力搬來一張沉重但雕刻精細的扶手椅。女巫坐上去，並將雙手擱到手把上，能讓人清楚看見綴滿紅寶石的手鏈，不會被忽視。她經過梳整的頭髮上也戴著一頂小巧的紅寶石冠，而深開的領口上則躺著一片紅寶石頸鏈。這一切都是爲了這場王室晉見而準備，她想讓人留下深刻的印象，而她也的確做到了。貝路宏國王睜大了雙眼，只是不知他看的是紅寶石，還是那領口。

歐斯米克之子貝路宏可說是科拉克頭一代繼承王位的國王。他的父親靠著海洋貿易——似乎有一小部分來自海上劫掠——積攢了不少身家。歐斯米克在解決競爭對手、獨霸當地沿海貿易權後，自稱爲王，而那紙自行加冕書基本上也只是將現狀正式化，因此沒有引發太多爭議，也沒有激起任何反對。與維爾登和奇達里士等鄰國間的疆界及權力衝突，歐斯米克也早在先前的大小私人戰役中便一一平定，因此科拉克的疆界起迄、掌權之人，皆不由分說。既然掌了權，也就成了王，當然該享有適當的頭銜，而這種頭銜自然也依序傳了下去，權力從父親手上轉到了兒子手上。所以，當身為兒子的貝路宏在父親歐斯米克死後坐上王位時，也沒有人覺得奇怪。其實歐斯米克的兒子不只一個，除了貝路宏，大概還有四個，但所有人都放棄了繼承權，其中一人甚至還是自願的呢。貝路宏就照著這種方式統治科拉克超過二十個年頭，並循家族傳統，靠造船工業、運輸、捕魚及海上劫掠獲利。

而現在，接見來賓的貝路宏國王，頭戴紫貂氈帽、手拿權杖、身坐寶座，居高臨下的姿態有如那牛糞裡威風凜凜的條紋糞金龜。

「我們親愛的莉塔・奈德女士，」他歡迎道：「我們最愛的莉塔・奈德女巫，又再度大駕光臨科拉克。這回想必會待得更久一些吧？」

「如果國王陛下您恩准的話。」珊瑚挑逗地將一條腿疊到了另一條腿上。「海風對我有益。」

國王的視線掃過坐在一旁的兩名兒子。兩人都長得像樹幹，一點也不像父親——骨瘦如柴，青筋滿布，身高也無可讓人驚艷之處。這兩人看起來其實也不像兄弟。哥哥艾格蒙的髮色黑如烏鴉，年紀只小了一點點的山德則是金髮，看起來幾乎像個白子。兩人都冷冷地看著莉塔・奈德，顯然被她享有的特權給激怒。這是屬於巫師的特權，可以在國王面前坐下，在晉見時獲得賜座。這份特權在世界各地皆適用，自忖文明之人都不會藐視它，而貝路宏的兩個兒子非常希望被視為文明之人。

「我們會給您這份恩准，不過有附帶條件。」貝路宏慢條斯理地說，語帶保留。

珊瑚舉起一隻手，煞有介事地盯著指甲瞧。這舉止意在告訴貝路宏，她對他的條件一點也不在乎。

國王並沒有讀出她動作的含意。若他真的讀出了，也只能說他很巧妙地掩飾掉了。

「咱們聽說，」他面有慍色地說：「如果有娘兒們不想要孩子，親愛的莉塔・奈德女士您會為她們提供湯藥；至於那些已懷了身孕的，您會替她們打胎。在我們科拉克，可是把這種交易視為不道德。」

「對於女人生來就有的權利，那是鐵錚錚的事實，不能說不道德。」珊瑚不帶感情地說。

聞言，坐在寶座裡的國王挺直削瘦身子說：「女人有權對男人期待的，就只有兩個禮物：夏天是受孕，冬天是雙薄草鞋。不管是第一個禮物，還是第二個，目的都是要把女人鎖在家裡，因為家就是女人該待的地方，這是女人的天命。挺著大肚子、裙襬還被孩子揪著的女人不會離開家，腦子裡也不會有任何愚蠢的想法，而這能讓男人安心。男人的心安了，就能努力工作，也才能為他的統治者累積財產。而男人只要工作得滿頭大汗、喘不過氣，對婚姻生活感到滿意，腦子裡也不會有任何愚蠢的想法。要是有人對女人灌輸想生才生、不想生就不用生的觀念，再加上要是有人給她們提點方法、給她們手段，到那時候，親愛的女士，社會的秩序就開始要亂了。」

「就是這樣。」終於逮到時機的山德王子插嘴道。「說得沒錯！」

貝路宏接著說：「不願生育的女人，沒被肚子、搖籃與小鬼頭綁在家裡的女人，很快就會屈服在情慾下，這是再清楚不過、想避也避不了的事。到那時候，男人就會失去內心的平靜，也就不再安心，原本心中的和諧便會出現衝突，造成混亂，哼，到時就會沒了和諧、沒了秩序。尤其是這秩序，這可是男人辛勤工作的基礎，而這些男人辛勤工作得來，最後由我收割的成果，也會跟著沒了。這種思想只要再多發展一些，就會讓社會出現動盪，出現叛亂、暴動與造反，這樣妳明白了嗎，奈德？給娘兒們避孕措施或是終止懷孕，就是破壞社會秩序，製造騷動和暴動。」

「就是這樣，說得沒錯！」山德插嘴道。

莉塔對於貝路宏耍權威的派頭根本無動於衷。身為女巫，她十分清楚沒有人動得了自己，而國王能做的，也只有耍耍那張嘴皮子罷了。他的王國早就充滿衝突與混亂，秩序所剩無幾。至於所謂的「和諧」，聽在人民耳裡不過就是一種無意義的單詞罷了。而把這些和女人、母性或是不願生育混在一起，只證明了他不單有厭女症，還是個白痴。即便如此，她還是忍了下來，沒有無情地點出這些事實，反倒開口說道：

「在你長年的統治裡，增加財富這個議題一直都是重點。我很明白你的心情，因為我對自己的財富同樣愛不釋手，程度不在話下。不管在什麼情況下，我都不會放棄財富所能為我提供的保障。我認為想生就生、不想生就不生是女性應有的權利，不過並不想就這一點和你爭論，畢竟擁有自己的觀點還什麼的，是每個人的權利。我想指出的只有一點──我為女性提供幫助時，是有收費的。這對我來說是頗為重要的收入來源。國王，這可是自由市場啊。麻煩別干涉我的收入來源，拜託了。而且你很清楚，我的收入也就是參議會與巫師會的收入，而巫師會對任何試圖削減他們財富的舉動，反應都非常負面。」

「奈德，妳這是想威脅我嗎？」

「你怎麼這麼說呢？我不只不是要威脅你，反而是就長遠層面對你提出幫助與合作。你要知道，貝路宏，如果你的壓榨與掠奪在科拉克演變成動亂，說得再誇張點，要是這裡有人點起了叛亂的火炬，要是叛亂的群眾逼過來，揪著你的腦袋把你拖出去，接著把你掛到枯枝上……到那時候，你可以指望我的夥伴，可以指望巫師。我們會前來援助，不會讓情況發展成造反或無政府的狀態，因為這些情況對我們來說也不太方便。所以，盡情去壓榨人民、增加財富吧。慢慢來，但也不要擋其他人的財路，拜託，你知道我的建議是好的。」

「妳的建議？」山德從椅子站起來反對道：「妳的建議？建議我父親？我的父親是國王！聽人建議不是國王做的事，下命令才是國王做的事！」

「孩子，坐下。」貝路宏皺起眉頭。「安分點。至於妳，巫婆，耳朵給我豎直了，我有話對妳說。」

「喔？」

「我要娶個小新娘……十七歲……告訴妳，那可是顆小櫻桃呢，一顆擺在鮮奶油上的小櫻桃。」

「恭喜。」

「我可是爲了王朝好才這麼做的，我這麼做是爲了王室的繼承與國家的秩序。」

一直都像岩石般沉默的艾格蒙猛然抬起頭，粗聲吼道：

「繼承？」莉塔沒有錯過他眼裡閃出的惡毒光芒。「什麼繼承？連私生子加起來，你總共有六個兒子和八個女兒！這樣還嫌不夠？」

「妳自己也看到了。」貝路宏擺了擺嶙峋枯手。「妳自己也看到了，奈德。我得爲王室的繼承著想。難道要我把王國與王位，留給一個用這種態度和父親說話的人嗎？幸好我還活著，還管得了事，而且打算還要管很久。就像我剛才說的，我要娶新娘……」

「然後呢？」

「要是……」國王抓了抓耳後，紅著臉瞧向莉塔。「要是她……我的新娘子……就是說……要是她去找妳要那些措施的話……不准給她。因爲我反對那些措施！那些東西太不道德了！」

「我們可以這樣約定，」珊瑚笑得魅力十足。「要是你的小櫻桃來找我，我不會給她。我發誓。」

「很好。」貝路宏心情轉好。「妳看，我們談得多順利。互相理解和尊重可是最重要的事。就算大家有不一樣的意見，也可以好好說。」

「就是這樣。」山德插嘴道。艾格蒙德嘆了口氣，咒罵也低聲飄出。

「本著尊重與理解，」珊瑚把一綹紅髮纏繞在指上，看著上方的裝飾天花板說：「同時也是掛心你國內的和諧與秩序……我有一個消息要告訴你。一個機密。告密這種行爲讓我覺得噁心，但是欺詐與盜竊更讓我想吐。我的國王，我指的是暗地侵吞財物這種事。有人試著要偷你的錢呢。」

坐在王位上的貝路宏探低身子，惡狠狠地問：

「誰？把名字給我！」

奇達里士王國北部的城市科拉克，位處阿達樂特河河口，曾是另一個獨立王國科拉克的首都。由於歷代國王統治不善，加上王室後繼無人，王國失去大半勢力，遭鄰國瓜分，連同一座港口、幾座工廠及一座燈塔在內，僅餘下部分國土及約兩千名居民。

《大世界紀元百科全書》第八卷

——艾凡伯格與塔波特

第二章

海灣裡插滿桅檣，到處都是船帆，有白色、有彩色。掩在海岬與防波堤當中的錨地裡，停著噸位較大的船隻，而港口木棧橋邊停的則全是體型較小，甚至是極為迷你的船隻。沙灘上空著的地方幾乎都被佔據，不是船，就是船的殘骸。

在白浪沖刷的海岬盡頭，聳立著由紅白磚塊疊起的燈塔，是精靈時期留下的遺跡，已經過整修。獵魔士用馬刺頂了下馬腹，小魚兒揚起頭，大大噴了口鼻氣，好似很開心風中送來的大海氣味。牠加快腳步，穿過沙丘，往近在咫尺的城市前進。

科拉克城是這個王國裡主要的大都市，與國號同名，位於阿達樂特河出海口的兩岸，總共分成三個特色各異的城區。

阿達樂特河的左岸是一片港區，有幾座碼頭與一間工商會館，還有一間造船廠與幾間工匠鋪，而加工廠、倉庫、堆房、市場與集市等也不在少數。

對岸那區叫帕爾米拉，區內滿滿都是赤貧與勞動階級的屋舍、小販攤鋪、屠店與肉舖，而因為帕爾米拉也是供人娛樂與享受禁忌歡愉的地方，還有許多天黑後才生氣乍現的店家與場所。如同傑洛特所知，在這裡很容易丟了錢袋，或給人在肋骨間刺上一刀。

而河流左岸離海較遠，由粗木樁柵欄圍住的，則是科拉克的所在。在這座窄巷羅織的方城裡，有富商與金融家的宅邸、工廠、銀行、當舖、裁縫與製鞋店，還有大規模商號與小規模店舖。這裡也有酒館及較高級的娛樂場所，但提供的服務與港邊的帕爾米拉其實沒有兩樣，價格卻高了許多。位在方城中心的是方形廣場、市政廳、劇院、法院、稅務廳及精英分子的寓所。市政廳的中央有尊雕像，全身布滿海鷗糞便，那是這座城市的創建者——歐斯米克國王。這顯然是鬼話連篇，因為在歐斯米克不知道從哪冒出來前，這座海城便已存在。

往地勢高一點的山丘走，是國王的城堡與宮殿，外觀與設計皆不一般，因為這裡曾是神殿。當年的祭司因人們對信仰絲毫不感興趣而萬念俱灰，紛紛棄殿而去。神殿在後來經過改建與擴建，甚至連一旁掛著巨鐘的塔樓也保存了下來，成為一座獨立的鐘樓。治理科拉克的現任國王貝路宏命人每日在正午和——大概是為了氣氣他的子民——午夜鳴鐘。

獵魔士騎馬進入帕爾米拉最外圍，蓋著茅草或木瓦的小屋之間時，鐘聲正好響起。

帕爾米拉的空氣裡飄著魚、待洗衣物及廉價食堂的腥臭味。巷道裡人滿為患，騎在馬上的獵魔士花了許多時間與耐心才得以通過。好不容易抵達橋邊，他鬆了口氣，然後過橋到阿達樂特河的左岸。河水的氣味難聞，水面上積著一小團、一小團的泡沫，顯然是上游製革坊的傑作。從這裡過去沒多遠，便有一條路能通往柵欄圈圍的城區。

他把馬留在城外的馬廄裡，事先付了兩天泊馬錢，還給馬夫賞錢，確保小魚兒能受到應有的照顧，之後便邁步前往崗樓。要進入科拉克，要先通過崗樓，而在那之前的盤查過程，可是不太好受。這道必經程序讓獵魔士的火氣升高了些許，但他也明白其作用——住在柵欄內的城裡人，一想到帕爾米拉來的港區訪客，尤其是從船上下來的外地水手，心裡就不太舒爽。

崗樓是棟以原木疊砌的木造建築。獵魔士熟門熟路地走進裡頭的哨站，以為自己很清楚裡頭等著他的是什麼。不過，他錯了。

他這輩子去過很多哨站，不管是世界各個遠近角落，較爲發達、不太發達或完全不發達的地區都去過，而哨站規模從大到小都碰過。世界上所有的哨站裡，都是充滿霉味、汗味、皮脂與尿液等難聞的氣味，還有鐵製品及抹在其上的保護油臭味。科拉克的哨站也是類似情況，或者該說，原本也當是如此，但裡頭屁味凝滯，甚至溢滿至天花板，教人難以呼吸，也蓋掉了哨站裡的典型氣味。不消說，這邊哨衛食堂裡的餐點，肯定都是豌豆、蠶豆、花豆等種子肥厚的莢果植物爲主。至於哨衛的成員則全是女性，一共六人，都坐在桌前專心食用午餐，大口吞飲土碗裡漂在稀淡彩椒醬汁中的東西。

看得出來在這六名女性哨衛裡，負責管事的指揮官是個子最高的那位。她推開碗站起身。傑洛特一向認爲沒有醜女人存在，但這會兒，他卻突然覺得自己得修正這觀念。

「武器放到桌上！」

她的頭髮和其餘哨衛一樣，也理了個精光，但新生的頭髮長在光裸的頭上，像張不規則的青色地毯。她的背心未扣，襯衫外敞，裡頭露出的腹肌讓人聯想到綁著繩子的煙燻梅花肉，而二頭肌就像是要與這淒慘景象保持一致性似地，大小更堪比豬後腿。

「把武器放到桌上！」她又說了一次。「你聾子啊？」

她的其中一名手下依舊把臉埋在碗中，只見那女子身子微微一提，放了一個又響又長的屁。女子的同伴皆咯咯發笑，傑洛特則用一隻手套將空氣搧開。指揮官看著他身上的劍，說：

「喂，女孩們！過來一下！」

「女孩們」紛紛起身，但態度頗不情願，動作也拖拖拉拉。傑洛特注意到她們所有人的衣著都是以方便活動爲主，所以風格比較舒適而休閒。其中一人穿著皮短褲，同樣也爲了方便大腿活動而褲管抽鬚，而腰部以上的服裝，主要是兩條交叉的帶子。

「獵魔士。兩把劍，一鋼一銀。」她說。

另一名同樣個頭高、肩膀寬的哨衛走向傑洛特，大剌剌扯開他的襯衫，抄起銀鍊，拉出徽章，說：

「他有徽章，齜牙咧嘴的狼徽。看起來，他確實是個獵魔士。要放他過去嗎？」

「規章沒有說不行。劍他交出來了……」

「沒錯。」傑洛特用平靜的聲音加入談話：「我交了。我想，這兩把劍會有人好好看管？到時憑收據領劍？而收據我等等就能拿到？」

哨衛聞言紛紛咧嘴大笑，將他圍住。其中一個作勢不小心推了他一下，另一個則放了聲響屁。

「你就拿這當領據吧。」她哼聲說。

「獵魔士耶！收錢辦事的怪物剋星！竟然把劍都交出來了！而且沒有第二句話！膽子小得和個小鬼似的！」

「要是人家叫他把傢伙交出來，他肯定也會交！」

「那就叫他交啊！怎樣，女孩們？叫他從褲襠裡掏出來吧！」

「讓我們見識見識獵魔士的傢伙長怎樣！」

「會給妳們看的。」指揮官粗聲吼道：「還眞是一個個都玩開了，一群騷貨。功斯侯雷克，過來！功斯侯雷克！」

一名男子從隔壁現身，頭髮稀疏，有些年紀，披著深棕色斗篷，戴著毛織貝雷帽。他一進來就先咳了幾聲，然後摘掉貝雷帽，開始用帽子搧風。他默不作聲地將兩把劍用帶子捆在一起，示意傑洛特隨他走。獵魔士立刻照辦。這空間裡原充滿各種氣體，但腸道排放出來的那些已凌駕於其他氣體之上。

他們進入一個地方，裡頭的空間被一道鐵柵欄隔開。披著斗篷的男人用一支巨大的鑰匙將鎖打開，把劍掛到馬刀、短劍、水手彎刀和其他劍器旁。他翻開破損的登記簿開始記錄，字寫得又慢又久，一邊還不斷咳嗽，幾乎喘不過氣。最後，他把寫好的條子交給傑洛特。

「我想，我的劍在這裡很安全對吧？上了鎖，並且有人看管？」

披著深棕斗篷的男人一邊沉重地喘氣，一邊將籠子鎖上，並把鑰匙給他看。傑洛特對此並沒有多大信心——要想撬開鐵門不是什麼難事，而就算有任何遭人闖入的動靜，也會被哨所裡那些女人響亮的排氣聲給蓋過去。然而，他別無選擇，只能把在科拉克要辦的事辦好，然後盡快離開這座城。

□

「事物的本質」是家酒館，又或者如其招牌所述，是間旅店。它位在以雪松木蓋成，有著陡峭屋頂與高聳煙囪，規模不大卻很有品味的建築裡。建築正面有道門廊，而通往門廊的階梯上，擺滿以木盆植栽的蘆薈。廚房香氣從室內傳出，主要是炙燒肉類的味道。這些香氣是如此誘人，讓獵魔士頓時覺得「事物的本質」是座伊甸園，是座歡愉花園、幸福島嶼，是流著白乳與甜蜜、屬於應許者的世外桃源。

不過很快地，傑洛特發現這座伊甸園——如同每一座伊甸園——有人看守，有屬於它的地獄犬——一名守衛，其手裡的劍器有如火焰。傑洛特恰巧有機會一窺對方身手。地獄犬是名個頭矮小的漢子，但身材粗壯。傑洛特目睹了他將一名削瘦的年輕小伙子趕出歡愉花園。小伙子不願被驅離，朝他又嚷又叫，比出手勢，而這顯然惹惱了地獄犬。

「木伍斯，你很清楚，這裡禁止你進入。所以，退開，我不會再說第二次。」

地獄犬作勢推他，於是他快速地退下階梯閃避。傑洛特留意到小伙子年紀輕輕便已開始掉髮，又稀又長的金髮沿光禿的頭頂長了一圈，基本上，看起來頗爲醜陋。

「我操你們，也操你們的禁止！」退到安全範圍的小伙子吼道：「你們不知道要給人方便！這裡不只你們一家，我去你們對手那邊！自以爲了不起！自以爲很行！就算有鍍金招牌，也還是鞋筒上一坨屎！對我來說，你們不過就是一坨屎！屎再怎樣都是屎！」

獵魔士微微感到不安。頭頂無毛的小伙子外貌雖然醜陋，穿著卻頗華麗，也許算不上珠光寶氣，但再怎麼樣，也都比他自己這一身來得貴氣。所以，如果這裡評斷客人的標準在於對方有多高貴……

「我說，你又是要去哪呢？」地獄犬冷冷的聲音打斷了他的思緒，也證實了他的憂慮。

「這裡是高級場所。」地獄犬說，並用身體擋在階梯上。「你懂這句話的意思嗎？就是只有特定人士才能進去的意思，其他人不行。」

「爲什麼我不行？」

「俗話說，人靠衣裝。」地獄犬站在樓梯的第二階，俯視獵魔士說：「而你這個外地來的簡直是詮釋這個俗語的活典範。你的衣著一點都沒展現出你的價值。或許你身上藏了其他能展現這份價值的東西，不過我不會動手去找。我再說一次，這裡是高級場所，容不下穿得像強盜的人，也容不下帶兵器的人。」

「我身上沒有武器。」

「不過你看起來好像有，所以請你行行好，把步伐邁向別的地方吧。」

「等一下，塔爾普。」

一名男子出現在酒館門口。他的膚色黝黑，身穿絲絨外袍，眉毛粗亂，眼神銳利，鼻子則像鷹鉤，而且還不小。

「顯然你並不明白自己在和誰說話，不知道是誰大駕光臨。」鷹鉤鼻告誡著地獄犬。從地獄犬久久沒有答話的樣子來看，他的確沒有頭緒。

「這是來自利維亞的傑洛特。獵魔士。一個以保護人類、拯救生命著名的人。就像一週前，他在我們這一帶的安塞吉斯，救了一個母親和一個孩子。而幾個月前，他在奇茲馬殺了一頭吃人的四不像，自己也受了傷，這件事可轟動了。我怎麼能禁止一個從事如此高尚事業的人進入我的酒館？相反地，我很高興能接待這麼一號人物，而且我很榮幸這麼一號人物願意來拜訪我。傑洛特先生，『事物的本質』恭迎您的大駕光臨。我是費布斯．拉文加，這個簡陋地方的主人。」

酒館的領班將他帶到一張鋪了桌巾的桌前坐下。「事物的本質」裡所有的桌子都鋪了桌巾，而且大多坐了人。傑洛特想不起自己最近一次在酒館裡看到桌巾是什麼時候。

他雖然心裡好奇，卻沒有四處張望，免得自己看起來像個鄉下土包子或粗人。儘管只是暗暗觀察，他還是注意到酒館裡的裝潢低調，但不失品味與奢華。客人的穿著也很奢華，不過並非全然有品味就是了。在他看來，這裡大多是商人與工匠，還有曬得黝黑、滿臉鬍髭的船長，而衣著繽紛的貴族也不在少數。酒館裡的味道同樣讓人感到舒暢而奢華——烤肉、大蒜、茴香，還有大把的鈔票。

他感覺有道視線投來，不過若是眞有人在觀察他，那麼他身爲獵魔士的特殊感應早該勾起警覺。他以眼角餘光暗暗看了下。

觀察他的是名女性，動作很低調，即使是職業殺手，也不易察覺。她的年紀頗輕，有一頭狐狸毛般的紅髮。她假裝一副心思都放在餐點上。那餐點看來很美味，甚至遠遠就能聞到香氣。她的打扮與肢體語言更是如此，至少對獵魔士來說是這樣。他敢打賭，她是個女巫。

酒館領班清了清嗓子，拉回他飄遠的思緒與驟然湧上的懷舊之情。

「今天我們供應的是小牛肉燉蔬菜配香菇與四季豆，」他隆重宣布，口氣中不乏驕傲：「香烤帶骨小羊排配茄子、啤酒培根配糖果李子、香烤野豬肩胛肉配李子醬塡蘋果、香煎鴨胸配紫甘藍與蔓越莓、娃娃菜塡墨魚佐白醬與葡萄、烤鮟鱇魚佐奶油白醬配慢燉西洋梨，還有我們的固定招牌——白酒鵝腿配鐵板水果、鰈魚佐焦糖墨魚汁配小龍蝦尾。」

「如果偏好吃魚的人，」費布斯·拉文加神不知、鬼不覺地出現在桌邊。「我極力推薦鰈魚，一大清早現抓的，應該不用再多加說明了吧？這可是我們大廚的驕傲與最愛。」

「那麼，就來份墨魚汁淋鰈魚吧。」獵魔士強壓下心中想一口氣點幾道菜的衝動，因爲這樣會顯得很沒品味。「我本來已經開始煩惱該選哪道，謝謝您的推薦。」

「客氣的先生，您想喝哪種葡萄酒呢？」酒館主人問道。

「我不太懂葡萄酒，請幫我選合適的吧。」

「眞正懂葡萄酒的人確實不多，」費布斯·拉文加微微一笑。「而會承認這一點的人更是少之又少。別擔心，獵魔士先生，我們會爲您挑選合適的種類與年分。我就不打擾您了，祝您用餐愉快。」

然而，酒館主人的這份祝福不會實現，傑洛特也不會有機會體驗他們爲他選的酒。這一日的鰈魚佐墨魚汁是什麼味道，也得成爲他未解的謎題。

紅髮女人突然不再遮掩，而是朝他直視。她微微一笑，帶給他一種揮之不去的惡意感。他覺得有股寒顫驟然竄過全身。

「你是獵魔士？人稱利維亞傑洛特？」

三名黑衣人悄聲往他這張桌子走來，而發問的正是其中一人。

「是我。」

「以法律之名，你被逮捕了。」

若我沒做任何不義之事，何以要懼怕審判結果？

《威尼斯商人》

——莎士比亞

尤澤夫・帕什科夫斯基譯

指派給傑洛特的公設辯護人是名女性。她打從心底覺得自己應該處理更重要的案子，不斷翻閱檔案，刻意閃避他的視線。檔案裡的文件不多；精確地說，只有兩張。辯護人大概已經把上頭的內容背起來，可以好好爲他辯護一番。這原是他的希冀，但結果證實他的臆測——所謂的希冀，不過是枉然。

「你在拘留所裡，」辯護人終於抬起視線。「出手打了兩個和你關在一起的人。我想，你應該讓我知道原因吧？」

「首先，我是拒絕他們的性侵犯。不就是不，但他們不想明白這一點。二者，我喜歡打人。三者，這不是事實。是他們自己傷了自己，撞牆弄的，好賴給我。」

他說得緩慢而淡漠。被關了一個禮拜，他已經變得什麼都無所謂。辯護人闔起檔案夾，又馬上打開，然後理了理精心做出的髮型。

「看起來，」她嘆了口氣。「被打的人沒有提出告訴。我們就專心處理主訴人的主張吧。檢察官以重罪起訴你，刑責會很重。」

當然會是這樣。他一邊在心裡想著，一邊打量辯護人的外貌，思忖她進入女巫學校的時候是幾歲，又是在幾歲時離開那所學校。

目前依舊持續招生的兩所巫師學校——班阿爾得的男校和塔奈島上阿瑞圖沙的女校——不只出畢業生，還有退學生。儘管入學考試十分繁複，看似能篩選並剔除不適合的學生，但其實要到頭幾個學期過後，才有辦法眞正排除並找出那些懂得僞裝的學生。對這種學生來說，思考是種不愉快而具有威脅性的體驗。這些人愚蠢、懶惰、整天渾渾噩噩，而且不管男女皆是如此。他們不知道自己該在巫師學校裡尋求什麼。問題在於，這樣的學生通常出身有錢人家，或是重要人士的子孫，在他們被退學後，旁人得幫這些年輕人做點什麼。處理從班阿爾得被踢出來的男孩不是問題，他們都轉往外交界，有軍隊、艦隊和警隊等著他們，至於最最蠢笨的那些則成爲政客。處理被退學的女孩比較棘手，但也只是表面看似如此。這些年輕女孩雖被退學，但橫豎也跨過女巫學校的門檻，在裡頭多少學了點皮毛。而女巫對統治者及魔法政治圈的影響之大，讓人無法放這些女孩自生自滅，於是她們有了安全的避風港——進入司法界成爲律師。

辯護人闔起檔案夾，然後又將它打開，說：

「我建議你坦承犯行。這樣就可以指望法官判輕一點……」

「坦承什麼？」獵魔士打斷她。

「如果法官問你認不認罪，你要給他肯定的答案。認罪會被納入減刑考量。」

「那麼妳到時打算怎麼幫我辯護？」

辯護人把檔案夾闔起來。那動作，好像她闔的是棺蓋。

「我們走吧，法官在等了。」

法官確實已經在等了，因爲前一個案子的罪犯正巧被帶出法庭。依傑洛特看，那犯人不是很開心。

牆上掛著一張滿是蠅糞污點的盾牌，上頭可以看見科拉克的國徽——一隻游水的天藍色海豚。國徽下方有張法官桌，桌前坐了三個人——身材瘦弱的書記官、臉色蒼白的陪審法官，以及一名氣質和外貌看來都很穩重的女法官。

法官團的右邊是負責提出告訴的檢察官。他看來很嚴肅，嚴肅到會讓人避免在暗巷裡跟他碰面。

至於另一邊，也就是法官團左邊，擺著一張給被告坐的長椅。那是屬於他的位置。

接下來事情的發展很快。

「傑洛特，人稱來自利維亞的傑洛特，職業爲獵魔士，被控告侵佔、將王室財富據爲己有。被告與收賄者勾結，浮報服務單據金額，打算將差額納爲己有，此舉導致國庫虧損。以上犯罪事證爲他人密報之犯罪資料，已納入本案卷宗。該密報……」

法官乏味的表情與渙散的眼神顯示這名穩重女子已神遊太虛，而她所擔憂的更是完全不同的難題與問題——洗衣服、孩子、窗紗的顏色、已經揉好要拿來做罌粟麵包卷的麵團、屁股上會造成婚姻危機的肥胖紋。獵魔士知道自己的事沒那麼重要，知道自己和這些難題根本沒得比，也坦然接受這個事實。

起訴人聲調平板地說：「被告所犯下的罪行不只有損於國，也摧毀、撕裂社會秩序。法律的秩序需要……」

「本席必須將附在卷宗裡的密報，」法官打斷他。「視爲第三方提供之證據。還有其他證據能當作起訴依據嗎？」

「沒有其他證據……目前是這樣……一如先前所提，被告是獵魔士。是一個變種人，不屬於人類社會。他藐視人類的法律，自詡高於法律。他在那具犯罪傾向且反社會的行業裡打交道的，都是犯罪者和非人類，也不乏向來視人類爲敵的族群。」

「違法亂紀是獵魔士的虛無本性。法官大人，在獵魔士的這件案子上，沒有證據就是最好的證據。

證明了他的背信與……」

「被告，」對於缺乏事證會導致怎樣的局面，法官很顯然沒有興趣。「被告是否認罪？」

「不認。」傑洛特沒有理會辯護人絕望的暗號。「我不認罪，我沒有犯下任何罪行。」

他與司法打過交道，有點經驗，也粗略看過卷宗。

「這是對我人格與職業的……」

「反對！被告擅自發言！」檢察官大喊。

「反對無效。」

「……這是對我人格與職業的偏見所造成的結果，也就是未審先判。而未審先判就意味著這一切都是假的，更何況指控我的基礎是密告，而且僅僅只有一份。片面之詞，不足爲信。只有一個證人，就是沒有證人。因此，這不叫告訴，而是推定，也就是推論定罪，而推論定罪的可信度令人質疑。」

「疑點利益歸於被告！」辯護人突然腦袋靈光。「法官大人，疑點利益歸於被告！」

「本席裁定，」法官一槌落下，敲醒了臉色蒼白的陪審法官。「被告以五百拿威格拉德克朗交保。」

傑洛特嘆了口氣。他很好奇拘留室裡的那兩人是不是已經想清楚，記取了教訓，還是自己得再把他們打一頓，把他們踹明白。

「一座城沒了人，還能叫作城嗎？」

《科利奧蘭納斯》
——莎士比亞

斯塔尼斯瓦夫・巴蘭查克譯

第四章

人滿為患的市集邊上，有個用木板胡亂拼湊的攤子。顧攤的是個老婆婆，已經一把歲數，頭上戴著頂乾草帽，身形圓滾滾，臉頰紅撲撲，看起來像極了故事裡的好心仙子。老婆婆的頭頂上方有串字：「幸福和喜悅——只在我這裡。附贈小黃瓜。」傑洛特停下腳步，從口袋裡撈出幾枚銅錢。

「婆婆，倒酒吧。給我來半杯幸福。」他鬱鬱地說。

老婆婆將半品脫的玻璃杯斟了半滿。

他先是深吸了口氣，然後一飲而下，接著又吐了口氣，擦掉被劣等伏特加逼出的淚水。

他自由了，但心情很差。

有趣的是，他被釋放這件事，是從認識的人口中得知，一個他只有一面之緣的人，就是之前當著他的面，讓人從「事物的本質」那家酒館階梯趕下去的禿頭小伙子。這人原來竟是在法院裡搖筆桿的。

「你自由了。」禿頭小伙子通知他，沾滿墨汁的削瘦指頭一會兒併合，一會兒分開。「有人幫你付了保釋金。」

「誰付的？」

傑洛特沒想到這竟是機密，搖筆桿的禿頭拒絕透露；對於他索回行囊的要求，對方也同樣以疏離的口氣拒絕。傑洛特的行囊裡除了一些物品，還有現金和銀行支票。禿頭小伙子告知獵魔士，行囊裡的動產被當局視為保證金，用來預付司法費用及法院預期他將面臨的刑罰，而且小伙子口氣中的惡毒可沒少到哪去。

傑洛特心裡明白與對方爭論只是枉然，也沒有任何意義。傑洛特不得不慶幸，至少在離開時，他們把他被捕時口袋裡有的東西全還給了他。那些個人物品與零錢太過零碎，所以沒人想去動歪腦筋。

他數了數失而復得的銅錢，朝老婦人笑了笑，說：

「麻煩再來半杯幸福，小黃瓜就不用了。」

喝過老婆婆的伏特加，世界顯然美麗得多，但他知道這種效果不會持續太久，便加快了腳步。他有幾件事要處理。

多虧法院沒注意到他的母馬小魚兒，沒把牠算進保證金裡。馬兒就在傑洛特當初留下牠的地方，被照顧得好好的、餵得飽飽的。即便已是落到這副田地，傑洛特還是無法假意忽視馬兒受到良好照顧的事實，便從縫在馬鞍的暗袋裡，掏出一枚僥倖保存下來的銀幣給馬夫。如此慷慨，讓馬夫高興得幾乎忘了呼吸。

海平面上的天色轉黑，傑洛特覺得自己似乎在那頭瞧見了閃光。

爲愼重起見，他進入哨站前吸了整肺滿滿的新鮮空氣，卻依舊無濟於事。裡頭守哨的整票娘子軍今天吃的豆子一定比平常還多很多、很多，而且是非常多。天曉得，也許因爲今天是星期天吧。

一如以往，裡頭的人有一部分正在進食，其他人則忙著玩骰子。一見到他，所有人全站了起來，將他圍住。

「妳們瞧瞧，是獵魔士，自個兒送上門了。」站得離他十分近的指揮官說。

「我要出城了，來拿我的東西。」

「如果我們給了，」另一個哨衛貌似不經意地用手肘撞了他一下。「又有什麼好處啊？你得收買我們啊，老兄！收買我們！怎樣，姊妹們？我們要叫他做什麼？」

「叫他在我們每個人的光屁股上親一下！」

「還要好好地舔一舔！」

「拜託！還順便給我們染上個什麼東西咧！」

「不過，」第三名哨衛將硬得和石頭一樣的胸部抵到他身上。「他得給我們點甜頭，對吧？」

「叫他給我們唱小曲吧。」又一名哨衛說道，還放了個響屁。「至於旋律，用我這音調來做吧！」

「或者用我的！」另一名哨衛放了個更大聲的屁。「我的更響呢！」

傑洛特為自己開了一條路，並試著盡量不浪費太多力氣。就在這時候，保管室的門開了。一名披著深棕斗篷、戴著貝雷帽的男人從裡頭現身，見到獵魔士，不禁張大了嘴。

「您？」他硬是把話擠出。「怎麼會？您的劍……」

「就是這件事，我的劍，請拿給我。」

「但是……但是……」功斯侯雷克先是晃了一下，接著揪住胸口，困難地擷取空氣。「但是劍不在我這裡啊！」

「什麼？」

「不在我這裡……」功斯侯雷克漲紅了臉，蜷起身子，好像痛得無法動彈。「那些劍已經被拿走了啊……」

「被怎樣？」傑洛特覺得有股寒冷的暴怒席捲全身。

「被拿……走了……」

「什麼叫作被拿走了？」他一把揪住功斯侯雷克的領子。「是該死地被誰拿走了？這又是他媽的什麼意思？」

「領據……」

「就是啊！」一股強勁的力道鉗住他的肩頭。哨站指揮官把他從站不住腳的功斯侯雷克面前推開。「就是啊！把領據拿出來！」

獵魔士沒有領據。武器保管室的領據在他的包袱裡，在那個被法院沒收、被當作相關費用和預期刑罰抵押品的包袱。

「領據！」

「我沒有，不過……」

「沒有領據，就不能領保管物品。」指揮官不讓他把話說完。「劍被拿走了，你沒聽到嗎？一定是你自己拿的。現在再來這裡演這齣鬧劇？想騙點東西？門兒都沒有。給我離開。」

「我不會離開，在沒有……」

指揮官一把拉回傑洛特，將他轉向門口。

「滾出去。」

傑洛特向來不願對女性動手，但對象的肩膀寬得好似摔角選手，肚子大得宛如一顆氣球，小腿肚壯得像擲鐵餅選手，再加上放屁放得像頭騾子似地，面對這樣的女人，他的心裡可是一點抗拒也沒有。他一把甩開指揮官，盡全力往她下巴一揮，用的還是他最愛的右勾拳。

餘下的哨衛全都愣住，但也只有那麼一秒。指揮官還沒撞上桌子，把豆子和胡椒醬撒得一地，她們已經先跳上他的肩頭。他當下不假思索，先是打斷一個哨衛的鼻子，再把第二個人打得牙齒喀喀響。接下來的兩個被他賞了阿爾得之印，頓時像娃娃似地飛向斧槍架，一路掃掉所有東西。

身上還滴著醬汁的指揮官甩了他一記耳光，另一名哨衛——也就是胸部很硬的那個——從後頭將他熊抱，扣了個死緊。他重重給了她一記拐子，痛得她大叫，然後他把指揮官推到桌上，迅速補上一記勾拳。接著他朝鼻子斷掉的女人腹腔神經叢餵了記老拳，把她打趴在地。他聽到她吐了出來。另一個女人被他打中太陽穴，剃了個精光的後腦勺「砰」地一聲撞在柱子上，眼前一花，身子立刻軟了下去。

即便如此，還有四個人沒倒下，而他的英勇也到此爲止。他先是被打中後腦，隨即又吃了記耳光，骶骨也挨了一下。有人絆了他一腳，而他一倒地，另兩人立刻撲上來制伏他，亂拳如雨下。餘下眾人也毫不客氣，抬起腳就是朝他身上猛踹。

他用額頭大力一撞，解決掉其中一個壓在他身上的女人，不過馬上又有人撲了上來。從對方滴下的醬汁，他認出那是指揮官。她從上方一拳招呼在他的牙齒上，他則直接朝她的眼睛吐一口血水回敬。

「拿刀來！」她一邊甩頭，一邊嘶吼道。「你們去給我把刀拿過來！我要把他的蛋給割下來！」

「拿刀做什麼！我直接給他咬掉！」另一個女人吼道。

「起立！立正！這是什麼樣子？我說了，立正！」

一道宏亮又威嚴的吼聲劃破打鬥的嘈雜，叫哨衛全停下手，放開傑洛特。他費力爬起，全身有些吃痛，心情卻因眼前打鬥後的景象好轉些許。他看了看自己的傑作，眼底盡是滿意。躺在牆邊的哨衛已經張開眼，卻依舊坐不起身。另一個蜷著身的哨衛吐掉口中血水，用手指一一觸摸牙齒。第三個哨衛，也就是鼻子斷了的那個，努力想站起來，卻因為腳下自己吐出來的那灘豆子嘔吐物而不斷打滑，屢屢跌回地面。這一群六人的哨衛，只有一半還站得住腳。可以說，這樣的結果讓他感到滿意。即使事實上，要不是有人介入，他可能會傷得很重，說不定連站都站不起來。

介入這場打鬥的是個衣著光鮮，散發權威氣勢，滿身貴氣的男人。傑洛特雖不知道這人是誰，卻十分清楚與對方同行的是什麼人物。男人的同伴看來彬彬有禮，戴著頂插了白鷺羽毛的花俏帽子，及肩的金髮用鐵棒上過捲，貼身的酒紅色上衣搭配大片蕾絲領飾，還有那與他形影不離的魯特琴，以及永遠大剌剌掛在臉上的笑容。

「嗨，獵魔士！你這是什麼樣子！還有那張被人狠狠揍過的臉！笑死人了！」

「嗨，亞斯克爾。我也很高興見到你。」

「現在是什麼情況？」滿身貴氣的男人把雙手扠到腰間。「說啊？你們是怎麼回事？例行報告！快！」

「是這個人！」指揮官甩掉殘留耳中的醬汁，像指認犯人似地指向傑洛特說：「檢察官大人，這都要怪他！是他跑來生事，大吵大鬧，還動手傷人。而這一切都只為了保管室的兩把不知道什麼劍，而且他還沒有領據。功斯侯雷克說……喂！功斯侯雷克！你縮在角落裡幹什麼？嚇到尿褲子了嗎？給我移動你的屁股站起來，跟檢察官大人說……喂！功斯侯雷克？你怎麼了？」

明眼人只消看仔細點，便可以猜出功斯侯雷克怎麼了。不用檢查脈搏，只要看一下他那張白得和粉筆一樣的臉就夠了。功斯侯雷克已經沒了氣，徹頭徹尾的死人一個。

□

「來自利維亞的先生，我們開始進行偵查吧。」王家法庭檢察官法蘭‧德萊騰霍說：「既然您提出了正式的控告與訴訟，依法我們必須開始審理。我們會把在您被逮捕期間及法庭上，與您物品有過接觸的相關人士都帶來訊問。我們會逮捕嫌疑分子……」

「就是你們平常抓的那些？」

「什麼？」

「沒有，沒什麼。」

「所以說，這件案子一定會水落石出，該爲偷劍付出代價的竊賊也一定會受到應有的教訓。前提是，那兩把劍眞的被偷了。我保證會解決這樁懸案，讓眞相重見天日。只是時間早晚罷了。」

「希望是早一點。」檢察官講話的方式不是很對他的胃口。「我的劍代表我的存在；沒了劍，我就沒辦法執行業務。我知道許多人對我的職業印象很不好，進而對我的個人形象有負面評價。這些都是出自偏見、迷信與仇外心理，但願這對偵查不會有所影響。」

「不會，這裡是一個法治的地方。」法蘭‧德萊騰霍公式化地答道。

一等隨從把功斯侯雷克的屍體搬出去，眾人便按照檢察官的指令，把兵器室和整個哨衛室都搜過一遍。結果也不難猜——沒有半點關於獵魔士那兩把劍的線索。一直盯著傑洛特看的哨所指揮官，把一個插著長針的底座指給眾人看。已故的功斯侯雷克把核銷的領據都插在上頭，眾人很快地在那疊單子中找到獵魔士的領據。指揮官快速順過整疊領據，然後把它們湊到獵魔士的鼻尖，一派勝利地說：

「來，鐵證如山。領據。上面的簽名是日維亞的傑蘭特。我早說過了，是獵魔士自己來這裡，領走了劍，現在反倒來這裡耍賴，一定是打算要騙賠償金！那功斯侯雷克被他這麼一鬧，嚇破膽子，兩腿一伸，見冥王去了。」

然而，不管是她，還是其他守衛，都沒人承認自己親眼看見傑洛特來領兵器。按她們的說法，這裡常有人進進出出，而當時有人不知道說了什麼，可是她們那時正在忙——忙著吃東西。

海鷗在法院大樓的屋頂上盤旋，尖聲叫著。海上的雷雲被風趕向南方，太陽露了臉。

「我想事先提出警告。」傑洛特說。「我的劍上都布了強大的咒語，只有獵魔士可以碰，其他人碰了會被奪走生氣，主要是屬於男性的力量。也就是說，不是獵魔士的人碰了，會永遠、徹底地喪失生育能力。」

「我們會將這點納入考量。」檢察官點點頭。「不過，現階段我要請您暫時別出城。至於哨所裡發生的衝突事件，我傾向睜一隻眼、閉一隻眼，畢竟那裡常出問題，負責看守的那票女性哨衛太容易感情用事。再說，有尤里安……我是說，亞斯克爾先生爲您擔保，相信您的案子在法院會有很好的結果。」

「我的案子，」獵魔士瞇起雙眼。「根本就是有人無事生非，是對我有偏見、厭惡我的人做出的騷擾行爲……」

「我們會調查證據，」檢察官打斷他。「並以此採取行動，這就是法治。也是因爲有這樣的法治，您才能重獲自由，不過需要擔保，所以是有條件的自由。來自利維亞的先生，您應該遵守這些條件。」

「這份擔保金是誰付的？」

對於這個提問，法蘭·德萊騰霍冷冷回拒，不願透露幫助獵魔士的匿名人士資料。與他們道別後，他便在隨從的輔助下往法院入口的方向走去。亞斯克爾千等萬等，就只等著這一刻。他們才剛走出市集，來到小巷，他便把自己知道的事全說了出來。

「傑洛特，我的兄弟，這眞是一連串不幸，再加上一堆倒楣的意外。至於幫你付擔保金的，是個叫莉塔·奈德的。她在她的圈子裡又被稱作『珊瑚』，因爲她嘴唇都是塗這個顏色。她是爲貝路宏，也就是這裡的國王做事的女巫。大家都在猜她爲什麼要這麼做，因爲把你送進大牢的不是別人，就是她。」

「什麼？」

「我不是說了嗎？告你密的人是珊瑚。這其實也沒什麼好驚訝的，因爲大家都知道，巫師討厭你。不過這女巫突然上演了這麼感人的一幕，沒來沒由地幫你付了擔保金，把你從牢裡撈出來，但當初又是她一手把你丟進去的。整座城的人都……」

「大家都知道？整座城的人？亞斯克爾，你到底在講什麼？」

「我不過是用了比喻和誇飾嘛，不要假裝你不知道，你又不是第一天認識我。當然，不是整座城的人啦，只有和執政圈關係密切，少數幾個消息靈通的人知道而已。」

「所以，你也是那個所謂跟執政圈關係密切的人？」

「你猜對了。法蘭是我父親的哥哥的兒子，和我是堂兄弟。我來這裡找他是要拜訪親戚，結果聽到你的事，就馬上替你出了頭。這一點你應該不用懷疑吧？我向他保證你是有誠信的人，還告訴他葉妮芙的事……」

「眞的很謝謝你。」

「少在那邊挖苦人了。我之所以不得不提起她，是要讓我的堂親知道這個女巫故意找你麻煩，因爲嫉妒而毀謗你。我和他說她控告你的這整件告訴根本是假的，說你從來不會爲了要騙取金錢而委屈自己。因爲有我的說情，法蘭・德萊騰霍——王家檢察官、位階最高的執法者已經相信你是無辜的……」

「我不這麼看。」傑洛特說。「我的看法相反。不管是涉嫌貪污這件事，還是劍的事，我覺得他都不相信我。你有聽見他提到證據的事吧？證據對他來說勝過一切，所以密報就是我詐騙的證據，而領據上日維亞的傑蘭特的簽名，就是我自導自演的證據。再加上他出城前看我的眼神……」

「你對他的評斷太不公平了。」亞斯克爾說。「我比你了解他，我替你擔保的這件事，對他來說比一整打所謂的鐵證還要有分量。至於他看你的眼神，也沒有錯。你以爲他和我兩個人爲什麼要趕去警衛室？爲的就是要阻止你做蠢事！你說有人要陷害你而做了假證據？那就不要讓這個人眞的掌握證據。你要是逃跑，那就眞的是鐵證如山了。」

「也許你是對的。」傑洛特同意道。「可是我的直覺告訴我，不是這麼回事。在他們徹底把我關起來前，我應該盡快走人。先是逮捕，然後是擔保金，接著又是劍……再下來還會有什麼？該死，少了劍，我覺得自己就好像……少了殼的蝸牛。」

「我覺得你想太多了。再說，這裡什麼商店沒有？別管那些劍了，再去買新的吧。」

「如果被偷的是你的魯特琴呢？我記得你拿到這把琴的過程還挺戲劇化的？如果是你，不會介意嗎？會就這麼擺擺手算了？然後直接跑去轉角的商店再買一把嗎？」

聞言，亞斯克爾馬上把手按在魯特琴上，疑神疑鬼地看著四周。不過四周沒有一人看起來像是會搶樂器的強盜，而他也沒發現有人對他那把獨一無二的魯特琴有不軌企圖。

「也對。」他鬆了口氣。「我懂。你的劍就像我的琴一樣，都是獨一無二、無可取代。而且……你是怎麼說的？劍上有魔咒？會導致神奇的性無能？該死，傑洛特！這一點你現在才和我說？我明明就常和你在一起，那些劍我要拿，隨時都拿得到！有時候我和那些劍還靠得很近耶！現在一切都清楚了，現在我明白了……他媽的，最近我出了點問題……」

「冷靜點，性無能是假的，我臨時想出來的。我想如果這個消息傳開，偷劍的人就會害怕……」

「要是那人怕了，可能會把劍丟進堆肥，你就永遠都找不回來了。」臉色依舊有點蒼白的吟遊詩人一針見血地說。「你還是交給我的堂兄法蘭吧。他在這裡當檢察官很多年了，有一整支的執法人員、特務和間諜大軍，轉眼就能找到小偷，你等著看吧。」

「如果他還在這裡的話。」獵魔士把牙齒咬得喀喀響。「我在裡頭蹲的時候，那人很可能就已經跑了。你說這事是一個女巫搞出來的？」

「莉塔·奈德，外號珊瑚。朋友，我知道你打算做什麼，但我不知道這是不是好主意。那可是個女巫，是巫師和女人加在一起的綜合體，簡單說就是非這個世界的品種，不會理性思考，做事情的方式和原則不是正常男人可以理解的。話說回來，我和你講這麼多做什麼？你自己已很清楚，畢竟你在這件事上的經驗可豐富了……那邊在吵什麼？」

在街上閒逛的兩個人來到一座小廣場附近，鐵鎚敲打聲不斷響起，原來這裡有間大型製桶坊。屋簷下，放過季的桶板以考得爲單位，臨著街邊成堆疊放。打赤腳的少年陸續將桶板搬到裡頭的工作檯上，再由檯前的人把桶板固定到特製的鋸馬上，以拉刀處理後，送到下一批工匠手中。後者將桶板放在削刨整齊的長板凳上，雙腳跨立兩側，在積到腳踝高的木屑中，爲桶板完成最後一道準備工作。準備就緒的桶板，最後來到桶匠手中組裝。傑洛特花了點時間，看桶匠以鐵鉗夾合桶板，然後鎖上螺絲讓木桶成形，並馬上把鐵箍敲到桶身固定。從蒸木桶大鍋爐裡冒出的蒸氣，甚至噴到了街上。木頭燃燒的氣味自桶坊深處的院子傳出，木桶在那裡完成硬化，進入下一個製程。

「每次看到木桶，我就會想喝啤酒。」亞斯克爾坦言。「前面轉過去有家不錯的酒吧，我們過去吧。」

「你自己去吧，我要去拜訪那個女巫。我想我知道她是誰，我見過她。哪裡可以找到她？不要擺出這張臉，亞斯克爾。看起來，她才是我碰到這些麻煩的眞正來源與原因。我不會等事情越演越烈，我要直接去當面問她。我不能困在這裡，不能困在這座小鎭。最起碼，我得替我那已經乾癟的荷包著想。」

「關於這一點，」亞斯克爾驕傲地說。「我們會爲你找到法子。我來金援你……傑洛特？發生什麼事了？」

「快回去桶坊幫我拿塊桶板來，快。」

「什麼？」

小巷的去路被三個外表凶狠、體型壯碩、滿臉鬍碴、全身髒兮兮的流氓擋住。其中一人肩膀很寬，身材幾乎像個方塊，手上拿著根箍了鐵的棒子，粗得像船上推絞盤用的木樁。第二人穿著皮草，拿著彎刀，腰後還插了把登船斧。第三個人身材瘦如水手，身上的武裝是把看來十分不好對付的長刀。

「喂！那邊那個，利維亞來的臭東西！」身材像方塊的那人開了口。「背上少了劍，感覺怎麼樣啊？就像光著屁股上大街，對吧？」

傑洛特沒有理會對方，只是原地等著。他聽見亞斯克爾爲了桶板和桶匠吵了起來。

「變種人，會使巫術的惡毒爬蟲，現在你可是沒了尖牙啊。」方塊人繼續說，顯然是三個人裡最會耍嘴皮子的。「少了尖牙的爬蟲，任誰也不怕！因爲這樣就像蟲子一樣，不然就像是扭來扭去的七鰓鰻。像這種噁心的東西，我們都會踩在鞋底下，踩個稀巴爛，好讓牠的同類再也不敢進我們的城裡來。你這條蠕蟲，別想用你的黏液玷污我們的街道！兄弟們，打他！」

「傑洛特！接住！」

他接住凌空飛來的桶板，在對方棒子落下前及時跳開，順勢給方塊人頭側一個重擊，然後回身再朝穿皮草的流氓手肘狠狠給了一記。只見那流氓慘叫一聲放開彎刀，獵魔士再往他的膝窩一打，流氓頓時跪了下去。獵魔士接著閃到他身旁，用桶板大力打向他的太陽穴。未待對方倒地，獵魔士又從方塊人的棒子下閃開，並往對方握住棒子的指頭大力一砸，動作一氣呵成。方塊人痛得大叫，鬆開棒子，而傑洛特再攻向他的耳朵、肋骨及另一隻耳朵。接著，他猛力朝對方胯下一踢，方塊人倒地，額頭抵著地面，縮成一團。

身材瘦瘦的那個是三人裡動作最俐落也最快的。他在獵魔士身邊不斷跳動，靈巧地把刀子在兩手間拋來拋去，然後雙膝一沉，發動攻勢，以斜角出刀。傑洛特輕鬆閃過攻擊，往後退開，等對方跨大腳步。時機一到，桶板一掃，打回對方的刀，然後身子一旋，轉到對方背後，往其後腦痛下重手。使刀的惡棍雙膝跪地，獵魔士在他的右臀又大力地補了一下，痛得他大聲哀號，整個人彈直，而獵魔士的桶板也在此時重重落在他耳下的神經部位，也就是醫者所熟知的腮腺神經叢。

「喔，這下可痛了。」他站在縮成一團、叫到哽噎的那人面前說。

穿皮草的抽出腰間的斧頭，卻依舊跪在地上，不知道下一步該怎麼做。傑洛特用桶板狠狠往他的肩膀招呼，爲他解除疑慮。

城裡的守衛排開重重圍觀的人潮，沿小巷跑來。亞斯克爾攔下他們，解釋來龍去脈，積極解釋誰是出手的那方、誰是自衛的那方。獵魔士以手勢要他過去。

「盯著他們把這些混蛋送去關。」他交代道：「和你的檢察官堂兄好好說說，讓他把事情問個明白。他們要不是自己在偷劍的事上插了一腳，就是有人雇的。知道我沒武器，所以才敢出手。這塊桶板還給桶匠吧。」

「剛才他們不肯給，所以我不得不花錢買。」亞斯克爾坦言。「不過我想我是買對了。我看你這塊木板用得挺順手的，你應該要隨身攜帶。」

「我是要去找女巫，拜訪一下，所以要帶桶板去嗎？」

「如果是女巫的話，」吟遊詩人皺起眉，「應該要拿更重的東西，比如說，鐵棍。有一個我認識的哲學家常說：『去找女人的時候，別忘了帶上……』」

「亞斯克爾。」

「好啦，好啦，我和你說怎麼去找那個女巫，不過在那之前，如果我可以給你一點建議的話……」

「什麼？」

「先去一下澡堂，還有理髮師那裡。」

當你們感到沮喪的時候，小心了，因爲表象會使人混淆。世間的事鮮少表裡如一，而女人向來表裡不一。

《詩的半世紀》

——亞斯克爾

第五章

噴水池裡的水開始轉動，噴濺金色水珠。人稱珊瑚的女巫莉塔·奈德施下穩定咒，水面隨即靜了下來，宛如倒了層油般發出粼粼水光。影像漸漸浮現，由模糊轉爲清晰，雖然因爲水流而微微變形，卻不再晃動，清楚可見。珊瑚探下身子，在水面上看見城裡的主要街道——香料市場街，還有一名大步走在街上的白髮男子。女巫仔細盯著影像，觀察當中內容，試圖找出線索，找出某些細節。這些細節可以讓她做出正確評斷，預視事情發展。

對於何謂眞正的男人，莉塔自有一套多年經驗累積而成的看法，懂得在良莠不齊的贗品中找出眞貨。至少，她不用靠肢體接觸來達成目的。再說，一如大多數女巫，她也認爲靠肢體接觸來測試男子氣概的方式不僅格局太小，也容易讓人誤解，完全偏離正道。經過多番嘗試，她得出結論——直接品嘗或許是檢視味道的方法，嘗完後卻太容易噁心，難以消化，讓胃部發灼，有時甚至還會作嘔。

莉塔懂得區分眞正的男人，甚至不用近身，而她憑的是些枝微末節與看似毫無意義的跡象。透過實務經驗，女巫知道一個眞正的男人熱衷釣魚，但只用假餌。眞正的男人會蒐集軍事人偶、色情圖畫，還有各種手工帆船模型，當然也包括裝在瓶子裡的那種，而名酒空瓶在他家裡可從來不曾缺少。眞正的男人廚藝精湛，煮得一手好菜。還有，眞正的男人本身，就是一道可口佳餚。

關於獵魔士傑洛特，女巫聽過許多事蹟，也蒐集了很多情報，而先前提到的眞男人要件，這個她正透過水鏡觀察的男人，看來只符合一項。

「瑪賽可！」

「師傅，我在這兒。」

「有客人要來。給我把一切都準備好，別失了水準，但先去幫我拿件連身裙來。」

「您要茶玫瑰那件？還是海洋之水？」

「白的那件。他都穿黑的，我們就給他來個陰陽相配。還有高跟鞋，挑雙顏色搭的就好，不過鞋跟至少四吋。我不能讓他太俯視我。」

「嗯？」

「師傅……那件白色……」

「那件連身裙很……」

「樸素？沒有點綴、裝飾？唉，瑪賽可啊，瑪賽可，妳什麼時候才學得會啊？」

□

在門口迎接傑洛特的是名流氣痞子，身材魁梧，肚腩不小，鼻梁歪折，眼睛和小豬一樣。他把傑洛特從頭到腳打量一番，接著從腳到頭倒過來再瞧一次，然後退開，示意他可以進入。

前廳已經有名頭髮梳整服貼的女子等著。對方沒有開口，僅以手勢請他入內。

他筆直朝裡頭走去。天井內鮮花綻放，正中有座水花四濺的噴水池，而水池中央則有座裸身起舞的大理石像，似乎是名女子，但按那幾乎尚未發育的第二性徵來看，或者該說是名小女孩。除了創作者的鬼斧神工，這雕像還有一點引人注目——雕像與底座只靠一根大腳趾連接。這種結構不靠魔法絕對無法維持，獵魔士在心裡想道。

「來自利維亞的傑洛特，歡迎。請進。」

按照典型的審美標準，女巫莉塔．奈德的五官線條頗為銳利。她在臉頰用溫暖的蜜桃色調打底，再以玫瑰胭紅輕輕掃過，雖無法完全蓋住突出的顴骨，卻讓線條顯得較為柔和。塗了珊瑚胭脂的雙唇完美呈現唇線，甚至完美過了頭。不過，重點不在這裡。

莉塔屬紅髮，經典而自然的紅。飽滿鮮紅的髮色讓人聯想到夏日的狐狸。傑洛特敢打賭，如果抓隻紅毛狐狸放到莉塔旁邊，那毛色與她的髮色看起來絕對不會有差異，讓人無從分辨。女巫擺頭時，紅髮中會閃爍明亮黃光，與狐狸毛的光澤如出一轍。擁有如此紅髮的人通常長有雀斑，而且數量也較常人多出許多，不過這點在莉塔身上卻不適用。

傑洛特感到煩躁，覺得自己與現實脫離，神游太虛，卻又突然在某個深處清醒過來。他天生就對紅髮有種奇怪而難解的偏好，幾次就是為了這髮色做出蠢事，所以前車之鑒不可忘，而獵魔士也決意記取教訓。話說回來，要達成這個目標並不困難。離上次犯蠢恰恰過了一年，這種事已不再讓他心癢難耐。

充滿情慾誘惑的紅髮並不是女巫身上唯一吸引人的地方。她之所以會穿上這件簡樸、完全沒有任何效果的雪白連身裙，其實別有用意，當中的道理不容質疑。簡單的剪裁不會奪走欣賞者的注意，讓目光能集中在著衣者誘人的體態與深開的領口。簡單來說，如果要替先知列布達的《善典》插圖版，〈不潔之慾〉那章選個章節起始人物畫，莉塔．奈德當之無愧。

說得再簡單點，只有徹頭徹尾的笨蛋才會想與莉塔．奈德這種女人廝混超過兩個晝夜。有趣的是，會追求這種女人的，通常都是渴望長久穩定關係的男人。

小蒼蘭與杏花的香氣自她身上散發而出。

傑洛特先鞠個躬，然後假裝自己對噴水池裡那一小尊雕像，比對女巫的身材與襟口更感興趣。

「來吧。」莉塔指著一張孔雀石桌和兩張藤編扶椅，再度開口邀請：「來吧。」等到他入座，她才露出勻稱小腿與蜥蜴皮靴，風情萬千地坐下。

獵魔士假裝自己的全副心神都放在玻璃水瓶與水果盤上。

「葡萄酒好嗎？這是投散特產的努拉古斯，我認爲它的口感比宣傳過度的艾斯艾斯還要有層次。如果你比較想喝紅葡萄酒，我們還有柯特布萊瑟。瑪賽可，幫我們倒酒吧。」

「謝謝。」獵魔士從頭髮梳整服貼的女孩手中接過酒杯，並朝她微微一笑。「瑪賽可，很好聽的名字。」

他注意到女孩眼裡的驚惶。

莉塔．奈德把酒杯擱到桌上，刻意碰出聲響好拉回他的注意。

「是什麼……」她微微擺動紅色鬈髮。「讓鼎鼎大名的利維亞傑洛特來到寒舍？我快好奇死了。」

「妳爲我付了押金。」他故意說得冷然。「我是說，擔保金。多虧有妳的慷慨，我才能從犯罪案件脫身，但我之所以會被扯進這件案子，也是多虧了妳，對吧？就是因爲妳，我才在牢裡待了一個禮拜。」

「四天。」

「整整四天。如果可以，我想知道妳這麼做的原因，兩個都想知道。」

「兩個都想知道？」她挑起眉毛，也舉起酒杯。「但原因只有一個，而且就是那一個。」

「原來如此。」他假裝把所有注意力都放到在天井另一端忙碌的瑪賽可身上。「妳去密告我，把我關到牢裡，然後又把我從牢裡撈出來，爲的都是同一個原因？」

「說得完全沒錯。」

「那麼我要問了，爲什麼？」

「好向你證明我的能耐。」

他喝下一口葡萄酒，滋味確實極佳。

「妳確實證明了自己的能耐。」他點點頭。「基本上，妳大可直接告訴我，就算是上街碰到的時候說也行，我會信的。妳卻選擇用別種方式，而且是比較強烈的方式，那麼我要問了，接下來呢？」

「我自己也正在考量。」她抬起眼睫，侵略性十足地看著他。「不過，就讓事情自己發展吧。我們姑且這麼說，我是以我自己和我的同伴——一群對你有所計畫的巫師——之名義行動。這些巫師對我的外交天賦並不陌生，認爲該由我來告訴你他們的計畫。目前我能和你說的，就這麼多了。」

「妳說的太少了。」

「沒錯。不過目前也只能是這樣，說來丟臉，但我知道的不比你多。我沒料到你會這麼快出現，會這麼快發現是誰付的擔保金，而按我得到的保證，這本該是機密。要是我知道更多消息，會讓你知道，耐心點吧。」

「那我的劍呢？也是這場遊戲的一部分？是那些神祕巫師計畫的一部分？還是，這又是妳證明自己能耐的另一個證據？」

「你所謂的劍是怎麼回事，又和什麼有關，我並不清楚。」

這套說法他沒有完全採信，但也沒有繼續深究。

「妳的巫師同伴近來輪番搶著向我表現他們的反感和敵意。」他說：「使盡渾身解術來挑釁我，不讓我過好日子。我有理由相信，在我碰上的每件壞事裡，他們都摻了一腳。他們用這一連串的不幸把我送進監牢，然後又把我放出來，再和我說對我有所計畫。妳那群同伴這回又想出了什麼餿主意？我甚至不敢多想。至於叫我要有耐性的妳，我得承認，的確很有外交手腕，不過我又有別的選擇嗎？還不是只能等妳密告搞出來的這件事排上備審案件表。」

女巫微微一笑，說：「不過，現在你可以徹底享受自由，感受其好處。如果這事排上備審案件表，你會以自由之身站上法庭。至於這事會不會排上備審案件表，我可就沒那麼肯定了。就算眞的排上了，你也沒有任何理由要擔心，相信我。」

「要我相信這件事，可能有難度。」他也報以微笑。「妳那群同伴近來的作爲，大大破壞了我的信任，不過我會努力的。至於現在，我要走了，這樣我才能帶著信任與耐心等候。再會。」

「先別再會，再待一會兒。瑪賽可，葡萄酒。」

她在椅子上換了一個姿勢。未上扣的裙子底下，是一雙膝頭與大腿，獵魔士依舊固執地假裝沒看見。過了一會兒，她說：

「哎，我也犯不著再拐彎抹角。我們的圈子對獵魔士向來沒有好印象，卻也只要對你們視而不見就夠了。不過，這情況從某個時間點開始就不一樣了。」

「從我和葉妮芙在一起之後。」他已經受夠這樣高來高去。

「並不是，你想錯了。」她的一雙碧綠眼睛盯在他身上。「而且是錯了兩個地方。首先，不是你和葉妮芙在一起，而是她和你在一起。再者，這段關係並沒有引起多少人反感，這類放肆行爲在我們圈子裡早有過先例。轉折點在於你們分開。那是什麼時候發生的？一年前？哎，時間過得還眞快呀……」

她故意停頓了下，希望他能有所反應。在確定他不會有任何反應後，她接著說：

「整整一年前。從那時候起，我們圈子裡有一部分人……不是很多人，但都很有影響力，決定將注意力放到你身上。你們之間發生了什麼事，並非所有人都清楚。有些人認爲是葉妮芙腦袋清醒了，決定和你分手，把你掃地出門。有些人則大膽發揮想像，覺得是你看明白了，把她甩了，逃到天涯海角。結果就像我剛才說的，你成了眾人的焦點。還有像你剛才猜的，也引起了眾人的反感。呵，有些人打算給你來點教訓，不過算你走運，大多數人覺得這不值得。」

「那妳呢？妳在妳的圈子裡，屬於哪一邊？」

莉塔撇了撇珊瑚色的唇瓣，說：「我是屬於以你那愛情狗血劇爲樂的那邊。你這齣戲有時讓人發噱，有時可眞給人危險十足的娛樂效果。我個人則感謝你爲我帶來一筆不小的收入，獵魔士。有人開盤賭你可以和葉妮芙維持多久，賠率很高，而我下的注到頭來竟是與結果最接近的，所以就贏了彩金。」

「既然如此，那我最好離開。我不該來拜訪妳，也不該讓人看見我們在一起，不然人家會以爲我們詐了這場賭。」

「你會在意人家怎麼想嗎？」

「不太在意，而我很高興妳贏了賭注。我本來打算要給妳五百克朗償還擔保金，不過既然妳靠我下注贏了彩金，我就不覺得對妳有什麼義務了。我們就這麼扯平吧。」

「我希望，」莉塔．奈德的綠眼裡閃過不祥之光。「你所謂的歸還擔保金，不是指你打算開溜走人？不等法庭開議？不，不，你並沒有這種打算，你不能有這種打算。畢竟，你很清楚，這種打算會把你送回牢裡。這你知道，對吧？」

「妳不用向我證明妳的能耐。」

「我希望自己可以不用，這話我可是把手捂在心上說。」

她把手擱到襟口，擺明要他把視線往那裡放。他假裝沒注意到，把視線又轉到瑪賽可身上。莉塔清了清嗓子，說：

「至於扯平這件事，也就是彩金該怎麼分，你說的的確有道理。是該分你一份。我不敢和你談錢，不過……你覺得無限使用『事物的本質』怎麼樣？就你待在這裡的這段期間？因為我，你還沒來得及在旅店安頓就得離開，所以現在……」

「不了，謝謝。妳的好意與重視我很感謝，但是不了，謝謝。」

「你確定？唉，你確實很確定。你被送進牢裡的這件事……我提它做什麼？你是故意讓我說的，你誆了我。你的眼睛，這對詭異的變種眼睛，看起來是那麼眞誠，卻不斷誤導人……誆騙人。你一點都不眞誠。我知道，這話從女巫口中說出是種讚美。你想說的就是這個，對吧？」

「非常好。」

「那麼你有展現眞誠的本錢嗎？如果我向你要求，你做得到嗎？」

「如果這是妳的要求的話。」

「哎，就當作是這樣吧。那麼，和我說實話，爲什麼偏偏是葉妮芙？爲什麼是她，不是別人？你能解釋嗎？有辦法好好說明嗎？」

「如果這又是另一盤賭局……」

「這不是賭局。爲什麼偏偏是凡格爾堡的葉妮芙？」

瑪賽可從陰影中現身，端來一個新的玻璃瓶，還有餅乾。傑洛特看向她的眼睛，但馬上又別開頭。

「爲什麼是葉妮芙？」他看著瑪賽可，重複了莉塔的問話。「爲什麼偏偏是她？老實說，我自己也不知道。有些女人就是……只要看一眼……」

瑪賽可張開嘴，帶著懼意微微搖頭回絕。她就知道會這樣，也乞求他能停下，但他已經入戲太深。

「有些女人，」他的雙眼依舊在女孩身上掃動。「會吸引人，像磁鐵，讓人無法移開視線……」

「瑪賽可，讓我們獨處。」莉塔的聲音裡聽得見流冰撞上鐵塊的磨擦聲。「至於你，來自利維亞的傑洛特，我要向你道謝，謝謝你的到訪，謝謝你的耐心。還有，謝謝你的眞誠。」

獵魔士之劍（圖四十）的獨特之處在於它是其他劍器的集合，是構成其他武器精髓的第五元素。以一流的鋼材與鍛造技術——矮人的鑄造與鍛鍊——打造出來的，劍身輕盈，且異常有彈性。獵魔士之劍的打磨方式，用的也是矮人技藝，姑且說，那是種祕密工法，且幾世紀來無人能一窺堂奧，而矮人對此更是守口如瓶。經過矮人打磨的劍器，就連半空中的絲帕也能輕易劃成兩半，而按目擊者所言，獵魔士確實能如此賣弄他們的寶劍。

《冷兵器論》

——潘多佛・佛鐵圭拉

第六章

清晨短暫的暴風雨才將空氣洗淨片刻，微風又送來帕爾米拉的惡臭——垃圾、燒焦的油脂和腐爛的魚氣味，再度讓人難以呼吸。

傑洛特在亞斯克爾那裡過了一夜。吟遊詩人的房間很小巧，而這並不是修辭比喻，因為要想走到床邊，得先貼著牆過。幸好，那張床容得下兩個人。雖然床架整晚發出令人髮指的聲響，但終歸能入得了眠，只是草褥被往來住宿的商賈壓得頗硬；這些商賈對婚姻之外的性愛遊戲，可是出了名的熱衷。不知為何，傑洛特在夜裡夢到了莉塔．奈德。

兩人在附近的市集吃早餐。吟遊詩人找到一個沙丁魚做得十分美味的攤子。亞斯克爾請客，傑洛特對此沒什麼意見，畢竟兩人之間通常是反過來——亞斯克爾老是一貧如洗，常得仰賴他的慷慨。

兩人在一張經過粗略拋光的桌前坐下，品嘗攤販端來、煎得酥脆的沙丁魚，那盛魚的木盤之大，足可比擬推車輪子。獵魔士注意到亞斯克爾不時憂心張望，在某個路人視線落在他們身上時，他更是整個僵掉，覺得對方盯著他們看了太久。最後，他低聲說：

「我覺得你應該去弄把武器擺在身上，讓大家都看見。你不覺得昨天的事值得我們記取教訓嗎？你看，那邊有人擺盾牌和鎖子甲，有看到嗎？那是武器舖，一定有賣劍。」

「這座城裡，」傑洛特啃下沙丁魚的背骨，吐出魚鰭。「禁止攜帶武器，外來人的武器都會被收走。看來，只有強盜才能佩著武器上大街。」

「他們是可以，而且還大剌剌地在街上晃。」吟遊詩人的頭朝一旁走過的流氓一點，那人肩上扛了長柄巨斧。「不過在科拉克要是有禁令頒發，大家通常會遵守，要是有人犯法，法蘭・德萊騰霍一定會加以懲處。你也知道，那是我堂兄，而人生來就偏心，所以這裡的禁令我們可以不當一回事。我在此宣布，我們可以擁有並佩戴武器。等我們吃完早餐，就去幫你買把劍。老闆娘！這魚太棒了！麻煩再煎個十條來！」

「我吃著這沙丁魚，」傑洛特吐掉魚的龍骨。「得出一個結論：丟劍這件事，完全就是在懲罰我的貪心與勢力，都怪我想奢侈一下。我在附近得了份工，所以想順便來科拉克，去『事物的本質』那家世界有名的酒館大吃一頓。這牛肚湯、高麗菜燉豌豆和魚湯哪裡吃不到……」

「順便和你說，」亞斯克爾把指頭舔了一遍。「那『事物的本質』料理雖然名副其實，但也不過就是許多名店中的一家。這世上多的是不比它差，甚至是比它好的館子，比如葛思維冷的『番紅花與胡椒』，或是拿威格拉德有自釀啤酒的『黑切爾賓』。至於奇達里士的『小奏鳴曲』，離這裡不遠，他們的海鮮是這個沿岸最棒的。馬利堡『里沃利』的布洛奇隆松雞塡豬油，嗯，想到就要流口水。亞斯德堡的『軸心鐵』，他們的招牌菜野兔腰肉配羊肚蕈，可是色香味俱全。希倫墩的『賀夫梅耶爾』，哇，要在秋天的撒奧溫過後去吃他們的烤鵝佐酪梨醬……又或者是亞得克拉格再過去幾哩的『兩條泥鰍』，看似是間岔路口不起眼的旅店，但他們的烤豬腳卻是我這輩子吃過最好吃的……哈！你看是誰找到我們了？眞是說人人到！你好啊，法蘭……我是說，呃……檢察官大人……」

法蘭・德萊騰霍出手示意隨從留在街邊，獨自往他們走來。

「尤里安、來自利維亞的先生，我帶了消息來給你們。」

「不可否認，我確實等不及了。」傑洛特回應道：「那些犯人說了什麼？昨天在街上，他們故意趁我沒武器時來找麻煩，這點他們當時可是說得又清楚又大聲。這就是他們和我的劍被偷有關的證據。」

「不幸的是，在這一點上，我們沒有證據。」檢察官聳了聳肩。「被關起來的那三人只是尋常的敗類，而且腦筋都不太靈光。他們之所以會找你麻煩，的確是看上你沒有武器這點。你的劍被偷這件事，轉眼就傳得沸沸揚揚，這功勞看來要歸給哨所的那票小姐。就是因爲如此，才馬上有人上門找碴……不過這也沒什麼好奇怪的，你並不是屬於特別讓人喜歡的人……而你也不追求討喜和受歡迎，在拘留所裡還和同室的人打了起來……」

「當然。」獵魔士點下頭。「這一切都是我的錯。昨天那群人也受了傷，他們沒告我嗎？沒求償？」

亞斯克爾大笑，但馬上又靜了下來。

「昨天那件事的目擊者，作證他們是被木板打傷。」法蘭．德萊騰霍厲聲道：「而且被人以異常殘酷的方式毆打，殘酷到其中一人還……失禁了。」

「那一定是因爲他太感動了。」

「動手之人，」檢察官的神色依舊沒有放軟。「甚至在對方已無招架之力、不再構成威脅的情況下，仍未收手，而這已超出正當防衛的界線。」

「這我不擔心，我有個好律師。」

接著是一陣凝重的沉默。

「要不要來點沙丁魚？」亞斯克爾刻意出聲打破。

最後，檢察官總算開口：「我要通知你，偵查正在進行。昨天逮捕的人與偷劍一事並無關聯。我們另外問了幾個可能涉案的人，但沒找到任何證據。我們的線人也沒有任何消息可以提供。不過，有一件事是清楚的……而我主要也是爲此而來。城裡似乎來了些生面孔，而且都急著想找獵魔士較勁，尤其是沒有武器的那個獵魔士，所以我建議你提高警覺，不排除會再發生類似的意外。尤里安，在這種情況下，我也不確定你是不是應該繼續和利維亞來的先生作伴……」

「我和傑洛特一起去過許多更危險的地方。」詩人好勝地打斷他。「這裡的草包和我們碰過的對象比起來，連一根腳趾頭都比不上。堂兄，如果你覺得合適的話，就給我們配一支護衛隊吧。因爲要是我跟傑洛特兩人又把哪些人渣痛打一頓，他們又會跑去跟你哭訴，說我們防衛過當。」

「前提是那些眞的都是人渣，而不是有人特別雇用的殺手。」傑洛特說。「這個可能性也有納入偵訊範圍嗎？」

「偵訊範圍涵蓋所有可能。」法蘭．德萊騰霍不讓他繼續。「而且會持續進行。我會派護衛給你們。」

「眞是感謝。」

「再會了，祝你們好運。」

城市的屋頂之上，海鷗高聲啼叫。

□

傑洛特後來才發現，這趟武器舖之行大可省去，只消朝舖子裡的兵器瞧一眼，他便什麼都清楚了。

在得知那些兵器的價格後，傑洛特只是聳聳肩，二話不說便走了出去。

亞斯克爾在街頭追上他說：「我以爲我們講好了。你就隨便買把兵器，反正不要什麼都沒有就好！」

「我不要把錢浪費在無謂的東西上，就算那是你的錢也一樣。亞斯克爾，那些都是破銅爛鐵，大量生產的粗糙劍器。還有那些展示用的宮廷劍，只適合給打算在化妝舞會扮成劍客的人用。再說，店家訂的價格只會讓人笑掉大牙。」

「那我們再去找別家店！或是別家舖子！」

「去哪裡都一樣。市場要的是廉價的劍，做工不用太細，只要能撐過一場實戰就好。而且也不是要給贏家用，因爲從實戰裡收回來的劍，根本就已經不能用了。市場要的是有閃亮裝飾的劍，讓風流雅士可以帶著走，那些劍甚至連香腸都切不斷，除非是用肉泥灌的肉腸。」

「你每次都這麼誇張！」

「這話從你嘴裡說出來倒是稱讚了。」

「才沒有！那你告訴我，要去哪裡找把好劍，而且還不能比被偷的那些差？還是說，得要更好？」

「精通鑄劍的行家還是有的，說不定可以在他們的現貨裡找到一把不錯的劍。可是我的劍得要合手，鍛造、打磨都要特製，而這通常要幾個月，有時得花上一年。我沒有那麼多時間。」

「不過你總得有把劍傍身。」詩人清楚地點出重點。「而且，依我看，這事緩不得。所以現在怎麼辦？還是說……」

他左右張望了一下，然後壓低聲音說：

「還是說……還是說去卡爾默罕？那裡一定有……」

「那裡當然有。」傑洛特咬著牙打斷他。「怎麼可能沒有？包括銀製的在內，那裡劍可多了，任君挑選。不過太遠了，現在幾乎每天都有暴風雨，不然就是下大雨，河水氾濫，路上都是泥濘，去那邊得花上一個月。再說……」

他忿忿踹了一下不知是誰丟棄的籃子，然後說：

「我的東西讓人偷了，亞斯克爾，我像個白痴到家的蠢蛋讓人矇了、讓人偷了東西。維瑟米爾一定會把我挖苦得體無完膚。我那些兄弟要是剛好也在堡裡，一定也不會放過機會，我這輩子就被他們笑定了。不，這條路我他媽的絕對不會考慮。我得另想法子，而且是自己想。」

一陣笛音與鼓聲響起，他們來到一座小廣場。那裡有個蔬菜市集，一群賣藝的浪人正在表演。既然演出的時間在上午，就表示戲碼應該是又蠢又無趣。不想亞斯克爾對蔬菜竟也懂得一二，大步走在攤販間，開始品嘗、評論攤子上令人垂涎的小黃瓜、甜菜根和蘋果，順便和每個女販子調情。

「酸菜！」他邊說邊拿木夾從桶子裡夾出酸菜。「傑洛特，試試看。很好吃吧？這東西啊，又好吃、又有益。冬天缺乏維生素的時候，吃它不會得壞血病，而且它也是治療憂鬱的好東西。」

「是這樣嗎？」

「你只要吃鍋酸菜、喝鍋酸奶……煩惱馬上就會少掉憂鬱這一項，到時你就不會那麼鬱鬱寡歡，而且效果有時還滿持久的。你在看誰看得那麼仔細？那女孩是誰？」

「一個我認識的人。你在這裡等，我去和她講兩句話就回來。」

他看到的女子是在莉塔・奈德那裡認識的瑪賽可。這羞澀、頭髮梳整服貼的女孩，是女巫的學徒。她今天身上穿的是簡樸但高雅的裙裝，花梨木色。她踩著楔型鞋在凹凸不平、滿是濕滑菜葉的石磚上，倒是暢行無阻。

他走過去的時候，把她嚇了一跳，而她正把番茄放進勾在手上的籃子。

「妳好。」

一見來人是他，皮膚本就白皙的她，臉色顯得更蒼白了。要不是身後抵著攤子，她肯定會退個一或兩步。她做了個舉動，好似想把籃子藏在身後。不，不是籃子，是手。她把嚴實纏上絲帕的前臂與手掌藏了起來。他並未錯過她想表達的訊息，但無法名狀的衝動卻要他有所行動，於是他一把抓住女孩的手。

「放手。」她輕聲說，並試圖掙開。

「給我看，不然我不會罷休。」

「不要在這裡……」

她讓他把自己帶離市集，到一個比較能獨處的地方。他解開她的帕子，卻沒能忍住脾氣出聲咒罵，罵得又大聲又難聽。

女孩的左手掌反了過來，手腕逆轉，拇指左翹，手背朝下，而手心則是向上。他下意識地瞥了眼她的生命線——又長又清晰；感情線雖然清楚，卻斷斷續續。

「這是誰做的？她嗎？」

「是你。」

「什麼？」

「是你！」她扯回手掌。「你利用我來嘲諷她，這種事她不會這麼簡單就算了。」

「我沒……」

「沒想到？」她直視他的雙眼。他錯看她了。她既不羞澀，也不膽怯。「你可以想到，也該想到，但你情願玩火。這值得嗎？你滿意了？自我感覺好些了嗎？有故事可以吹給酒館的夥伴聽了嗎？」

他啞口無言，沒有回應。瑪賽可卻出乎他意料，突然展露笑容。

「我並不怪你。」她說得輕鬆。「我對你的遊戲也挺樂在其中。要不是太害怕，我可是會笑出來的。把籃子還我，我趕時間。我還有東西要買，而且我和鍊金術士約好了……」

「等一下，這件事不能就這麼算了。」

「拜託，」瑪賽可的聲音微微變了。「不要插手，你只會越幫越忙……」

過了一會兒，她又說：「反正我沒事，她這算是很輕饒了。」

「這叫輕饒？」

「她大可把我的兩個手掌都轉過來；大可把我的腳掌轉過來，讓我腳跟向前；大可把我的腳掌左邊換成右邊，又或者是右邊換成左邊。我看過她對別人這樣做。」

「這會……」

「會痛嗎？只有一下下，因爲我幾乎馬上就昏過去了。你幹嘛這樣看我？事情就是這樣。我希望幾天後，等她氣夠了，把我手掌轉回來時，也可以這樣。」

「我去找她，馬上就去。」

「這不是個好主意。你不能……」

他快速地出手制止她。他聽見人群喧鬧起來，看見他們退開。賣藝的浪人停下演出。他瞧見了亞斯克爾，後者正從大老遠拚命給他打暗號。

「你這個獵魔士王八蛋！我要和你決鬥！我們來打一場！」

「眞是夠了。瑪賽可，退到一邊去。」

人群裡站出了一個身材矮壯的傢伙，臉上戴了皮面具，身上穿的熟皮甲是用硬化過的公牛皮所製。那傢伙先是晃了晃拿在右手的三叉戟，然後左手快速一揮，在空中攤開一張漁網，接著將漁網一甩。

「我是同同‧茲羅加，人稱網鬥士！我要挑戰你，要知道……」

傑洛特舉起一隻手，用盡全身能量，朝他打出阿爾得之印。人群發出驚呼，人稱網鬥士的同同‧茲羅加飛了出去，兩隻腳在半空中不斷亂晃，與他的那張漁網糾在一塊，撞倒身後賣麻花捲麵包的攤子，然後重摔落地，腦袋在鑄鐵像上撞出一個響聲。沒人知道爲什麼在裁縫用品舖的前面，會有那麼一小尊蹲在地上的地精做裝飾。賣藝的浪人爲這凌空一飛大聲叫好。網鬥士躺在地上，氣息雖然微弱，但還活著。傑洛特不疾不徐地走過去，在他肝臟附近狠狠又補了一腳。有人扯住他的袖子，是瑪賽可。

「不，不要。拜託，不要。不可以這樣。」

傑洛特打算再給使網子的傢伙補上幾腳，因爲他很清楚什麼可以做、什麼不能做，還有什麼應該做。在這種事上，他通常不聽人說，尤其是那些從來沒被狠狠踹過的人。

「拜託。」瑪賽可再度出聲。「別拿他出氣。別因爲我、因爲她、因爲你失去了自己，而拿他出氣。」

他聽了她的話。他按住她的肩頭，看進她的眼底。

「我去找妳的師傅。」他忿忿地說

「這樣不好。」她搖了搖頭。「會有人要承擔後果。」

「妳嗎？」

「不，不是我。」

狂野的夜！狂野的夜！
若我與你一起，
狂野的夜理應成爲
我們的奢華享受！

——艾蜜莉・狄更生

所以我每日重複無謂的義務
我觸摸她的每吋肌膚——我知道自己的本分
我親吻她開啓的嘴與
讚頌她的美
而人們當著我的面叫我叛徒

——李歐納・柯恩

第七章

女巫的腰際有個彩色條紋魚刺青，樣式精緻，細部色彩如童話般豐富。處變不驚，獵魔士在心裡想著。處變不驚。

□

「我真是不敢相信自己的眼睛。」莉塔．奈德說。

對於當前所發生的事，對於當前所造成的後果，該負起責任的不是別人，正是他。在前往女巫宅邸的路上有座花園，意隨心轉，他從花壇裡摘下一朵小蒼蘭。他記得這個氣味，那是她的香水主調。

「我真是不敢相信自己的眼睛。」站在門邊的莉塔重複道。出來迎接他的是她本人，身材魁梧的門房興許是放假了，不見人影。

「你來了，我猜是爲了瑪賽可的手掌來興師問罪。你還給我帶了花，白色的小蒼蘭。進來吧，免得別人開始作文章，搞得整座城都在說我們閒話。一個男人帶了花來到我門前！這種光景就連城裡年事最高的人也沒見過。」

她穿著一件寬鬆黑色連身裙，由絲綢與薄紗混製而成，布料輕盈無比，隨著每道氣流飄蕩。獵魔士呆站著，看得雙眼發直，朝她遞出的小蒼蘭也依舊拿在手裡。他很想擠出微笑，卻做不到。處變不驚。

獵魔士在腦中重複著自己從奧克森福特大學哲學系大門上方的螺旋裝飾記下的格言。在往莉塔宅邸的路上，他不斷重複這句格言。

「別吼我。」她從他的指間拿走小蒼蘭。「等那女孩一回來，我就把她的手掌弄好，保證不痛。我甚至會向她道歉。我也向你道歉，只要你別對我吼就好。」

他搖搖頭，再度試圖擠出笑容，卻依舊枉然。

「我很好奇，」她把小蒼蘭湊到臉邊，一雙碧綠的眼睛鎖在他身上。「你懂不懂花語？你是知道這花的花語，特意借花獻佛嗎？還是說，這花只是隨手摘的，至於那給我的含意……則是潛意識的？」

處變不驚。

「不管是哪一種，都不要緊。」她走向他，靠得極近。「因爲你要不是故意算計好，要清楚向我表達你的渴望……就是故意隱藏這份渴望，卻讓你的潛意識給出賣了。不管是哪一種，我都欠你一份道謝。謝謝你的花，也謝謝這花表達的含意。謝謝你，而且我會給予回報。我也有樣東西要給你看。哎，這條帶子。幫我把它拉開，不用客氣。」

*我到底在做什麼？*他一邊在心裡想著，一邊拉動帶子。織帶滑過每個織孔，直到最後。絲綢與薄紗的連身裙宛如流水從莉塔身上落下，軟軟堆疊在腳踝邊。她的裸體就像乍現的閃光襲來，讓他不禁閉上眼睛。*我在做什麼？*他一邊攬住她的頸子，一邊想著。*我在做什麼？*他一邊嘗著她唇上的珊瑚胭脂，一邊想著。*我現在在做的事，根本一點都不合邏輯。*他一邊想著，一邊緩緩將她帶往天井旁的小櫃子，把她放到孔雀石做的櫃面上。

她身上散發著小蒼蘭與杏花香，但還有另一種味道，也許是橘香，也許是岩蘭草的氣味。

經過一段時間，兩人即將進入尾聲，甚至連小櫃子都激烈晃動。珊瑚儘管緊緊抱著他，卻連半刻都沒放開手中的小蒼蘭。不過花香再香，也掩不過她身上的馨香。

「我很喜歡你的熱情，」一直闔著眼的她離開了他的唇，張開眼睛說：「而且非常讚賞，不過我有床，你知道吧？」

□

沒錯，她有床。一張巨大的床。寬如驅逐艦甲板的床。她領著他往床走，他則跟著她，而且視線緊緊鎖在她身上。他沒有四處張望，甚至不懷疑自己爲何跟著她走，對她要把自己帶往哪裡，沒有半點存疑，雙眼一路鎖在她身上。

那是張巨大的床，有著床幔、蠶絲被單與緞面床單。他們善用了整張床——每一吋床面、每一吋被單、每一道床單縐褶，完美詮釋物盡其用的定義，一點也不誇張。

□

「莉塔……」

「你可以叫我珊瑚，不過現在什麼都別說。」

小蒼蘭與杏花的香味。散在枕頭上的紅髮。處變不驚。

□

「莉塔……」

「你可以叫我珊瑚，而且你可以對我再做一次。」

□

莉塔的腰際有個彩色條紋魚刺青，樣式精緻，細部色彩如童話般豐富。巨大的魚鰭連在一起，讓這魚看來像個三角形。這種魚叫神仙魚，自視甚高的有錢新貴通常會將牠們養在魚缸或水池裡，所以這種魚總是會讓傑洛特聯想到勢利與自命不凡的口氣，而對這種魚有如此聯想的人，絕對不只他一個。所以，珊瑚其他圖案不選，卻選這個當刺青，讓他有些奇怪。不過這奇怪的感覺並沒有持續多久，因爲他很快就想通其中道理。莉塔．奈德外表看來固然年輕，但這圖案卻是在她眞正年輕的時候刺的。那時從海上運來的神仙魚非常稀有珍貴，有錢的人卻不多，新貴才剛開始積攢財富，甚至沒幾個人買得起魚缸。所以她的刺青就像是個身分證明，傑洛特一邊用指尖撫著神仙魚，一邊在心裡想著。奇怪的是，莉塔竟然還留著這個刺青，沒有用魔法除掉。好吧，他的愛撫逐漸探離魚兒，有這麼一個東西可以回憶年輕歲月，其實也不錯。這樣的一個紀念，即使已是老套、過時，眞要捨下也不是易事。

他單肘撐起身，用目光在她身上仔細搜尋其他紀念物，卻什麼也沒找到。不過他本來也就不指望能找到什麼，只是想飽覽春光。珊瑚嘆了口氣，看來已對他那隻隨意遊走卻不著邊際的手掌感到不耐。她抓住那隻手掌，堅定地將它帶往明確的目的地，而在她的理解中，終點只有一個。做得好。傑洛特一邊想著，一邊將女巫拉向自己，把臉埋進她的髮絲。我對那隻條紋魚沒什麼興趣，還有其他的事更值得注意、值得去想。

□

也許是帆船模型，珊瑚努力穩住劇烈起伏的氣息，紛亂地想著。也許是軍事人偶，又或者是用飛餌釣魚，不過重要的是……眞正重要的是……抱我的方式。

而傑洛特抱她的方式，就好像她是他的全世界。

□

頭一夜，他們睡得並不好，甚至在莉塔入睡後，獵魔士依舊無法成眠。她的手緊緊圈住他的腰，讓他連呼吸都覺得困難，而她的腳則是橫跨在他的兩條大腿上。

第二夜，她的戒心已不再那麼重，不像前夜將他圈得那麼緊，顯然已不擔心他會在清晨溜走。

□

「你出神了。你的表情看起來很有男人味，但也很凝重，是什麼原因呢？」

「我在想……嗯……我們這段關係是怎樣的本能反應。」

「什麼？」

「我是說，本能反應。」

「我想，你好像用了『關係』這個詞？這個詞的含意之廣，確實令人咋舌。在我聽來，你這是高潮後的憂鬱。這不過是自然現象，所有高等生物都會碰到。獵魔士，我這隻眼睛裡也有一小顆奇怪的淚珠在打轉……別這麼憂鬱了，別這麼憂鬱。我是開玩笑的。」

「妳誘惑了我……就像雌性動物一樣。」

「什麼？」

「妳誘惑了我。就像昆蟲一樣，用充滿魔力、混著小蒼蘭與杏花香的費洛蒙誘惑了我。」

「你是說眞的嗎？」

「別生氣，珊瑚。」

「我沒有生氣。正好相反。仔細想想，我得承認你是對的。這純粹就是本能反應，只不過順序完全反了。是你來迷惑我、引誘我。從你第一眼看到我就開始了。你在我面前跳了雄性動物的求偶舞，順著動物的原始本能，又是跳腳，又是踱步，尾巴舉得老高……」

「並沒有。」

「你把尾巴舉得老高，像公黑琴雞那樣猛拍翅膀。你又是高聲尖啼，又是咯咯叫……」

「我沒有咯咯叫。」
「你有咯咯叫。」
「沒有。」
「好啦。抱我。」

□

「珊瑚？」
「嗯？」
「莉塔．奈德……這也不是妳的眞名，對吧？」
「我的眞名用起來很麻煩。」
「怎麼說？」
「那你快速說一次：『阿絲特莉德．莉塔奈德．阿斯給芬比恩斯多蒂』。」
「我懂了。」
「我很懷疑。」

□

「珊瑚？」

「怎麼了？」

「那瑪賽可呢？她的綽號是怎麼來的？」

「獵魔士，你知道我不喜歡什麼嗎？和其他女人有關的問題。尤其是在問話的那個男人，正和我一起躺在床上的時候，而且那個男人還沒把全副心神放在他掌心捧的東西，而是不斷打探其他事。你和葉妮芙在床上的時候，一定沒這膽子。」

「而我不喜歡提到某些名字，尤其是在……」

「要我停下來嗎？」

「我沒這麼說。」

珊瑚親了下他的臂膀。

「她剛上學的時候叫愛可，姓我不記得了。她不僅名字奇怪，也因爲皮膚上的雀斑暗沉吃了很多苦頭。她的兩頰上都是一塊塊淺色補丁，看起來就像馬賽克。當然，這個問題在頭一個學期過完就給人治好了，女巫可不能有任何瑕疵。不過這一開始原是取笑人的綽號，雖然很快便失去意義，卻也就這麼跟著她了。她自己也喜歡上這個綽號。好了，她的事說夠了。換你和我說吧，而且要說和我有關的事。來，說吧。」

「要說什麼？」

「說和我有關的事。說我是怎樣的人。很漂亮，對吧？來，說啊！」

「妳很漂亮，有一頭紅髮，還有雀斑。」

「我沒有雀斑，我用魔法把雀斑都消除了。」

「沒有全部除掉，有些妳漏掉，被我找到了。」

「哪裡有……喔，對，沒錯，我的確有雀斑。還有呢？」

「妳很甜。」

「什麼？」

「很甜，就像沾了蜜的餅乾。」

「你不是在笑話我吧？」

「看著我，看著我的眼睛。妳在我的眼睛裡有看到任何一絲的不眞誠嗎？」

「沒有。這樣讓我更擔心。」

□

「坐到床邊來。」

「要做什麼？」

「我想回報你。」

「什麼？」

「謝謝你發現我的雀斑。爲了你的付出與精確的……探索，我想回報、感謝你，可以嗎？」

「當然可以。」

□

城裡這一區的住宅大多都有面海的露台，女巫的宅邸也不例外。莉塔喜歡坐在那兒，花上幾個鐘頭看船隻航行，所以她有座架在三腳架上的大型望遠鏡。獵魔士不似她那麼喜好海洋和在海上航行的物體，卻喜歡與她在露台上作伴。他總是坐得離她很近，把臉湊在她的紅色鬈髮邊，享受小蒼蘭與杏花的氣味。

「你看那艘正在下錨的蓋倫帆船。」珊瑚指著遠方說：「船上有面藍十字旗，那是琴特拉榮耀號，一定是要開去科維爾。而那艘寇克船是阿爾克號，奇達里士來的，肯定是載了皮料。還有那邊，你看，那是特替俎號，本地運輸用的霍克船，載重兩百瓦施特，沿海航行，往來科拉克與拿威格拉德。那邊，你看，那艘正要開進錨地的船，就是拿威格拉德的雙桅縱帆船潘朵拉帕爾維號，這船眞是漂亮、眞是漂亮。你用望遠鏡看，就可以看到……」

「我不用望遠鏡就可以看得到，我是變種人。」

「喔，對，我忘了。喔，那邊，那是倒掛金鐘號，槳帆船，有三十二支槳，載重可達四百瓦施特。至於那邊那艘好看的三桅蓋倫帆船是維提哥號，從蘭埃克塞特來的。而那邊再過去，掛紫紅旗的蓋倫帆船是雷達尼亞的信天翁號，桅桿有三根，從船首到船尾總共有一百二十呎……喔，那邊，快看、快看，是飛剪式的郵務帆船回音號，已經揚了帆要出海呢。我認識他們的船長，他每次靠港都會去拉文加那裡吃飯。你再看那邊，那艘滿帆航行的蓋倫帆船是波維斯來的……」

獵魔士撩開女巫背後的髮絲。一顆接著一顆，慢慢解開她身上的勾釦，將連身裙裝從她肩頭褪下，然後把雙掌與精神全都放在那雙滿帆的蓋倫帆船上。這樣一對帆船，不管在任何航道、雷達、港口或海軍部的紀錄裡，都找不到可以比擬的。

對於他的舉動，莉塔並沒有抗議，但也沒將眼睛從望遠鏡移開。過了一會兒，她說：

「你這樣就像個十五歲的小伙子，活脫脫像第一次看到這對東西一樣。」

「對我來說，每一次都像是第一次。」他不情願地說：「而且說老實話，我從來沒當過十五歲的小伙子。」

□

「我來自斯格利加。我的血裡摻著海水，我愛人海。」後來兩人躺上了床，她才這麼和他說。他沒搭腔，而她則繼續說：「有時我夢想可以出海，獨自一人揚帆啓航……航行得遠遠的、遠遠的，一直到地平線的那一端。四周只有海與天，讓鹹鹹的浪花濺在我身上，讓強風有如最眞切的男人愛撫般，吹扯我的頭髮。而我是獨自一人，徹徹底底一個人，在陌生而充滿敵意的自然力量中，無盡孤獨。在陌生的海洋中孤獨一人。你不會想要這樣嗎？」

不，我不會，他想道。我每天都與孤獨共處。

□

夏至來臨，隨之是充滿魔法的夜，一年當中最短的夜。在這個夜裡，森林中的蕨類會綻放花朵。全身塗滿一葉草的裸身女孩們，會在一片片被露水沾濕的林中空地上翩翩起舞。

這是一個短如轉瞬的夜。

這是一個瘋狂、亮如電光的夜。

□

夏至過後的早晨，他獨自醒來。廚房裡已備妥早餐，而且不只有早餐。

「早，瑪賽可。天氣眞好，對吧？莉塔呢？」

「你今天可以自由行動。」她說，視線卻沒投到他身上。「我那無人可比的師傅整天都要做事，會忙到很晚。她把時間花在……享樂的這段日子裡，累積了不少客戶。」

「客戶？」

「來治療不孕的女性，當然還有其他的婦女病患者，你不知道嗎？那你現在知道了，祝你有個美好的一天。」

「先別走，我想……」

「我不知道你想做什麼，」她打斷他。「不過你想的應該不是什麼好主意。最好你都別和我說話，假裝我根本就不存在。」

「珊瑚不會再傷害妳了，我保證。再說，她不在這裡，看不見我們。」

「只要是她想看的東西，她就看得見，只要用幾句咒語和神器就行了。還有，別騙自己你對她有任何影響力，光靠……」她把頭偏向寢室。「是不夠的。請別在她面前提起我的名字，就算是不小心的也一樣。因爲她會記恨，就算過了一年，她還是會記恨。」

「既然她這樣待妳……妳不能直接離開嗎？」

「去哪？」她嘆了口氣。「去紡織廠工作嗎？去鞋匠那裡做事？還是直接去妓院？我沒有人可以依靠。我是個無名小卒，這輩子都是無名小卒，只有她能改變這點。這一切我都能忍……不過要是你可以行行好，就別再給我添麻煩了。」

過了一會兒，她看著他說：「我在城裡碰到你的夥伴，那個詩人，亞斯克爾。他問起你，很擔心你。」

「妳有叫他別擔心嗎？妳有和他說我在這裡很安全？沒有任何威脅嗎？」

「我爲什麼要說謊？」

「什麼？」

「你在這裡不安全。你在這裡，和她在一起，是出自對另一個女人的遺憾。就算是在你與她緊緊相依的時候，心裡想的還是另外那個女人。這一點，她知道，但她選擇玩這個遊戲，因爲她覺得很有趣。而你裝得很像樣，像魔鬼般那麼有說服力。不過你可曾想過，要是你背叛她，會發生什麼事嗎？」

□

「你今天也要在她那邊過夜嗎？」

「對。」傑洛特給了肯定的答覆。

「你知道，你這樣已經一個禮拜了嗎？」

「四天。」

亞斯克爾的指頭在魯特琴上刷出一個戲劇性的滑音，環顧一下酒館後，拿起啤酒杯大口灌下，然後擦掉鼻頭上的酒沫，說：

「我知道這不關我的事。」他說這話的口氣有別以往，堅決而強硬。「我知道自己不該插手你的事，我知道你不喜歡有人插手你的事。但是，我的朋友傑洛特啊，有些事不該視而不見。如果你想知道我的看法，珊瑚是要在身上貼警告標誌的那種女人，上頭要寫『請勿觸碰』，而且要貼在明顯的地方，不能拿下來。動物園裡觀賞響尾蛇的地方，就有這種標籤。」

「我知道。」

「她在和你鬧著玩，在玩弄你。」

「我知道。」

「而你只是用她來忘記你忘不了的葉妮芙。」

「我知道。」

「那你爲什麼……」

「我不知道。」

□

傍晚他們總會出門，有時去公園，有時去港口旁的小山丘，有時就只是到香料市場散散步。他們一起去了「事物的本質」那家酒館幾次，每次都讓費布斯．拉文加開心得坐不住，吩咐女侍不能有片刻怠慢。傑洛特終於品嘗到鰈魚佐墨魚汁，然後又試了白酒鵝腿和小牛肉燉蔬菜。只不過在一開始，酒館裡的客人都會對他好奇萬分，讓他感到不自在。後來他學莉塔漠視一切，所以也沒有困擾太久。酒館地窖裡的葡萄酒在這件事上也幫了很大的忙。

之後，他們會回到宅邸。珊瑚會在前廳就把身上的裙裝扔掉，裸著身子將他帶往寢室。他會跟著她走，一路欣賞眼前春光。他很喜歡盯著她看。

□

「珊瑚？」

「怎樣？」

「有人說只要是妳想看的東西，就看得見。只要靠幾句咒語和神器就行了。」

「看起來，」她用單肘撐起身子，看著他的眼睛。「好像又應該幫『有人』拽一下關節，這樣這個『有人』就不會再嚼舌根了。」

「拜託妳千萬別……」

「我開玩笑的。」她打斷他，但語氣裡讓人感受不到半點笑意。見他不說話，她又開口：「你想看什麼東西呢？還是說，你有東西想預測？是你會活多久嗎，還是你什麼時候會死？哪匹馬會在特雷托格跑馬大賽裡勝出？拿威格拉德的選舉團會選誰當最高統治者？葉妮芙現在和誰在一起？」

「莉塔。」

「我可以知道你想問的是什麼嗎？」

於是，他告訴她劍被偷的事。

□

一道閃電落下。過了一會兒，雷聲隆隆響起。

噴水池輕聲濺著水花，散發著濕石頭味。展現舞姿的大理石小女孩像又濕又亮。莉塔快速解釋道：

「這尊小雕像和這座噴水池，並不是用來滿足我對自命不凡，但實爲庸俗之作的喜愛，也不是要表達我對勢利時尚的屈服。它們有更明確的作用。這尊小雕像刻的是我，縮小版的我，十二歲的我。」

「誰想能得到妳後來出落得這麼漂亮。」

「這是與我有非常強烈關聯的魔法神器。而這座噴水池，更精確地說，是這池水，則是給我占卜用的。我想，你知道什麼是占卜，又是怎麼運作的吧？」

「大概知道。」

「你武器被偷的事大約發生在十天前。要解讀、分析過去的事件，甚至是十分久遠的事件，最好也最可靠的方式是占夢，不過要占夢，占夢者得擁有十分罕見的夢視能力，可是我沒有。而籤卜，也就是擲籤占卜，也幫不上忙。觀天象或占火只有在預測命運時才有用，而且還要有……被占卜者的頭髮、指甲、衣服的一部分與其他類似的東西。以你的事來說，我們需要的是劍，所以也不可能。」

「所以，」莉塔撥開額前的紅色鬈髮。「我們只能靠探測術。你一定也知道，這可以讓我們看見並預測未來的事件。自然元素會幫助我們，因爲這個夏季的暴風雨很多，可以把探測術與雷電相術結合。靠過來，抓著我的手不要放開。把身子往水面探，看著水面，但絕對不能伸手碰。集中心志。想你的劍！專心想你的劍！」

一串咒語唸出，池水立即有了反應，隨著每句咒語不斷冒泡、晃動，愈發強烈。一顆顆巨大的水泡自池底悶聲浮出。

之後，池水靜了下來，轉爲霧面，然後又變得伞然清澈。

水底深處現出一雙黑暗的紫眸。烏鴉般的黑色鬈髮有如水瀑，披落在一道身影肩頭，亮閃閃的，如孔雀羽毛般反射光線，隨著身影不斷擺動、波盪……

「想你的劍！」珊瑚出聲提醒，口氣輕又狠。「你該想的是你的劍。」

水面開始轉動，黑髮紫眸的女人在水漩中流逝。傑洛特靜靜嘆了口氣。

「想劍！不是想她！」莉塔咬牙切齒地說。

她在下一道閃電落下時，就著電光唸出咒語。噴水池裡的那一小尊雕像無聲地看著他們，而池水再度平靜，轉為清澈，就在此時，他看見了。

他的劍。摸著劍的手。手指上的戒指。

……用隕石打造的。劍身與劍柄的重量如出一轍，平衡得十分完美……

第二把劍。銀的。同樣的手。

……鋼心鑲銀……劍身覆滿盧恩文字……

「我看到了。」他捏住莉塔的手，大聲低語。「我看到我的劍了……真的……」

「閉嘴。」她用更大的勁道回捏他的手。「閉嘴，專心。」

劍消失了。取而代之的是座黑色森林。一條石子路。岩石。其中一塊岩石十分巨大，指向天空，又長又細……被風侵蝕成奇怪的形狀……

池水短暫冒泡。

出現一名長相貴氣、頭髮灰白的男人。他身上穿著黑絲絨衫與金色亮片背心，兩隻手擺在桃花心木的桌面上。第十號拍賣品，他大聲說。絕對獨特、不可思議的發現，兩把獵魔士之劍……

一隻黑色大貓原地打轉，試圖抓住在牠頭上晃動的吊墜。那是一枚掛在鏈子上的金色橢圓徽章，上頭有隻呈現泳姿的天藍搪瓷海豚。

河水穿梭於樹木間，在枝椏接構出的天蓬底下流動。粗大的樹枝旁生河面，其中一根上頭站著一名女子。她穿著長而貼身的裙裝，一動也不動。

河水短暫冒出水泡，隨即馬上恢復平靜。

他看見一片草海，寬廣遼闊，直至山谷。他好像是以鳥瞰的方式……又或是從一座小山山頂看著那座山谷。一列身形模糊的隊伍沿山坡走下。在那些身影回頭時，他看見的是一張張僵硬的臉，一對對僵直的眼睛。突然間，他意識到這些都是死人。這是一列行進的屍隊……

莉塔收緊抓在他手掌上的指頭，力道強如鐵鉗。

一道電光落下。突如其來的強風扯過他們的頭髮。池水有了變化，開始翻滾沸騰，轉眼疊出水泡，接著像道牆面高高隆起，直接往他們打來。兩人往後跳開。莉塔絆了腳，傑洛特彎身扶住了她。一陣雷鳴。

女巫大聲呼出咒語，接著單手一揮，整個空間頓時白光四射。

方才還是沸騰漩渦的噴水池變得平靜光亮，只在涓細水流噴落時微微波動。前一刻才遭水牆襲擊的兩人，身上連一顆水珠也沒有。

傑洛特大大吐出一口氣，站了起來。

「最後的那個……」他一邊幫著她起身，一邊喃喃說著：「最後那個畫面……那座山和那一隊人……我認不出來……不知道那代表的是什麼意思……」

「我也不知道。」她用一種陌生的語氣答道：「不過那不是你的視像，那視像是給我的。我也不知道那是什麼意思，但我有種奇怪的感覺，那不會是什麼好兆頭。」

雷聲漸歇，風暴漸遠，深入內陸。

□

「她那一整套探測術根本就是個騙局。」亞斯克爾轉著魯特琴的琴栓說：「是利用天眞人們的虛假幻術，是一種潛意識的引導，沒什麼大不了的。你心裡想劍，所以就看到劍。你還看到什麼？一列行進中的屍隊？可怕的水浪？形狀怪異的岩石？你說是怎麼個怪法來著？」

獵魔士想了一下，說：「看起來像一把巨大的鑰匙，又或者是四分之三的紋章十字架……」

聞言，吟遊詩人認眞思索了下，然後用指頭沾了點啤酒沫，在桌上畫出圖案。

「像這樣嗎？」

「對，甚至可以說非常像。」

「哎呀呀！」亞斯克爾大力刷了下琴弦，引起整個酒館的注意。「哎呀呀！我的朋友傑洛特啊！哈哈！你把我從麻煩裡拉出來幾次了？你幫我幾次了？爲我付出幾次了？次數多到數不清啊！現在該輪到我了。說不定這次你可以靠我，把你那兩支鼎鼎大名的劍給找回來！」

「什麼？」

亞斯克爾站了起來。

「我要把『法力高強、無人能及的先知』這個光榮頭銜，頒給你最新的戰利品莉塔．奈德小姐。她靠著她的占卜能力，清楚、明白而確實地指出那個我所知道的地點。我們去找法蘭，現在就去。他得動用祕密關係幫我們安排拜見，還得幫你發張通行證，好讓你避開哨所那群悍婦，走公職通道出城門。我們要來趟小旅行，小小的，而且不會很遠。」

「要去哪？」

「我知道你看到的那塊岩石在哪裡。用專業術語來說，那叫喀斯特殘丘。附近的居民稱它爲獅鷲。

那是通往某個人物所在的醒目標記，或者說是路標，那人確實可能知道兩把劍的下落。我們要去的地方叫三角堡，你有沒有想到什麼？」

獵魔士之劍的價值不僅僅在於作工，不僅僅在於手藝。如同奧祕已然失傳的精靈之劍或地精之劍，獵魔士之劍係透過一股神祕之力，與持劍的獵魔士人劍合一。正是此股神祕之力，讓獵魔士之劍面對黑暗勢力之時，所向披靡。

《冷兵器論》

——潘多佛・佛鐵圭拉

我要和你們說一個與獵魔士之劍有關的祕密。傳聞說什麼獵魔士之劍有神祕之力，說什麼獵魔士之劍是無可比擬的頂尖兵器，根本就是狗屁，是其他人爲了面子而虛構出來的。我之所以會知道這些，是因爲我有特定的消息來源。

《詩的半世紀》

——亞斯克爾

第八章

他們大老遠便馬上認出那座叫獅鷲的岩石。

□

他們要去的地方大約位在科拉克與奇達里士的中間，與連接這兩座城市的黃土路稍稍隔了點距離，隱藏在森林與岩漠之間。因爲有段路要走，他們便聊天消磨時間，但說話的多半是亞斯克爾。

「縣裡頭傳說，獵魔士的劍裡有魔法。撇開你編出來的性無能不說，你們的劍一定有什麼特別的地方，畢竟你們的劍和普通的劍不一樣。你怎麼說？」

傑洛特拉住身下的母馬。小魚兒在馬廄裡待了太久，越來越耐不住性子，想恣意奔馳。

「我當然可以說上兩句，我們的劍和普通的劍不一樣。」

亞斯克爾假裝沒聽見他的嘲諷，說：「傳說獵魔士用來殺怪物的兵器裡有股魔力，而這魔力來自鑄劍的鋼材。這鋼材與礦石這種原料是同一個來源，也就是從天上掉下來的隕石。這你怎麼說？畢竟科學已經證實隕石沒有魔力，只是自然現象，所以這所謂的魔力是從哪來的？」

傑洛特望向天空。北方的天色逐漸轉黑，看來又將有一場暴風雨，他們又會淋得一身濕。

「如果我記得沒錯，你在大學裡修過人文七藝對吧？」他問道。

「而我拿的文憑是最優等。」

「四藝裡的天文學，你是上林登布羅格教授的課？」

「人稱老夫子的老林登布羅格？」亞斯克爾大聲一笑。「這還用說？他抓屁股的樣子，還有拿棒子敲在那些地圖跟地球儀上，一個人不知道在講什麼的樣子，我到現在還記得很清楚。『這個……天體呢，可細分成『四源層』——土層、水層、風層和火層。土和水構成地球，而外頭呢，這個……有風層周行，也就是空氣。從風層往外延伸的呢，是這個……乙太，也就是焰火之風，或者叫作火層。而火層之上，則是結構精細的星體之空，也就是自然的球形穹頂。在這個部分有四處移動的流蕩星，以及固定不動的不動星……』」

「我眞不知道該稱讚你的記憶，還是模仿功力。」傑洛特嘲諷道。「回到我們感興趣的謎題——隕石。我們和藹的老夫子說那是墜落的星體，叫流星之類的。這種星體從穹頂墜落，鑿入我們古老的肥沃土地上，途中穿過了所有源層，也就是所有自然元素層。而除了本源層，大概也有其他類源層，所以也會穿過這些類源層，進而將之吸收。我們都知道，元素與類元素是很強的能量，也是所有魔法和超自然力量的來源，而被隕石吸收的能量便留在其中。從這種隕石鑿下來的鋼材，以及從這種鋼材打出來的劍身，本身都擁有這股能量，具有魔力。由此得證，整把劍都具有魔力，這樣你懂了嗎？」

「當然。」

「那就忘了吧，因爲這是瞎掰的。」

「什麼？」

「這是瞎掰、編出來的。天上掉下來的隕石要去哪找？獵魔士用的劍，有超過半數都是用具有磁性的礦石所提煉出來的鋼打造。我自己就用過這種劍，和從天上掉下來、吸滿元素的隕鐵一樣好。不過，亞斯克爾，這點你知道就好，拜託你千萬別說出去，不管誰都別說。」

「什麼？要我別說？你不能這樣！明明知道卻不能說，那知道了又有什麼意思？」

「拜託你。我希望別人把我當作是一個以超自然礦石爲武裝的超自然存在。別人就是因爲這樣才雇用我和付我錢。平凡無奇就代表沒有特色，沒有特色就代表庸俗廉價，所以拜託你把嘴巴閉緊。你可以保證不說嗎？」

「好啦、好啦，我保證不說。」

□

他們大老遠便一眼認出那座叫獅鷲的岩石。

確實，只消加入些微想像，引頸靜坐的獅鷲便化身眼前。不過對亞斯克爾來說，那岩石倒比較像是魯特琴或其他弦樂器的琴頸。

後來他們發現，這聳立的獅鷲是座巨型喀斯特泉的殘丘。傑洛特想起自己曾聽過的故事：喀斯特泉，俗稱精靈之堡，因爲地貌頗爲規則，形似眞實建築的斷垣殘壁，有石砌塔樓、稜堡和其他等建物。然而，這裡從來就不曾有過精靈或其他堡壘，這喀斯特泉的樣貌是自然之作，而他得承認，這是極爲迷人的作品。

「你看到了嗎？」亞斯克爾站在馬鐙上，指著前方說：「在那邊下面，那就是我們的目的地，三角堡。」

這座堡的名稱取得格外貼切。聳立的喀斯特殘丘恰恰圍出一個指向精靈之堡的巨三角，儼然就是一座稜堡。在那三角之內，有座像是要塞的建物，周遭則圈著一片像是設了圍欄的防禦工事。

傑洛特想起關於三角堡的傳聞，還有住在三角堡裡的那名人物。

他們離開大路轉向堡口。

過了第一道圍欄後，有幾個入口，而每個入口都有全副武裝的哨兵看守，衣著各形各色，顯然都是傭兵。他們在第一個關卡便讓人擋了下來。雖然亞斯克爾大聲喊著兩人的拜見是事先安排好的，而自己與在上位者的關係又是如何交好，對方還是叫他們下馬等候。這一等，就等了頗長一段時間。正當傑洛特開始有些不耐煩時，終於有名彪形大漢現身，外表像是在船上被奴役的水手。壯漢示意他們跟著他走。不久，他們發現壯漢帶他們繞到建築物後方。建築物的中央傳出嘈雜的人聲與樂聲。

他們走過一條小橋。才剛過橋，便見地上躺著一個人，雙手攤在身邊，幾乎不醒人事。那人滿臉是血，而且臉腫得幾乎看不見眼睛。他的呼吸沉重，每次吐息，都會從鼻子吹出血泡。帶路的壯漢對這人完全沒有理會，傑洛特和亞斯克爾索性也視而不見，畢竟兩人目前所在的地方，可不宜隨意打探。大家都知道，三角堡的事不容外人湊著鼻子亂聞亂嗅。據說湊著鼻子亂聞的人，最後都要與鼻子分家；鼻子湊到哪兒，就留在哪兒。

壯漢帶著他們走過廚房，裡頭的廚子個個快手快腳地忙著。傑洛特瞄到一個又一個的湯桶裡，正滾著螃蟹、龍蝦和小龍蝦；一個又一個的大桶裡，滿是縮成一團的鰻魚和海鰻；一個又一個的大鍋裡，悶著淡菜與蛤蜊；而一個又一個平底鍋上，正滋滋煎著肉塊。侍僕連番抄起裝滿食物的盤子與盆子，往走廊走去。

接下來的房間倒是充滿女性的香水味及化妝品味。成排的鏡子前坐著十幾個女子，有的已穿戴整齊，有的還穿著晨衣。她們一邊七嘴八舌地聊天，一邊整理儀容。傑洛特和亞斯克爾在這裡同樣頂著一臉漠然，並且盡量保持目不斜視。

當他們進入下一個房間後，裡頭的人對他們約略搜了身。對方的外表嚴肅，舉止專業且行動確實。傑洛特的七首讓人給沒收，從來沒帶過武器的亞斯克爾，則被人拿走了扁梳與軟木塞開瓶器，至於他的魯特琴，對方思索一番後，決定放過。接著，對方告誡他們：

「尊者的面前擺有椅子，你們就坐在椅子上。尊者沒叫你們起來，你們就坐著，不能起來。尊者說話時，你們不能打斷他。尊者沒叫你們說話，你們就不能說話。現在，進去吧。從這道門進去。」

「尊者？」傑洛特低聲問。

「他當過祭司。」詩人低聲答道：「不過，別擔心，他並不講派頭，只是底下的人對他總得有個尊稱，而他又受不了人家叫他首領，所以便這樣叫了。我們不用這樣叫他。」

他們才剛進門，就讓一個東西擋住去路。這東西大得像座山，身上的體味濃得教人難受。

「米奇塔，最近怎樣啊？」亞斯克爾率先打了招呼。

這名叫作米奇塔的巨人顯然是尊者首領的貼身護衛。他是巨魔和矮人的混血，因此是個身長超過七呎的光頭矮人，完全沒有脖子，但有著鬈曲的落腮鬍，牙齒如野豬外露，雙手長及膝蓋。這兩個種族的混血並不常見，畢竟雙方通常水火不容。像米奇塔這樣的混血不可能是天然的，一定是靠十分強大的魔法才達成。順帶一提，這種魔法是被禁止的。有傳言說，不少巫師根本不甩這道禁令，而傑洛特眼前所看到的，正是坐實這傳言的鐵證。

他們按照這裡的規矩，在兩張藤椅上坐了下來。傑洛特打量了下左右。房間最遠的角落裡有一大張躺椅，上頭的兩個女人衣衫不整，打得正火熱。一個男人邊餵著狗兒，邊盯著她們看。那男人的個頭矮小，相貌平凡，駝著背，看起來實在不怎樣。他身上穿著寬鬆的繡花長袍，頭上則戴著掛有穗飾的非斯帽。他把最後一塊龍蝦餵給狗兒，然後擦擦手，轉了過來。

「你好啊，亞斯克爾。」他一邊說，一邊在他們前面坐下。他坐的那東西看起來像寶座，不過是藤編的。「來自利維亞的傑洛特先生，歡迎大駕光臨。」

尊者皮拉爾．普拉特看起來像是退休的紡織商人，卻被視為這整個地區的犯罪組織首領，絕對不是沒有原因。他在退休紡織商人的野餐會上，不會引人注意，也不會被認出是外行人，至少從遠處看是這樣。不過如果近距離觀察，就可以發現皮拉爾．普拉特和其他商人不一樣的地方。他的顴骨上有道泛白的舊疤痕，是刀器留下的傷疤。他的嘴唇很薄，不僅不好看，也給人很不好惹的感覺。而他的眼珠色淺發黃，一瞬也不瞬，有如巨蟒。

很長一段時間都沒人打破沉默，只有樂聲與人聲隔著牆透進來。最後，普拉特開了口：

「很高興見到兩位先生，也歡迎你們的到來。」從他的聲音可以聽出來，這人是廉價劣質蒸餾酒的忠實愛好者。

「唱歌的，我尤其高興見到你啊。」尊者朝亞斯克爾笑。「我們從我孫女的喜宴過後就沒見過了。你在那場喜宴上的表演可真精彩，而且我剛好想到你，因為我的另一個孫女也急著要嫁人了。我想，憑我們的老交情，這回你不會拒絕了我吧，嗯？你會在喜宴上獻唱嗎？不會再像上次那樣，要人拜託那麼久了吧？我不用再……說服你了吧？」

此話一出，亞斯克爾臉色微微刷白，急忙保證說：「我會唱、會唱。」

「那麼，我想你今天是來探望我的？告訴你，我的身體糟透了。」

亞斯克爾與傑洛特並未加以評論。巨魔矮人身上的濃郁體味極為難聞。皮拉爾．普拉特重重地嘆了口氣。

「我得了胃潰瘍，」他解釋道：「還有厭食症，所以飲食的樂趣已經和我沾不上關係。我被診斷出有肝病，所以要禁酒。椎間盤有問題，頸椎和腰椎也一樣，所以這也剝奪了我打獵及其他極限運動的樂趣。我以前總是在賭博上花大把金錢，現在錢都燒在藥品及療程上了。我的那一根是還能用，不過得費上大把工夫才站得起來！樂子還沒開始就已經先冷掉了……我現在還剩什麼？嗯？」

「政治？」

這回答讓皮拉爾．普拉特放聲大笑，笑得連帽子上的流蘇都隨之晃動。

「了不起啊，亞斯克爾，你每次都這麼一針見血。的確啊，政治，這是現在適合我的東西。起初我對這事沒多大興趣，以為自己會先去搞政治以外的事，把錢投資在妓院上。我那時和政客走得很近，認識了不少人。後來我決定還是不要與婊子一起混，因為婊子最起碼還有點自尊心和原則。不過話說回來，打混帳的賺頭不比在市政廳，只是這規模就算不是全世界，起碼也得是一個縣，這樣才會讓人想管事。俗話說，如果說服不了別人，就得加入……」

他停了下來，拉長脖子看向躺椅，大吼：

「妳們兩個丫頭別給我打混！別在那邊給我做樣子！浪一點，再浪一點！嗯……我剛剛說到哪了？」

「說到政治。」

「喔，對。不過政治歸政治，至於你，獵魔士，你那兩把鼎鼎大名的劍讓人給偷了，我可是沾了這件事的光，才有你的大駕光臨？」

「我的確是為了這件事而來。」

「有人偷了你的劍。」普拉特點了點頭。「我想，這對你來說是很慘痛的損失吧？一定很慘痛，而且無可挽回。呵，我向來說科拉克裡到處都是賊，只要是沒用釘子釘住的東西，他們逮到機會就偷。就算是上了釘子，他們也隨身帶著鐵撬。」

過了一會兒，他接著說：「依我看，調查還在進行吧？這案子是法蘭·德萊騰霍在辦的吧？不過呢，兩位先生，你們還是得看清楚事實啊。對法蘭這個人，別指望會有奇蹟。亞斯克爾，說了你別不高興，不過你那親戚不是調查的料，叫他去管帳還比較行。說到他，不是照本宣科，就是一天到晚講法條、律令、規章的，還有他老是掛在嘴邊的證據、證據和證據，就像山羊與高麗菜的那個笑話一樣。你們沒聽過嗎？有一次，山羊與一顆高麗菜被人綁在一個麻袋裡。到了早上，高麗菜沒了，而山羊則拉了一坨青屎。因為沒憑沒據也沒人證，案子就這麼撤了，毋庸再議。獵魔士傑洛特啊，我不想要烏鴉嘴，不過你劍被偷的這個案子，結局大概也一樣。」

這一回，傑洛特同樣也沒有答腔。

「你的第一把劍嘛，」皮拉爾·普拉特摸摸下巴。「是鋼鑄的，隕鐵之鋼，源自隕石的鐵礦。鑄劍的地方在馬哈喀姆的矮人鍛錘坊。全長四十吋半，劍身本身是二十七吋又四分之一，重量完美平衡，劍身與劍首的重量恰恰相當，全劍重量絕不超過四十盎司。劍首與護手設計雖然簡單，卻不失高雅。」

「至於第二把劍，長度與重量也差不多，但是銀製的。當然，只有一部分是銀的。劍心爲鋼，外鑲銀，劍刃也是鋼造；如果用純銀打造，劍身會太軟，沒辦法打利。護手和整個劍身都覆滿盧恩文字，還有一種我的鑑價師無法判讀的文字，不過肯定具有魔力。」

「非常精確的描述。」傑洛特的臉繃得和石頭一樣。「就好像你親眼見過一樣。」

「因爲我的確親眼見過。有人把這兩把劍送到我面前，要我買下。一個聲譽無可挑剔，而且是我個人認識的掮客。他代表那兩把劍現在的主人來找我，向我保證那兩把劍出自索登的古老墳地墳卡原，是合法購來的。人們在墳卡原挖到各式各樣的寶藏與神器，所以基本上，他的可信度也沒什麼好懷疑的。不過我還是覺得可疑，所以沒買。你有聽到我說的嗎，獵魔士？」

「有，而且是繃緊神經在聽。我在等你說結論，還有細節。」

「結論就是，一物換一物。至於細節，得花錢買。這份情報是標了價的。」

亞斯克爾聞言，嘆道：「欸，你知道嗎？我是衝著老交情來找你，而你和個一窮二白的老朋友……」

「在商言商。」皮拉爾．普拉特打斷他。「我說了，我擁有的這份情報是標了價的。來自利維亞的獵魔士，想知道那兩把劍的下落，就得付出代價。」

「標價多少？」

皮拉爾．普拉特從袍子底下拿出一枚大金幣給巨魔矮人，而後者手指一折，輕鬆將那大金幣拗成兩半，好像那只是塊餅乾。傑洛特搖搖頭，咬牙切齒地說：

「這簡直就是一齣老掉牙的市集戲碼。你給我那半塊金幣，然後某一天，甚至是好幾年之後，會有一個人拿著另一半金幣出現，要我完成他的心願，而我得無條件遵守。辦不到。如果你的標價是這樣，那麼恕我棄標，毋庸再議。亞斯克爾，我們走。」

「你不想找回你的劍嗎？」

「沒有想到這種程度。」

「我想也是，不過試一試也無傷大雅。我給你另一個選項，這一次可不容你拒絕。」

「我們走，亞斯克爾。」

「你可以走，」普拉特用頭指了一個方向。「不過要走另一道門。走這一道，而且要先把衣服脫到只剩襯褲。」

傑洛特以爲普拉特這麼說只是爲了面子，不過他顯然想錯了，因爲巨魔矮人突然大叫，警告意味濃厚，接著舉起雙掌、渾身惡臭地朝他走來。

「這也太瞧不起人了吧。」亞斯克爾大聲說。他站在獵魔士身邊，一如以往地勇敢而多話。「皮拉爾，你在耍我們，所以現在我們要和你道別、離開這裡，而且我們要走先前走的那道門。你可別忘了我是誰！我現在就要走！」

「我不認爲你可以走掉。」皮拉爾．普拉特搖搖頭。「你不是什麼絕頂聰明的人，這件事我們之前就確認過，不過你也沒有笨到想要現在就走。」

爲了強調首領說話的分量，巨魔矮人把緊握的拳頭亮給他們看，足足有一個西瓜大。傑洛特沒有說話。他觀察這個體型壯碩的傢伙有好一陣，也找出對方身上不經踹的地方，因爲按照目前的場面，這一腳要是沒人踹下去，事情大概收不了尾。

「嗯，好吧。」皮拉爾給了護衛一個手勢。「我就稍稍讓步，向你們表示我的善意及我對妥協的渴望。今天這裡聚集了所有工業、貿易、金融、政治、貴族和宗教圈的菁英，甚至還有一個匿名的公爵。我答應過要給他們上演一齣前所未見的好戲，而只穿內褲的獵魔士他們一定沒見過。不過，就這麼著吧，我就稍微讓點步。你只要裸著上半身，就可以從裡走出去，交換條件是你可以獲得我答應給你的情報，而且是馬上就可以獲得。此外，還有這個……」

皮拉爾．普拉特從桌上拿起一個小紙捲。

「這兩百拿威格拉德克朗就當作是紅利，當作獵魔士的退休基金。拿去吧，這是張不記名的支票，要去吉安卡第的銀行兌現，隨便哪家分行的櫃檯都可以。你怎麼說？」

「你又何必問呢？」傑洛特瞇起眼。「我以爲你已經說得很清楚，這個選項由不得我拒絕。」

「你說的沒錯。我是說過這個選項不容拒絕，不過我認爲這是個雙贏的選項。」

「亞斯克爾，把支票收起來。」傑洛特解開衣釦，脫掉外套。「說吧，普拉特。」

「別這麼做。」亞斯克爾的臉色變得更白了。「還是你知道在那道門後面等著的是什麼？」

「說吧，普拉特。」

「就像我先前說的，」尊者在寶座上調整了個舒適的姿勢。「我沒向那名掮客買劍。不過因爲就像我說的，那個人我很熟識、也很信任，我給他提了一個很划算的方式來將那兩把劍兌現。我建議他讓那兩把劍目前的主人把劍拿出來拍賣，拿到波爾索迪兄弟家裡拍賣，在拿威格拉德。那是最大、也最知名的蒐藏品拍賣會，所有全世界的珍稀、古玩、奇物和藝術品的愛好者都會去那裡。爲了能將珍寶收於囊中，這些怪人會失心瘋地競標，所以波爾索迪兄弟那裡的各種異國稀品，都可以標到天價。除了那裡，沒有別的地方可以賣出更高的價錢。」

「說吧，普拉特。」獵魔士扯下襯衫。「我洗耳恭聽。」

「波爾索迪兄弟的拍賣會每一季進行一次，最近的一次會在七月，十五號。那竊賊一定會帶著你的劍出現。只要運氣好一點，你就可以在競標前先把劍拿回來。」

「就這樣？」

「這樣已經不少了。」

「竊賊的身分呢？不然掮客的也行。」

「竊賊的身分我不知道。」普拉特說得很篤定。「而掮客的身分我不能說。這些都是生意，有法條和律令要遵守，還有行規也一樣重要，不然我這臉就掛不住了。我給你洩露夠多情報了，和我從你身上要的已經打平。米奇塔，帶他去競技場。至於你，亞斯克爾，跟我來，我們去看戲吧。獵魔士，你還在等什麼？」

「據我了解，我得赤手空拳走出去？不單是上半身脫光，還要兩手空空？」

「我向我的客人保證過，會讓他們看到前所未見的東西。帶武器的獵魔士他們已經看過了。」普拉特說得慢條斯理，好像在向個孩子解釋似地。

「也是。」

白色木樁在競技場的沙地上圍出一個圓環，而傑洛特就站在裡面。掛在四周鐵條上的好幾盞燈，把不斷晃動的光線灑在場中。他聽見叫囂、歡呼、喝采和吹口哨的聲音。他看見競技場上方一張張臉孔，個個張著嘴，眼中滿是興奮。

他的正前方，也就是競技場的另一端，有個東西先是動了一下，然後跳了起來。

傑洛特在千鈞一髮之際架起前臂，打出赫利歐特洛普之印。魔法將發動攻擊的野獸打了回去，觀眾瞬間歡呼。

那野獸是條兩隻腳的龍，看起來像飛龍，但體型較小，約莫像隻大型獒犬。然而，牠的頭部比飛龍大，嘴裡的牙齒也多很多，還有尾巴也長很多，尖端細得像條鞭子。這隻龍不斷揮舞尾巴，在沙地上掃動，打斷好幾根木樁，然後牠頭一低，再度跳向獵魔士。

傑洛特這回早有準備，用阿爾得之印把牠打開，卻也讓龍尾給掃到。觀眾再度高呼，女人發出尖叫。獵魔士覺得自己光裸的肩頭腫了一個像香腸那樣又長又粗的包。現在他知道爲什麼對方會叫他脫衣服，同時他也認出對手是什麼來路。那是維基洛龍，一種以魔法特別繁殖的變種龍，用來巡邏和護衛。維基洛龍把競技場當成是託給牠看守的地方，傑洛特則是牠必須制服的入侵者，必要時甚至將之消滅。

維基洛龍擦著木樁，在競技場上繞步。牠發出憤怒的嘶聲，然後發動閃電攻擊，不讓傑洛特有機會打出法印。獵魔士雖俐落跳出這條尖牙爬蟲的攻擊範圍，卻沒閃過朝他掃來的尾巴。他覺得剛才腫的那個包旁邊，又多了一顆包。

獵魔士靠著赫利歐特洛普之印，再度擋下維基洛龍的攻擊。只見龍「唰」地一聲揮出尾巴，上一秒傑洛特才聽見尖叫聲響起，下一秒背部便已挨了尾尖一下，痛得他兩眼昏花，鮮血也沿著背部流下。觀眾見狀，無不瘋狂。

法印的力量逐漸消退。維基洛龍繞著他打轉，速度快得他幾乎跟不上。他成功閃過兩次尾尖攻擊，卻沒能閃過第三次，肩胛再度挨了維基洛龍的尾尖一下，此時他的背部已血流如注。

觀眾大聲鼓譟，又叫又跳。其中一人想看得更清楚，便靠著掛了燈的鐵條，將身子全壓在圍欄上。

然而鐵條因不堪負荷而折斷墜落，插到競技場的沙地上，燈也隨之掉到維基洛龍頭上，化為火球，被龍給撥掉，火星頓時像階梯瀑布般飛濺。維基洛龍嘶聲一叫，用頭擦撞競技場上的木樁。頓時，傑洛特看到解套的辦法。他把鐵條從沙中拔出，快速起跑，然後縱身一躍，趁勢將鐵條插進龍的頭顱。只見鐵條這頭進、那頭出，維基洛龍劇烈掙扎，不協調地揮著前爪，試圖擺脫將自己腦袋插出一個洞的鐵條。牠不斷胡亂跳動，終於撞上競技場上的木樁，把嘴卡在木頭上。牠抽搐了一段時間，不斷用爪子鑿著沙地，嘴裡也冒出火焰，最後靜止不動。

觀眾熱烈喝采歡呼，連牆面都為之震動。

一道梯子落下，他離開了競技場。熱情的觀眾將他團團圍住。有人拍了拍他發腫的肩，他得極為克制，才不至於打掉對方的牙齒。一個年輕女性在他的臉頰親了一下。另一個年紀更輕的女性，用細亞麻布做的帕子擦下他背部的血，然後馬上攤開帕子炫耀給同伴看。一個年紀大上許多的女人，從發皺的脖子拿下項鍊，試著要送給他，但他臉上的表情讓她退回了人群中。

一陣體臭穿過人群傳來，簡直就像船艦開過整片水藻。巨魔矮人米奇塔放聲一吼，吼開了擋在他與獵魔士之間的人，將獵魔士帶了出去。

被人喚來的醫生為傑洛特把傷口縫好。亞斯克爾的臉色十分蒼白。皮拉爾．普拉特一派平和，好像什麼事都沒發生一樣，不過獵魔士的表情肯定溢於言表，讓他急著解釋：

「咱們私底下說，那根鐵條是事先磨尖削利的，也是我叫人刻意掉進競技場的。」

「你的人手腳還真快，謝謝啊。」

「觀眾看得過癮極了，就連柯本拉特城主也很滿意，甚至臉都亮了起來。要讓這個狗娘養的滿意可難了，他不管什麼都嫌，老是臭著一張臉，好像家裡死了人。呵，這個市議員我當定了。說不定我還可以爬得更高，要是……傑洛特，下個禮拜你要不要再出場啊？就走差不多的套路？」

「只有在一種情況下我才會同意，」獵魔士活動了下發疼的肩膀。「那就是把競技場上的維基洛龍換成你，普拉特。」

「你是在開玩笑吧，哈、哈。亞斯克爾，你聽到了嗎？他還真逗呢。」

詩人看著傑洛特的肩膀，咬牙說：「我聽到了，不過那不是玩笑話，而是認真的。我也同樣認真地告知你，我不會出席你孫女的婚禮表演。既然你這樣對待傑洛特，這件事你就別指望了。還有其他包括受洗及喪禮等等的場合，就連你自己的喪禮也一樣，都別指望了。」

皮拉爾．普拉特看著他，一道光芒自那雙爬蟲似的眼中閃過。

「唱歌的，你敢對我不敬。」他咬牙切齒地說：「你敢再一次對我不敬，你這是自討苦吃，要人好好給你教訓一番……」

傑洛特挪近身子，站在他面前。米奇塔大氣一吸，舉起拳頭，渾身散發出體味惡臭。皮拉爾．普拉特出手要他冷靜。

「普拉特，這回你丟臉了。」獵魔士緩緩地說：「我們談了一樁生意，規規矩矩，守條律，也守跟條律一樣重要的行規。你的顧客對這場戲很滿意，你贏了面子，也拿到進市議會的入門票，而我得到了我需要的情報。一物換一物，大家都歡喜。所以，現在我們該心平氣和地告辭，但你卻出言要脅，丟臉啊。亞斯克爾，我們走。」

皮拉爾．普拉特先是臉色微微一白，隨即轉身背對他們，說：

「我本來打算宴請你們，不過看來你們挺趕時間的。那麼，我就向兩位告別了。對於我讓兩位全身而退，離開三角堡這件事，你們應該要高興。對我不敬的人，通常會受罰，不過我就不攔你們了。」

「非常好。」

普拉特聞言，轉過身說：「什麼？」

傑洛特看著他的眼睛說：「你雖然愛裝模作樣，卻不是特別聰明的人，但也還沒笨到敢試著把我攔下。」

□

他們才剛經過喀斯特泉，來到路旁的一片白楊樹，傑洛特便拉住馬，側耳傾聽。

「有人跟在我們後面。」

「該死！」亞斯克爾咬牙罵道。「是誰？那個土匪頭子普拉特嗎？」

「是誰不重要。快，快趕到科拉克，躲去你堂兄那裡。隔天一早就把支票拿去銀行，然後再到『螃蟹和水針下』和我會合。」

「那你呢？」

「不用擔心我。」

「傑洛特……」

「別說了，快走。快，走！」

亞斯克爾照著他的話做，身子往鞍頭壓，策馬狂奔。傑洛特掉回頭，好整以暇地等著。

一群騎士自黑暗中現身，總共六人。

「你是獵魔士傑洛特？」

「我是。」

「跟我們走。別做傻事，好嗎？」離他最近的那人大口喘著氣說。

「把韁繩放掉，因爲我要傷害你。」

「別做傻事！」騎士把手收回。「也別太激動。我們是依法行事，按規矩辦事，不是壞人。我們是按公爵的命令辦事。」

「哪個公爵？」

「你會知道的。跟我們走。」

於是，一行人動身前往目的地。公爵，傑洛特在心裡想著，三角堡的客人裡的確有個什麼公爵，而且按普拉特的說法，對方刻意隱姓埋名。按照過往經驗，和這些王公貴族打交道都不是什麼好事，結局通常令人不太滿意。

他們並沒有騎得太遠，來到岔路口的一間客棧便停了下來。香味四溢的炊煙自客棧裡傳出，隔著窗可以看見裡頭燈火閃爍。他們走進客棧，裡頭幾乎空無一人，只有幾名正在享用遲來晚餐的商人。他們來到客房區，那裡有兩名武裝分子看守，他們身上的天藍披風不論是色調或剪裁，都與護送傑洛特的一行人一模一樣。眾人進到屋內。

「公爵殿下……」

「出去。至於你，獵魔士，坐。」

坐在桌前的男子披著與軍隊相仿的披風，但上頭的繡工更爲精細。他的臉遮在斗篷中，但這其實不必要。桌上的油燈只夠照亮傑洛特，謎樣的公爵則藏身在黑暗之中。

「我在普拉特的競技場上看到你。」他說：「那的確是一場很精彩的演出。你的那一跳，凌空出擊，加上全身的重量……就算是那隨手拾來的鐵條，也能變成利器，像刺塊奶油似地刺穿龍的頭骨。我想，如果換成別的，就說是戰鬥用的羅哈提納矛或長柄槍好了，一定也能穿過鎖子甲，甚至連板甲都可能穿得過……你覺得呢？」

「夜已深了。人在犯睏的時候，不太好思考。」

黑暗中的男子不屑地哼了一聲，說：

「那我們就不兜圈子，直接切入重點。我需要你。你，獵魔士，去做獵魔士的工作。有意思的是，你也需要我，而且需要的程度可能更勝於我需要你。」

「我是山德王子，科拉克的公爵。我很渴望成爲山德一世，科拉克的國王，無比渴望。當前的科拉克國王是我父親，這是我的遺憾，也是國家的損失。貝路宏這個老傢伙，呸，身體還好得很，可以用他那種不入流的方式，繼續統治國家個二十年。我沒時間，也沒興趣等這麼久。哼，就算我願意等，繼承權也不保證會落到我手上，老不死隨時可能指定其他人作爲王位繼承人。他有一整串人選可以挑，而且再過不久，這一串人選還會再多一個。他打算在收穫節的時候，辦一場浩浩蕩蕩的王室婚禮，但這個國家可負擔不起啊。那個鐵公雞連做夜壺的搪瓷也要省，解手都去公園，卻把成山的金子花在婚宴上，把國家的財庫都浪費光了。我會是一個更好的國王。問題在於，這個國王我想馬上就當。越快越好。所以，我需要你。」

「在我提供的服務裡，沒有顛覆宮廷這一項，也沒有刺殺國王這一項，而殿下您所指的，想必就是這些吧。」

「我想當王。要達成這個目標，我的父親必須不再是王，而我的兄弟也必須全部從繼承者的行列裡消失。」

「殺害國王和手足。不，公爵殿下，雖然很遺憾，但我必須回絕這個提議。」

「錯了。」隱身黑暗的王子低吼著。「你並不遺憾。現在還不到時候。不過，我保證，會有這麼一天的。」

「死亡瞄在我身上的準頭，通常都差得很遠，這點還望公爵殿下理解。」

「這裡誰提到死這件事了？我是個王子，也是個公爵，不是凶手。我指的是一個選擇，敬酒與罰酒。你去做我要你做的事，就請你喝敬酒。相信我，這杯敬酒你可是需要極了。法庭審判與金錢詐欺的裁決如今都在等著你，我向你保證，接下來幾年，你都得在排櫓船上過日子。你似乎以爲自己已經脫身了？以爲事情已經擺平了？以爲奈德那巫婆會爲了點興頭翹起屁股讓你操，然後撤銷控訴，天下太平？那你就錯了。阿爾貝特·斯穆卡市長已經做了證供，而這份證供對你可是具有威脅性。」

「那份證供是假的。」

「但要證實可沒那麼簡單。」

「有罪才需要證明，無罪不用。」

「這個笑話說得好，確實很好笑，不過我要是你，可不會這麼有自信。你看一下這個。」王子把一疊紙丟到桌上。「這些是文件，經過見證的證詞，證人的供述。地點是奇茲馬，受雇的是獵魔士，殺的是獾面獅尾鹿。帳單上寫著七十克朗，事實上出錢的人只付了五十五克朗，多出來的部分由獵魔士與當地官員平分。索特寧村，巨型蜘蛛，已結案。照這張帳單，這筆費用是九十克朗，但根據市長的供詞，實際只有六十克朗。你在堤貝根村殺的妖鳥女，帳面上是一百克朗，但對方實際只付了七十克朗。至於你之前的事蹟與欺詐，也就是佩特列斯丁堡的吸血鬼，那裡其實根本就沒有這種鬼怪，你卻讓副堡主付了整整一千歐蘭。卦梅茲的狼人你收了一百克朗，看似替那狼人解咒，神奇地把他變回人類；這事看起來就很可疑，因爲這種程度的解咒，收費也太便宜了吧？藍刺怪，又或者該說是某個你帶去馬丁得坎波的縣長那裡，謊稱是藍刺怪的東西。茲格拉根外圍墓園裡的食屍鬼，花了縣府八十克朗左右，卻沒人看到屍體，因爲呢，呵呵，屍體全都給其他食屍鬼吃光了。這你怎麼說？獵魔士，這些都是證據。」

「公爵殿下您錯了。」傑洛特靜靜地反駁：「這些不是證據。這些是別人惡意中傷的謊言，而且內容編得七零八落。我從來沒接過堤貝根村的案子，而索特寧村這種地方我甚至連聽都沒聽過，所以那邊開出來的帳單全是僞造的，要查清楚這一點並不難。至於我在茲格拉根殺的食屍鬼，的確都被『呵呵，其他食屍鬼』給吃了，因爲『呵呵，食屍鬼』的習性就是這樣。在那之後，葬在那座墓園裡的死者不再死不瞑目，因爲剩下的食屍鬼都移到別處去了。至於其他那些文件裡提到的事，我連講都懶得講。」

「憑這些紙，」王子將一隻手按在文件上。「就可以起訴你。這場審判會拖很久。這些證據是眞的嗎？誰知道？最後的判決會怎樣？誰在乎？這些都沒有意義，重點是醜聞本身，而且壞事傳千里，會一輩子跟著你。」

他接著說：「有些人對你很反感，但硬是忍著接納你，把你當成是大惡之前的小惡，當成是怪物殺手去斬殺威脅他們的怪物。有些人無法容忍你這個變種人，把你當成非人類，覺得你既噁心又討厭。也有人怕你怕得要死，而且深惡痛絕自己心中的這種恐懼。這些都會被他們忘得一乾二淨。你俐落的殺手名聲和邪惡的巫師威名，都會像風吹沙一樣地消失，人們會記得的，就只有厭惡與恐懼。他們只會記得你是一個貪得無厭的小偷和騙子。昨天還會怕你和你的符咒的人，看到你就別開視線的人，一見你就吐口水或拿武器的人，明天就會嘻嘻哈哈，用手肘撞一下同伴說：『你看，獵魔士傑洛特那個愛說謊的騙子來了！』獵魔士，要是你不接受我要你進行的任務，我就會毀了你。除非你替我辦事，不然我會毀了你的名聲。你決定吧，做還是不做？」

「不做。」

「你可別以爲你和法蘭．德萊騰霍，或是愛人紅髮女巫的關係，可以派得上什麼用場。檢察官不會賭上自己的職業生涯，而巫師參議會禁止女巫與犯罪事件扯上關係。一旦司法公器把你納入體制，沒有人會幫你。我剛才已經命令你做出決定，你是做還是不做？」

「不做。這是我的最終答案，公爵殿下。躲在小房間裡的那個人可以出來了。」讓傑洛特意外的是，王子竟蔑笑了聲，然後一掌拍在桌面，小門便「呀」地一聲開啓。一道身影自裡頭現出，即使屋內的視線很暗，傑洛特還是認出了對方。

「法蘭，你贏了。明天去找我的祕書領賞。」公爵說。

「仁慈的王子殿下，謝謝您。」王家檢察官法蘭．德萊騰霍微微躬身應道：「不過我純粹只是把這視爲象徵性的賭注，好強調我對這個賭局的結果有多篤定。我完全沒考慮錢的事……」

「你所贏的那些錢，」王子打斷他。「對我來說，也只是個象徵性的數字，意義與印在那上頭的拿威格拉德薄荷，和當今主權者的輪廓是一樣的。你同時也要知道，你們兩個都要知道，我也是這場賭局的贏家。我找回了以爲已經失去、再也找不回來的東西——對人的信任。來自利維亞的傑洛特啊，法蘭十分篤定你會怎麼回答，而我得承認，我本來覺得他太天眞，以爲你一定會妥協。」

「所以大家都是贏家，那我呢？」傑洛特諷刺道。

「你也一樣。」公爵的口氣轉爲認眞：「法蘭，告訴他。向他解釋這是怎麼一回事。」

檢察官解釋道：「在這裡的艾格蒙公爵殿下打算與山德，也就是自己弟弟，還有其他僞王位繼承人，象徵性地玩個小遊戲。公爵懷疑山德或其他手足會想借助獵魔士，來達到爭奪王位的目的，所以我們決定要……安排一齣戲。而我們現在知道，一旦眞出現這種情況……一旦眞有人向你提出這種卑鄙的提議，你也不會去抱王室的大腿，不會屈服於恫嚇或要脅。」

「現在我明白了，」獵魔士點點頭。「也很佩服殿下的天分。殿下的確十分入戲。殿下說的那些關於我的話、對我的看法、對我的描述，都讓我感受不到半點作戲。相反地，我覺得殿下的字字句句都是眞心的。」

「這場戲自是有其用意。」艾格蒙打破尷尬的靜默。「我已經達到我的目的，也根本沒打算向你解釋。不過好處也有你一份，金錢上的好處。也就是說，我確實打算雇用你，給你一份豐富的報酬。法蘭，告訴他。」

「王室婚宴將在收穫節舉行。」檢察官說：「艾格蒙公爵擔心有人會在婚宴上刺殺殿下的父王貝路宏國王。如果到時候有像……獵魔士這樣的人保護國王安全，公爵會比較放心。對，對，先不要插話，我們知道獵魔士不是護衛，也不是貼身侍衛。他們的存在是要保護人類不受威脅，不受那些魔法、超自然、非自然的怪物……」

「這是書上寫的。」公爵不耐煩地打斷他。「現實生活又是另一回事。人們會雇用獵魔士護送車隊，通過有怪物出沒的荒郊野外。不過攻擊商賈的不是怪物，反倒是尋常盜匪這種例子也是有的，而獵魔士根本不是被雇來解決他們的。我有理由相信，婚宴上可能會有……翼蜥發動攻擊。你可以抵禦翼蜥嗎？」

「這要看情況。」

「什麼情況？」

「看那些意外是不是不會再發生，看我是不是不會再成為下一個事件的挑釁對象。就拿殿下的手足來說好了，要看他們是不是不會再來找我麻煩。我想，唱作俱佳這種天分在王室應該不少見吧。」

法蘭嘆了一口氣。艾格蒙一拳打在桌上，大吼道：

「別得寸進尺，也別忘了自己的身分。我問你要不要接這份工作，回答！」

傑洛特點頭說：「我本來是可以保護國王不被假設的翼蜥傷害。不幸的是，我的劍在科拉克被人偷了。王室的官員到現在都沒找到半點關於竊賊的線索，而且在這件事上似乎也沒花什麼心力。沒了劍，我誰也保護不了。基於客觀因素，我必須回絕這份任務。」

「如果只是劍的關係，那沒問題，我們會把劍找回來。對吧？檢察官。」

「當然，這點無可妥協。」

「你自己看見了，檢察官答應得如此無可妥協，所以現在呢？」

「先讓我把劍找回來再說吧，這點無可妥協。」

「你這個人還真是頑固，不過就照你的意思吧。我要強調，你會得到應得的報酬，而且我保證，你一定不會覺得我吝嗇。至於其他好處，有些你可以馬上拿到，不用等，就當作是我釋出的善意。你可以把你那件官司當作已經撤銷。正式流程得走完，而官僚體系行事向來冗長，不過你可以把自己當作已經洗刷嫌疑，可以自由走動了。」

「真是萬分感謝，不過那些證詞與領據呢？奇茲馬的獾面獅尾鹿和掛梅茲的狼人呢？那些文件呢？那些殿下用來當作……道具的文件呢？」

艾格蒙看著他的眼睛說：「那些文件我暫時留著，放在安全的地方，這點無可妥協。」

□

當他回來後，貝路宏國王的午夜鐘聲正好響起。

珊瑚——應該給她一個嘉獎——一見到他的背部便變得內斂而冷靜。她知道怎麼控制自己，甚至連聲音也沒變，幾乎沒變。

「誰做的？」

「維基洛龍，那是一種……」

「是那隻龍幫你縫傷口的嗎？你讓一隻龍幫你縫傷口？」

「傷口是醫生縫的，而龍……」

「管你什麼該死的龍！瑪賽可！拿手術刀、剪刀和鑷子來！還有針和羊腸腺！龍鱗草湯！蘆薈汁！

棉球及消毒敷料！還有準備蜂蜜與芥末做的藥膏貼布來！快去辦啊，ㄚ頭！」

在瑪賽可以驚人的速度把一切準備就緒後，莉塔便動手處理獵魔士的傷勢。獵魔士靜靜坐著，一言不發地忍耐著。女巫一面縫著傷口，一面咬牙切齒地說：

「應該要禁止不懂魔法的醫生行醫。他們要在課堂上教書，沒問題。要把解剖完的屍體縫合，也可以。但是不該去碰活生生的患者。不過我大概等不到這一天，現在局勢走向與我的看法完全是兩回事。」

「治療方式並非只有魔法一種，而病總要有人醫。」傑洛特冒險說出自己的看法：「專精醫治的魔法師只是少數，而尋常的巫師都不想治病。他們不是沒時間，就是認爲不值得。」

「他們這種態度是對的。人口過剩造成的影響可以造成災難。這是什麼？你在玩的這個是什麼東西？」

「這是標在維基洛龍身上做記號的東西，就固定在牠的皮膚上。」

「你把這拔下來，是要當作你應得的勝利獎盃嗎？」

「我是拔下來要給妳看。」

珊瑚仔細瞧了瞧像一個孩子手掌大的橢圓銅牌，還有拓印在上頭的符號。

「一想到你正要往那邊去，」她邊說邊把芥末膏藥貼到他背上。「這還眞是個有趣的巧合。」

「我要去哪裡？喔，對，沒錯，我都忘了，妳的同伴和他們對我的計畫。看來那些計畫已經有些實際的樣子了？」

「正是如此。我收到消息了，他們請你去一趟里斯堡。」

「他們請我去？真是讓人感動。里斯堡，鼎鼎大名的歐特蘭所在的地方。我想，這份邀請是拒絕不得的，對吧？」

「我不建議你拒絕，他們請你盡快過去。以你現在的傷勢，最快什麼時候可以動身？」

「以我現在的傷勢，醫生，妳來告訴我。」

「我會說，晚一點……至於現在……你要離開一段時間，我會想你……你現在覺得怎樣？你可以……瑪賽可，這裡沒妳的事了。回妳的房間去，別在這裡礙事。丫頭，那個笑容是怎麼回事？要我把它永遠黏在妳嘴上嗎？」

插曲

亞斯克爾《詩的半世紀》（從未收錄於正式出版之草稿片段）

是啊，獵魔士欠我很多，而且隨著時間流逝，這份虧欠不斷增加。

前往三角堡拜訪皮拉爾．普拉特一行，正如各位所知，結束得既混亂又血腥，不過也帶來了某些好處。傑洛特得到了偷劍賊的情報，這有一部分要歸功於我，多虧我腦子轉得快，把傑洛特帶去三角堡。兩天後，有個人為傑洛特配了新武器，而這個人不是別人，正是我。他這樣到處走，沒有武器傍身，我實在看不下去。你們會說，難道獵魔士的武器從來不離身嗎？他不是訓練來應付各種打鬥的變種人，比一般人強壯兩倍、速度快十倍？他不是可以在轉眼間，用橡木做的木桶蓋把三個打手打趴在地？而且他會魔法，光是法印根本就已經是厲害的武器？這些都沒錯，不過劍總歸還是劍。他和我說了一遍又一遍，覺得自己少了劍，就像光屁股一樣。所以，我幫他配了劍。

你們也知道，普拉特是走金錢路線來感謝我和獵魔士，雖然算不上很大方，總是聊勝於無。兩天後，我按傑洛特的交代一大早便趕去吉安卡第的分行，把支票交給櫃檯兌現。我站在那裡左看右看，看到有個人很認真地盯著我。那是個女人，看起來還算年輕，不過年紀不小了，穿衣風格高雅而有品味。女性愛慕的目光對我來不是什麼新鮮事，我這充滿男子氣概又具侵略性的相貌，許多女性都抵擋不了。

女人突然朝我走來，介紹她是艾特娜．阿希德，而且說她認識我。聽到這，我覺得很感動，所有人都認識我，不管我去哪，總是人未到、名先到。

「詩人先生，聽說你的同伴——來自利維亞的獵魔士遇上了壞事。我知道他失去了武器，急需佩一把新的。我也知道，好劍難求，不過正巧，我就有這麼一把好劍，是先夫——願諸神憐憫他的靈魂——留下的。一個寡婦要劍做什麼？所以我把劍拿到銀行想換現。銀行估完劍，要我託給他們賣。我急著要錢去還我那死鬼老公的債，所以這錢是能拿一塊算一塊，不然那些債主都要把我給吃了。所以……」

話說到此，女人掀開錦緞，一把長劍便現了出來。我告訴你們，那可是眞寶物。那把劍輕如鴻毛，劍鞘高雅有品味，劍柄是龍皮做的，護手鍍金，劍柄的柄端有顆鵪鶉蛋似的碧玉。把劍抽出鞘的那一刻，我簡直不敢相信自己的眼睛。劍身有一枚太陽標記緊挨在護手上方，跟著是銘刻：「出鞘必有名，無榮不入鞘。」也就是說，這把劍是在尼夫加爾德的薇洛雷達，舉世聞名的鑄劍之都打造的。告訴你們，我用拇指指腹輕輕碰了一下劍尖，那銳利的程度簡直就像剃刀一樣。

我當然不是省油的燈，沒讓她看出任何一點端倪。我興趣缺缺地看著銀行行員忙著工作。一個婆子正在擦亮銅製門把。

「這把劍，」寡婦說：「吉安卡第銀行的估價是兩百克朗，要放在他們那邊託售。不過如果錢能馬上到手，我可以一百五就賣。」

「欸，一百五十克朗可是一整袋的錢耶。」我說：「這麼多錢都可以買間屋子了，如果買小間的，甚至還可以買在城郊。」

「唉，亞斯克爾先生。」女人垂下肩，眼眶裡有淚水打轉。「您這是在取笑我，這樣佔一個寡婦的便宜，眞是沒心肝。不過，我有急需，所以就算您一百吧。」

親愛的各位，我就是用這種方式解決了獵魔士的問題。

我趕去「螃蟹和水針下」，傑洛特已經坐在裡面，桌上有培根炒蛋。哈，早餐他一定又是去紅髮巫婆那邊吃香蔥酸乳白乾酪。我走過去，「啪」一聲把劍擺在桌上。他先驚訝得說不出話，然後把湯匙一扔，將劍抽出，仔細審視。他的臉跟石頭沒兩樣，不過我已經習慣他的變種性格，知道任何情緒都染不上他的身，就連他有多喜歡那把劍，心裡又有多開心都不知道——這些從他的臉上完全看不出來。

「你花了多少錢？」

我本想告訴他那不關他的事，不過我想起自己是用他的錢付的，所以就老實說了。他握了一下我的手，一句話也沒說，面無表情。他這個人就是這個樣子，很簡單，但也很眞。

然後，他和我說他要走了，自己一個人走。我還來不及抗議，他就說：

「我想要你留在科拉克，眼觀四面、耳聽八方。」

他把昨晚發生的事，還有他與艾格蒙王子的對話說給我聽，說的時候手上一直把玩著那把薇洛雷達劍，就好像一個拿到新玩具的孩子。

「我不打算爲王子做事，」他說：「也不打算以貼身護衛的角色參加八月的王家慶典。艾格德蒙和你堂兄很肯定，很快可以抓到偷我劍的賊。我沒有他們那麼樂觀，不過這其實對我有利。如果我的劍在艾格德蒙手上，他就可以藉此要脅我。我寧願自己去抓那竊賊。我會在七月波爾索迪兄弟的拍賣會開始前，到拿威格拉德逮人。我會把劍要回來，然後這輩子再也不踏進科拉克一步。至於你，亞斯克爾，嘴巴給我閉緊了。普拉特和我們說的事，其他人絕不能知道。一個人都不行，你的檢察官堂兄也一樣。」

「我發誓，我的嘴巴會閉得和死人一樣緊。」聽我這麼說，他用很奇怪的表情看著我，好像根本就不相信我的話。

「不過世事難料，」他又說：「我得有個備案，所以我想盡可能了解艾格蒙與他的手足、所有可能的王位繼承人、國王本身，還有關於王室的所有一切。我想知道他們有什麼目的，在計畫什麼，誰和誰是一條陣線，檯面上有哪些派系活動，諸如此類，你明白嗎？」

我給他的回答是：「我明白，你不想把莉塔．奈德扯進來，我覺得你這麼想很正確。那紅髮美人對你想知道的事一定瞭如指掌，不過她和這裡的君主往來太過密切，不太可能和你玩兩面手法，這是其一。其二，別讓她發現你不久就會消失得無影無蹤，不再出現，因爲她的反應可能會很激烈。相信你也很有經驗，女巫都不喜歡人們玩失蹤。」

「至於其他事，」我接著說：「我發誓，你絕對可以相信我。我會去該去的地方，眼觀四面、耳聽八方。這裡的王族我認識，該聽的小道消息也都知道。仁慈統治這個國度的貝路宏國王爲自己繁衍了不少子嗣，常常娶新妻子，只要一有新人出現，舊人就會這麼剛好，患上命中註定的大病，因無藥可救而告別塵世。這樣一路下來，國王現在有四個婚生男嗣，每個生母都不同。至於那些數不清的女兒，因爲沒有繼承王位的權利，我就不算了。私生子也不算。不過有一點要提一下，那些生了女兒的妻子，在科拉克所有重要的職務與官位上都安插了人，但法蘭堂兄是個例外。至於非婚生的兒子，則去管理貿易與工業。」

我一瞧，獵魔士聽得很是迫切，於是我接著說：

「四個嫡子呢，按出生先後來說，第一個我不知道叫什麼名字，這在外頭是禁語。他和國王大吵一架之後便出走了，走得無影無蹤，沒人再見過他。第二個兒子艾默，被關起來了，是個腦袋有問題的酒鬼。這似乎是國家機密，不過在科拉克是眾人知曉。實際有機會繼承王位的是艾格蒙與山德，兩人水火不容，而貝路宏很狡猾，讓兩個人一直提心弔膽，在繼位上頭大做文章，不斷承諾要把王位給其中一個私生子來吊人胃口。現在大家都竊竊私語，說他已經決定要把王冠傳給他即將在收穫節正式迎娶的新妻之子。」

我接著說：「不過，我跟法蘭堂兄覺得那些承諾都是隨口亂說的，老傢伙以為靠這招可以讓嬌嫩的妻子在床笫間更加熱情。他還說只有艾格蒙和山德是實際有機會的繼承人，要是有人發動政變，一定是他們兩個其中一個。透過我堂兄，兩個人我都見過。兩個人都……給我的印象是這樣啦……滑頭滑腦的，像泥鰍一樣，如果你知道我在講什麼的話。」

傑洛特表示他知道，說他跟艾格蒙講話的時候，也有一樣的印象，只不過不知道該怎麼用優美的方式訴諸言語。在那之後，他陷入了沉思。最後，他總算開口：

「我很快就會回來，你在這裡把事情辦好，眼睛放亮一點。」

「在告別之前，」我說：「當個像樣點的哥兒們，和我說說你那魔法師的學徒吧，頭髮油亮服貼的那個。那可是朵真正的玫瑰花苞，我發誓要好好待她，讓她盛開綻放。所以我想，就由我來犧牲……」

聽到這裡，他的臉色變了，然後一拳打在桌子上，連酒杯都跳了起來。

「彈琴的，你那一雙魔爪給我離瑪賽可遠遠的。」他這樣對我說，完全沒有半點尊重。「這件事你想都別想。你不知道女巫的學徒連最純潔的調情都嚴格禁止嗎？只要犯那麼一點點，珊瑚就會認為她沒資格學習，會把她送到魔法學校去。這對學徒來說是奇恥大辱，而且丟臉至極，我聽過不少人因此而自我了結。再說，和珊瑚可不能鬧著玩，開不得玩笑的。」

我本來想建議他拿雞毛去搔她的屁股溝，這招就連脾氣最壞的女人也擋不住。不過我沒說話，因爲我了解他。他受不了別人隨便說他的女人，就算只有一夜露水的那種也一樣。所以，我對自己發誓，要把學徒的貞操從我的清單上畫掉，甚至連獻殷勤都不會。

過了一會兒，他的心情好了些，在臨走前和我說：「如果你這麼缺，那我和你說，我在這裡的法院認識了一個辯護人，她看起來很有需要。去找她眉來眼去吧。」

這傢伙還眞行，說這是什麼話？難道要我去戳戳這司法的深度？

不過話又說回來了……

插曲

科拉克上城仙客來別墅
莉塔・奈德女士鈞啓

里斯堡，重生後一二四五年七月一日

親愛的珊瑚：

我想，收到這封信時妳應該身體健康、心情爽朗、事事順心。我想先把消息告訴妳：人稱利維亞傑洛特的獵魔士，終於在城堡現身。他人才剛到沒一個鐘頭，就已經讓人見識到他有多討人厭、多令人難以忍受，讓每一個人都對他敬而遠之，就連令人景仰的歐特蘭，這個對眾人來說是仁慈與恩惠化身的人也不例外。就我所見，關於那人的傳言絕對沒有絲毫誇張，而那人不管走到哪，都會碰上他人的反感與敵意，箇中原由絕對有其道理。不過，我想我是史上第一個這麼說，那人還是有一點值得嘉獎，那就是他心中無好無惡。那人是徹頭徹尾的專業，講到他的職業，更是絕對可靠，可謂鞠躬盡瘁，死而後已，完全不用懷疑。

所以，我們可以視任務已經達成，而這主要都得感謝妳，親愛的珊瑚。我們很感謝妳的努力，並會將它永遠銘記在心。我個人對妳尤其感謝。身爲妳的老朋友，知道我們之間的連繫，我比其他人更了解妳的犧牲。這個人集妳所惡於一身，信奉層層堆疊而出的犬儒主義，天性泯滅，個性虛僞，思想原始，智慧平庸，傲慢狂妄；要和他近距離相處，我知道妳很難受。至於他歪斜的手掌與缺乏護理的指甲我就不提了，免得惹妳生氣。親愛的珊瑚，妳有多厭惡這種事，我是知道的，不過妳的痛苦、困擾與憂慮終於可以結束，再也沒有任何事可以阻擋妳離開那個人，與他斷絕所有關係，清清楚楚以此畫下句點，對抗所有不實之口的惡意毀謗。那些人試圖將妳對獵魔士的假意投誠，化爲廉價的風流韻事。不過，這事寫到這裡就好，不值得再繼續深究。

親愛的珊瑚，不用說妳也知道，只要妳的一句話、一個領首、一個笑容，我會一口氣衝到妳身邊。但是如果哪天妳想到里斯堡看我，我將會是世上最幸福的人。

深深敬重妳的皮內提筆

附註：我所指的不實之口，認爲妳之所以會青睞獵魔士，是因爲我們的成員葉妮芙似乎對獵魔士依舊有興趣，而妳想挑釁她。這些陰謀論者著實讓天眞與無知蒙了眼。畢竟，眾所皆知，葉妮芙和某個年輕珠寶商人仍舊打得火熱，根本不在意與獵魔士的短暫激情。

插曲

里斯堡
阿爾格農・昆恩坎普先生鈞啓

科拉克城，重生後一二四五年七月五日

親愛的皮內提：

謝謝你的來信。你很久沒寫信給我了，嗯……顯然是沒什麼好寫，也沒什麼要寫。

我很感動你關心我的健康和心情，還有一切是否稱心如意。我可以很滿意地告訴你，我在這邊一切都很好、事事順心。我爲此付出了努力。每個人都有一艘船，而眾所皆知，這船的掌舵者就是船東本身。要知道，我用我堅定的手駕著這艘船駛過狂風與礁石，不管四周風暴如何咆哮，我始終抬頭挺胸。

至於我的健康，事實上還算不錯。肉體和平常一樣，精神也是，而這種情形其實沒有很久，是從我重拾許久不曾擁有過的東西後才開始。直到重新擁有，我才意識到自己有多麼想念那份失去。

你們的偉大計畫需要獵魔士參與，我很高興這件事已漸漸邁向成功，也很驕傲自己能在這件事上有少許貢獻。然而，親愛的皮內提，你覺得這件事會需要付出痛苦、困擾和憂慮等代價，這憂心是不必要的。事情並沒有這麼糟。傑洛特的確是集我所惡於一身，不過還是有值得嘉獎之處——我在他身上發現一些優點，而且都不是小優點。我可以大膽地說，這些優點讓許多人見了，都要開始擔心，有些人甚至會感到嫉妒。

親愛的皮內提，關於你寫的那些流言蜚語及謠傳，我們都已經習慣了，也知道該怎麼去面對，而解法很簡單——忽視。你一定記得當年我們之間似乎有些火花的時候，那些關於你和莎賓娜．葛雷維席格的傳言吧？那些我都當作耳邊風了，現在我建議你也同樣這麼做。

保重。

珊瑚筆

附註：我最近忙得焦頭爛額。我想，在可見的未來裡，我們可能都沒辦法見面了。

他們在各國之間遊蕩，視喜好與心情行動，無拘無束。也就是說，不管天上人間任何政權，他們一概不承認。不管是任何一項法條或律令，他們一概不遵守。不須對任何人、事、物盡義務，而且自認無須受罰。他們天生就是騙子，以占卜詐騙單純的人們，充當間諜，販售假護身符、假藥、酒精和毒品，用諸如此類的方式過活。他們也仲介娼妓，也就是不知羞恥的蕩婦，提供付錢者無良的歡愉。窮困之時，他們不會羞於行乞，偷竊之於他們也有如平常，但他們更喜歡的是欺詐與詐騙。他們會欺騙天眞的人們，好像他們是在保護人們，好像他們是爲了人們的安全而斬殺怪物，但這都是謊言。他們之所以這麼做，只是爲了自身娛樂，因爲殺戮對他們來說是上等的消遣，而這也早是攤在陽光底下的祕密。準備行動之時，他們會先使上巫術，但也僅是要蒙蔽觀者之眼。虔心侍神的祭司一眼便能識破如此的騙局與詭計，揭穿那些混淆人心、自稱獵魔士者，實爲惡魔之僕的眞相。

《怪物，或有關獵魔士的描述》

——佚名

第九章

里斯堡的外觀既不嚇人，也不令人驚艷，就像許許多多城堡，規模中等，巧妙座落於陡坡之上，臨懸崖而立，淺色的城牆與常綠的雲杉林形成對比。樹梢之上，可以看見堡內兩座方塔的塔頂，一高一矮。等到近看，才發現環繞城堡的城牆頗高，而且沒有城垛。鶴立在城堡各個角落及城門之上的小巧塔樓，看起來較像裝飾用，而不是防禦用。

盤山而上的道路有著明顯的使用痕跡，因爲這條道路確實有來有往，而且頗爲頻繁。獵魔士才走沒多久，便趕過了好幾台推車、馬車，還有零星的騎士和路人，由城堡那頭過來的逆向旅人也不算少。傑洛特可以想見眾人此行的目的，而他才剛走出林子，這份想見便有了印證。

以木頭、蘆葦及稻草搭建而成的小城，佔據著平坦的山丘頂端，隱於牆幕之後。那是一整片被圍欄、馬廄與牲圈環繞的屋瓦房舍，有大有小。人聲嘈雜，車水馬龍，頗是忙碌，儼然就像是市集或商展。而這的確是市集，是商展，是大型的貿易展售會，只不過賣的不是家禽，不是魚鮮，也不是蔬菜。里斯堡城外的市集賣的，是護身符、避邪物、鍊金藥、鎮靜劑、媚藥和湯藥，各種萃取液、精華液和混合劑，薰香、香水、糖漿、粉末與軟膏，還有施過魔法的實用物品、工具、家用器具、裝飾品，甚至還有小孩的玩具。因爲選擇豐富，吸引了大批買家前來。顯而易見，有供給，有需求，錢財自然滾滾來。

獵魔士來到岔路口，選了通往城門的那條路。和引領顧客通往市集的那條路相比，這條明顯地小了許多。他策馬走過城門前的鋪石路，沿路有精心擺置的立石夾道，大多比騎在馬上的他還要高。不久，他來到大門。城門展現的風格比較像是宮殿，而不是城堡，有壁柱與山花點綴。獵魔士的項鍊徽章劇烈震動起來。小魚兒嘶鳴一聲，舉蹄大力踏在石磚上，然後像被釘住一樣靜止不動。

「報上身分和目的。」

他抬起頭。那聲音粗啞而低沉迴盪，但絕對是屬於女性的聲音，看來是出自山花的三角面上，那嘴巴洞開的妖鳥女。項鍊徽章劇烈震動，母馬噴了一口鼻息。傑洛特覺得雙鬢有股奇怪的壓力。

「報上身分和目的。」聲音再度從山花上的浮雕傳出，這次的音量較前次大了些。

「利維亞的傑洛特，獵魔士。我是來赴約的。」

妖鳥女的頭部發出喇叭似的聲音，封印大門的魔法解除，傑洛特雙鬢間的壓力也頓時消失，而母馬不用人趕，自動自發地踏出馬蹄，在石磚上敲出連連響聲。

穿過入口，是一條囊底路，周圍有迴廊環繞。穿著暗褐色工作服的僕人隨即朝他跑來，那是兩名男孩，一人照料馬匹，另一人則爲他帶路。

「先生，這邊。」

「你們這邊一直都是這樣嗎？城堡底下那邊？這麼多人來來去去？」

「不是的，先生。」僕人一臉驚恐地看著他。「只有星期三。星期三是貿易日。」

在接著入口的拱形交界處，可以看見一個漩渦裝飾，上頭又是一個平面雕刻，想必也具有魔法。那雕刻看起來像蚵蜥的嘴巴。這個入口由看來十分牢固的裝飾格柵把關著，不過僕人一推，便順暢地開出一道縫隙。

第二個庭院佔地大上許多。事實上，要從這裡才有辦法眞的評估這座城堡，因爲傑洛特發現，城堡從遠處看的樣子與實際的出入非常大。

里斯堡裡的建築物是一棟棟粗糙醜陋的倉庫，都不是城堡裡會有的典型建築。由於這些建築物層層咬進山壁，因此實際的堡區比外表看起來要大上許多。城裡的建築看起來像工廠，而且大概眞的就是工廠，因爲當中有不少煙囪及通風管高指天際。空氣中有燒焦的氣味、硫磺味和氨味，另外也可以微微感受到地面的震動，說明地底下有機器在運作。

僕人清了清嗓子，將傑洛特的注意力從廠區拉回來，因爲他們要去的其實是城堡的另一邊。他們的目標是塔樓，比較矮的那一座，其底下圍繞的建築則是比較經典的宮殿風格。傑洛特發現，塔內的裝潢也是宮殿風格，空氣聞起來有灰塵、木頭、蠟和陳舊的氣味。天花板的下方光線明亮，光環圍繞的魔法球緩緩飄浮，一如水族缸中的魚兒，這是巫師住所裡的典型照明。

「你好，獵魔士。」

傑洛特注意到歡迎他的是兩名巫師。這兩人他都知道，但並非眞的認識。其中一人是哈嵐・札拉，葉妮芙曾經指給他看過，之所以會記住他，是因爲這人大概是魔法師當中，唯一剃光頭的人。阿爾格農・昆恩坎普——人稱皮內提——他在奧克森福特的學院裡見過。

「歡迎來到里斯堡。」皮內提說：「我們很高興你大駕光臨。」

「你是在嘲笑我嗎？我不是自願來的。莉塔・奈德爲了逼我來這裡，設計把我扯進犯罪案件……」

「但是她後來幫你脫身了，」札拉打斷道：「而且給了你豐富的報酬。爲了補償對你造成的不變，她用非常巨大的……嗯……奉獻來補償。聽說，你和她的……關係很不錯，而且這份關係至少持續了一個星期。」

傑洛特拚命控制想賞他一巴掌的衝動，而皮內提肯定注意到了。

「停戰、停戰。」他舉起一隻手，說：「哈嵐，我們不要再爭執了。不要再用奚落與中傷來針對彼此。我們知道傑洛特對我們有偏見，這從他的每句話裡都聽得出來。我們知道他為什麼會這樣，知道葉妮芙那件醜聞對他的打擊有多大，也知道社會對那件醜聞的反應如何。對於這個情況，我們什麼也做不了。不過傑洛特是專家，懂得什麼時候拿起，什麼時候放下。」

傑洛特隱忍地附和：「他會的，問題只是願不願意而已。我們該進入正題了吧。為什麼我會在這裡？」

「我們需要你。」札拉冷冷地說：「就是你。」

「就是我。我該感到榮幸嗎？還是該開始害怕？」

「來自利維亞的傑洛特，你很有名。」皮內提說：「一般認為你的行為與事蹟很驚人，值得欽佩。不過你也知道，你從我們身上大概得不到什麼驚嘆，畢竟我們沒有那麼膚淺，會把欽佩表露在外，尤其欽佩的對象是像你這樣的話，就更不可能了。不過我們懂得尊重專業、重視經驗。事實就是事實，我大膽說一句，你是一個傑出的……嗯……」

「什麼？」

「終結者。」皮內提不費吹灰之力便找到語詞形容，顯然對這詞不陌生。「終結威脅人類的野獸與怪物。」

傑洛特沒有評論，只是靜靜等待下文。

「而我們的目標，巫師的目標，也是人類的福祉與安全，因此我們有共同的利益，彼此間偶爾發生的誤解，不該對此有所影響。不久前，城堡的主人讓我們明白這一點，他聽說了你的事，想親自認識你。這是他的心願。」

「歐特蘭。」

「歐特蘭宗師，還有與他最親近的工作夥伴。我們會介紹你給他們認識，不過要晚一點。僕人會帶你去你的房間。你一身風塵，可以先梳洗一下，稍事休息。等一下我們會叫人去接你。」

□

傑洛特在腦中不斷搜索，試圖回想自己在什麼時候聽過歐特蘭宗師這號被眾人看作活傳奇的人物。

□

歐特蘭是個活生生的傳奇，對巫術發展有極大貢獻。

推廣魔法是他的畢生志業。不同於大多數巫師，他認爲超自然力量帶來的好處與優勢，應是所有人共同的權利，且應幫助提升整體的繁榮與幸福，增進生活的舒適。歐特蘭的夢想是，讓每一個人都有免費取得魔法方劑與鍊金藥的管道，魔法護身符、避邪物及所有古物應隨處可得且不費分毫，每個人民都享有心電感應、隔空取物、瞬間移動、千里傳音的特權。爲了達成這個目標，歐特蘭不停發明新事物。應該說，他創造出不少發明，有些甚至和他本人一樣，成爲傳奇。

對於老巫師的夢想，現實以非常殘酷的方式審視，原該量產普及的發明，全都停留在原型的階段。歐特蘭所想出的東西原本該是很簡單，結果成品都太過複雜；原該大量生產的發明，結果價格高得令人咋舌。然而歐特蘭並不沮喪，沒有因爲這些挫敗而放棄，反倒越挫越勇，在不斷的失敗中繼續嘗試。

有人懷疑——當然，歐特蘭自己從來沒這樣想過——這些發明之所以常常失敗，不過就是有人從中作梗。重點不在於——至少不僅僅是這樣——其他巫師同伴的尋常嫉妒心；不是有人只想專留給菁英，也就是巫師自身，不願意將發明普及化。眾人比較擔心的，是這些發明具有可以軍事化及武器化的特質，而眾人的擔心的確不是沒來由。歐特蘭就和每個發明家一樣，都醉心在爆裂、燃燒、轟炸等物質，以及裝甲戰車、火器和有毒氣體。老巫師認爲，維持繁榮的條件是諸國之間的和平，而和平得靠武力達成。要避免戰爭最確實的辦法，就是以可怕的武器威嚇對方。武器的殺傷力越是大，和平就越容易達成，也維持得越久。對於其他論點，歐特蘭完全聽不進去，於是旁人將眼線安插進他的發明團隊以破壞成品。他的發明幾乎沒有任何一樣得以見到天日，唯一的例外是掃珠器。這項發明舉世聞名，也是不少軼事當中的要角。這是一種附有一大桶鉛做的珠子，可以遠距傳動的弩弓。正如這項發明的名稱所述，這項道具是要把珠子掃射至目標，而且是連發掃射。奇怪的是，這項發明的原型竟出得了里斯堡的城牆，甚至在某場對戰中進行實測，但結果很不盡人意。當負責使用這項發明的弓箭手被問及武器的效力如何，他的回答大概是像「掃珠器就像他的岳母一樣」之類的——笨重、醜陋、一點用處也沒有，最好直接用石頭綁一綁，沉入河裡。老巫師聽到這種評語並不在意。掃珠器是玩具，他給了類似這樣的回答，他的檯面上已經有進階許多的計畫，可以造成大規模傷害。他——歐特蘭——會給人類帶來和平的好處，即使在這之前得先剷除一半的人類，也在所不惜。

□

他被帶進一個房間，裡頭的牆面掛著一張巨大的織毯，是生意盎然的田園之景，其繡工之精細，堪稱傑作。織毯上有塊沒有清乾淨的污漬，看起來有點像隻巨大的烏賊。獵魔士估想，有人吐在這塊織品傑作上，而且這事才發生沒多久。

房間正中央有張巨大的桌子，桌前坐了七個人。

「歐特蘭宗師，」皮內提微微了一個行禮。「請容我介紹，這是來自利維亞的傑洛特，獵魔士。」

歐特蘭的外表並沒有讓傑洛特訝異。一般認為，他是當今世上年事最高的巫師。這也許是事實，也許不是，但只有一件事是肯定的，那就是歐特蘭是巫師當中看起來年紀最大的。這很奇怪，因為巫師會用魔女草湯這種鍊金藥來延緩老化，而這湯藥的發明者不是別人，正是他本人。歐特蘭在終於調出可以正確發揮功效的魔法藥劑配方後，自己卻沒使用太多，因為那時他已上了年紀。鍊金藥是避免老化，但對返老還童一點效果也沒有。所以雖然歐特蘭已經用了這藥很久，看起來卻依舊像個老人，尤其是跟他的同伴在一起時更為明顯。那些年邁的巫師看起來就像正值壯年的男子與含苞待放的少女。充滿青春魅力的女巫與頂著知性灰髮的巫師，實際出生年歲已隨著時間消逝而不可考，他們將歐特蘭鍊金藥的祕密當成心頭肉，甚至有時還反對讓這種藥繼續存在。對歐特蘭，他們則謊稱鍊金藥已普及，人類實際上不會再老死，過得再幸福不過。

歐特蘭一邊把弄自己的鬍鬚，一邊重複道：「來自利維亞的傑洛特。咱們當然聽過，當然聽過。獵魔士，保衛者。就像傳聞說的，是個保護者，保護人類不受邪惡迫害，是人類的救星，所有可怕邪惡事物的預防藥和解毒劑。」

傑洛特一臉謙遜，鞠躬行禮。

「當然、當然……」巫師一邊梳弄鬍鬚一邊說：「咱們知道、咱們知道。不管從哪方面看，爲了保護人類，你是不遺餘力，孩子，不遺餘力啊。你所做的事確實值得敬佩，這是值得讚賞的行業。咱們在咱們的城堡裡歡迎你，很高興命運將你引導到這裡。雖然你自己不可能會知道，不過你就像這隻鳥還巢一樣……我說得沒錯，就像這隻鳥。咱們很高興見到你，咱們覺得你也一樣高興見到咱們，嗯？」

傑洛特陷入困境，不知道該如何稱呼歐特蘭。

巫師不使用敬語，也不期望別人對他們使用敬語。然而，他不知道當對方是個灰髮灰鬍的老者，而且還是個活傳奇時，不用敬語是否恰當。於是，他沒有回應，而是再度鞠了一個躬。

皮內提依序介紹坐在桌前的巫師，有些傑洛特聽說過，所以知道。

阿克瑟·埃斯帕札，另一個更爲人所知的名字是麻子臉阿克瑟，額頭與雙頰上的確滿是水痘疤，傳說他沒把疤除掉只是因爲他不想這麼做。密勒斯·特雷舍維身材偏瘦長，但是思圖寇·詹格尼斯比他更加削瘦。他們個個都饒有興趣地打量獵魔士。姿色中等的金髮女子碧露塔·伊卡爾緹對他的興趣似乎更大些。塔維克斯·桑多瓦爾的肩膀很寬，看起來比較像騎士而不是巫師。他看著一旁的織毯，好像他也對上頭的污漬感到奇怪，想知道那是怎麼來的，又是誰該爲此負責。

坐最靠近歐特蘭的是索雷爾·戴格隆德，貌似是在場年紀最輕的一位，蓄長髮，看來很是陰柔。

碧露塔·伊卡爾緹說：「我們也歡迎人類的保護者——鼎鼎大名的獵魔士。我們歡迎你的到來，因爲在歐特蘭宗師的主持下，我們在這座城堡這裡也很努力，希望能有所進展，讓人類的生活更安全、更輕鬆。人類的福祉對我們來說也是優先目標。大師年事已高，沒辦法接待客人太久，所以如果可以的話，我們就直接問了。來自利維亞的傑洛特，你有什麼心願嗎？我們可以爲你做什麼嗎？」

「謝謝歐特蘭宗師，」傑洛特再度鞠躬。「還有在座的各位。既然你們都問了……是的，你們的確可以幫我做一件事。你們可以向我說明……這個。這東西。是從被我殺掉的維基洛龍身上拔下來的。」

他把一塊小孩手掌大的橢圓牌子放在桌上，牌子上烙了一串記號。

「*RISS PSREP Mk IV/002 025*。」麻子臉阿克瑟大聲唸了出來，然後把牌子遞給桑多瓦爾，後者以帶刺的口吻說：

「這是變種生物，在我們里斯堡這裡製造出來的，屬於僞爬蟲部。看門龍，第四型，第二批次，第二十五號實驗體。這是很舊的型號，我們早就已經生產改良過的型號。還有什麼需要說明的嗎？」

「他說他殺掉了維基洛龍。」思圖寇．詹格尼斯譏笑道：「所以重點不在說明，而是抗議。獵魔士，你的投訴我們接受，但我們只處理經由正當管道購買的產品，而且要有購買憑證。我們只憑購買憑證提供維修、校正錯誤……」

「這個型號的保固期早就過了。」密勒斯．特雷舍維幫腔道：「另外，我們不處理任何因不當使用，或未按產品使用手冊操作而產生的錯誤。若是產品遭到不當使用，里斯堡概不負責。」

「那麼，」傑洛特從口袋裡掏出另一塊牌子丟到桌上。「你們會爲這個負責嗎？」

第二塊牌子和前一塊的形狀、大小相似，不過顏色比較深，已有鏽蝕。牌子的印記當初在燒的時候沾上髒污，一起烙了上去，但是不妨礙辨識烙印的記號：

IDR UL Ex IX 0012 BETA

現場陷入一片靜默，久久沒人出聲。最後，皮內提一臉震驚，不太確定地輕聲說：

「來自烏里沃的伊達藍。阿爾祖的學生。我沒想到……」

「獵魔士，你從哪裡拿到這塊牌子的？」麻子臉阿克瑟將身子探到桌面問：「你是怎麼拿到這塊牌子的？」

「你問得好像你真不知道似的。」傑洛特答道：「這是從被我殺掉的怪物身上挖出來的。而在這之前，那隻怪物在附近一帶至少殺了二十個人。我說至少，是因為我猜實際上受害者人數遠不只如此。我想那怪物已經到處殺戮很多年了。」

「伊達藍……」塔維克斯．桑多瓦爾喃喃道：「還有在那之前的馬拉斯皮納與阿爾祖……」

「可是那不是我們做的。不是我們，不是里斯堡。」詹格尼斯說。

「實驗型號第九型。」碧露塔．伊卡爾緹一邊思索，一邊參與討論道：「測試版。第十二……」

「第十二號實驗體。」傑洛特忿忿接完她的話。「那這種的總共有多少隻呢？做出來的總共有幾隻？當然，我並沒有要找人算帳，因為這不是你們，不是里斯堡做的。這件事你們沒有插手，而且你們想要我相信這樣的說詞。不過你們至少透露一下吧，因為你們一定知道，還有多少這種怪物在森林裡遊蕩殺人，知道還有多少隻要找，有多少隻要殺。我是說，有多少隻要終結。」

「這是什麼？這是什麼？」歐特蘭突然精神起來。「你們拿的是什麼？給我看！噢……」

索雷爾．戴格隆德傾身在老者耳邊說了許久。密勒斯．特雷舍維也朝老者的另一隻耳朵低語，並將銘牌呈給他看。歐特蘭不停扯著鬍子。

「他殺掉了？」他突然細聲嚷道：「獵魔士？他把伊達藍的天才作品給銷毀了？殺掉了？想都沒想就殺掉了？」

獵魔士再也忍不下去，哼了一聲。原先對灰髮老者的尊敬突然消失得一乾二淨。他再度哼了一聲，然後縱聲大笑，笑得眞心誠意，笑得不可自已。

坐在桌前的巫師臉全板起臉，卻造成反效果。獵魔士不僅沒停下來，反倒笑得更開心。眞是見鬼了，他心想，我都不記得自己有多久沒笑得這麼開心，這麼眞心。可能是在卡爾默罕吧，他回想著，對，就是在卡爾默罕，在維瑟米爾上茅房，腳下的木板腐爛碎掉的時候。

「這毛頭小子還在笑！」歐特蘭大叫道：「笑得和豬頭一樣！愚蠢的豬腦袋！也不想想其他人都在中傷你的時候，爲你說話的人是我！我說了：『他愛上葉妮芙這丫頭又怎樣？』『葉妮芙這丫頭愛著他又怎樣？』我還說：『人心無法操控，別再煩他們了！』」

傑洛特止住了笑。

「那你又做了什麼？愚蠢至極的劊子手！」老者朝他放聲大吼：「你做了什麼？你明白你毀掉的是怎樣的傑作嗎？你明白你毀掉的是遺傳學上的奇蹟嗎？不、不，這一點，你——你這個外行人根本搞不懂！你根本不明白天才的理念！像伊達藍、像伊達藍的老師阿爾祖那樣天資聰穎、天賦異稟的天才，你根本就不明白他們的理念！他們創造了偉大的發明，一心爲人類的福祉努力，他們重視的不是自身的利益，不是庸俗的錢財，不是個人的享樂與歡愉，而是進步，是大眾的福祉！不過這些事你又懂什麼？你什麼都不懂，連一丁點也不懂，根本完全不懂！」

「我再告訴你一件事，」歐特蘭說得上氣不接下氣：「你這魯莽的殺戮行爲，羞辱了你的父親，因爲就是科西莫．馬拉斯皮納，還有、還有繼承他衣缽的學生阿爾祖，創造出獵魔士的人就是他們，是他們發明了變種，你和你的同類才能被創造出來。多虧他們，你才得以存在，才可以在世界上到處走動。你這個不知感恩的傢伙，你應該要敬重阿爾祖與阿爾祖的後繼者，還有他們的創作，而不是把這一切都毀掉！噢……噢……」

老巫師突然打住，兩眼翻白，重重嚥了一口氣。

「我要大便。」他呻吟道：「我要大便，快！索雷爾！好孩子！」

戴格隆德與特雷舍維隨即上前幫老者起身，將他架出房間。

過沒多久，碧露塔．伊卡爾緹站了起來，丟給獵魔士一個意味深遠的眼神後，便不發一語地走了。跟在她後頭離開的是桑多瓦爾跟詹格尼斯，但兩人連瞧都沒瞧獵魔士一眼。麻子臉阿克瑟也站了起來，雙手交扠胸前，盯著獵魔士看了許久。他看了很久，那目光可稱不上友善，最後開口道：

「邀請你來是個錯誤。我早就知道會這樣，卻欺騙自己至少你會假裝有教養。」

「接受你們的邀請是個錯誤。」傑洛特冷冷應道：「我也早知道會這樣，卻欺騙自己會得到問題的解答。這種編了號的傑作還有幾隻野放在外？還有幾隻這種馬拉斯皮納、阿爾祖與伊達藍做出來的大師級成品？令人敬佩的歐特蘭做了幾隻？掛著你們銘牌的怪物還有幾隻要殺？有幾隻得由我——獵魔士——預防藥和解毒劑來處理？我沒得到解答，但我很清楚爲什麼。至於所謂的教養——去你媽的王八蛋，埃斯帕札。」

麻子臉甩門而出，力道之大，連灰泥都從天花板上的裝飾掉了下來。

「看來，我並沒有給人好印象。」獵魔士自我評論道：「不過我本來也沒指望自己可以辦得到，所以不會因此失望。不過事情應該不只這樣吧，嗯？這麼大費周章把我拉到這裡……就只是為了這樣？唉，如果是這樣……你們城堡腳下的村子裡有可以喝一杯的地方嗎？」

「不，你不能就這麼離開。」哈嵐・札拉說。

「因爲事情不只這樣。」皮內提給了肯定的答案。

□

他被帶去的房間並不像巫師接待客人的典型空間。與巫師打交道多年，傑洛特知道他們的習慣。魔法師接見客人的廳室，通常裝飾得非常正式，而且常常給人陰沉、肅穆的感覺。很難想像魔法師會在私人空間——屬於個人的空間裡見客，這會讓人得以猜想魔法師的品味、喜好等關於他的一切資訊，尤其是他所使用的魔法種類與特性。

這一回則完全不一樣。房內的牆上有許多圖案及繪畫裝飾，每幅的內容都脫不開情色，甚至帶有色情風格。幾個小架子上頭，有連細部都精準複製的帆船驕傲地佇立著。這些裝在瓶子裡的小巧船隻，都自信地鼓著迷你船帆。大大小小的櫃子上，陳列著小巧的士兵、騎兵和步兵，各種編制都有。正對門口的地方，掛著一條同樣裝在玻璃裡的仿眞河鱒，體型以鱒魚來說，頗爲巨大。

「坐吧，獵魔士。」如今一切昭然若揭，皮內提才是這裡眞正的主人。

傑洛特一邊盯著河鱒，一邊坐了下來。如果這魚不是石膏仿製品，那活著的時候肯定有十五磅重。

皮內提用單掌在空中畫過，說：「來自利維亞的傑洛特，這道魔法可以防止旁人竊聽，所以我們可以自在地講話，也終於可以談談我們把你找來這裡的眞正原因。你感興趣的這條鱒魚，是用假餌在絲帶河抓的，重十四磅又九盎司。魚放生了，櫃子裡是用魔法變出的複製品。現在，專心點吧，注意聽我要說的事。」

「我準備好了，你有什麼就說什麼吧。」

「我們對你與惡魔交手的經驗感興趣。」

傑洛特挑起眉，對這個話題沒有準備，而不久前，他才認爲已經沒有什麼事能讓自己吃驚。

「那麼按你們的說法，何謂惡魔？」

哈嵐·札拉眉頭一皺，動作突然變大。皮內提以眼神示意他稍安勿躁。

「奧克森福特大學裡有一個超自然現象系。」他說：「許多魔法大師都會去那邊當客座教授，當中教授的主題裡也有惡魔及惡魔學，切入的面向從物理、抽象、哲學到道德等各種角度都有。不過，和你說這些大概沒有必要，畢竟這些課程你都聽過。雖然你只是旁聽，不過我記得你，你通常都坐在大講堂最後一排。所以，我要再問你一次有關惡魔的經驗，而你就做個好人，回答吧。如果可以的話，請不要詭辯或假意吃驚。」

傑洛特冷聲答道：「我的吃驚沒有半點做作，百分之百爲眞，眞到不能再眞。竟然有人會來問我，一個沒什麼了不起的獵魔士，只是用來當作預防藥，甚至只是解毒劑的我，而提問的是在大學裡教授惡魔學的魔法大師，這種事怎能教人不吃驚。」

「回答問題。」

「我是獵魔士，不是巫師，而這就表示我在處理惡魔的經驗上，和你們沒得比。昆恩坎普，我在奧克森福特聽過你的課，你講的所有重點大講堂最後一排的人都有聽到。惡魔是來自其他世界的生物，來自其他元素層……空間、層界、時空，管它叫什麼都好。要和惡魔有任何的接觸，得要召喚他，也就是以暴力的方式把他從他的層界拉過來。要辦到這一點，只能借助魔法……」

「不是魔法，而是召魔。」皮內提打斷道：「這兩者有如天壤之別，而且別跟我們解釋我們知道的事。回答我們的問題。這已經是我第三次請你回答了，眞想不到我這麼有耐性。」

「回答你的問題，對，我和惡魔打過交道。我受雇去……終結這樣的對象兩次。我成功解決過兩個惡魔，一個附在狼身上，另一個控制了一個人類。」

「你成功解決了他們。」

「我成功解決了他們，不過費了很多工夫。」

「不過，與一般的認定相反，這通常是辦不得到的。」札拉插話道：「一般認爲，惡魔是無法殲滅的。」

「我沒說自己殲滅過惡魔，被我殺掉的是一匹狼和一個人類。你們對細節有興趣嗎？」

「非常有興趣。」

「那匹狼呢，在光天化日之下把十一個人咬爛嚼碎、生吞活剝。我和一個祭司合作對付牠，用魔法與劍合力打敗牠。在經過一番苦戰，終於讓我殺了牠之後，附在牠身上的惡魔逃出來，化爲一個巨大光球飛走，一路上還毀掉一大片森林，倒了一地的樹。那惡魔完全沒有理會我和祭司，把整座森林翻過來後就消失了，想必是回去他的空間。祭司堅持那是他的功勞，是他用驅魔儀式把惡魔驅逐到陰間，不過我認爲那惡魔只覺得失了興頭才離開。」

「那第二個案例呢？」

「那個就更有趣了。我殺了一個被控制的人類。」獵魔士不疾不徐地說：「就這樣。沒有任何戲劇性的旁枝末節，沒有光球、亮光、閃電、龍捲風，甚至連一點臭味都沒有。我不知道那個惡魔怎麼了。一票祭司和你們的同志——也就是魔法師——檢查了死者，什麼也沒找到，也沒做出任何結論。最後屍體被燒了，因爲那屍體就和其他屍體一樣腐爛了，加上當時天氣熱……」

他突然打住。兩名巫師彼此互看，臉色像石頭一樣。最後，哈嵐·札拉終於開口：

「所以按照我的理解，對付惡魔的唯一辦法就是殺害、殲滅著魔的對象，也就是被控制的人類。我要強調，是人類。要馬上把他殺掉，不用等待也不用商議，使出全力用劍砍下去，就這樣，這就是獵魔士的方式、獵魔士的手法？」

「札拉，你眞的很不會，而且不知道該怎麼做。要紮紮實實貶低一個人，光靠一股強烈的渴望、熱忱或衝動是不夠的，還要有技巧。」

「停戰、停戰。」皮內提再度擋下兩人的爭吵。「我們只不過想知道事情的實際經過。你和我們說你殺了一個人，這是你自己說的。你們的獵魔士守則好像禁止你們殺害人類。你說你殺的是著魔的對象，是被惡魔控制的人類。我再問一次，在你殺了那個人類之後，在這樣的事實發生之後，沒有任何驚人的旁枝末節衍生嗎？如果是這樣，那如何能肯定那不是……」

「夠了，」傑洛特打斷他。「夠了，昆恩坎普。你這些暗示起不了任何作用。你想知道事實？那我就告訴你什麼是事實。我殺了那個人，因爲我得殺了他。殺了他，才能挽救其他人的性命，而殺人許可正好就是法律賜予我的。儘管那些人吵吵鬧鬧，這許可卻給得很快速。事態緊急，威脅就在眼前，雖是違法之舉卻也只能合法視之，犧牲此善只爲營救彼善。你們該要遺憾自己沒看到那著魔者的行爲，沒看到他搞出的事，沒看到他有什麼能耐。我對惡魔的哲學面與抽象面知道得很少，不過他們的物理面確實很驚人、讓人瞠目結舌，你們可以相信我的話。」

「我們相信。」皮內提附和道，再度和札拉交換眼神。「我們眞的相信，因爲我們也見識過不少。」

「這我倒是不懷疑。」獵魔士輕蔑一笑。「當時在你奧克森福特的課堂上，我也沒懷疑過。看得出來，你的確懂。在面對那匹狼與人的時候，理論基礎確實對我有用，讓我知道當前發生的是什麼事。那兩個案子基本上都一樣。你是怎麼說的，札拉？方式？手法？不過那是巫師的方式，而手法也是巫師的。有個巫師用咒語召喚出惡魔，強力將他拉離他的層界，很明顯是打算利用他來達到自己的魔法目的。惡魔魔法就是以此爲基礎。」

「召魔。」

「這就是所謂的召魔。召喚惡魔，利用他，然後放他自由。這是理論。因爲實務上，有時巫師不會放惡魔自由，反而是用魔法將之囚禁在某個宿體中，比如囚禁在狼這個宿體裡，又或是人類。因爲像阿爾祖與伊達藍那樣的巫師，喜歡實驗一下、觀察一下，困在宿體裡的惡魔被放生時，會做出怎樣的事。因爲像阿爾祖這樣的巫師，是心理不正常的變態，喜歡欣賞惡魔到處殺戮。的確有這種事，對吧？」

「各種事情都有。」哈嵐・札拉刻意拉長音句說：「概括而論或等閒視之，都是愚蠢的做法。這有沒有讓你想到那些放膽搶劫的獵魔士？受雇殺人也不眨眼的殺手？要我幫你回憶那些戴著貓頭徽章，同樣以到處殺戮爲樂的神經病嗎？」

「兩位，」皮內提舉起一隻手擋著正要發難的獵魔士。「現在不是市議會開會，沒有必要爭相挑剔彼此的缺點與異常之處。比較理性的做法應該是承認沒人是完美的，每個人都有缺點，而說到異常之處，就連天使都不例外。差不多就是這樣，我們專心在有待解決的問題上吧。」

三人沉默了好長一段時間後，皮內提開口道：「召魔是被禁止的，因爲這是極度不安全的行爲。不幸的是，召喚惡魔這件事本身，不需要特別的知識或能力就可以完成，只要有一本魔法書就可以了，而這種書在黑市裡不算少見，不過少了知識與能力，要控制召喚出來的惡魔就難了。惡魔被召喚出來後，如果是直接掙脫、自我解放逃離，那算業餘召喚者走運，很多人的下場都是被撕得四分五裂。所以從其他源層和類源層召喚惡魔及各種靈體才會遭到禁止，違者必遭嚴懲。爲了確保不會有人打破這道禁令，有控制系統在管控，但有個地方例外。」

「想必就是里斯堡。」

「當然，里斯堡不是一個可以讓人控制的地方。畢竟我所說的召魔控制系統，就是在這裡建造的，是這裡所進行的實驗結果。多虧在這裡進行的測試，這個系統一直都保持完美。這裡還有進行其他的研究和實驗，各種性質都有。獵魔士，這裡會研究各種事物與現象，這裡的人會做各種事，不一定總是合法並符合道德標準。『只問結果，不問過程。』這樣一句話很適合掛在里斯堡城門上。」

「不過在這句話底下，還要加上：『創於里斯堡，留於里斯堡。』」札拉補充道：「在這裡進行的實驗都受到管控，所有一切都受到監督。」

「顯然不是一切，因爲有東西溜出去了。」傑洛特嘲諷道。

「是有東西溜出去。」皮內提的冷靜讓人印象深刻。「目前在城堡裡工作的總共有十八位專家，另有超過五十個學生及學徒。這些人的專業程度與專家相比，大多只差在頭銜而已。我們擔心……我們有理由猜測，在這麼一大群人裡，有人起了玩召魔的興頭。」

「你們不知道是誰嗎？」

「不知道。」哈嵐．札拉一瞬也不瞬，但獵魔士知道他在撒謊。

巫師不等他進一步提問，自顧自說：「在五月和六月初，這附近發生三起大規模屠殺。這附近是指山麓那邊，離里斯堡最近的是十二哩，最遠的大概是二十哩左右，每次都牽涉到森林裡的村落，或是樵夫與其他靠林子做體力活維生的人家。村落裡的人全數被屠殺，沒有留下任何活口。我們透過驗屍確認，犯下這些殺戮行為的一定是惡魔，更精確地說，是著魔者，也就是遭到惡魔附身的宿體。這個惡魔是在這座城堡裡被召喚出來的。」

「來自利維亞的傑洛特，我們碰上難題了。我們得解決這道難題，而我們指望你能幫我們。」

物質傳送是一件複雜、精密、微妙的事，所以在進行瞬間移動前，強烈建議先排便及清空膀胱。

《瞬間移動門使用理論與實務》

——吉奧佛瑞・蒙克

第十章

一如以往，小魚兒甫見馬衣便呼嚕、呼嚕叫，顯得不太開心，噘著嘴噴氣的聲音裡有著害怕與抗拒。牠不喜歡獵魔士把牠的頭包起來，更不喜歡包完之後會發生的事。對於馬兒的反應，傑洛特一點也不吃驚，因爲他也不喜歡。當然，他不能呼嚕叫或噘嘴噴氣，不過也沒憋著，而是用另一種形式來表達自己的不贊同。

「你對瞬間移動的厭惡還眞教人訝異。」哈嵐·札拉不知道自己已經是第幾次感到驚訝，不過獵魔士並不打算討論這個話題。札拉沒等到回應，遂說：

「我們已經傳送你一個多禮拜，你卻每次都擺出一副要被送上斷頭台的樣子。如果是一般人，我還能理解，對他們來說，物質傳送仍舊是一件讓人無法想像的可怕事情，不過我以爲你一個獵魔士，對魔法這種事應該要更在行才對。現在已經不是吉奧佛瑞·蒙克那個時代，瞬間移動早就不是新發明了！當今這個時代，瞬間移動已經普及，而且絕對安全。傳送門都很安全，而由我親自開啓的傳送門，更是再安全也不過了。」

獵魔士嘆了口氣。安全的傳送門所能造成的效果，他自己親眼見過不只一次、兩次，也親自參與過把使用傳送門的人類之殘骸分類的過程。因此，他知道所謂傳送門很安全這類的聲明，實際上可以歸類到「我的狗狗不會咬人」、「我家乖兒子是個好孩子」、「這鍋燉菜很新鮮」、「錢最遲我後天就還」、「昨天晚上我是在好兄弟家過夜」、「我的心裡只有祖國的利益」，或者是「你只要回答幾個問題，我們馬上就放你走」之類的說法。

然而，他並沒有其他選擇或替代辦法。按照里斯堡制定出來的計畫，獵魔士每天都要在山區的不同地區和座落當地的鄉村聚落巡邏，皮內提與札拉擔心著魔者的下一波攻擊會落在這些地方。這些村落分散在整個山區，沒有瞬間移動這種魔法的幫助，是不可能有效巡邏所有的地方。這個事實傑洛特不得不承認，也不得不接受。

為了祕密進行這件事，皮內提跟札拉把傳送門設在城堡最盡頭，一個十分寬廣空蕩、有待整修的空間裡。那裡臭氣沖天，走到哪都會有蜘蛛網黏在臉上，地上則是一踩就碎的乾老鼠屎。魔法啓動後，滿是水漬與黏漬的牆面出現明亮的火門框——或者該說是大門——後頭有道閃亮的不透明光輝轉動。傑洛特強迫穿了馬衣的馬兒進入那道光輝。一進到裡頭，他便感到一陣不適。眼前變得又光又亮，接著他什麼都看不到、聽不見，感覺不到任何事物，只有一股寒意。在虛無的黑暗中，在沒有聲音、沒有形體、沒有時間的環境中，他唯一可以感覺到的只有寒冷，其他所有的感官都被傳送門隔離、消除。所幸，這樣的感覺只維持了一瞬。這一瞬過後，眞實的世界重現眼前，嚇得呼嚕叫的馬兒也將蹄子重重踏在現實中的堅硬地面。

札拉的聲音再度響起：「馬會怕是情有可原，不過獵魔士你的恐懼就顯得很不理性了。」

恐懼本來就不理性。即使內心波濤洶湧，傑洛特卻吞下到嘴的反駁。這是獵魔士從小首先被教導的事情之一，能感受恐懼是一件好事。既然會恐懼，就表示有令人恐懼之事，也就代表要提高警覺。恐懼不需要克服，只要不屈服於前就好。恐懼是一件值得學會的事。

「今天要去哪裡？」札拉一邊問，一邊打開收著魔法棒的漆盒。「要去哪一區？」

「乾石岩。」

「盡量在日落前趕到白楲村，我或皮內提會從那邊把你接回來。準備好了嗎？」

「放馬過來吧。」

札拉用單手與魔法棒在空中揮舞，有如交響樂團的指揮，傑洛特甚至覺得自己聽見了樂聲。巫師音韻十足地唸出一道咒語，內容很長，聽來有如吟詩。牆上亮起幾道發光的線條，接著連成一個四方形。獵魔士喃喃咒罵了聲，緩下連連震動的徽章，兩隻腳跟撞了下母馬，要牠跳進那片乳白的虛無。

□

黑暗，寂靜，無形，無盡。寒意。白光乍現，四周震了一下，四隻馬蹄重重落在了堅硬的地面上。

□

巫師懷疑是著魔者，也就是惡魔宿體所犯下的屠殺，是發生在里斯堡附近一個人煙稀少，叫圖凱山的地方。那是一條由數座丘陵組成，將特馬利亞與布魯格分隔兩地的山脈，也是一大片的古老荒林。有關山名的由來眾說紛紜，有人說是以傳奇英雄圖凱命名，但也有人持完全不同的說法。由於這個地區沒有其他山丘，因此人們通常叫這道山脈為山區，許多地圖也沿用這個簡稱。

山區成帶狀分布，長約一百哩左右，寬則有二十至三十哩。西邊的頻繁利用，林產發達，有大量伐木工事，相關的工業及手工業發展蓬勃。以林木工藝維生的人們在這片荒野之中建立了鄉鎮村落，有的屬永久定居，有的僅暫時落腳，有的經營完善，有的東拼西湊，有的大有的小，有的甚至僅佔地一小塊。按巫師估計，目前整個山區中，這樣的村落應該有五十座左右。

其中三座發生大屠殺，沒有任何活口逃出生天。

□

乾石岩這個地區是由一座座低矮的石灰岩小山組成，周圍有茂密的森林環繞，屬山區西邊最遠處的一塊突出地，也是巡邏範圍的西界。傑洛特認出這個地方，他來過這裡。森林的邊緣建了一座石灰窯——用來燒岩石的巨大火爐，這種燒岩工序的最終產物是生石灰。之前與皮內提一起來這裡的時候，皮內提曾解釋過這石灰的作用，不過傑洛特並沒有仔細聽，不記得對方說了什麼。不管是哪一種石灰，都遠遠落在他感興趣的範圍之外，不過對於在這火爐旁聚居的人來說，石灰可是他們賴以爲生的基礎。他被叫來保護這些人，所以對他來說，重要的也只有這一點。

燒岩的人們認出他，其中一個還拿著帽子對他揮了揮，而他也以問候回應。我做我的，他心想。我做我該做的事，做我拿錢該辦的事。

□

他駕馬往森林去，前方還有半個鐘頭路程的林道要走。下一個村子叫珀哈屈伐木場，大約一哩遠。

獵魔士一整天來回的距離是七到十哩，按巡邏的地區不同，可以探訪的村落數量從少數幾個，到超過十幾個都有。還有，他得在日落前抵達約定地點，巫師會將他從那裡瞬間移動回城堡。隔天這個流程再度重複，直到其他地區也巡邏完畢。傑洛特謹守例行的工作與模式，隨機挑選巡邏的地區，不過這種模式很容易被他人探知。儘管如此，這個任務顯得頗爲單調。單調並不妨礙獵魔士，這是他職業的一部分，他已經習慣了。大多數時候，他的職業要求的是耐心、毅力與連貫性，才能保證成功地捕獲怪物。話說回來，到目前爲止，付錢買他的耐心、毅力與連貫性的人，沒有一個像里斯堡的巫師這樣大方，而這可不是無關輕重，所以他也沒什麼好埋怨的，盡好該盡的本分就是。

甚至在自己根本不怎麼相信事情能成功的時候也一樣。

□

「我剛到里斯堡，」他提醒巫師說：「你們就把我介紹給歐特蘭和所有高階魔法師，甚至預先假設進行召魔與大屠殺的犯人不在這些高階魔法師之中。關於獵魔士入堡的消息一定已經傳開，你們的犯人──如果眞有這麼一個人──一定馬上就想通這是怎麼回事，所以他會隱藏身分，不再繼續犯行。他會完全停手，不然就是等我離開再另起爐灶。」

「我們會虛構你離開的景象。」皮內提答道：「你留在城堡的事，接下來會成爲祕密。別擔心，有一種魔法可以確保該成爲祕密的事，確實成爲祕密。相信我們，我們知道怎麼使用這種魔法。」

「那麼你們認為每天巡邏有意義嗎？」

「有。你就做你該做的吧，獵魔士，不用煩惱其他的事。」

傑洛特鄭重向自己保證不會去煩惱其他的事，然而心裡卻有所顧慮，沒有完全相信這些巫師。他有他的懷疑。

不過，他並不打算讓他們知道。

□

珀哈屈伐木場裡，斧頭與鐵鋸的聲音此起彼落，空氣中有新鮮的木頭與樹脂味。在這裡辛勤伐木的是樵夫珀哈屈一大家子。家族裡年紀較大的負責伐樹與鋸樹，年紀較輕的負責除去木塊上的枝椏，年紀最輕的則負責撿柴枝。珀哈屈看到傑洛特，把斧頭嵌在樹幹上，抹去額頭上的汗水。

「你們好。」獵魔士騎馬走近了些。「你們這邊怎樣？一切都沒問題嗎？」

珀哈屈沉著臉看了他許久後，才開口道：

「不好。」

「為什麼？」

珀哈屈沉默了很長一段時間，最後低吼道：

「我的鋸子被偷了。我的鋸子讓人給偷了！這是怎樣，啊？您騎馬在這伐木現場來來去去做什麼？托奎爾和他那票人又是為了什麼在森林裡轉來轉去，啊？好像你們在這裡巡邏，啊？結果我的鋸子還是讓人給偷了！」

「我會處理這件事。」傑洛特面不改色地撒謊道：「我會處理這件事的，再會了。」

珀哈屈啐了一口唾沫。

□

接下來的伐木場——這回是杜德克伐木場——一切沒有問題，沒有人威脅杜德克，也大概沒有人偷他東西。傑洛特甚至沒停下小魚兒。他打算直接前往下一個村落——結晶村。

□

林子裡的道路被馬車壓得平實，所以在各個村落間來回比較容易。傑洛特常常遇到馬車經過，有的上頭裝滿林產，有的是正要去載貨的空車，也碰過一群群步行遊歷的旅人。往來的數量出乎意料地多，就算是在樹海深處也鮮少有完全沒有人跡的地方。一株株的蕨類之間，婦女彎著腰採集野莓或各種結在矮樹叢上的漿果，翹起的臀部在蕨類間忽隱忽現，宛如浪花中的一角鯨背脊。林木間，有物體僵硬行走，形似殭屍，原來不過是些找尋野菇的男人。有時林子裡會傳出瘋狂的吼叫聲及枯枝折斷的聲音，那是樵夫與燒炭師傅的心肝寶貝——拿著彎弓和繩索玩耍的孩子們，箭是由樹枝做的。這些心肝寶貝用如此簡陋的道具，對自然造成的破壞程度讓人出乎意料，一想到這些心肝寶貝有一天會長大，會改拿專業的配備，就讓人害怕。

□

結晶村這裡同樣天下太平，沒人妨礙或威脅在當地工作的居民。這個村子的名字取自當地結晶生產的鉀鹽——玻璃及肥皂工業裡珍貴的原料。巫師向傑洛特解釋過，這一帶生產的木炭經燃燒後會產生灰燼，而鉀鹽就是從這木炭灰中取得。傑洛特今天排定要巡邏附近以燒炭為業的村落，而他也的確都依序拜訪了。最近一個村子叫橡樹村。事實上，進村的那條路就是沿著一片樹齡以百年計的巨大橡樹林。在這樣的林子裡，即便是正午，即便是豔陽高照、晴空萬里，橡樹底下總還是會有透不了光的黑影處。

不到一週前，他就是在橡樹林這裡第一次遇見托奎爾隊長及他的部隊。

□

當身穿綠色偽裝服、長弓在背的他們，騎著快馬從橡樹後頭衝出來，自四面八方包夾而來的那一刻，傑洛特以為他們是森林守衛者——大名鼎鼎的自願軍、準軍事組織，自稱為荒林巡邏隊，專門捕獵非人類，尤其像精靈及德律阿得這種的，然後以五花八門的方式殺害之。有時候，森林裡的旅人也會被森林守衛者指控與非人類交好或貿易，但不管是哪一樣，都得面臨森林守衛者的私刑。要證明自己無辜可不是易事。正因如此，這場橡樹底下的碰面在傑洛特眼中看來，將會既激烈又暴力。在發現綠衣騎士是依法執行巡邏任務後，傑洛特心中的大石也隨之落下。這支隊伍的領隊是個身材修長、眼神銳利的傢伙，自稱是替葛思維冷的城守辦事，官階爲隊長。他粗暴又唐突地要傑洛特表明身分，在聽完傑洛特的說明後，又要求他出示獵魔士徽章。齜牙咧嘴的狼頭徽章不僅讓這名法律的看守人滿意，更令他欣賞，而且這份滿意也包含了傑洛特本人。隊長下了馬，請獵魔士也做同樣動作，並邀他小談一番。

「我是伏倫斯・托奎爾。」隊長在拋下高傲的官員派頭後，顯現的是個性格冷靜、實事求是的人。「而你是來自利維亞的獵魔士傑洛特，和一個月前在安塞吉斯殺掉一頭吃人怪物，救下一個女人與小孩的利維亞傑洛特，是同一人。」

聞言，傑洛特抿起了嘴。他本來已經很幸運地忘掉安塞吉斯的事，忘掉那有鎧甲的怪物，忘掉那個因他而死的人類。他花了很長一段時間，才終於說服自己當時已盡人事，起碼救了兩條性命，那怪物也不再能殺害任何人。這會兒，一切又重現眼前。

伏倫斯・托奎爾大概沒注意到在自己說完那番話後，獵魔士的頭頂聚集了怎樣的一團烏雲，即便有注意到，他也不會把那團烏雲當一回事。

「看起來，我們倆是基於同樣原因，騎馬在這樹林間穿梭。」他說：「圖凱山的壞事是從春天開始，這裡發生了非常不好的事。是時候該把這件事徹底解決了。彎弧村屠村事件發生後，我建議里斯堡的巫師雇用獵魔士。雖然他們不喜歡別人給建議，不過現在看來，他們還是接受了我的建議。」

隊長摘掉寬緣帽，拍掉上頭的針葉與種子。他的帽子樣式與亞斯克爾的一樣，但毛氈用料較差，裝飾用的不是白鷺羽，而是雉雞的尾羽。

「我已經在山區執法很久了。」他看著傑洛特的眼睛說：「不害臊地說，不少惡人栽在我手上，也在許多黃土座上插了不少乾樹枝作標示，不過最近這裡發生的事……需要像你這樣的額外幫手才行。要解決這件事，要懂魔法、懂妖怪，不怕怪物、不怕幽靈也不怕龍。現在好了，我們可以合力巡邏、保護平民。我有我的窮酸薪餉，你有巫師給的報酬。好奇問一下，他們付你的這份工資很高嗎？」

巫師付的是五百拿威格拉德克朗，預先匯款到銀行帳號，不過傑洛特不打算透露。用這數目，里斯堡的巫師可以買下我的服務與時間，我十五天的時間。十五天過後，不論事情的發展如何，同一筆數目會再匯一次。這條件已經不只是讓人滿意的程度了。

伏倫斯．托奎爾很快意識到自己等不到答案，便主動開口說：「呃，我是聽說他們給的通常都不少，他們給得起。至於你，我只有一句話——不管他們給多少，依這裡的情況來說，都不算太多，因爲這件事很棘手啊，獵魔士。又棘手、又黑暗、又不自然啊。我敢拿人頭擔保，跑來這裡的那股邪惡力量是出自里斯堡。那些巫師一定是搞砸了什麼事，因爲他們的魔法就像是一袋毒蛇，不管綁得有多緊，最後總會有帶毒的爬出來。」

隊長瞥了傑洛特一眼。只消這一瞥，就讓他明白獵魔士不會洩露任何有關與巫師合約的內容。

「他們有告訴你細節嗎？告訴你獸角村、紫杉村和彎弧村那邊發生了什麼事嗎？」

「幾乎。」

「幾乎。」托奎爾重複道。「五朔節過後的第三天，紫杉村，九名樵夫被殺。五月中，彎弧村的鋸木匠區，十二名男女被殺。六月初，獸角村的燒炭人聚落，十五名男女遇害。這差不多就是今天最新的狀況，而事情還沒完呢，獵魔士。我敢拿我的人頭打賭，事情還沒完。」

獸角村、紫杉村、彎弧村，三件大規模犯罪行爲，所以這不是什麼工作意外，不是召魔者失去掌控而讓惡魔掙脫逃離。這是恣意而為、經過計畫的行動。有人三度將惡魔困入宿體，三度派他去殺人。

「我已經見過很多大風大浪。」隊長的下頷肌肉繃得死緊。「看過的戰場不只一座，見過的屍體也不只一、兩具。攻擊、搶劫、強盜來襲、鮮血淋漓的客棧與家族復仇，甚至還有包括新郎倌在內，總共抬走六具屍體的喜宴。可是把人的肌腱切斷，就為了之後可以屠宰這些成為殘廢的人？用牙齒咬斷別人的喉嚨？活生生把人撕開，把腸子從肚子裡挖出來？最後還把人頭都割下來堆成塔？我要問的是，這麼做的目的到底是什麼？這點那些巫師沒和你說嗎？沒向你解釋他們是要做什麼用嗎？獵魔士。」

里斯堡要獵魔士做什麼？這個需求有強烈到要用威脅的方式逼他合作？畢竟不管是哪種惡魔或宿體，巫師自己就可以漂漂亮亮地解決，而且不用花費太多氣力。電球術與金箭咒，這兩種是眾多魔法中的基本咒術，憑這兩種咒術就可以在百步之外對付著魔者，而且對方在中了魔法後的生存機率是微乎其微。然而，這些巫師沒這麼做，卻傾向要獵魔士來完成。為什麼呢？答案很簡單，著魔者是一名巫師，是他們的同行、他們的夥伴。他們這行裡有人召喚出惡魔，讓惡魔進入體內，犯下殺戮。這種事這人已經做了三次。不過巫師不太能用電光球砸自己的同伴，或用金箭把對方捅成馬蜂窩。對付同伴，他們需要的是獵魔士。

這一點他不想，也不能告訴托奎爾。自己對里斯堡的巫師所說的事、他們等閒視之的反應，還有那一貫的套路，他不想也不能告訴托奎爾。

□

「你們還在做這種事，還在玩那個所謂的召魔。你們把那些靈體召喚出來，從封閉的大門後頭，把他們從他們的層界拉來這裡。一天到晚唱老調：『我們會控制他們，會逼他們服從，會使役他們做事。』用同樣的說詞開脫：『我們可以知道他們的祕密，逼他們把祕辛與奧祕都說出來，這樣我們的魔法就可以增強好幾倍，我們就可以治療他人、消弭疾病與天災，我們可以讓世界變得更美好，讓人們變得更幸福。』而事實一再證明，這一切都是謊言，你們在乎的只是自己的力量與權力。」

看得出來札拉急著要反擊，不過皮內提阻止了他。

「至於關閉的大門後頭那些生物，」傑洛特說：「為了方便，就姑且稱他們惡魔吧。你們一定和我們獵魔士一樣清楚，知道我們老早就知道的事，也就是記在獵魔士守則與紀年裡的事。惡魔從來就不會，也絕對不可能洩露任何他們的祕辛與奧祕。他們從來就不會讓人使役做事。他們之所以讓人召喚到我們的世界，為的只有一個目的，那就是殺戮。因為這是他們的喜好。而這些你們都知道，卻讓他們有機可乘。」

在一段很長的沉默後，皮內提說：「我想我們可以從理論進到實踐。我想在獵魔士的守則與紀年裡，多多少少也有記載這樣的事，而我們期望從你身上能得到解答，獵魔士。我們要的就是實際的解決辦法，而不是什麼道德約束。」

□

「很高興認識你。」伏倫斯・托奎爾朝傑洛特遞出手。「不過現在該上工去繞一繞，去四周巡邏，保衛人們了。我們就是爲了這個目的才在這裡。」

「爲了這個目的。」

已坐在鞍上的隊長探下身，小聲說：

「我敢打賭，我等一下要和你說的事，你一定也很清楚。不過我還是要把一切都說給你聽。注意了，獵魔士。小心點。你不想講，不過我心裡明白。巫師裝作沒事人而雇用你，要你補救他們闖下的禍、收拾他們自己搞出來的爛攤子，不過要是事情不對頭，他們會找代罪羔羊，而你從頭到腳就是一個適合的對象。」

□

森林上方的天色開始轉暗，樹冠間倏有風聲擾動，遠方傳來悶雷的低喃。

□

兩人再度見面時，伏倫斯·托奎爾說：「這裡每兩天就打雷下雨，不是暴風雨，就是傾盆大雨，導致該找的證據都被雨水洗掉，眞是方便啊，對吧？就好像這雨是有人預定的，也散發出一種魔法的味道，我是指出自里斯堡的那種。聽說巫師可以操控天氣，可以召喚魔法之風，或者以咒語控制自然之風的吹拂方向。在對他們來說方便的時候，比如有痕跡要抹掉的時候，他們可以驅趕浮雲，降下雨水或冰雹，也可以隨時呼喚暴風雨。傑洛特，你怎麼看呢？」

「巫師會的確實很多。」他答道：「一直以來，天氣都在他們的掌控下。從『第一次登陸』開始就這樣，而那次登陸之所以沒演變成一場大災難，似乎是要感謝約翰．貝克的魔法。不過要是把所有的不幸與災難都歸咎於魔法師，似乎有些過頭了。畢竟你現在談的是自然現象，伏倫斯。我們現在的季節就是這樣，暴風雨季。」

□

他趕著馬兒跑快些。太陽已偏往西方，他打算在黃昏前再巡幾個村子。最近的是位在林間空地，叫獸角村的燒炭人聚落。他第一次去那邊的時候，是皮內提陪他去的。

□

獵魔士不解的是，這塊遭到血洗的地區並沒有陰鬱的氣氛籠罩，也沒有變成人人唯恐避之不及的荒地，這裡竟是個十分忙碌、人口興旺的地方。

自稱黑面人的燒炭工匠正辛勤建造新的燒炭窯好燒製木炭。這燒炭窯的外形呈圓拱狀，不是用木頭隨便搭建，而是仔細、平整堆疊而成。傑洛特與皮內提來到這個聚落時，恰巧遇上當地的燒炭人在窯上擺放青苔，並小心翼翼地撒上泥土。另一個燒炭窯則是在較早之前建好，已經開始燒炭，煙霧瀰漫，淹沒整片林間空地，十分熏眼，濃濃的樹脂味刺鼻難聞。

「那是多久以前……」獵魔士咳了一下。「那是多久以前的事，你說的那場……」

「剛好一個月。」

「然後這裡的人就像沒事一樣地工作？」

「市場對木炭的需求非常大，只有木炭才有辦法在燃燒時產生足以熔化金屬的溫度。少了木炭，多利安和葛思維冷附近的鍛造爐便無法運作，而鍛造是整個工業裡最重要、發展最完全的一環。因為有需求，燒炭這行業自然利潤豐厚。自然萬物生生不息，有缺便有補，而經濟也像這自然法則一樣。他們把遭到屠殺的黑面人葬在那邊，喏，你有看到那座墳塚嗎？上頭的沙土還是剛鋪上去的黃色。至於空出來的缺，便由新的燒炭人來補。燒炭窯照樣冒煙，日子也照樣繼續過。」

兩人下了馬。黑面人都在忙著，沒理會他們。要說有人對他們感興趣，那也是女人和在棚屋間跑來跑去的幾個孩子。

獵魔士還沒把問題說出口，皮內提已逕自為他解答：「不然他們該怎麼辦呢？葬在墳塚裡的也有孩子，三個孩子、三個女人、九個男人與少年，跟我來。」

他們走進一堆堆放著風乾的木塊堆間。

「有幾個男人是頭部被砸碎，當場死亡。」巫師說：「剩下的被利器挑斷腳筋，動也動不了，而這些人裡，有的——包括所有孩子——連手都被折斷，這些人在變成殘廢之後才遭到殺害。他們的喉嚨被撕裂，肚子被挖空，肋骨被打開，背部被剝皮。其中有個女人……」

「夠了。」獵魔士看著樺樹上依舊可見的黑色血痕說：「夠了，皮內提。」

「你該知道我們的對手是誰……是什麼才好。」

「我已經知道了。」

「那麼就只剩最後一個細節，屍體的數目兜不攏。所有遭到殺害的人都被斬首，而砍下來的頭顱都堆成塔放在這裡，就是這個地方。頭顱總共有十五顆，軀體十三副，不見了兩副。」

巫師短暫停了一下後，接著說：「彎弧村和紫杉村這兩個村的居民也碰到同樣的遭遇，模式幾乎完全相同。紫杉村有九個人被殺，彎弧村則是十二名男女被殺。我明天會帶你去那邊。今天我們還要去新焦油村看一下，離這裡不遠。你可以看看焦油和瀝青是怎麼做的。下一次你在塗焦油的時候，就會知道這焦油是怎麼來的。」

「我有個問題。」

「你說。」

「你們真的非得用上威脅這種手段嗎？你們不相信我會依自己的意願到里斯堡嗎？」

「當時的意見很分歧。」

「先把我關到科拉克的地牢，再把我放出來，但還是一直用法庭的事來恐嚇我，這是誰的主意？是誰想出來的？珊瑚對吧？」

皮內提把目光轉到他身上，看了許久後才開口說：

「沒錯，那是她的主意，也是她的計畫。把你關起來、恐嚇你，最後再讓案子撤銷。她在你一出城就把事情辦好了，現在你的紀錄乾淨得像清水一樣。你還有別的問題嗎？沒有？那我們就出發去新焦油村看焦油吧。之後我再開瞬間移動點，把我們送回里斯堡。晚上我還想拿飛蠅竿去我的小溪那兒。現在水裡有一大堆蜉蝣，鱒魚會來咬餌……獵魔士，你有釣過魚嗎？你喜歡釣魚嗎？」

「在想吃魚的時候，我會去釣魚。每次去，我一定會帶上繩子。」

皮內提聞言，沉默了許久後才用一種奇怪的口吻說：

「繩子？你是指綁了一個鉛塊的釣線，上頭有許多鉤子，每個鉤子上都勾滿蟲子。」

「對，怎樣？」

「沒什麼。是我多問了。」

□

正當他打算前往下一個燒炭人的村子「松樹村」的時候，森林突然靜了下來。松鴉不再作聲，鵲鳥的啼叫有如被一刀劃斷，啄木鳥的啄擊突然中斷，森林在恐怖的氣氛中凝結。

傑洛特驅著馬兒快跑。

死亡是我們永久的伴侶，總是伸長雙手跟在我們左邊。它是戰士唯一能夠仰賴的睿智顧問。當戰士覺得所有情況都朝往壞的方向發展，而自己轉眼就會遭到殲滅時，他可以轉頭向死亡探詢眞假。在這種時候，死亡會回答說他錯了，只有它的碰觸可以結束他的生命。「而我還沒碰你呢。」死亡會這麼說。

《巫士唐望的世界》

——卡羅斯・卡斯塔尼達

第十一章

松樹村的燒炭人利用皆伐餘下的棄木燒炭，所以他們的燒炭窯蓋在開墾區附近。這裡的燒炭工作不久前才開始，火窯的圓頂有如火山口，吐出一條臭氣沖天的黃色煙柱。這煙味並沒有蓋去瀰漫整個林間空地的死屍臭味。

傑洛特跳下馬，抽出了劍。

他在燒炭窯旁邊發現第一具屍首，頭部與雙足都不見了，覆蓋炭窯的泥土上濺滿了血跡。再過去一些，躺著三具僵硬的屍體，面目全非，無法辨識。鮮血滲進林子裡的冰涼沙地，留下斑斑紅漬。

空地中央有個用石塊圍成的火堆，一旁也有兩具屍體，一男一女。男屍的喉嚨被撕開，破口大到能看見頸椎。女屍的上半身躺在火堆裡，沾滿灰燼和打翻的一小鍋大麥仁。

再過去一點的木堆旁躺著一個孩子，那是個小男孩，年約五歲，被撕成了兩半。有人——或者該說有個東西——抓住他的雙腳，把他撕了開來。

他發現另一具屍體，這回是肚子被掏空，拖了一地的腸子。一噚左右的大腸和超過三噚的小腸全攤了開來。直腸從屍體一路拖進棚屋，拉出粉中帶青、亮閃閃的筆直線條。至於屍體的內臟則不見蹤影。

屋裡的乾草堆上躺著一名削瘦的男人，但那情景馬上讓人覺得不對勁。男人的華麗衣著上滿滿都是血跡，布料被鮮血徹底浸濕，但獵魔士卻沒找出這血是從哪條大動脈噴濺出來的。

儘管屍體滿臉是乾涸的血跡，獵魔士依舊認出這是自己在拜見歐特蘭時認識的巫師——長髮、削瘦、帶點陰柔氣息的索雷爾．戴格隆德。當時他穿著和其他巫師一樣，有類似的編織外套與刺繡緊身上衣。他和其他人一起坐在桌前，與其他人一樣看著獵魔士，眼中的不情願也同樣藏得彆腳。現在他卻躺在燒炭人的棚屋裡不省人事，渾身是血，右腕纏著從不到十步遠的屍體腹中拖出來的腸子。

獵魔士嚥下一口唾沫。趁他還沒醒解決他？他心想。皮內提跟札拉要的是這樣嗎？殺掉宿體？解除召魔這種召喚惡魔出來玩弄的咒術？

一道呻吟將他從思緒中拉回。看來索雷爾．戴格隆德正逐漸恢復意識。他揚起頭，呻吟一下，又跌回乾草堆。接著他撐起身，用呆滯的目光環視了下周遭。他看見獵魔士，張開了嘴。他看著自己噴滿血跡的肚子。他舉起一隻手，看見手裡拿的東西，然後開始大叫。

傑洛特先是看了下亞斯克爾買來的金色護手劍，又瞧了瞧巫師細瘦的脖子，然後盯著浮在上頭的血管。

索雷爾．戴格隆德把黏在手上的腸子剝開、抹掉。他不再大叫，只是嗚咽、發抖。他起身，先是用爬的，然後才站直了雙腳。他衝出棚屋，看了看四周，大吼一聲，拔腿就跑。獵魔士抓住他的衣領，把他鎖在原地，然後朝他的膝窩踹下去。

「這裡……發生了……」渾身依舊發抖的戴格隆德喃喃問：「這裡……這裡……發生了……什麼事？」

「我想你知道是什麼事。」

巫師大聲嚥下一口唾液。

「我怎麼……我怎麼會在這裡？我什麼……我什麼都不記得……什麼都不記得！一點都不記得！」

「這一點，我想我不相信。」

「祈禱……」戴格隆德摀住了臉。「我向他祈禱……他出現了。出現在粉筆圈住的五角星裡……然後進到體內，進到我的身體裡。」

「這大概不是第一次吧，嗯？」

戴格隆德開始抽泣，這景象讓傑洛特不禁覺得有些戲劇化。沒在惡魔拋棄宿體前先下手爲強，傑洛特覺得很可惜。他很清楚這份可惜是不理性的，因爲他知道與惡魔交手很危險。他應該高興自己避開了這種場面，但他並不這麼覺得，因爲如果眞交手了，他至少可以知道自己面對的是怎樣的對手。

竟然被我碰上了，他心想。竟然不是被伏倫斯．托奎爾和他的部隊碰上。如果是隊長，一定不會有任何顧忌和猶豫。見到這巫師渾身是血，手上抓著被害者的內臟，肯定會當場套住他的脖子，拖到最近的樹幹吊死。托奎爾不會猶豫不決或有所疑慮。托奎爾不會去琢磨這外貌陰柔、弱不禁風的巫師，是否有任何能力可以這麼殘忍，解決這麼多人，而且只用了如此短暫的時間，身上沾了血的衣服甚至都還沒乾硬。托奎爾不會去琢磨他是否有辦法徒手把孩子撕開。不，托奎爾不會有這種內心掙扎。

可是我有。

皮內提和札拉很確定我不會有。

「別殺我……」戴格隆德哀求道：「獵魔士，別殺我……我不會再……我永遠都不會再……」

「閉嘴。」

「我發誓，我不會再……」

「閉嘴。你現在夠清醒，可以使用魔法嗎？可以把里斯堡的巫師叫來這裡嗎？」

「我有一道符咒……我可以……我可以把自己傳送回里斯堡。」

「不是只有你一個，我也一起。別動歪腦筋。別想站起來，跪好。」

「我得站起來。而你……如果瞬間移動要成功，你得靠近我，要靠得很近。」

「所以呢？你還在等什麼？把那個護身符拿出來。」

「我說的是符咒，不是護身符。」

戴格隆德胡亂扯開外衣與襯衫，削瘦的胸口上有道刺青，是兩個交疊的圓形，裡頭點了許多大小不一的圓點，有點像傑洛特以前在奧克森福特時，欣賞過的星球分布圖或軌道圖。

在巫師吟出咒語後，兩個圓形開始發出藍光，那些小點則是發出紅光，然後開始旋轉。

「現在，站過來。」

「要靠近嗎？」

「再近一點，最好抱住我。」

「什麼？」

「抱住我，把我抱緊。」

戴格隆德的聲音起了變化，方才還含著淚水的雙眼閃出寒光，嘴唇扭曲，露出一臉卑鄙。

「對，就是這樣。用力抱緊，要有感情，獵魔士。就像你抱你的葉妮芙那樣。」

傑洛特這時才明白是怎麼回事，不過已經來不及把戴格隆德推開，也來不及用劍首捶他，或用劍刃抹他的脖子。總之，就是來不及了。

他的眼睛發出乳白光芒，轉瞬又沉入黑色虛無，進入冷冽、無聲、無形、無盡的空間中。

□

他們降落得十分紮實，就好像地磚主動跳出來迎接。落地的衝擊讓兩人分了開來。傑洛特甚至沒來得及好好看看四周，便聞到一股強烈的惡臭，那是一種混了體味的髒污味。一雙強壯的巨大手掌抓住他的雙腋與後頸，粗壯的指頭輕鬆鎖在他的肱二頭肌上，兩隻鐵一般的大拇指掐進他的臂神經叢，讓他痛苦萬分，渾身發麻，鬆開了手中的劍。

他看見眼前有個駝背的傢伙，醜陋的大嘴裡長滿膿瘡，頭顱上只有稀疏幾撮堅硬的頭髮。駝背的傢伙站開兩條彎曲如弓的腿，拿一把大型弩弓瞄準他，精確地說，那是把鋼弩，弓兩張，一上一下。對著他的兩支弩箭鏃頭有四翼，整整兩吋寬，利得和剃刀一樣。

索雷爾．戴格隆德站在他面前，說：

「你一定已經想通自己到的地方不是里斯堡。你到的這個地方是我的避難所和藏身處，是我和大師瞞著里斯堡一起進行實驗的場所。想必你知道，我是索雷爾．阿伯特．阿曼多．戴格隆德，魔法碩士。不過你不知道的是，我也是即將要賜予你痛楚與死亡的那個人。」

他假意的恐懼與作戲的驚慌有如風吹雲散，所有偽裝都消失得無影無蹤。在燒炭人那片林間空地上的一切，全是裝出來的。如今在被鐵鉗巨掌抓到發麻的傑洛特面前，是全然不同的索雷爾．戴格隆德，勝利的索雷爾．戴格隆德，充滿驕傲與自大的索雷爾．戴格隆德，咧嘴邪笑的索雷爾．戴格隆德。那笑容讓人不禁聯想到從門縫鑽進來的蜈蚣，聯想到遭人盜掘的墳墓，聯想到在腐肉中蠕動的白蟲，聯想到在雞湯碗上搓動足肢的肥滿馬蠅。

巫師拿著一個針頭很長的鋼製注射器，朝他走近，一字一句地說：

「在那片林子空地上，我把你當孩子一樣耍，而你，利維亞來的獵魔士傑洛特，就像個天眞的孩子！縱使他的直覺沒錯，還是沒有痛下殺手，因爲他的心裡有所躊躇，因爲他是一個善良的獵魔士，一個善良的人。獵魔士，要我告訴你，怎樣的人才是好人嗎？是那些命運吝於給予機會成爲惡人的人。你屬於哪個團體，這不重要。你讓自己受到欺騙，你讓自己掉進陷阱，而我向你保證，你不會活著從這個陷阱走出去。」

他舉起注射器。傑洛特覺得被扎了一下，灼熱的痛楚隨之而來。那是一股有如針刺的痛，讓他兩眼發黑，身體繃直。那股痛是如此難耐，讓他得用全身的力氣去克制自己不要大叫。他的心臟開始瘋狂跳動，這對脈搏比常人慢四倍的他來說，是種格外痛苦的感覺。眼前的一切開始變暗，周圍的世界開始旋轉，逐漸模糊，流散四方。

他被人拖著走。魔法球的亮光在牆面與天花板舞動，其中一道牆被血跡覆蓋，掛滿武器。他看見好幾把寬刃彎刀、巨型鐮刀、鉤鐮槍、斧頭和晨星鎚，全都沾了血。這些都是他們用在紫杉村、彎弧村和獸角村的武器，他意識清楚地想著。他們就是使用這些武器來屠殺松樹村的燒炭人。

他全身麻痺，不再有任何感覺，甚至連要把他抓碎的那雙大手也幾乎感覺不到。

「不唉——呵——唉呵——不唉呵——!不唉呵——唉呵——!」

他隔了一會兒才明白，自己聽到的是開心的咯咯笑。顯然拖著他的人覺得眼下的情況很有趣。帶著弩弓的駝子吹著口哨，走在前頭。

傑洛特幾乎要失去意識。

在被人粗暴地塞進一張靠背很高的扶手椅後，他終於可以看看把他拖來這裡的人是什麼樣子。這一路上，他的腋下幾乎都要被大掌捏碎了。

他想起皮拉爾．普拉特的護衛——體型龐大的巨魔矮人米奇塔。這兩個人和他有點像，可能也是父母爲了要擺脫貧困而近親通婚的後果。他們與米奇塔身高相仿，身上的惡臭也相似，差不多都沒脖子，和野豬沒兩樣的突牙超過下唇這點也很相像。然而，米奇塔是個禿頭的大鬍子，但這兩個沒有落腮鬍，而是黑色鬃毛蓋在猴嘴上，雞蛋般的腦尖上有團看起來像痲絮的東西裝飾。他們眼睛小且充滿血絲，耳朵又大又尖，體毛非常茂盛。

他們的衣服上有血跡，呼吸臭得好像一連許多天都只吃大蒜、糞屎和死魚一樣。

「不唉呵——！唉呵——唉呵——！」

「布艾、班格，笑夠了，該辦正經事了，你們兩個都一樣。帕士托，你去外面，但是不要走太遠。」

兩個巨人踏著沉重的大腳走出去。叫帕士托的駝子趕忙跟在他們後頭。

索雷爾．戴格隆德出現在獵魔士的視野內。他已經清洗乾淨，換過衣服，梳好頭髮，一派陰柔的樣子。他拉來張椅子，坐在獵魔士對面。他的背後有張桌子，上頭堆了各種書籍和魔法書。他端著一張不懷好意的笑臉看著獵魔士，很享受當前的情況，手指上掛著一條金鍊，不斷晃動鍊子上的墜飾。

「我在你體內注射了白蠍毒的萃取液，很不舒服，對吧？」他無所謂地說：「你現在手不能動、腳不能動，甚至連指頭也動不了？發不出聲音、嚥不了唾液？不過，這還沒什麼，再過不久，你的眼球就會開始不受控制，出現視覺障礙。接著，你會感覺肌肉收縮，而且是很強烈的收縮，應該會扯斷你的肋骨韌帶。你會不由自主地咬牙，而且肯定會咬碎幾顆牙齒。你會出現唾液分泌過多的症狀，最後導致呼吸困難，如果我不給你解毒劑，你就會窒息。不過，你不用怕，我會給你。你會撐過去的，至少目前是如此。不過，我倒是認爲不久之後，你就會後悔自己活下來。我會向你解釋我指的是什麼，我們有的是時間。不過，在這之前，我想要再欣賞一下你流口水的樣子。」

過了一會兒，他說：「六月最後一天的那次拜會，我一直在觀察你。我們強過你上百倍，你連我們的一根腳趾頭都比不上，卻在我們的面前表現得非常自大。你覺得玩火很有趣，很讓你興奮，這我看得一清二楚。在那個當下，我就已經決定要證明給你看，玩火之人終究會自焚，而插手魔法師與魔法之事，下場會一樣痛苦。這一點，你不久就會信服。」

傑洛特想移動身體，卻辦不到。他的四肢與身軀都癱軟無力，毫無知覺。十隻手指與腳趾中似有萬蟻鑽動。臉部完全麻痺，嘴唇像被繩子繫住。他的視力越來越糟，雙眼逐漸模糊，分泌出某種混濁黏液。

戴格隆德蹺起腳，晃了晃墜飾。那上頭有個標誌，是個紋章，一個天藍色的搪瓷。傑洛特沒辦法詳細辨識，他的視力越來越糟。巫師並沒有說謊，他的視覺障礙越來越嚴重。

戴格隆德厭惡地說：「你以爲我的重點是要爬上巫師階級的高峰，以爲我是懷著這樣的打算與計畫，去依附你造訪里斯堡時，在那場令人難忘的拜會上所認識的歐特蘭。」

傑洛特覺得自己的舌頭好像腫了起來，塞滿整個口腔。他擔心這不只是感覺而已。白蠍毒是致命的毒液，他自己從來沒碰過這種毒，不曉得這會對獵魔士的身體造成怎樣的影響。他心感不安，用盡每一分力氣對抗這個正在摧毀自己的毒物。目前的情況看來並不樂觀，而他也沒得指望會有哪裡出現援兵。

「幾年前，我成了歐特蘭的助手。」索雷爾・戴格隆德依舊很享受自己的語調。「這個職位是巫師參議會指派的，里斯堡的研究團隊也同意。我要做的就和我之前的那幾任一樣——監視歐特蘭，破壞他比較具威脅性的點子。我之所以會得到這個任務，不單單是因爲我所擁有的魔法天賦，還有我個人的相貌與魅力。因爲，會被參議會派去當那個老人助理的人，都要是他喜歡的對象。」

「你可能不知道，歐特蘭年輕時，巫師圈裡普遍推崇厭女，流行男性友誼。這份男性之誼常常不僅於此，甚至有某種過度的發展，而年輕的學生或學徒常身不由己，得在這方面順服長者。有些人並不是很喜歡這樣，但忍了下來，把這當作是修習魔法的副作用。有些人則喜歡上這調調。想必你已經猜到，歐特蘭是屬於後者。當年還是個毛頭小伙子，有著小鳥兒綽號的他，在和自己的師傅有過經驗後，終其長長一生，成了高貴男性友誼與情愛的熱愛者與擁護者。這是詩人的說法，如果是用散文的角度來看，相信你也知道，說法就會變得比較簡短明確。」

一隻大黑貓用刷子般的蓬鬆尾巴，磨蹭巫師的小腿肚，大聲呼嚕。戴格隆德彎身摸了摸牠，把墜飾放到牠的面前搖晃。貓兒不情願地朝墜飾揮出一掌，然後轉過身，表示自己對這遊戲感到乏味，開始舔起胸口的毛。

「你一定已經注意到我的相貌出眾。」巫師說。「女人常常喚我是少年。當然，我是喜歡女人的。對於少年愛，我基本上也沒有任何反感，現在都還是如此，但是有個先決條件：如果要我做，對方必須能在職場上對我有所幫助。」

「經營與歐特蘭的男性情感，並不用花我太多工夫，這老人不管是行不行或想不想，都早就跨過了歲月的那條線。不過，我盡量讓外人看起來有不同的感覺，讓人以爲他徹底爲我昏了頭。以爲只要是我這水噹噹的愛人要的，他什麼都答應。以爲我有他的密碼，可以接觸他的機密書籍與祕密筆記。以爲他會把之前從沒跟任何人提過的文物及護身符送給我。還有，他會教我禁忌的咒語，而這當中也包含召魔。如果不久前里斯堡的那群偉大巫師還蔑視我，現在突然開始重視我，就表示我在他們眼中的地位提升了。他們相信我正在做他們所夢想的事，而且屢屢成功。」

「你知道什麼是超人類主義嗎？什麼是種化？輻射種化？基因滲入？不知道？你不用覺得慚愧，我也不是很清楚。不過所有人都以爲我懂很多，以爲我在歐特蘭的眼皮子底下，進行由他主持的研究，要將人類這個物種完美化。以爲我秉著崇高的目的，在修正和改善人類這個物種，優化人類，消弭疾病與殘障、消弭老化等等之類的。這就是魔法存在的目的與任務，追尋馬拉斯皮納、阿爾祖與伊達藍，這幾位古老的雜交、突變與基因改造大師的腳步。」

黑貓「喵」了一聲宣告自己的到來，再度出現。牠跳到巫師膝上，伸展腰身，發出一聲呼嚕。戴格隆德規律地撫摸大貓。貓兒伸出虎一般大小的銳爪，發出更大的呼嚕聲。

「物種混合是什麼，你一定知道，因爲這是物種雜交的另一種說法。這是一個過程，好取得混種、雜種、雜交種，隨便你怎麼稱呼。里斯堡向來積極從事這種研究，也已經製造出一大堆這種奇葩、怪物及可怕的實驗結果，少數具有實用性，能廣泛運用，比如清掃城市垃圾場的清腐怪，消滅樹蟲的啄木怪，以及食用瘧蚊幼蟲的變種大肚魚，又或者是你在拜會時，炫耀被你殺掉的守衛龍——維基洛龍。不過，這些他們都認爲沒什麼，只是副產品。他們眞正感興趣的，是人類和近人生物的混種與變種。這種事是禁止的，但里斯堡對這些禁令嗤之以鼻。參議會則睜一隻眼、閉一隻眼，又或者是另一種比較可能的情況——參議會向來都沉浸在自我滿足、愚鈍的無知中。」

「這可是記載有案——馬拉斯皮納、阿爾祖和伊達藍，把平凡的小型生物帶進他們的工作坊，從中創造出巨大生物，像是蜈蚣、蜘蛛、骷髏等，鬼才知道還有什麼。所以，他們就提出疑問了：把一個渺小又平凡的人類拿來改造成巨人，改造成某種強壯、可以一天工作二十個小時的人；改造成不會生病、可以健健康康活到一百歲的人，有何不可？但是他們把混種的奧祕帶進了墳墓，就連一輩子都在鑽研他們研究的歐特蘭，也沒有多大發現。你有仔細看過把你拖來這裡的布艾和班格嗎？他們是混種，由食人魔與巨怪配出來的神奇雜交種。你以爲弩弓手帕十托也是？不，我這麼說吧，他只是剛好外表看起來很像混種，實際上卻是十成十醜女和醜男自然交混的結果。不過布艾和班格，哈，可是直接從歐特蘭的試管誕生的。你會問：『誰天殺的需要這麼醜陋的東西，把這種東西創造出來，到底是要做什麼？』哈，才在不久前，我自己也不明白這點，直到我看見他們是怎麼解決樵夫和燒炭人，才明白是怎麼回事。布艾可以一口氣把人的頭從脖子上拔掉，而班格撕小孩就像在撕烤雞一樣。要是給他們來把銳利的工具，哈！他們可是能來場血腥殺戮，包準你看了會腿軟。每當歐特蘭被問及個問題，他總是回答混種是消除遺傳疾病的一條明路，老是說什麼增強對傳染病的抵抗力，一天到晚講些有的沒的廢話。不過，我自己心裡有底，相信你也一樣。布艾和班格，就和那個被你拔掉伊達藍銘牌的東西一樣，他們的功用就只有一個——殺戮。這樣也好，因爲我剛好需要殺戮工具。我對自己在這方面的能力與可能性沒有把握，但事實證明，我的看法並不正確。」

「不過里斯堡的巫師從早到晚持續進行物種交混、變異和基因改造，而且有不少成就，生產出一大堆讓人屏息的混種。在他們的看法裡，混種都是有用處的，可以讓人類的存在變得更爲簡單、容易。的確，他們還差一步就能創造出背部完美平坦的女人，讓男人可以從後頭操她，同時還可以有放香檳杯和紙牌的地方。」

「不過，言歸正傳，也就是回到我的研究職業生涯。既然我沒有顯著的成就能引以爲傲，就必須創造出這種成功的表象；而我輕而易舉便辦到了。」

「除了我們的世界，還有其他世界存在，但異界交會斷絕了我們與其他世界的接觸，這你知道吧？稱爲本源層與類源層的宇宙？有名爲惡魔的生物住在那裡？一般都是用這種觀點來解釋阿爾祖和他夥伴的成就，說他們獲得接觸那些源層與生物的方法。說他們成功召喚出那些生物，把他們變成奴隸。說他們搶劫那些惡魔，奪取惡魔的祕密與知識。我以爲這些都是謊言和空談，但所有人都信以爲眞。那麼，當眾人的信仰是如此強烈時，我該怎麼辦呢？爲了讓人以爲我即將揭曉這些上古大師的祕密，我必須讓里斯堡相信我能召喚惡魔。歐特蘭的確曾經成功召魔，但他不想教我這項技能，並且狠狠羞辱我，給我的魔法技能很低劣的評價，告誡我謹記身分。唉，爲了我的職業生涯著想，我會謹記自己的身分，但這只是權宜之計。」

黑貓已對撫摸感到乏味，跳下巫師膝頭，張著大大的兩顆金色眼珠，用冰冷的目光打量了下獵魔士，然後高挺著尾巴走開了。

傑洛特的呼吸越來越困難。他感覺身體急遽顫抖，完全無法自已。不過，目前情況還不算最糟，有兩點讓他可以指望。第一，他還活著。一如他在卡爾默罕的師父維瑟米爾所說，只要活著，就還有希望。

第二，是戴格隆德漲滿的自大與自信。看起來，這巫師很早便自戀於自己的能言善道，而且這顯然是他一生最愛的事。

「既然當不了宿體，我就必須把自己假扮成宿體，裝得煞有其事。」巫師轉著墜飾說，並且不斷爲自己的聲音摻蜜。「大家都知道，惡魔被宿體召喚出來後，常常會掙脫宿體，到處破壞。所以我就如法炮製，進行了幾次破壞，把幾個村子殺了精光，而他們則相信這是惡魔所爲。」

「他們有多容易被說服，說出來會讓你嚇一跳。有一次，我抓了一個村民，砍下他的腦袋，然後把一隻巨大山羊的腦袋，用可生物分解的羊腸線縫到那村民身上，再用石膏與顏料遮住縫痕。之後，我把它當作獸頭生物展示，讓我的同事欣賞人身獸頭這種異常困難的實驗結果。不幸的是，這個實驗只算部分成功，因爲實驗體並沒有存活下來，但他們相信了這個展示。在他們的眼中，我的地位又更提高了！到今天，他們都還在等我創造出能成功存活的實驗體，因此我時不時就會找顆腦袋縫到無頭屍上，好加深他們的信念。」

「不過，這是題外話，我剛剛說到哪兒？喔，對了，說到屠殺那些村莊。一如我預期的，里斯堡那些大師把這當作是惡魔或中邪的著魔者所爲。不過我犯了一個錯誤——我做得太過火了。如果只是一個樵夫村，不會有人介意，但是我們屠殺了好幾個村子。這些工作主要是布艾和班格在做，但我在自己能力範圍內也出了一份力。」

「在第一個聚落，紫杉村還什麼的，我沒有太過賣弄。在看見布艾和班格搞出來的名堂後，我吐了出來，吐得整件大衣都是，只能把它丟了。那可是最上等的毛大衣，用的是水貂毛，會散發銀色光澤，要價幾乎約一百克朗。不過我後來漸漸進入狀況。首先，我把穿著風格換成適合的工作風。再來，我喜歡上這種行動。砍掉別人的腳，看著血從斷肢噴濺，又或者挖掉別人的一隻眼，把別人的肚子剖開，一把扯出裡頭還冒著熱氣的腸子……我發現，這其實挺有趣的。簡而言之，連同今天的份加起來，由我經手的差不多有五十人，從老到小，男女都有。」

「里斯堡認爲他們得阻止我。不過，要怎麼阻止？他們到現在還是相信我的力量是作爲宿體的結果，害怕我的這群惡魔。還有，他們也怕惹愛上我的歐特蘭生氣。所以，他們的解套辦法就得是你，獵魔士。」

傑洛特淺淺吐納，心態也轉爲樂觀。他的視力已經改善許多，寒顫也逐漸消退。他對大部分的已知毒素都有抵抗力，而他很慶幸地發現，對凡人來說是致命劇毒的白蠍液，對他而言並不是特例。毒液所造成的症狀一開始看似凶猛，但隨著時間流逝，這些症狀逐漸轉弱、消失。看起來，獵魔士的身體頗快便能中和毒素，而這一點戴格隆德並不曉得，又或者他因爲太過自信，而忽視眼前的轉變。

「在知道他們想找你來對付我後，坦白說，我的確是有點害怕。我聽過很多關於獵魔士的事，而關於你的事，我知道的更是詳細。所以，我十萬火急地跑去找歐特蘭，『心愛的大師啊，救救我吧。』心愛的大師先是把我斥喝一頓，教訓一番，說什麼屠殺樵夫是很難看的行爲，說這樣很不好，要我不能再有下次。不過後來他教我該怎麼接近你，讓你落入陷阱；教我用他多年前親手紋在我身體上的傳送咒印來抓你。然而，他禁止我取你的性命。你別以爲他是出自好心，他需要你的眼睛。更確切地說，他要的是脈絡膜層。這是附著在你眼球內的一層組織，可以強化與反射導向感光細胞的光線。這種組織讓你像貓一樣，能在夜晚與黑暗中視物。歐特蘭目前最執著的目標，是讓所有人類都擁有貓視能力。爲了達成如此崇高的目標，他打算把你的脈絡膜層移植到另一個他創造出來的變種生物上，而要移植的脈絡膜層，得從活體上取出才行。」

傑洛特謹愼地動了動指頭與手掌。

「歐特蘭，道德高尙、慈悲爲懷的魔法師，擁有一副眞正好心腸，打算在取出眼球後饒你一命。他認爲當個盲人，總好過做個死人。再說，這會讓你的愛人——凡格爾堡的葉妮芙痛苦，而他不願去想這件事。他對她有很強烈的感情，而這在他來說，是很奇怪的現象。還有，他——歐特蘭——已經快要成功研發出一種神奇再生配方。幾年後你就可以來找他，他會把眼睛還你。你開心嗎？不開心喔？這樣也沒錯。什麼？你想說什麼？我洗耳恭聽，說啊。」

傑洛特假裝很吃力地蠕動嘴唇。話說回來，這份吃力根本就不用假裝。戴格隆德從椅子上起來，探到他身旁。

「我完全聽不懂。」他皺起眉。「我沒興趣聽你要說什麼，不過我倒是還有點事要和你溝通一下。你要知道，在我的眾多天賦中，還有一樣是透視。我看得很清楚，在歐特蘭放你自由的時候，布艾和班格老早就會等著你。而這一回，你將會落到我的實驗室；這一回，你將不會再有逃路。我會活體解剖你，主要是爲了好玩，不過你的身體裡頭有什麼東西，我也是有點好奇。等結束，我會——用屠宰的專業術語來說——把你肢解，然後把殘骸一塊一塊送去里斯堡，給他們個警惕，讓他們看看我的敵人會有怎樣的下場。」

傑洛特試圖凝聚全身的力量，但成果並不理想。

「至於那個葉妮芙，」巫師把身子壓得更低，獵魔士感覺到他的薄荷氣息。「我和歐特蘭不一樣，一想到她要受苦，我可是開心得無以名狀。所以，我會切下她最重視的那一塊，然後寄去凡格爾……」

獵魔士把指頭疊成法印，碰了一下巫師的臉。索雷爾．戴格隆德晃了一下，跌回椅子上。鼾聲響起，他的雙眼沉沉閉上，腦袋也垂在了肩膀上，而墜鍊則從他癱軟的指頭滑落。

傑洛特跳起身——或者該說，他試著跳起身，但他唯一辦到的，是讓自己從椅子摔到地板上，頭部就落在戴格隆德的鞋子前。巫師的墜鍊就位在他的鼻尖，金色的橢圓墜飾上，有隻呈現泳姿的天藍搪瓷海豚。科拉克的國徽。他沒有時間去訝異或思考。戴格隆德開始大聲呻吟，顯然馬上就要甦醒。墜眠印的效力很強，但並不持久，退得很快。受毒液影響的獵魔士太過虛弱。

他扶著桌子站起來，撞掉書籍和卷軸。

帕士托跑進來。傑洛特甚至沒有試著打出法印，只是抄起桌上一本鑲銅的皮面魔法書，往那駝子的喉嚨大力打下去。帕士托一屁股跌坐在地，放掉手上的鋼弩，獵魔士再給他吃上一記。他原可繼續攻擊，古書卻從僵硬的手指滑掉，於是他拿起書架上一個水滴狀的玻璃瓶，砸在帕士托的額頭上。駝子雖然一臉鮮血與紅酒，卻沒有退開，而是朝傑洛特衝去，甚至沒有先甩掉眼皮上的水晶碎片。

「布艾！」他大吼，並抓住獵魔士的雙膝。「班格——！來我這裡！來我……」

傑洛特抓起桌上的另一本魔法書——很沉、書皮嵌著人顱碎塊——狠狠朝駝子打，打到連書皮上的碎骨都噴飛了。戴格隆德大聲呻吟，試圖舉起一隻手。傑洛特知道他打算施展咒語。沉重的腳步聲越來越近，代表布艾與班格逐漸逼近。帕士托從地上掙扎爬起，在身邊摸索弩弓。

傑洛特在桌上看見自己的劍，伸手便是一抓，但也絆到腳，差點跌倒。他提起戴格隆德的衣領，把劍刃抵在對方喉頭。

「用你的咒印！」他在戴格隆德耳邊大吼。「把我們從這裡傳送走！」

手持彎刀的布艾與班格破門而入，卻卡在門口，完全動彈不得——他們沒有想到要讓對方先過。門框發出破裂的聲音。

「把我們傳送走！」傑洛特扯住戴格隆德的頭髮，將他的頭往後拉。「現在！不然我就把你的喉結切開！」

布艾與班格連人帶門框闖進來。帕士托找到弩弓，並舉了起來。

戴格隆德抖著一隻手扯開襯衫，大聲喊出咒語，但在黑暗籠罩他們之前，他從獵魔士手中掙脫，撞開獵魔士。傑洛特抓住他的袖口，試圖把他拉回來，但就在這一刻，傳送門開啓，所有的感官，包括觸覺，全都消失。他感覺有某種元素之力在吸著他、拉扯他，讓他有如在漩渦當中不斷旋轉。一股寒意讓他麻痺，但僅維持一瞬。而這是他生命中數一數二，最漫長、糟糕的一瞬。

他摔在土地上，甚至發出一聲砰響。四腳朝天。

他睜開眼睛。周圍竟是一片黑暗，無法穿透的黑。我瞎了，他心想。我失去視力了嗎？

他沒有失去視力，那只不過是一個非常黑的夜晚。他的——照戴格隆德使用的學術名詞——脈絡膜層所捕捉到的，只有在當下環境裡所能捕捉的全部光線。過了一會兒，他已經能辨認周遭事物的輪廓，那是些樹幹、樹木或樹叢。

而當雲層散去，他在自己的頭頂上方看見了繁星。

插曲

隔日

薛夫洛夫覺得應該要嘉許芬德壇的建築工人——他們知道自己在做什麼，而且不會混水摸魚。他今天雖然已看過好幾次他們幹活的樣子，依舊興味盎然地觀察他們再一次立好打樁機。工人把三根梁木接在一起，形成一個三角基座，並在頂端吊了一個輪子。然後把一條纜繩拋到輪子上，再在纜繩上綁一個包了鐵的笨重塊體；那東西，行話叫樁錘。工人一邊規律地吆喝，一邊拉動纜繩，將樁錘拉到打樁機的最頂端，然後快速放開。樁錘就著一股衝勁墜下，把插在地洞中的木樁深深打進土裡。只消用樁錘打個三、四次，木樁便像堵牆一樣實實立著。接著工人三兩下拆掉打樁機，把零件裝到牛車上，其中一人則趁這個時候爬上梯子，把一塊琺瑯板打到木樁上。在那板子上頭的是雷達尼亞國徽——紅底銀鷹。

多虧了薛夫洛夫和他的自由軍——也多虧了打樁機與打樁工班——隸屬雷達尼亞王國的河濱省在今天擴大了土地，而且擴大了不少。

工頭走了過來，而且邊走邊用帽子擦拭額頭。即使什麼都沒做——如果不去算他罵了幾次「操你媽」的話——他還是流汗了。薛夫洛夫知道工頭要來問什麼，因爲這是他每次都會提的問題。

「首領大人，接下來要去哪裡？」

「我會帶你們去。」薛夫洛夫將馬掉頭。「你們跟著我的後頭走。」

車夫紛紛鞭動牛隻，工人的牛車走在昨夜暴風雨後還有些濕軟的土地上，沿山脊緩緩移動。不久，他們來到另一根木樁所在的地方。木樁上有塊黑色鐵板裝飾，上頭畫著一朵百合。薛夫洛夫的自由軍已事先將這根木樁拔起，扔到一旁的樹叢。這就是進步取得勝利的樣子，薛夫洛夫心想。這就是技術導向的思考方式取得勝利的樣子。用手工插下的特馬利亞木樁一拔就起，一推就倒。用打樁機打出來的雷達尼亞木樁，可就沒那麼容易能從土裡拔起。

他大手一揮，爲工人指了方向——往南幾頃地遠，一直要過了村子的地方。

自由軍的騎兵已事先將村民——如果幾間小屋與棚子也能稱得上是「村」的話——趕到村裡的廣場。他們騎馬繞行廣場，靠揚蹄馳騁的馬兒把村民兜在一起，同時也掀起一陣黃沙。向來猛浪的埃斯凱拉毫不客氣地鞭打村民，其他人則駕馬包圍各戶人家。狗兒大聲吠叫，村姑高聲哀號，孩童放聲哭吼。

三名騎士駕著坐騎朝薛夫洛夫走來。一個是人稱撥火棒的瘦竹竿亞安．馬勒金，一個是又名斯佩力的普羅斯佩羅．巴斯提，還有騎在灰馬上、綽號陀螺的愛麗．莫—杜。

「按你的命令，都集中起來了。」陀螺一邊說，一邊把山貓毛做的尖頂氈帽移到腦後。「整個村子都在這裡了。」

「叫他們安靜。」

不用馬鞭與棍子幫忙，被集中在一起的人群便安靜了下來。騎在馬上的薛夫洛夫，朝他們靠近了些。

「這鬼地方叫什麼名字？」

「自由村。」

「又是自由村？這些鄉下人眞是沒創意。斯佩力，那些工人交給你。帶他們去看木樁要打在哪裡，不然他們又會搞錯地方。」

斯佩力吹聲口哨，駕馬迴轉離開。薛夫洛夫騎著馬來到村民前，陀螺與撥火棒則站在他的兩側。

「自由村的居民！」薛夫洛夫，站在馬鐙上。「聽清楚我要說的話！奉維吉米爾國王陛下的旨意與命令，我在此宣布，從你們腳下的這塊地，到邊界的每一根木樁，都歸雷達尼亞王國管轄，而維吉米爾國王陛下是你們的君王和主人！你們必須對陛下尊敬、服從和貢獻。你們要依法繳納規費與稅賦！奉國王之命，你們必須立刻繳清債務。把債款都放到站在這裡的執行官盒子裡。」

「怎麼這樣？」群眾中有人嚷道。「要付什麼？我們都已經付過了呀！」

「規費已經有人來向我們收了！」

「那是特馬利亞的執行官向你們拿的，是非法的。因爲這裡不是特馬利亞，而是雷達尼亞。你們看清楚木樁立在哪。」

村民中的某人叫道：「可是這裡昨天明明還是特馬利亞啊！怎麼現在會這樣？我們都已經按他們說的付了……」

「你們無權這麼做！」

「誰？」薛夫洛夫大吼：「剛才那句是你們當中的誰說的？我就有這權利！我有國王的旨令！我們可是王家軍隊！我說了，想留在這村裡，規費一毛都不能少！誰要是抵抗，就會被趕出去！你們已經付給特馬利亞了？那就表示你們都是特馬利亞人，那麼你們就都給我滾，滾出我們的疆界！只有一點你們要照做，你們空手走，因爲這裡的莊稼與存糧都是屬於雷達尼亞的！」

「這是搶劫！這是搶劫和強盜！」一個身材高大、頭髮茂密的莊稼漢站出來大聲說。「而你們不是國王的軍隊，是土匪！你們無權……」

埃斯凱拉策馬靠近，往那大小聲的傢伙抽了一鞭。莊稼漢應聲倒地。其他人則是被他們用長柄槍的槍桿噤了聲。薛夫洛夫的自由軍知道該怎麼對付鄉下人。這一週以來，他們不斷推展邊界，已鎮壓過好幾座村莊。

「有人追上來了。」陀螺用九尾鞭指著。「那該不會是菲斯吧？」

「他只有一個人。」薛夫洛夫把手遮在眼睛上方遙望。「叫人把那怪女人拉下車帶過來。至於妳則帶幾個人，到附近轉一圈。林子裡的空地及伐木區還有零星幾個村民，也該讓他們明白現在該向誰繳規費。要是有人強出頭，你們知道該怎麼辦。」

陀螺陰森一笑。對於那些她即將造訪的村民，薛夫洛夫雖然不太在意他們的命運，卻也爲他們感到同情。

他看向太陽。動作得快一點了，他想。正午前，最好再拔掉幾根特馬利亞的界樁，打上我們的。

「你，撥火棒，騎馬跟我來。我們去會一會我們的客人。」

來訪的是兩個人。一個頭上戴著乾草帽，外凸的下巴線條非常剛硬，因爲好幾天沒刮鬍子，嘴巴周圍黑壓壓的一片。另一人體型龐大，著實是個大個子。

「菲斯。」

「中士。」

薛夫洛夫嘆了口氣。亞維．菲斯既然找上了同一個正規軍部隊的舊識，就絕不會是單純想要敘舊。

薛夫洛夫不喜歡想起當年日子。他不想記住菲斯，不想記住部隊，也不想記住那差勁到家的士官軍餉。

「看起來，」菲斯朝村子的方向點了點頭。「自由軍正在辦事？」那邊的吼叫與哭喊依舊不斷傳來。「長征戒律隊，嗯？你會放火嗎？」

「我要做什麼是我的事。」

我不會，他想道，且心中有著惋惜，因爲他喜歡放火燒村，自由軍也喜歡。不過上頭的人沒有下這樣的命令，只交代要修正邊界，還有向村民收規費。他們得把頑強抵抗的村民趕走，但不能去碰他們的東西。這些東西得交給即將從北方來的新村民，北方那裡連荒地都已人滿爲患。

「我抓到那個怪女人了，現在在我手上。」他說：「按照合約，五花大綁。這不是件簡單的差事，早知道我就多算一點。不過我們說好五百，所以就收五百。」

菲斯點點頭。大個子驅馬走近了些，給薛夫洛夫兩小袋錢。那人的前臂紋著一條蝰蛇，以S形纏繞於一把匕首的劍刃上。薛夫洛夫認得這個刺青。

一名自由軍出現，還帶著一個俘虜。那怪女人從頭頂到膝蓋都罩在一個布袋裡，身體被繩子纏了好幾圈，兩手都無法自由行動。布袋底下露出的兩條腿，瘦得和鳥腳一樣。

菲斯指著布袋問：「中士，這是什麼？要我閉著眼睛瞎買的話，五百拿威格拉德克朗有點太貴了。」

「袋子是送的。」薛夫洛夫冷冷答道。「就和我的建議一樣。不要拆開，也不要往裡頭瞧。」

「怎麼說？」

「有風險。會被刺到，說不定還會被下咒。」

大個子把囚犯拉到馬鞍邊。到目前爲止一直都很安靜的怪女人突然開始掙扎、踢動，從袋子裡頭發出吠叫。不過她也鬧不出什麼名堂，因爲袋子把她約束得很好。

菲斯問：「我怎麼知道這就是我付錢買的東西？不是隨便哪個丫頭片子？比如從這個村子裡綁來的？」

「你是說我在撒謊嗎？」

「哪裡，這是哪兒的事。」菲斯打起圓場，而撥火棒摸著掛在鞍邊的斧頭的樣子，也幫了他一把。「我相信你，薛夫洛夫。我知道你向來說話算話。畢竟我們是認識的，不是嗎？當年那段好時光……」

「菲斯，我趕時間。我還有任務要辦。」

「再會了，中士。」

撥火棒看著遠去的兩人，出聲說：「眞是讓人好奇啊。那個怪女人，不知道他們要拿她做什麼？眞是讓人好奇啊。你沒問過嗎？」

「沒有，因爲沒人會問這種事。」薛夫洛夫冷冷坦言。

他有點同情那個怪女人。他其實並不在意她的命運，但他可以想見，那會是很慘的命運。

在狩獵者為死亡的世界裡，沒有時間良心不安或猶疑不決。時間只夠用來做出決定。不管是怎樣的決定，每個決定的重要性都是一樣的。在狩獵者為死亡的世界裡，沒有重要或不重要的決定，只有戰士在面對鋪天蓋地毀滅時所做出的決定。

《時間之輪》

——卡洛斯・卡斯塔尼達

第十二章

十字路口立著根釘了幾片板子的木樁，那是支路標，指出通往世界的四個方向。

□

拂曉已至，他還在昨夜被傳送門拋落的地方，躺在被露水沾濕的草地上；四周雜草叢生，一旁有座沼澤或小湖，擠滿各種鳥群，嘎嘎呱呱，硬是將他從疲憊的沉睡中拉了出來。他在夜裡喝了獵魔士的鍊金藥——他向來隨身攜帶，用銀色小管子裝著，縫在腰帶的暗袋裡。這鍊金藥叫黃鸝，是種萬靈藥，專治各種中毒和感染現象，以及各種毒液與毒素所造成的反應。傑洛特靠黃鸝保命的次數多到連自己都記不得，卻從沒在喝下藥後出現像現在這種反應。服下藥水後那一個小時內，他不斷出現肌肉痙攣和前所未見的強烈噁心反應，但他知道自己不能眞的吐出來。雖然他最後戰勝這些反應，卻也累得昏睡過去。話說回來，讓他昏睡的原因也有可能是白蠍毒、鍊金藥與瞬間移動，這三件事混在一起的結果。

他不確定這趟傳送之旅發生了什麼事，也不知道爲什麼戴格隆德創造出的傳送門，會剛好把他丟在這片泥濘的荒野中。要說這是魔法師故意爲之，可能不太合理。比較可能的是，原本稀鬆平常的瞬間移動出了問題，而這也是他這一個禮拜來一直擔心的事。傳送門沒有將目標傳送至指定地點，而是把目標隨機拋到一個完全不同的地方。這種事他已經聽過很多次，也親眼目睹過很多次。

在他完全清醒後，發現自己右手握著一把劍，左手則緊捏著一塊碎布。到了早上，他認出那塊碎步是襯衫的蕾絲袖口，切口非常平整，有如刀割，但上頭沒有任何血跡。也就是說，傳送門只切掉了他的襯衫，並沒有切掉巫師的手。只有切到襯衫，傑洛特覺得很可惜。

傳送門出問題會產生各種後果，而最糟糕的那種傑洛特更是親眼見過，這也是他每次都不情願使用瞬間移動的原因。那是在他剛開始從事獵魔士工作的時候，當時在富家子弟與含金湯匙出世的少年家之間，流行在夜晚的寂靜中進行異地傳送，而部分巫師則以高額的代價提供這樣的娛樂。有一天——獵魔士剛好在場——出現在傳送門裡的瞬間移動愛好者只剩下半個人，像個打開的低音提琴琴盒，沿垂直平面被正中切開。接著，那人體內的東西都掉了出來、流了出來。這次意外過後，眾人顯然便不再那麼癡迷瞬間移動了。

和那種事比起來，落在一片濕地上，簡直就是種奢侈。他在心裡想道。

他還沒完全恢復力氣，依舊暈暈懶懶的，但他沒有時間休息。他知道傳送門會留下蹤跡，而巫師能藉此追蹤瞬間移動的路徑。如果他的懷疑屬實，這次是傳送門發生失誤，巫師便會因此受限，無法追蹤路徑，但在這附近逗留太久，也不是理智的做法。

他快步行進，好讓身子暖起來，也活動活動筋骨。這一切都是從那兩支劍開始的，他一邊踏過一個又一個的水坑，一邊在心裡想著。亞斯克爾是怎麼說的？一連串的不幸，再加上一堆倒楣的意外？我先是失去了劍，然後才隔三個禮拜的時間，又失去了坐騎。留在松樹村的小魚兒會被狼群吃掉，前提是還要沒有人找到牠，把牠納爲己有。兩把劍、一匹馬，接下來會是什麼，眞是讓人想都不敢想了。

在濕地跋涉了一個小時後，他來到一片乾燥的地方。第二個小時過後，他來到路面被壓得平實的商道。在商道上又走了半小時之後，他來到一個十字路口。

□

十字路口立著根釘了幾片板子的木樁，那是支路標，指出通往世界的四個方向。每塊板子上都沾滿飛經這裡的鳥兒留下的糞便，還有被弩箭的鏃頭射出的密密麻麻孔洞。看起來，每個經過這裡的人，都覺得自己有義務要用十字弓射一下這根路標。也因爲這樣，要靠得很近才能看得清楚上頭寫了什麼。

獵魔士走上前，看出了方向。按太陽的位置，指向東邊的牌子上寫著「奇皮拉」，反方向的那塊牌子則寫著「特格蒙得」。第三塊牌子寫著「芬德壇」，第四塊被抹了焦油，看不清寫了什麼。即便如此，該往哪個方向走，傑洛特的心裡已大概有個底。

瞬間移動把他丟到了彭達爾河兩條支流之間的河間地。位於南邊的支流因爲規模的關係，甚至讓製圖師爲其命名，在許多地圖上都以「恩布拉河」這個名稱出現。而位於這兩條支流中間的國家——或者該說小國——叫作恩布隆尼亞。應該說，它曾叫這個名字，而那是頗久以前的事了。這個國家在頗久之前，就已經不再叫作這個名字了。恩布隆尼亞王國大概是在半個世紀前消失的，而且不是憑空消失。

在傑洛特所知道的土地上，王國、公國及其他形式的主權組織或社會群體，大多有自己的一套模式，也都運作得很不錯——原則上可以這麼認定。這種系統雖然有缺陷，卻能維持運作。大多數社會群體的統治階級，都盡心治理轄內的一切，而不只是偷、賭、嫖。社會菁英裡，只有極少數人認爲衛生是妓女的名字，淋病則是雲雀家族當中的一種鳥名。做工與務農的人民裡，只有小部分是僅爲今天與今天的伏特加而活的愚蠢之人——在這種人那一丁點大的腦袋裡，無法消化並理解「明天與明天的伏特加」這種想法。大多數祭司都不會向人民挖錢，也不會讓未成年人墮落，而是待在神殿裡，專心致志於解開信仰這不解之謎。精神變態、古怪、愚蠢的人不會硬想擠進政治圈，在政府和行政機關裡佔據重要職位，只專注在拆解自己的家庭生活。鄉下的傻瓜安分坐在鄉下的穀倉後頭，不會強要扮演保民官的角色。在大多數國家裡都是這種情況。

但是，恩布隆尼亞王國並不屬於大多數。不管是從上述提到的哪面向來看，它都屬於少數；而且在其他方面，也是一樣。

正因如此，它逐漸衰敗，最後徹底消失。這個王國強盛的鄰居——特馬利亞及雷達尼亞，想盡辦法讓它有這種結局。恩布隆尼亞雖然沒有治理政事的長才，卻擁有某種財富。畢竟它位在彭達爾河的沖積河谷，幾世紀以來，彭達爾河每次氾濫都帶來淤泥，久而久之，淤泥積爲土壤，成了非常適合農耕的肥沃土地。在恩布隆尼亞當權者的統治下，沖積土很快就變成蔓草叢生的荒地，不太有種植空間，更別說要收成了。而當時的特馬利亞及雷達尼亞人口高度成長，農業生產成了攸關生死的大事，恩布隆尼亞的那片沖積土也就變得非常誘人。因此，這兩個以彭達爾河分立的王國，連客套都沒有就瓜分了恩布隆尼亞，這個名字也被他們從地圖上抹掉。被特馬利亞接收的部分叫彭達利亞，被納入雷達尼亞的部分則成了河濱省。大量的民眾被派往這片沖積土屯墾。有了管理者監督，加以妥善規畫的輪作制度與耕地改良，這塊地區雖小，卻很快成了農業興盛的「豐饒隅」。

農業發展得快，紛爭也出現得快。彭達爾河的沖積土越肥沃，栽種的收成也就越好。特馬利亞與雷達尼亞當初訂定疆界的那份條約，內容的記載方式讓人可以做出各種詮釋，而附在條約後頭的地圖也沒發揮應有作用，因爲製圖師並沒有做好工作。除此之外，河水本身也摻了一腳——在較長的雨季過後，河道會改變，將河床位移約兩、三哩。因此，豐饒隅成了兩國的爭端。王國間的聯姻與同盟計畫失敗，雙方先是以外交節略交手，接著關稅戰爭與貿易報復浮上檯面，邊界衝突不斷升高，看來註定會發生流血事件。事實上，最後也的確發生了流血事件，便就此成了常規。

傑洛特在四處遊歷找事做的時候，通常都會避開經常發生武裝衝突的地區，因爲在這種地方不容易找到事做。只要是跟正規軍、傭兵和刻意落伍打劫的士兵打過一、兩次交道的農民，都相信跟那些軍人相比，狼人、斯奇嘉、橋下的巨怪或墳塚裡的鬼魅，其實都是小問題，不是什麼大威脅，不需要浪費錢去請獵魔士。他們有更緊急的事要做，比如被軍隊燒毀的農舍要修補，又或者被戰士偷去吃的母雞得再買新的。基於這些原因，傑洛特對恩布隆尼亞，又或者按照較新地圖的說法——彭達利亞及河濱省這一帶並不熟悉，不清楚路標上的地點哪個離他比較近，該走岔路口的哪一邊，才能盡快擺脫這片荒蕪，迎向隨便哪個文明世界。

傑洛特決定要去芬德壇，也就是往北走。這也是因爲拿威格拉德差不多就在那個方向，而他必須抵達那裡。如果他想拿回自己的劍，就必須在七月十五日前抵達那裡。

他踏著輕快的腳步前行，卻在差不多一個鐘頭之後，蹚進一灘他極力想避開的那種渾水。

□

緊挨著伐過木的空地旁，有座農場，農場上有間茅屋和幾個簡陋的棚子。事實上，那裡正有事發生。空氣中傳來狗兒的吼吠、家禽發瘋似的尖啼、小孩的大叫和女人的哭喊，還有一聲聲的咒罵。

他一邊走過去，一邊在心裡咒罵自己的壞運氣和良心不安。

雞毛滿天飛。一個武裝分子把抓來的雞綁在馬鞍上。另一個武裝分子用九尾鞭，鞭打一個在地上打滾的村民。第三個則扯著一個女人；那女人的衣服已被撕破，身上還緊黏著一個孩子。

傑洛特走過去，沒有半句客套或閒話家常，一把抓住那隻拿鞭子的手，用力一轉，武裝分子應聲哀號，被他推向雞舍的牆。接著，他又揪住拉女人的那人衣領，把對方往籬笆推。

「滾。」他簡短地說。「動作快。」

他迅速拔出劍，擺明態勢，好讓對方了解情況的嚴重性，也提醒對方若不照辦，可能會面臨怎樣的後果。

武裝分子當中的一人放聲大笑。另一人如法炮製，並抓起劍說：

「你這個流浪漢是在找誰的碴呀？想找死嗎？」

「我說了，滾。」

在鞍前綁雞的武裝分子轉過身，原來是個女人，長得挺好看的，但瞇起來的那雙眼可就沒那麼好看了。

「你活得不耐煩了啊？」看樣子，那女人本來就不好看的嘴唇還可以變得更難看些。「還是你腦子長得比較慢？不會算數？我來幫你。你只有一個人，而我們有三個。也就是說，我們的人比較多。也就是說，你現在應該要轉過身，連跑帶跳，使盡吃奶的力氣滾得遠遠的，不然等會兒教你沒腳跑。」

「滾。我不會再重說一次了。」

「是喔。也就是說，三個對你來說沒什麼。那十二個呢？」

四周馬蹄聲響起。獵魔士看了看左右。九個人騎在馬上，都帶了武器。好幾把長柄槍和羅哈提納矛正對著他。

「你！混蛋！劍扔地上！」

他沒有照辦，而是往後跳到雞舍前，讓自己的背後起碼有個抵禦。

「發生什麼事了？陀螺。」

「有個村民反抗。」名叫陀螺的女人不屑地說。「哼，說什麼規費他不繳，因爲他已經繳過了之類的。所以我們就給他來點教訓，而這白頭髮的傢伙像從地底下冒出來一樣，突然跑到這裡。原來這傢伙是個騎士，懂得展現高貴的情操，保護沒錢和受欺負的人。他只有一個人，卻發了瘋似地攻擊我們。」

「把劍扔了。」一名騎士命令道。這人頭上戴了頂貝雷帽，有羽毛裝飾，貌似首領。「把劍扔到地上！」

「薛夫洛夫，要把他解決掉嗎？」

「斯佩力，別插手。」

薛夫洛夫從高角度的馬鞍上看著獵魔士。

「你不把劍扔掉，是嗎？」他評估道。「你就這麼有種？硬漢一個？吃生蠔都連殼吞，松節油當水喝，是吧？不管在誰面前都不下跪，而且只會替無辜的人出頭？這麼愛打抱不平？那我們就來試試看。撥火棒、里根札、弗洛奎！」

三個匪類馬上便明白頭目的意思，顯然在這一方面很有經驗，十分熟練。他們跳下馬，一人把刀抵在村民的脖子上，第二個人扯住女人的頭髮，第三個人抓起孩子。孩子開始大叫。

薛夫洛夫說：「把劍扔在地上。動作快，否則……里根札！把那傢伙的喉嚨給割了。」

傑洛特把劍扔掉。其他人立刻跳上前來把他圍住，將他逼到雞舍的木板前，用銳利的兵器對準他。

「哈！」薛夫洛夫下了馬。「成了！」

「村民的保衛者，你有麻煩了。」他冷冷補上這麼一句。「你干擾王家勤務，進行破壞。而碰上像你這樣的罪犯，我有特許能逮捕你，把你移送法院審判。」

「逮捕？」叫里根札的男人皺起眉。「幹嘛自找麻煩？套條繩子在他脖子上，掛樹上去！這樣就好了啊！」

「再不然，當場把他剁成肉醬！」

「這個人我以前就看過了，他是獵魔士。」其中一名騎士突然說。

「你說是什麼來著？」

「獵魔士、男巫，靠殺怪物賺錢的傢伙。」

「男巫？我呸、呸！趁他還沒開始施咒，先把他給宰了！」

「閉嘴，埃斯凱拉。特倫特，你說，你在哪裡看過他？當時又是什麼情況？」

「我是在馬利堡的堡主那裡看到的。那個堡主花錢要他殺一隻什麼東西。我不記得那是什麼怪物，但他，我記得，就是那一頭白髮。」

「哈！所以如果他來襲擊我們，就表示有人付錢要他來找我們！」

「獵魔士是專門殺怪物的，他們只會保護人類不受怪物傷害。」

「哦！」陀螺把山貓帽移到腦後。「我就說吧！保護者！他看見里根札找鄉下人練棒子，看到弗洛奎抓了娘兒們就要姦……」

「而他算你們合格，把你們都當成了怪物？那你們可走運了。」薛夫洛夫不屑地哼了一聲。「我開玩笑的，因爲依我看，事情很簡單。我還待在軍隊的時候，就聽過這些獵魔士的事，但內容完全不一樣。只要有錢收，他們什麼都做。當間諜、護衛，甚至是幹暗殺的勾當。一般都叫他們『貓派』。特倫特是在馬利堡看到這個人的，那是特馬利亞，所以他是特馬利亞的傭兵，因爲界椿的事而被雇來對付我們的。在芬德壇就有人警告過我特馬利亞傭兵，說只要活捉就有賞金，所以我們把他綁去芬德壇交給指揮官，賞金就是我們的了。來，把他給我綁起來。你們做什麼都這麼站著？會怕啊？他不會反抗的，他知道我們會對那些村民做什麼。」

「誰他媽的要去碰他啊？明知道他是個男巫還去碰？」

「呸，烏鴉嘴！」

「一群怕死的蠢蛋！」陀螺一邊朝他們吼，一邊解下鞍囊的皮繩。「沒膽的耗子！既然你們都沒種，那就由我來！。」

傑洛特任她捆綁。他決定要當一個順從的人，至少目前先這樣。

兩台牛車駛出林徑，上頭載滿木椿和某種木製結構的零件。

「你們哪個人去找木匠和執行官。」薛夫洛夫指示道：「叫他們回來。我們今天已經打夠多椿，這根打完就好了。我們就在這裡塡塡肚子。你們去屋子裡找找，看那邊有沒有什麼飼料可以給馬吃，也給我們找些吃的。」

里根札把傑洛特的劍——亞斯克爾的戰利品——拿起來看。薛夫洛夫從他手中奪走，掂掂重量，揮了兩下，又轉了一圈，說：

「你們算是走運了，我們剛好是一群人騎馬來，不然你、陀螺和弗洛奎，可是會被他剁成碎片，甚至還剁得很開心呢。關於獵魔士的劍有很多傳說。這劍用的是最上等的鋼，疊了好幾層，打了好幾次，然後再疊好幾層，再打好幾次。另外，這劍還施過特殊符咒，所以無論是力量、彈性或銳度，都是空前厲害。我告訴你們，拿獵魔士的劍去砍板甲和鎖子甲，就像在砍亞麻衣一樣；無論是什麼樣的劍，都像在切麵，直接就那麼切過去。」

「不可能。」斯佩力說。他們從屋子裡找來酸奶，喝了個精光，這會兒他的八字鬍和其他人一樣，都還滴著白色液體。「不可能像在切麵一樣。」

「我也覺得不可能。」陀螺附和道。

「這種事教人很難相信。」撥火棒也補上一句。

「是嗎？」薛夫洛夫站起來，擺出擊劍的姿勢。「來呀，你們哪個人站起來，我們來試試看。快呀，有沒有人想試試？嗯？怎麼變得這麼安靜？」

「好啦。」埃斯凱拉站出來，並拿起了劍。「我來。管他的，我們來看看會不會……薛夫洛夫，我們來互砍看看。」

「我們來互砍。一，二……三！」

兩把劍「鏗」地撞在一起，接著傳出金屬裂開的悲鳴。陀螺幾乎蹲了下去，因爲一塊斷刃從她的鬢角旁呼嘯而過。

「他媽的。」薛夫洛夫說，不可置信地看著在金色護手上方幾吋斷開的劍身。

「我的連個缺口都沒有！」埃斯凱拉舉起劍。「嘿、嘿、嘿！連個缺口都沒有！甚至沒有半點痕跡！」

陀螺笑出聲，十足十的女孩樣。里根札像隻羊一樣地哀叫。其他人則哈哈大笑。

「獵魔士之劍？」斯佩力哼了一聲。「他媽的，你才是麵咧。」

「這……」薛夫洛夫緊抿雙唇。「這他媽的是個垃圾。這是個爛貨……而你……」

他把剩下的斷劍扔一邊，瞪了傑洛特一眼，比著他興師問罪：

「你這個冒牌貨，騙人的冒牌貨。打著獵魔士名號，卻拿這種假貨……這種他媽的廢物，你就不能拿把好一點的劍嗎？就不知道有多少好人被他騙過？騙子，被你吃乾抹淨的窮人家有幾個？你啊，到了芬德壇，教你把所有罪行都招出來。到了那裡，地方官會說服你好好告解、告解！」

他用鼻子大力一吸，啐一口唾沫，往地上一踏，說：

「上馬！我們離開這裡！」

他們一路笑鬧、歌唱、吹著口哨離開。村民和他的家人幽幽看著他們的背影。傑洛特看見他們的嘴巴在動，不難猜想他們是在祝福薛夫洛夫，與他同伴的命運與未來。

那村民再怎麼膽敢作夢，也想不到自己的祝福會完完整整地實現，而且會實現得這麼快。

□

他們來到十字路口。商道沿著峽谷往西邊延伸，被車輪與馬蹄鑿得面目全非，看得出來木匠的馬車是往這邊走。自由軍也是走同一個方向。傑洛特被一根粗繩綁著，繫在陀螺的鞍上，跟著馬的後頭走。

薛夫洛夫騎馬領在前頭，但他的坐騎突然放聲嘶鳴，高揚前蹄。

峽谷的邊坡突然有個東西發亮，燒了起來，變成一個散發七彩光芒的乳白圓球，然後圓球消失，而圓球本來在的地方，出現一群奇怪的人。那是幾道緊緊抱在一起的身影。

「這是什麼鬼東西？」撥火棒咒罵一聲，策馬來到正在穩住坐騎的薛夫洛夫身旁。「這是什麼？」

那團身影散了開來，變成四個人物。一個是削瘦、長髮、有些陰柔的男人；兩個是長手、歪腿的大塊頭；還有一個是駝背侏儒，拿著一把大型鋼弩，上頭一共有兩張鋼弓。

「不唉——呵——唉呵——不唉呵——！不唉呵——唉呵——！」

「拿兵器！快！拿兵器！」薛夫洛夫大吼。

一聲脆響自大型鋼弩發出，跟著又立刻響起第二聲。頭部中箭的薛夫洛夫當場喪命。撥火棒看了下自己被弩箭射出一個洞的肚子，然後跌下馬。

「打！」自由軍不約而同地抄起劍。「打！」

傑洛特並不打算就這麼待在一旁等結果。他把手指疊成降火印，燒掉束縛雙手的粗繩，然後抓住陀螺的腰帶，將她扯下馬，換他自己跳上馬鞍。

一道刺眼的光芒亮起，馬群開始高聲嘶鳴，揚起前蹄在空中不斷踢動。幾名騎士紛紛摔落，慘遭馬蹄踐踏，慘叫連連。陀螺的灰馬原也受到驚嚇，卻被獵魔士安撫下來。陀螺快速從地上起身一跳，抓住馬銜與韁繩。獵魔士一拳將她打掉，讓母馬揚蹄快奔。

戴格隆德再度使出魔法閃電，不只讓群馬驚慌失措，也讓馬上的騎士無法視物。布艾與班格一人拿著斧頭，一人拿著寬彎刀，大叫著朝騎士進攻。鮮血噴濺，慘叫聲此起彼落，但是這些畫面，騎在馬背上的獵魔士都沒看見。

他沒看見埃斯凱拉是怎麼死的，沒看見繼埃斯凱拉之後，斯佩力被班格像魚一樣切片，沒看見布艾把弗洛奎連人帶馬打倒在地，再把他從馬下拖出、折成兩半。不過，弗洛奎被折成兩半的慘叫聲，他可聽見了。

一直到他轉出商道，衝進森林，才沒再聽見這公雞被斬頭般的慘叫。

欲煮馬哈喀姆馬鈴薯淋湯，按此做法：若爲夏日，採雞油菇；若爲秋日，採油口菇。倘爲冬日或臨入春，取一大把乾菇，入小鍋浸冷水過夜，至隔晨泡發，丟入半顆洋蔥滾煮。菇水濾乾，但勿浪費，倒入器皿，唯須注意鍋底必有沙粒沉積，勿倒出。馬鈴薯煮熟、切塊。取肥五花，切開，煎片刻。大量洋蔥分半切薄片，就五花肉逼出之肥油大火煎至近焦黃。取大鍋，丟入所有食材，勿忘切妥之菇類。菇水入鍋，另加清水，依喜好倒入裸麥酵母調味——此酵母做法另有食譜可參照。煮開，按個人偏好以鹽、胡椒、墨角蘭調味。加入豬油。照個人口味以白酸奶爲湯上色，惟須注意，此做法有違吾等矮人傳統。以酸奶染白馬鈴薯淋湯，屬人類做法。

《良善勤勉主婦必備之詳盡教學——肉、魚、蔬菜類之佳餚熬製，醬料調配，糕點烘焙，果醬熬煮，食材醃燻加工，葡萄酒、伏特加及各種實用烹飪儲藏祕訣》

——馬哈喀姆優廚伊蕾歐諾拉・魯達林那—皮勾特

第十三章

這間驛站幾乎就像所有驛站一樣，也是設在黃土路交會的分岔口。蓋著木瓦的建築，以柱子斑駁的拱廊與馬廄、柴棚相連，座落在一片白樹幹的樺樹中。裡頭空空蕩蕩，看來沒有任何賓客或旅人。

疲憊不堪的灰色母馬跛著腳僵硬行走，搖搖擺擺，頭幾乎垂到了地面。傑洛特把牠引向馬夫，將韁繩交給對方。

馬夫看來約四十歲，而這四十個年頭的重擔讓他的背駝得厲害。他順了一下母馬的脖子，然後查看自己的掌心，接著又把傑洛特從頭到腳打量一番，直接朝他的腳下吐了一口口水。傑洛特搖搖頭，嘆了口氣。對方的反應他並不訝異，他知道自己不對，把馬逼得太緊，而且還是在路況艱難的地區。他想要以最快的速度，與索雷爾．戴格隆德及他的手下離得越遠越好。他知道這是很爛的理由；他自己對把坐騎操到這種程度的人，態度也不會好到哪去。

馬夫拉著母馬走開，嘴裡唸唸有詞，不難猜到他是在嘀咕什麼、想什麼。傑洛特嘆口氣，推開驛站的門，走了進去。

裡頭香味四溢。獵魔士知道自己已超過一個晝夜沒有進食。

驛站的站長從櫃檯後頭出現，在來人還沒發問前搶先說道：「現在沒馬，信差最快要兩天後才來。」

「我想吃點東西。」傑洛特看向上方挑高的屋脊與屋椽。「我會付錢的。」

「這裡沒東西吃。」

「欸、欸，站長。」一道聲音自室內角落傳出。「這樣對待旅人，對嗎？」

角落的桌子後頭坐著一個矮人，黃褐色的頭髮和黃褐色的大鬍子，穿著刺繡精美的酒紅短大衣，正面與袖口都用了大型銅釦裝飾。對方的雙頰紅潤，有著一個大鼻子。傑洛特有時在市集上會看見形狀特殊、外皮帶點粉色的馬鈴薯，而這矮人的鼻子有著一模一樣的顏色，還有那形狀也是。

「你可是給我推薦了馬鈴薯淋湯。」矮人用濃眉底下的嚴厲目光盯著站長。「你該不會說，你太太只煮了一碗湯吧？我敢打賭，那湯也夠這剛進門的先生喝。坐吧，旅人。你要喝啤酒嗎？」

「謝謝，我很樂意喝一杯。」傑洛特坐下，從腰帶暗袋抽出一枚錢幣。「不過，友善的先生，讓我請客。我的外表也許會讓人誤會，但我不是遊手好閒的傢伙，也不是在街頭遊蕩的流浪漢。我是獵魔士，正在工作，所以才會是這副衣著破爛、外表邋遢的樣子，希望您不會介意。站長，來兩杯啤酒。」

啤酒轉眼便上了桌。

「我的妻子很快就會端上馬鈴薯淋湯。」站長沒好氣地說。「至於剛才的事，您別放心上。我得隨時備著吃的，如果來了哪家路過的貴人、國王的信差，還是郵局的人……這裡沒吃的，那就沒東西能給他們……」

「好了、好了……」傑洛特舉起啤酒杯。他認識很多矮人，知道他們喝酒的方式，還有該怎麼敬酒。

「願正義得以伸張！」

「那些狗娘養的就讓他們一敗塗地！」矮人補上這麼一句，並拿起啤酒杯與他相碰。「和一個懂風俗、懂禮節的人喝酒，真是不錯。我是阿達里歐．巴赫。其實應該是阿達里翁，不過所有人都叫我阿達里歐。」

「傑洛特，來自利維亞。」

「來自利維亞的獵魔士傑洛特。」阿達里歐．巴赫擦掉鬍子上的酒沫。「我聽過你的名字。你是個有經驗的人，懂得各地風俗，不是什麼深山野人。而我呢，你看，是從奇達里士搭信使的車來的，他們南方那邊叫驛車。我在等從多利安去雷達尼亞的信使，要換搭他的車去特雷托格。喔，這馬鈴薯淋湯終於來了。我們來嘗看看。你要知道，最好的湯是我們在馬哈喀姆的娘兒們做的，別的地方吃不到。用黑麵包做成的濃濃酵母汁，和上裸麥粉，加上香菇和煎得焦黃的洋蔥……」

驛站的馬鈴薯淋湯很美味，裡頭滿滿的雞油菇跟煎得焦黃的洋蔥，要說有哪裡比不上矮人娘兒們熬出來的馬哈喀姆馬鈴薯淋湯，傑洛特沒能尋到答案，因爲阿達里歐．巴赫吃得狼吞虎嚥，沒有說話，也沒有評論。

站長突然看向窗外，那反應讓傑洛特也跟著看過去。

兩匹馬來到了驛站前，狀態大概比傑洛特搶來的馬還要糟，而上頭的騎士有三個人。更精準地說，是三個男女。獵魔士仔細看了看室內。

門「呀」地一聲打開。陀螺踏進驛站，後頭跟著里根札與特倫特。

「馬……」站長倏地打住，因爲他看見陀螺手上拿著劍。

「你猜對了。」她接著他的話說。「我們就是需要馬。三匹，動作快，立刻給我們從馬廄裡牽出來。」

「可是現在沒有……」

站長這一回也沒把話說完。陀螺朝他跳過去，把劍亮在他眼前。傑洛特站了起來。

「哎呦！」

三人全轉向他。陀螺咬牙切齒地說：

「是你，你，你這個該死的流浪漢。」

她的臉頰上有塊瘀青，那是被他打的地方。她嘶啞地說：

「這一切都是你害的。薛夫洛夫、撥火棒、斯佩力……所有人都被宰了，整隊人。而你這個狗娘養把我撞下馬，偷走我的馬，夾了尾巴就跑。我現在就來和你把這筆帳算清楚。」

她的身高不高，身材也相對嬌小，但獵魔士沒有因此大意。因爲經驗告訴他，人生就像在郵局一樣，即使是非常可怕的東西，也可能裝在完全不起眼的包裝裡交寄。這一點，他很清楚。

「這裡是驛站！是受王家保護的！」站長從櫃檯後頭大叫。

「你們聽到了嗎？」傑洛特平靜地問。「驛站。你們走吧。」

陀螺嘶聲說：「你這個灰頭髮的廢物，還是很不會算數啊。又要我再幫你算一遍嗎？你是一個人，我們是三個人。也就是說，我們的人比較多。」

「你們有三個人，」他用目光掃過他們。「而我是一個人。不過你們的人根本沒有比較多。這是一種數學上的悖論與常規以外的特例。」

「也就是說，怎樣？」

「也就是說，你們給我連跑帶跳地滾出去，不然等會兒就想跑也跑不了，想跳也跳不動。」

他注意到她眼中閃過的光芒，立刻明白她是屬於那種極少數懂得在打鬥中讓攻擊與目光鎖定位置在完全不同地方的人。然而，這個伎倆陀螺大概沒練多久，因爲傑洛特不費吹灰之力就避開她那狡詐的一劍。他身子輕輕半轉閃過她的攻擊，並藉此誘導對方，然後大腳朝她左腿一踹，順勢把她送往櫃檯。她撞到櫃檯木板，發出砰然大響。

陀螺的攻擊力，想必里根札和特倫特已見識過，也因此她的挫敗讓兩人傻在原地，張大嘴、僵直不動，而這時間已夠獵魔士抓起事先在角落相中的掃帚。特倫特先是被掃帚的樺樹枝打中嘴巴，然後又被長柄打中腦袋。傑洛特用掃帚絆住他的腳，然後朝他膝窩一踹，將他踹倒在地。

里根札冷靜下來，拿起武器凌空跳起，一劍劃下。傑洛特腳跟半旋避開，一個回身，閃出攻擊範圍，順勢一拐子撞在對方氣管上。里根札一個岔氣，雙膝跪地。傑洛特在他倒下前，奪走他手中的劍，往上一扔，劍便插在了屋椽上，再也沒有掉下來。

陀螺以低姿勢攻向傑洛特，險險躲過的他打掉那隻持劍的手，抓住她肩膀，將她轉過來，用掃帚柄往她雙腿一掃，將她掃去櫃檯，巨響也跟著傳出。

特倫特跳向傑洛特，卻被傑洛特用掃帚重重打在臉上，一下、兩下、三下，速度非常快。接著傑洛特改用掃帚柄打在特倫特一邊的太陽穴，然後是另一邊，再反手打他的脖子。傑洛特把掃帚柄卡進特倫特腿間，鎖住他的攻擊，然後抓住他的單手大力一扭，把劍從他手中拿走，往上一扔，劍便插到了屋椽上，再也沒有掉下來。特倫特往後退，絆到長凳，摔了一跤。傑洛特認爲沒有必要進一步傷害他。

里根札爬起身，站定雙腿，但也就這麼靜止不動，雙手低垂，盯著上方插進屋椽的兩把劍看。很高，他碰不到。陀螺發動攻擊。

她轉起劍，先出佯攻，再反手短短砍下。在照明不佳、地方擁擠的酒館裡，這個套路在好鬥的客人身上很管用，但獵魔士不會受照明強弱或沒有照明影響，而這種套路他也熟透了。陀螺的劍身劃過空中，但佯攻造成她身體轉向，獵魔士趁隙搶到她背後，用掃帚柄從下而上，反向打斷她的手肘，痛得她慘叫一聲。她的劍被他奪下，人也被他推開。

「我本來想，」他看著那把劍。「把它留在身邊，當作是費這番力氣的補償，不過我改變主意了。我不會把盜匪的武器帶在身上。」

他把劍往上一扔，劍身便插進屋椽，還抖了幾下。陀螺的臉白得和羊皮紙一樣，卻勾起嘴角，牙齒閃過寒光，彎身從鞋筒裡拔出一把刀。

「這剛好是一個非常愚蠢的想法。」獵魔士直直看著她的眼睛，給了這麼一句評論。

商道上蹄聲躂躂，聽得見馬兒的噴氣聲與武器的碰撞聲。驛站外頭突然擠了一群騎士。

「我要是處在你們現在這樣的情況，就會坐到角落的長凳上，假裝自己不在這裡。」傑洛特朝那三人說。

門砰一聲被撞開，馬刺聲叮噹響，一群軍人大步跨進屋內，頭上全戴著狐毛帽，身上穿著有銀色盤釦的黑外套。領頭的是個束著猩紅腰帶的小鬍子，單手握拳抵著插在腰際的錘矛，宣布道：

「我們是王家衛隊！我是統治特馬利亞、彭達尼亞及馬哈喀姆的佛特斯特國王麾下，武裝部隊第二騎兵隊第一戰隊的科瓦斯中士，正在追拿一票雷達尼亞的匪徒！」

陀螺、特倫特和里根札坐在角落的長凳上，專心看著自己的鞋尖。

科瓦斯中士接著說：「這群放肆的雷達尼亞匪徒、打手、強盜跨過了特馬利亞邊境。這群惡棍將界樁推倒，四處放火、搶劫、殺人及謀殺王國子民，被王家軍隊打得落花流水後，現在不要臉地躲在林中，伺機逃出邊境。這些人可能會在附近出現。我要警告你們，如果有人提供他們幫助、資訊或任何協助，這種行爲就會被視爲是叛國，而叛國的下場就是絞刑！」

「有人在這驛站裡看過外地人嗎？新面孔？我的意思是說，看起來可疑的人？我再多說一件事，凡是指認或協助捉拿這些匪類的人，都有獎賞，一百歐蘭。站長？」

站長聳聳肩，彎身嘀咕了兩句，然後專心擦起吧台，把頭壓得非常低。

中士環視四周，踏著叮噹響的馬刺，走向傑洛特。

「你是誰……哈！我好像已經見過你了，在馬利堡，我認得你這一頭白髮。你是獵魔士，對吧？專門獵殺各種怪物，沒錯吧？」

「的確沒錯。」

「那我和你就沒事了。至於你的職業，我會說，很令人敬佩。」中士在說話的同時，也把目光移到了阿達里歐．巴赫身上。「矮人先生也不在嫌疑人的範圍之內。那群盜匪之中，沒有發現過矮人的身影。不過，我例行公事問一下，你在這驛站做什麼？」

「我是從奇達里士搭信使的車來的，在這裡等換車，時間拖長了，咱們就和獵魔士先生一起坐一下、聊聊天，把啤酒變黃尿。」

「也就是說，你在等換車。」中士重複道。「我明白了。那你們兩個呢？這些人是誰？對，你們，我在和你們說話！」

特倫特張大嘴，眨眨眼，咕噥了幾聲。

「什麼？怎樣？站起來！我說，你是誰？」

「軍官大人，您別管他。」阿達里歐．巴赫隨興地說：「這是我的手下，是我雇來的。他是個蠢蛋，徹頭徹尾的白痴。他在他家呢，就是那鍋裡的一顆老鼠屎。幸好，小他很多歲的手足都是正常人。他們的母親總算明白，大著肚子的時候，傳染病院前的泥坑水是不能喝的。」

特倫特的嘴張得更大了，低下頭不悅地咕噥了聲。里根札也嘀咕了兩句，作勢想站起來。矮人把手擱到他的肩上，說：

「坐下，小子。別說話，別說話。進化論我是知道的，明白人是從怎樣的生物來的，你不用一直提醒我這點。這個你也放過他吧，指揮官大人。他也是我的手下。」

「是嗎嘛……」中士依舊一臉狐疑。「也就是說，這些是你的手下。如果你這麼說的話……那她呢？這個穿男裝的年輕小姑娘？喂！站起來，因爲我要把妳看個仔細！這麼一個小姑娘是什麼人？人家問話的時候就要回答！」

「哈，哈，指揮官大人。」矮人大聲笑了笑。「她？她是個流鶯，也就是個婊子。我從奇達理士雇來操的。帶個騷貨上路，比較不會寂寞；這說法，只要是個哲學家，都會給您證實的。」

他快速在陀螺的臀部拍了一下。陀螺氣得臉都白了，咬牙切齒。

「是啊。」中士皺起眉頭。「我竟然沒有馬上想到，畢竟這很明顯。半精靈。」

「你才只有半根屌。和一般正常人相比，你就只有一半！」陀螺怒吼道。

「閉嘴，閉嘴。」阿達里歐．巴赫將她緩下。「領隊大人，您別惱，這賤貨本來就這麼潑辣。」

一名士兵跑進屋內報告。科瓦斯中士挺直了背，說：「發現匪徒蹤跡！我們立刻前往追捕！造成你們的不便，請見諒。出動！」

他走出去，所有士兵也跟著他走。沒一會兒，外頭就傳來隆隆的馬蹄聲。

一陣安靜過後，阿達里歐．巴赫對著陀螺、特倫特及里根札說：「剛才那場戲你們就別計較了。我那些話都是隨口說的，動作也是無心的，你們就不要見怪了。說老實話，我並不認識你們，也不是很在乎你們，應該說我不喜歡你們，不過更不喜歡絞刑的場景，被吊著的人兩腳亂踹的樣子，會讓我心情很鬱悶，所以我這矮人才會開黃腔。」

「多虧有這矮人的黃腔，你們才能活命。」傑洛特補充道。「你們應該要向矮人道謝。在那個農村裡，我看過你們的所作所爲，知道你們是怎樣的無賴，要我爲你們掩護，我根本連手指都懶得動一下。像矮人先生爲你們演的這麼一場戲，我根本不想、也不會演，那你們就會被吊死，三個人一起。所以，你們走吧。不過我會建議你們走和中士及他的騎兵相反的方向。」

看他們的視線飄往插在屋椽上的劍，他斷然說：「那些東西你們想都不用想，你們是拿不回去了。少了這些東西，你們就不會那麼想去搶劫勒索。滾。」

那三人才剛把門關上，阿達里歐．巴赫便嘆氣道：「剛才的情況還眞緊張。他媽的，我的兩隻手到現在都還有點抖。你沒有嗎？」

「沒有。」傑洛特回想起剛才的情況，笑了一笑。「我在這方面是……反應遲鈍。」

「有些人覺得這樣很好。」矮人咧嘴一笑。「甚至還覺得反應遲鈍挺不錯的。再來一杯啤酒？」

傑洛特搖搖頭說：「不，謝謝。我該上路了。該怎麼說呢？我碰上一個情況，趕路的話會比較好。在一個地方待太久，比較不是理智的做法。」

「其實我也注意到了，我不會多問。不過，獵魔士，你知道嗎？我也不太想再坐在這個驛站裡，整整兩天什麼事都不做，就只等著信差來。一來，我會無聊死。二來，被你打敗的那個小姑娘在臨走前給了我一種奇怪的目光。唉，剛剛情緒一來，我是有些過火了。她大概不是那種被人又打屁股、又叫妓女，卻不會報復的人。她一定會再回來，而我希望到那時候，我人已經不在這裡。所以，我們一起上路，怎麼樣？」

「我很樂意。」傑洛特再度笑開。「有個好同伴一起上路，比較不會寂寞；這說法，只要是個哲學家，都會證實。只要方向一樣就好。我得去拿威格拉德，我要在七月十五日以前抵達那裡，一定要在十五日以前。」

他最慢得在七月十五日前抵達拿威格拉德。在巫師買下他兩個禮拜的時間，雇用他辦事的時候，他便把這日子記了下來。沒問題。皮內提和札拉一副高姿態地看著他。沒問題，獵魔士。你一轉眼就會到拿威格拉德了，我們會用瞬間移動直接把你傳送去主街。

「十五日以前，哈。」矮人扯了扯鬍鬚。「今天是九日。剩下的時間不多了，因為這可是有很長一段路要走。不過，還是有辦法讓你在時間內抵達那裡的。」

他站起身，從木釘拉下一頂帽簷又圓又寬的尖帽戴在頭上，然後把行囊往肩上一扔，說：

「我在路上再和你解釋。利維亞來的傑洛特，我們一起上路吧，因為這方向正好適合我。」

□

兩人一同開心上路，甚至可能有些太過開心了。獵魔士發現阿達里歐·巴赫是典型的矮人。不管是哪種車，矮人都懂得駕駛；不管是哪種動物，要拿來當坐騎、拉車或馱重物，矮人都可以駕馭，但僅在他們有需要或為了方便起見才這麼做。他們的第一選擇還是步行，常被稱為鐵腳一族。矮人可以日行三十哩，相當於人類騎馬一天能跑的距離，而且身上還揹著一般人根本連拿也拿不起的行囊。和沒有揹行囊的矮人一起走路，人類根本就追不上。

獵魔士也一樣追不上。傑洛特忘了這一點，所以在過了一段時間後，不得不請阿達里歐放慢腳步。他們沿著林道行進，有時甚至走在沒有路的地方。阿達里歐知道該怎麼走，對這一帶非常清楚。他解釋說，他的家人住在奇達里士，而家族裡的人口多到時不時就會碰上哪個家庭有聚會，不是婚宴，就是受洗，不然就是葬禮和守靈。按矮人習俗，只有在公證人開出死亡證明後，才能當作唯一不參加家庭聚會的理由。只要還活著，就不可以躲避家庭聚會。所以，阿達里歐對來回奇達里士的路線知道得一清二楚。他一邊大步走，一邊解釋道：

「我們的目的地是位在彭達爾河樹沼區的風吹村。風吹村裡有碼頭，駁船和小船常在那裡停靠。運氣好一點，我們就能搭上船。我得去特雷托格，所以會在灰鶴島下船，你繼續搭下去，三、四天後就會到達拿威格拉德了。相信我，這是最快的辦法。」

「我相信。阿達里歐，拜託你，走慢一點，我幾乎趕不上了。你有在從事與走路有關的行業嗎？你是上門推銷員嗎？」

「我是礦工，在銅礦坑做事。」

「對，每個矮人都是礦工，都在馬哈喀姆的礦坑裡做事，都拿著十字鎬站在採掘面上。」

「你這是刻板印象。等等你就會說，每個矮人講話都帶髒字。然後喝過幾杯之後，就會拿斧頭往人類衝去。」

「我不會這麼說。」

「我的礦坑不在馬哈喀姆，而是在特雷托格附近的銅礦村。我可不是站在那裡挖礦的，而是在礦坑的管樂團裡吹圓號。」

「這可有趣了。」

「有趣的剛好是別的事。」矮人笑道：「這是一個有趣的巧合。我們樂隊的招牌曲目之一叫《獵魔士進行曲》。聽起來像這樣：他啦、啦啦，砰，砰，烏畝他、烏畝他，鈴、琴、琴，啪啪啦啦、他啦、啦啦，他、啦、啦啦，砰，砰，砰……」

「見鬼了，你們這曲名是打哪兒來的？你們有看過獵魔士行軍嗎？在哪裡？什麼時候？」

阿達里歐・巴赫有些心虛。「老實說，這是把《大力士遊行曲》拿來稍微改一下而已。所有的礦坑管樂團都會演奏像《大力士遊行曲》、《運動員進場曲》或是《老夥伴進行曲》，而我們想要有原創性。他、拉、拉拉，砰，砰！」

「慢一點，不然我魂都快飛了。」

□

森林裡沒有半點人跡，但在林子間的草原與空地上，卻完全是另一回事。他們常經過這種草原與空地，每次都會遇見有人幹活——割乾草，把乾草耙在一起，堆成小山與草垛。矮人開朗地向割草人高聲打招呼，有時會獲得回應，有時沒有。

「這讓我想起我們樂隊的另一首進行曲，叫《割乾草》。」阿達里歐指著辛苦工作的人們說。「我們常演奏這首曲子，尤其是在夏天的時候。這首曲子也可以拿來唱。我們的礦坑裡有一個詩人，韻腳押得很漂亮，甚至清唱也可以。呃，唱起來就像這樣：

男人割綠草
女人搬乾草
往天上一瞧
雨雲心頭焦
我們山頭站
不讓雨水沾
揮帚左右搧
雨雲四方趕

從頭反覆！這歌用來快走很合適，對吧？」

「阿達里歐，慢一點！」

「慢不了！這是進行曲！節奏和節拍都要像行軍一樣！」

□

山丘上殘存的城牆讓山頭呈白色，同樣映入眼簾的還有一棟建築，和獨特高塔留下的廢墟。

傑洛特正是藉著高塔認出那是座神殿——他不記得裡頭供奉的是什麼神，但是他聽過這座神殿的一些事。很久以前，這裡住著一群祭司。聽說當年他們貪婪、荒淫、放蕩到令人髮指，被附近居民趕出神殿，驅逐到茂密的森林裡。聽說那些祭司便在那裡試圖說服林中矮人皈依他們的信仰，但成效似是近乎於零。

「那裡以前是隱士住的地方。」阿達里歐說：「我們沒有走錯路，時間也掌控得很好，傍晚就可以到森水壩。」

□

他們順著小溪前進。上游巨石與河階的地方水聲隆隆，下游溪水開闊，形成一個可觀的水灣，而這是因爲有道土木屏障截斷水流的關係。屏障所在的地方有工事在進行，一群人快手快腳地在那裡工作。

「我們在森水壩。」阿達里歐說。「你在下面那邊看見的建築結構，就是水潭，用來漂移伐木區砍下的樹木。這條小河就像你看到的，本身不適合航行，太淺了。所以他們就在這裡把水積起來，讓木頭堆在這裡，然後打開水壩，製造出大浪，就可以漂木了。靠這方法，就能運送製作木炭的原料。木炭……」

「是熔鐵的必備原料。」傑洛特接著他的話說。「而冶煉是工業裡最重要也最發達的產業。這我知道，有個巫師不久前才向我把這解釋得很清楚，他很懂炭及冶煉。」

矮人不屑地說：「就算懂也沒什麼好奇怪的。葛思維冷附近大多數的工業中心，巫師參議會都有持分，有幾座冶煉廠和精煉廠更是完全屬於他們的。」

「巫師從冶煉廠抽取豐富的利益。從其他產業也是。也許他們這樣做也沒錯，畢竟大多數技術都是他們開發出來的。然而，他們其實可以不要那麼虛偽，大方承認魔法不是好東西，不是爲社會服務的慈善事業，而是計較利潤的工業。不過我說這些做什麼？你自己就很清楚了。來吧，那邊有家旅店，我們去歇個腳。我想我們也會留在那裡過夜，因爲已經黃昏了。」

□

這旅店是徹頭徹尾的名不符實，不過也沒什麼好奇怪的。旅店的客人都是水壩的樵夫與負責漂載木材的駁船船員，對他們來說，在哪裡喝酒都一樣，只要有得喝就好了。這家旅店只是一間棚子，屋頂是用幾根細木棍撐著茅草搭成的，上頭還破了幾個洞。棚子裡只有幾張用刨過的木板隨意組成的桌子和長板凳，以及一個石造爐子——這對當地人來說就已經夠了，不需要更多豪華舒適的設備，而他們也不期待會有這樣一天。對他們來說，重要的是隔板後頭擺著酒桶，能讓旅店老闆從裡頭倒出啤酒。偶爾旅店老闆娘心情好的時候，還願意多賣烤香腸。

傑洛特與阿達里歐在這方面也不需要高人一等，尤其那啤酒很新鮮，顯然是從新開的酒桶倒出來的。而對老闆娘只要多美言幾句，就能讓她決定爲他們炒一道洋蔥血腸，盛鍋出菜。在森林裡步行了一整天，這鍋血腸對傑洛特來說，媲美鮮蔬牛小腿、山豬肩胛肉、墨汁大菱鮃，以及「事物的本質」酒館主廚其他精緻的菜餚。說老實話，他有點想念那家酒館。

「我很好奇你知不知道那個先知的命運？」阿達里歐朝酒館老闆娘比了個手勢，又點了杯啤酒。

他們在桌前坐下前，先瞧了瞧在樹齡很高的橡樹旁，一顆長滿苔蘚的巨石。磐石上所刻的文字說明一一三三年的比日刻節那一天，先知列布達就是在這個地方爲他的學生講道，而斯皮利登．阿普斯爲了紀念這個事件，在一二〇〇年贊助建了這座方尖碑。阿普斯是來自林德的針線用品大師，在小市場有家商店，品質好、價錢公道，歡迎前往選購。

「那個人稱先知的列布達，」阿達里歐刮掉鍋底剩餘的血腸。「你知道他的故事嗎？我是說眞正的故事。」

「完全沒聽過。」獵魔士用麵包擦抹鍋子。「不管是眞的，還是編的，都沒聽過。我對這個並不感興趣。」

「那你就聽好了。事情是發生在一百多年前，好像是在那顆巨石的文字刻好後不久。今天，相信你也很清楚，幾乎都看不到龍了，除非是在哪個荒山野嶺、沒有人煙的地方。在當年那個時候，牠們比較常出現，也會找人麻煩。牠們學會有滿滿牛隻的牧地，就是巨大的食堂，可以隨意吃到撐，而且不用花太多力氣。幸好，就算是這麼大的爬蟲，一季也只開葷個一、兩次，這對農人來說是好事，不過牠們每次吃的量，大到會威脅飼養場的生存，尤其在牠們只特別相中某一帶的時候就更糟了。有頭龍，體型很龐大，相中了喀艾德的一個村子。每次都飛來吃掉幾隻羊、兩三隻乳牛，點心則是從魚池給自己抓點鯉魚來吃。最後再吐出火焰，在穀倉或草垛放火，然後飛走。」

矮人灌下一口啤酒，打了一個嗝。

「農人費盡心思想把龍嚇跑，試過各式各樣的陷阱與圈套，卻完全拿牠沒辦法。好在他們很走運，那個列布達剛好帶著一群學生，來到離村子不遠的班阿爾得。列布達在當時已經很有名，被尊稱爲先知，有眾多追隨者。農人請求他幫忙，而奇怪的是，他竟然沒有拒絕。所以，當龍飛來的時候，列布達走到牧地上，開始除怪。龍先是把他當成鴨子一樣，用火烤過，然後吞了下去。就這麼平平常常地吞下去，然後往山區飛去。」

「這就是結局？」

「不是，你再聽下去。那群學生先是哭得淒慘絕望，然後雇了追擊者。我們的人，也就是矮人。我們對龍的經驗很豐富。他們追那條龍追了一個月，用的是一般做法，跟著那爬蟲拉下的大便痕跡走。而那群學生在每一坨大便前跪下，又戳又攪地查看裡頭的內容，一邊看，一邊一起哭，找他們大師的殘骸。最後他們終於拼出一副完整的人，或者他們把那視爲是完整的人，而那其實是頗爲淩亂、不太乾淨的人、牛、羊骨混在一起。這一切如今都擺在拿威格拉德一座神殿的石棺裡，當作是神奇的聖髑。」

「阿達里歐，老實說吧，這段歷史是你編出來的，不然就是你加了很多料。」

「你怎麼會有這種懷疑？」

「因爲我常常和某個詩人處在一起，而那傢伙如果可以選擇事件的眞實版本，或是有趣版本，他總是會選後者，而且還要加油添醋。如果因爲這樣而有人抱怨，他都會狡辯說，如果有某個東西不符合事實，也不完全代表它就是謊言。」

「我來猜猜看是哪個詩人……想也知道是亞斯克爾。不過那段歷史可是有它的可信度。」

獵魔士笑了笑，說：「歷史是一種相對關係，大部分都是謊言，由各種事件組成，大多不重要；這些都是歷史學家提供給我們的，而他們大多是蠢蛋。」

「這一回我也來猜猜這段引述是出自哪個作者。」阿達里歐·巴赫咧嘴一笑，說：「克爾沃的維索戈塔，哲學家與倫理學家，也同樣是歷史學家。至於先知列布達……像人家說的，歷史就是歷史。不過我聽說拿威格拉德的祭司有時候會把先知的遺骸從石棺裡拿出來，讓信徒親吻。如果我剛好去到那裡，我想親吻遺骸這件事我會忍住。」

「我會忍住的。」傑洛特說。「至於拿威格拉德，既然我們說到這裡……」

「不用緊張。」矮人搶著說。「你會趕上的。我們起個大清早，很快就會抵達風吹村，我們會抓住機會，讓你在時間內抵達拿威格拉德的。」

*最好是這樣，*獵魔士想道，*最好是這樣。*

人獸不同種，而狐活於人獸之間。生死不同路，而狐於生死間追趕。神怪不同道，而狐則於神怪間來去。明暗不相連，向來不相交，而狐鬼徘徊兩者間。神明妖魔，各走各路，而狐鬼介於兩者間。

——清國學者紀昀

第十四章

夜裡下了一場暴風雨。

在穀倉閣樓的乾草堆裡安睡一晚後，隔日清早，他們便再度上路。清早雖陽光普照，卻依舊寒涼。他們按既定路線前進，走過以角樹與橡樹爲主的落葉林、沼澤地和濕草原。一個小時的激烈行軍後，他們來到有人煙的地方。

阿達里歐．巴赫指著前方說：「風吹村。我說的碼頭就在這裡。」

他們抵達河邊。一陣風拂來，讓人精神爲之一振。他們踏上棧橋。河水在這裡創造出一片開闊的水塘，大如湖泊，讓人幾乎看不出活水的流向。柳樹、灰毛柳及赤楊的枝椏垂落水面。四處可見水鳥悠遊啼叫——水鴨、白眉鴨、尖尾鴨、潛鳥和鷿鷉。一艘小船在水面上優雅航行，與四周景觀融爲一體，沒有驚動這群羽翼豐滿的烏合之眾。那是艘單桅縱帆船，船尾有面巨帆，前頭則是幾張較小的三角帆。

阿達里歐．巴赫凝視眼前的景象，說：「曾有人這麼說過，滿帆的船、奔馳的馬，還有，呃……床上的裸女，是世上最美的三種景象，那人說得很對。」

「跳舞的女人。」獵魔士微微一笑。「是跳舞，阿達里歐。」

「就當作是在跳舞的裸女好了。」矮人同意道。「你說老實話，這艘小型軍艦，呵，這船在水上的樣子還眞不難看，對吧。」

「這艘不是小型軍艦，是小型商船。」

「這是單桅縱帆船。」一名高貴男子為兩人調解道。這人的身材頗為矮胖，穿著駝鹿皮做的外套。「單桅縱帆船啊，兩位先生。從它的帆面很容易就能判斷。大面的斜桁主帆、支索帆和艏三角帆，非常經典。」

商船——單桅縱帆船靠向棧橋，距離近到他們可以欣賞船首雕像。那雕像不是常見的豐胸女子、美人魚、龍或大海蛇，而是個鷹鉤鼻的禿頭老人。

「見鬼了。」阿達里歐．巴赫悶聲抱怨。「這先知是和我們槓上了還怎樣？」

「長六十四呎。」矮個子的高貴男子繼續描述，語氣滿是驕傲：「帆面加起來總共是三千三百呎。兩位先生，這是『列布達先知號』，科維爾式的新型單桅縱帆船，由拿威格拉德的船廠打造，下水還不到一年。」

「依咱們看，」阿達里歐．巴赫清了清嗓子。「您對這艘單桅縱帆船很了解啊，知道很多細節。」

「我對這艘船瞭若指掌，因為我是它的主人。旗杆上的那面旗有隻手套，你們看見了嗎？那是我商號的標誌。兩位先生，請容我自我介紹。我是凱文納．凡．弗利特，是個手套皮料商。」

「很高興認識您。」矮人握住向他伸來的右手，晃了兩下，同時也用警覺的目光打量這名商人。「也恭喜您擁有這麼一艘船，因為它真的很漂亮，也很靈巧，讓人不禁覺得奇怪，這樣一艘船怎麼會出現在風吹村這種水塘裡，而不是在彭達爾河那樣的主航道上。還有一點也很奇怪，這船在水上，而您這船東卻在陸上這片荒野中，難道是有什麼問題嗎？」

「怎麼會？沒有，沒有任何問題。」手套皮料商的回答在傑洛特看來太過快速，也太過誇張。「我們只是在這裡取得補給，就這樣。至於這片荒野嘛，哎，也不是我們願意，就是形勢所逼，因為人在趕著救命的時候，就不會留心自己走的是哪條路。而我們的遠征救難隊……」

橋面突然開始震動，一群人踏上棧橋，其中一人朝他們走來，打斷了對話。「凡．弗利特先生，這些小細節您就別說了，我看這兩位先生也不是很感興趣，也不應該感興趣。」

從村子那頭踏上棧橋的這群人，總共有五個。說話的那人戴著乾草帽，臉上幾天沒刮的鬍子長得很茂盛，非常顯眼，還有一個突出的大下巴。他的下巴中間有條凹縫，所以看起來像個小型屁股。他身旁有個塊頭非常大的巨漢，像個大力士，而從這人的相貌與眼色看來，絕對不是蠢貨。第三個人，身材五短，曬得黝黑，加上那頂毛帽和耳朵上的一只耳環，從頭到腳就是十足十的老練水手。剩下的兩人搬著糧食箱，顯然是負責雜務的船員。

屁斗的男子說：「依我看，不管這兩位先生是誰，都沒有必要知道任何關於我們的事，我們在這裡做什麼，或是任何我們私人的活動。兩位先生想必可以理解，我們的私事和旁人一點關係都沒有，更不用說是偶然遇見、素昧平生的人了。」

「也許不是完全不認識。」大力士插了嘴。「這名矮人先生我的確不認識，不過尊貴的先生，您的這頭白髮洩露了您的身分。我想，您是來自利維亞的傑洛特？獵魔士？我沒想錯吧？」

我變得受歡迎了，傑洛特雙手交胸，在心裡想道。有點太受歡迎了。我是不是該把頭髮染一下？又或者是像哈嵐．札拉那樣，剃成光頭？

「獵魔士！」凱文納．凡．弗利特顯然很是驚喜。「貨真價實的獵魔士！還真是巧啊！兩位尊貴的先生！他還真是給咱們從天上掉下來呀！」

「鼎鼎大名的利維亞傑洛特！」大力士也重複道。「在現在這個情況下碰上他，我們真是走運。他可以幫我們擺脫……」

「你說太多了，科賓。」戽斗的那人打斷他。「說太快，也說太多了。」

「您也一樣啊，菲斯先生。」手套皮料商不滿地說。「你看不出來我們是碰上了怎樣的機遇嗎？有像獵魔士這樣的對象幫助……」

「凡·弗利特先生！這事讓我來就好。和像他這樣的人打交道，我比您還要有經驗。」

眾人皆靜了下來，而戽斗的傢伙就在這片沉默中，仔細打量獵魔士。最後，他終於開口：

「來自利維亞的傑洛特，魔物和超自然生命體的剋星。我會說，他是個傳奇剋星，但前提得是我相信傳說這種事。您那兩把大名鼎鼎的獵魔士之劍在哪兒啊？我好像沒看見。」

「你看不見也沒什麼好奇怪的。」傑洛特回道。「因爲那兩把劍是隱形的。怎麼？你沒聽過獵魔士之劍的傳說嗎？一般人是看不見的，要我唸咒才會出現。但我只在有需要的時候才會唸咒，前提是要先碰上得讓我用劍的情況，因爲即使沒有劍，我也挺能打的。」

「你這番話，我相信。我是亞維·菲斯，在拿威格拉德開了一家商號，提供各種服務。這是我的夥伴，培特魯·科賓，這位是普德沃拉克先生，列布達先知號的船長，而尊貴的凱文納·凡·弗利特先生兩位已經認識了，他是這艘船的船東。」

「獵魔士，我的觀察是，你站在這條棧橋上，而這裡是方圓兩百多哩內唯一的棧橋和唯一的村子，要從這裡回到文明的道路上，得在森林裡走上許多時間。就我看，你會比較喜歡搭上可以在水面浮的東西，走水路離開這片荒野。而列布達號恰巧就是要去拿威格拉德，這甲板上也能載人，載你和你的矮人同件。這樣說合理嗎？」

「繼續說下去吧，菲斯先生。我洗耳恭聽。」

「如你所見，我們的船不是隨隨便便湊合來的，要搭這艘船，費用可不便宜。先別插話。你可願意用你的隱形劍來保護我們？提供你那珍貴的獵魔士服務，我是說，護送和保護服務，來抵消從這裡一路到拿威格拉德這段航程的搭船費用。你的獵魔士服務怎麼算？」

傑洛特看了看他，說：

「包括抽絲剝繭，還是沒有？」

「什麼？」

「您的提議裡，」傑洛特平靜地說。「暗藏陷阱與玄機。如果我得自己抽絲剝繭找出來，我會算貴一點。如果您決定說眞話，那會便宜一點。」

「你這麼缺乏信任，讓人覺得有些可疑。」菲斯冷冷地說。「因為只有騙子才會在風中嗅到詐欺的味道。俗話說，作賊心虛。我們想雇你做護衛，就這麼一個單純、不複雜的任務，這當中怎麼可能藏有什麼玄機？」

「所謂的護送只是故事，」傑洛特的目光依舊看著他。「是您臨時隨便編出來的。」

「您是這麼看的？」

「我是這麼看的。因為這位做手套的先生無意提到了什麼遠征救難隊，而你，菲斯先生，急著要他噤聲。沒過一會兒，你的同事又提到有個情況得擺脫。所以，如果我們要合作，就得開誠布公，請說吧，你們這趟遠征是要去哪裡，又是急著要去救誰？爲什麼這麼祕密？你們必須擺脫的是什麼？」

「我們會向你解釋的。」菲斯搶在凡・弗利特前頭說。「獵魔士先生，我們會把一切都向您交代清楚的……」

「不過要等到了甲板上。」一直沒有開口的普德沃拉克船長，用粗啞的聲音接話道。「沒有必要在這個碼頭繼續磨蹭。各位先生，現在風向正好，我們駕船離開這裡吧。」

□

船帆抓住風勢，列布達先知號就著主要水道在沙洲間左彎右拐，快速駛出寬廣的水灣。纜繩與帆桿嘎吱作響，旗杆上那面有手套的船幟，輕快地在風中拍打。

凱文納·凡·弗利特信守承諾，一等單桅縱帆船離開風吹村的碼頭，便將一干人等叫到船首，爲他們解釋情況。

「我們這趟遠征的目的，」他開了頭，並時不時瞄一下滿臉陰霾的菲斯。「是要解救一個被抓走的孩子，叫賽茉娜·德·瑟普維達，她是布莉安娜·德·瑟普維達的獨生女。你們想必聽過這個姓氏。從初步處理生毛皮的水坊到製革廠，還有毛皮的裁縫坊，她擁有好幾家。一年產量極大，進出的金額也極高。如果你看見哪個仕女穿著漂亮又昂貴的皮草，那一定是她的工廠出產的。」

「而被擄走的是她女兒。是爲了贖金嗎？」

「並不是。說了你們都不信，不過……那女孩是被一個怪物拐走了。一隻母狐，應該說是母狐變成的怪物，叫威森娜。」

「你說得對，我並不相信您說的話。」獵魔士冷冷地說。「母狐，也就是威森娜，又或者更正確地說——狐妖，只會抓精靈的孩子。」

「沒錯，一點都沒錯。」菲斯粗聲道。「這雖然很不尋常，但拿威格拉德最大的毛皮裁縫坊是非人類管的。布莉阿以娜·狄阿布海·阿普·穆乙是純血精靈，在她的丈夫亞庫伯·德·瑟普維達死後，成了寡婦，接收丈夫所有的財產。他的家人試圖讓遺囑失效，也試圖讓這跨族婚姻無效，但是都沒有成功。這種婚姻擺明了是違反習俗與眾神的律法……」

「說重點。」傑洛特打斷他。「麻煩說重點。所以你們說，那個手套皮料商，也就是純血精靈，委託你們去把被擄走的女兒找回來？」

「你是在懷疑我們嗎？」菲斯皺起眉頭。「你是想要逮到我們說謊嗎？你很清楚精靈如果被母狐擄走了孩子，根本就不會試著要把孩子找回來。他們只會為孩子立個十字架，然後就把孩子給忘了，認為孩子註定是要給母狐的。」

「布莉安娜·德·瑟普維達一開始也是裝出這副樣子。」凱文納·凡·弗利特插嘴道。「她傷心絕望，卻是按精靈的方式，躲起來哭。在外頭則是板著一張臉，兩隻眼睛乾巴巴，一滴眼淚都沒有……法也謝代以拉得阿波耶干，法也謝也以非得哈，她一直重複這句話，換成我們的話說就是……」

「有些事物正要結束，有些事物正要開始。」

「就是這樣。不過那不代表什麼，只是一些精靈的蠢話。沒有事物要結束。是什麼要結束？又為什麼要結束？布莉安娜早就在人類當中生活，依的是我們的法律與習俗，她是有非人類血統，但在她的心裡面已經有不少部分是人類。沒錯，精靈的信仰與迷信都很強烈，布莉安娜也許在其他精靈面前表現得很平靜，暗地裡卻思念著女兒。這是天經地義的事。她會願意付出一切把獨生女找回來，不管對手是不是母狐……您說得沒錯，獵魔士先生，她什麼也不求，也不指望能獲得任何幫助，即便如此，我們還是沒辦法眼睜睜看她如此絕望，決定要出手相助。整個商會都參加了，還贊助這趟遠征。我出先知號和我本人，您接下來會見到的商人帕拉基也差不多。不過我們都是生意人，不是什麼冒險家，所以我們向這位亞維・菲斯先生求助，菲斯先生是個勇敢、精明的人，不怕冒險，經常處理棘手的事，是出了名的經驗老到、知識豐富……」

「而經驗老到出了名的菲斯先生，」傑洛特看向被點名的那人。「沒有負起責任，告知你們這支遠征救難隊完全沒有意義，打從一開始就註定要失敗。我看，這解釋有兩個。第一是這菲斯先生根本搞不清楚自己帶你們蹚進怎樣的渾水。第二個解釋，也是比較可能的解釋，就是這菲斯先生收了一筆頭款，而且金額大到讓他願意帶你們走點冤枉路，然後讓你們無功而返。」

「您這指控下得太快了！」凱文納・凡・弗利特以手勢要氣急敗壞、急著發難的菲斯暫且按下脾氣。「您也太快唱衰我們了吧。我們呢，是商人，向來都是抱持樂觀的想法……」

「你們的這種想法值得稱讚，但是在這件事情上頭，一點幫助也沒有。」

「爲什麼？」

「被狐妖抓走的孩子是找不回來了。」傑洛特平靜地解釋。「這是絕對不可能的事。而這甚至不是因爲狐妖的生活方式非常隱蔽，讓人找不到孩子。這甚至不是因爲狐妖不會讓人把孩子帶回去，而且她不管是以狐形或人形出現，在打鬥中都是不能輕忽的對手。重點是，被抓走的孩子已不再是個孩子。母狐不會自行繁衍，而是靠抓走精靈的孩子，把他們變成自己的同類，來確保種族延續。被狐妖抓走的小女孩，體內會自行發生轉化，變成母狐。」

「那些狐族應該要消失。」菲斯終於找回發言權。「所有狼人都應該要消失。說眞格的，母狐鮮少妨礙人類，只會抓精靈的孩子，也只有對精靈來說才是危害。而這剛好是件好事，因爲非人類遇上越多傷害，對眞正的人類來說就越有好處。但母狐是怪物，而怪物就得要剷除，讓牠們消失，讓牠們的整個族群都消失，畢竟你就是以此爲生啊，獵魔士。在這件事上你也是幫手，所以我想，你不會把我們看成壞人，說我們打算要消滅怪物，然而，照我看，講這麼多都是多餘的。你想要解釋，也已經得到解釋，你已經知道，我們要雇你做什麼，而你要保護我們不受誰……不受什麼傷害。」

「我沒有冒犯的意思，不過你們的解釋很模糊，和發炎膀胱排出來的尿沒有兩樣。」傑洛特平靜地評論道。「而你們這趟遠征目的的高貴性，就像鄉下節慶過後，隔天早上閨女的貞操一樣，値得懷疑。不過這是你們的事，我的義務是要告知你們，要保護自己不受狐妖傷害的唯一辦法，就是和狐妖離得遠遠的。凡．弗利特先生？」

「是？」

「您回家吧。這趟遠征沒有意義，是時候認清這一點，然後放棄。作爲獵魔士，我能給您的建議就只有這麼多了。這個建議是免費的。」

「可是您不會下船，對吧？」凡．弗利特含糊又小聲地說，臉色有些發白。「獵魔士先生？您會留下來陪我們吧？然後要是……要是發生了什麼事，您會保護我們吧？您就同意吧……看在老天分上，您就同意……」

「他會同意的，會同意的。」菲斯不屑地說：「他會隨我們一起航行，不然誰來把他從這個偏僻的地方帶走？凡．弗利特先生，您別慌，沒什麼好怕的。」

「最好是沒有！」手套皮料商大吼：「您倒好了！害我們碰上這種麻煩，現在氣魄倒是挺好的？我想要健健康康、完完整整地抵達拿威格拉德！一定得有個人來保護我們……現在碰上了威脅……」

「沒有任何東西可以威脅我們，您別像個娘兒們一樣怕東怕西的，學您的同伴帕拉基那樣，下船艙去吧。兩人在底下拿萊姆酒好好喝個痛快，膽子很快就壯回來了。」

凱文納·凡·弗利特的臉色先是漲紅，後又刷白，接著目光落到了傑洛特身上。

「這圈子兜夠了。」他語氣十分清楚，但也很平靜。「是時候說眞話了。獵魔士先生，那隻小母狐已經在我們手上了。她在艉尖艙。帕拉基先生正看著她。」

傑洛特搖了搖頭，說：

「眞是讓人不敢相信。你們從狐妖手中奪回了皮草坊主人的女兒？小賽茉娜？」

菲斯朝船舷外啐了一口唾沫。凡·弗利特先是抓了抓頭頂，然後才咕噥道：

「我們本來不是這樣計畫的。我們不小心抓錯隻……也是隻小母狐，但是是不同隻……而且她當初是被另一隻完全不一樣的狐妖抓走的。她是菲斯先生買下的……從一群戰士手上買下的，那群戰士用計從狐妖那裡偷走了這女孩。一開始我們以爲她是賽茉娜，只是相貌有些變了……可是賽茉娜是七歲、淺色頭髮，而這個應該差不多十二歲，頭髮是深色的……」

「雖然不是我們找的人，」菲斯搶在獵魔士前頭說：「但我們還是把她帶走了，何必讓精靈的雜種長成更糟的怪物呢？而且這東西還可以賣給拿威格拉德的動物園，畢竟這也是奇特的東西，一個在森林裡給母狐養大的半隻小母狐……奇獸園肯定會掏出大把銀子來買……」

獵魔士轉過身背對他。

「船長先生，轉舵靠岸！」

「慢一點，慢一點。」菲斯粗聲道。「普德沃拉克，照航線走。獵魔士，這裡可輪不到你發號施令。」

「凡・弗利特先生，」傑洛特忽視菲斯。「我要請您理智看待這件事情，這女孩得立刻放走，把她放到岸上，不然你們全都會沒命。狐妖不會拋棄自己的孩子，而且一定已經順著你們的腳步，追在後頭了，阻止她的唯一辦法，就是把女孩還給她。」

「您別聽他說。」菲斯道。「別被他嚇唬了。我們可是駕著船在河上走，而且水道這麼深，一隻什麼狐狸的能拿我們怎麼辦？」

「而且我們有獵魔士保護。」培特魯・科賓嘲諷。「是有兩把隱形劍的獵魔士！鼎鼎大名的利維亞傑洛特，才不會遇到什麼母狐就嚇得不敢動！」

「我不知道，我不知道。」手套皮料商瑟瑟地說，同時也把視線從菲斯身上，移到了傑洛特與普德沃拉克身上。「傑洛特先生？到了拿威格拉德，我給您的報酬絕對不會少的，給您添的這些麻煩我會付錢的……只要您肯保護我們……」

「您怎麼這麼說？我當然會保護您們，但方法只有一個。船長，靠岸。」

「門都沒有！」菲斯刷白了臉。「別想靠近艉尖艙一步，不然你會後悔的！科賓！」

培特魯・科賓想抓住傑洛特的領子，但沒有成功，因爲一直都很平靜、不太說話的阿達里歐・巴赫也加入了戰局。矮人往科賓的膝窩實實踹了一腳，科賓便重重往地上跪。阿達里歐・巴赫又跳了過去，快速朝他的腎臟餵了記老拳，然後在頭側又補了一記。大力士重重摔在甲板上。

「塊頭大有什麼用？」矮人用目光掃視其他人。「不過就是倒下的時候，撞得比較大聲罷了。」

菲斯把刀子握在手上，卻在阿達里歐・巴赫看向他的時候把刀縮了回去。凡・弗利特張大嘴站著，船長普德沃拉克和其他船員反應也差不多。培特魯・科賓呻吟一聲，吃力地將額頭從甲板上抬起來。

「躺在你原本躺的地方。」矮人如是建議。「不管是你這龐大的身軀，還是這斯圖雷佛斯的刺青，在我看來都沒什麼。塊頭比你大的，待過戒備等級更高的監獄的，都照樣被我傷得淒淒慘慘，所以你就別試著站起來了。傑洛特，做你該做的吧。」

「如果你們有任何疑問的話，」他對其他人說：「我和獵魔士其實是在救你們所有人的性命。船長先生，靠岸。還有，把小船放下水。」

獵魔士踩著階梯走下船艙，大力扯了扯第一扇門，然後又扯了扯第二扇門，接著突然僵住。在他背後的阿達里歐・巴赫咒罵了聲，菲斯也罵了一聲，而凡・弗利特則發出嗚咽。

床上躺著一個削瘦的女孩，雙眼混濁，身子半裸，腰部以下完全沒有衣服遮蔽，雙腿大開，姿勢不堪入目，脖子以一種不自然的方式折著，看起來更加不堪入目。

「帕拉基先生……」凡・弗利特硬是把話擠出口：「您……您做了什麼？」

坐在女孩身邊的光頭男子看向他們，動了動頭，彷彿沒看見人，彷彿正試圖找出手套皮料商的聲音是從哪來的。

「帕拉基先生！」

「她一直亂叫……她開始尖叫……」那人抖著雙下巴，渾身酒臭味，含糊地說。

「帕拉基先生……」

「我想要讓她安靜……我只是想要讓她安靜。」

「你把她殺了，先生。」菲斯道出事實。「你就這麼把她給殺了！先生！」

凡·弗利特雙手抱頭，說：「現在怎麼辦？」

「現在我們是徹徹底底完蛋了。」矮人直白地向他解釋道。

□

「我說過了，沒什麼好怕的！」菲斯一拳打在船舷上。「我們在河上，水深又離岸遠，就算那母狐眞追在後頭，我們在水上，她也不具威脅性。只是，我很懷疑她追我們的這件事是不是眞的。」

「獵魔士先生？」凡·弗利特害怕地抬起眼。「您怎麼看？」

「狐妖會追著我們來，這點無庸置疑。」傑洛特耐心地重複道。「要是有什麼地方值得懷疑，那就是菲斯先生的知識，有鑑於此，我會請他保持沉默。凡·弗利特先生，現在的情況是這樣，如果我們能把年輕的小母狐放掉，留在岸上，那麼還有機會能讓狐妖放我們一馬。但事情已經發生了，現在我們唯一活命的方式，就是逃跑。狐妖到現在還沒找上門，這已經是個奇蹟。人家說傻人有傻福，的確不錯，但是再這麼繼續挑釁命運，也不是個辦法。所有船帆往上升，船長，有多少升多少。」

「還可以拉起上桅帆。」普德沃拉克緩緩評估道：「現在風向很好……」

「要是有什麼萬一……」凡·弗利特先生打斷他。「獵魔士先生？您會保護我們嗎？」

「凡·弗利特先生，我實話實說。我最想做的，就是丟下你們，把你們和這個帕拉基一起丟下。光是想到他在底下，坐在被他殺掉的孩子屍體旁喝得醉醺醺，我就覺得反胃。」

「我也是這麼想。」阿達里歐．巴赫看著上方插嘴道。「因爲，我借用一下菲斯先生對非人類的說法——白痴受到越多的傷害，對理智的人也就越有利。」

「如果是由我決定，我會把帕拉基和你們留給狐妖處理，但是我的守則不允許我這麼做——獵魔士的守則不允許我按自己的意願行動。我不能拋下生命受威脅的人。」

「獵魔士的情操還眞是高貴啊！」菲斯不屑地說：「講得好像都沒人聽過你們那些卑鄙事蹟一樣。不過，我贊成趕快走人這個想法。普德沃拉克，把所有帆都升起來，開到水道去，有多快開多快！」

船長一聲令下，水手便在纜繩邊忙碌了起來，而他自己則是走到船首。傑洛特和矮人想了一會兒，也走過去找他。凡．弗利特、菲斯及科賓在艉艛甲板上爭執。

「普德沃拉克先生？」

「嗯？」

「這艘船的名字是怎麼來的？還有船首那尊頗不尋常的雕像？是爲了要得到祭司的贊助嗎？」

「這艘單桅縱帆船在下水的時候叫作『美露莘』。」船長聳聳肩。「船首掛的是養眼又符合船名的雕像。後來兩個都被改了。有些人說是因爲贊助的關係，也有人說，拿威格拉德的祭司們動不動就怪罪凡．弗利特先生，說他鼓吹異端和褻瀆神明，所以他想要拍他們的……他想討好他們。」

列布達先知號昂著船首破浪前進。

「傑洛特？」

「阿達里歐，怎麼了？」

「那隻母狐……也就是狐妖……就我所聽到的，是會改變形體，可以變成女人現身，但也可以變成一隻狐狸。也就是說，她和狼人一樣？」

「不一樣。狼人、熊人、鼠人或其他類似種類，都是獸人，是可以變成動物形體的人。狐妖是人獸，是動物，或者又該說是種可以變成人形的生命體。」

「那她的能力呢？我聽過各種不可思議的說法……狐妖好像可以……」

「我希望可以在狐妖向我們展示牠有什麼能力前，抵達拿威格拉德。」獵魔士打斷他。

「但如果……」

「最好是沒有這個『如果』。」

一陣風吹起，拍動船帆。

「天色變暗了。」阿達里歐·巴赫指出眼前情況。「而且我好像聽見遠方有雷聲。」

矮人的確沒有聽錯。沒多久，雷聲便再度響起。這一回，所有人都聽見了。

普德沃拉克大吼：「暴風雨要來了！走在開闊的深水道上，暴風雨會把船連龍骨都抬起來，把我們全扔進水中！我們得趕快逃，躲起來，避開這陣風！水手，上帆！」

他推開舵手，自己掌舵。

「抓緊了！所有人都抓緊了！」

右岸的天空呈暗藍色。一陣疾風降下，在河堤旁的森林裡發出巨大騷動。大樹的樹冠劇烈搖晃，小樹的樹幹則被壓了半彎。一團沙塵掠過，當中有著樹葉與完整的枝椏，甚至是較粗的樹枝。幾乎就在同一時間，一道令人睜不開眼的閃光打下，還伴隨著震耳欲聾的雷鳴。在這之後，幾乎馬上又是第二道雷聲，然後是第三道。

騷動越來越大，預告雨勢將至，而大雨也在轉瞬間傾盆落下。被水牆阻隔的他們完全無法視物。列布達先知號不斷搖晃，在水浪中舞動，時不時大幅傾斜，且船身不斷發出聲音。傑洛特覺得每一塊木板都在出聲，每塊木板都像活的，逕自移動。眾人開始擔心這艘單桅縱帆船可能會解體。獵魔士不斷告訴自己這不可能，因爲船在設計結構的時候，都會把比這更爲劇烈的水相納入考量，而他們畢竟是在河上，不是大洋中。他不斷這麼告訴自己，也不斷吐掉跑進口中的水，縮著身緊緊抓住纜繩。

很難說這景象維持了多久，但搖晃最終還是停歇，風也不再吹扯，而讓水波翻滾的傾盆大雨，先是降爲和緩雨勢，最後變成濛濛細雨。就在這時候，他們看見普德沃拉克的策略奏效。船長成功將單桅縱帆船藏到小島後，這裡林木高聳，風勢也不再如此劇烈。看起來，雷雨雲已遠，暴風雨也平歇了下來。

水面升起一道霧氣。

□

普德沃拉克的帽子徹底濕透，裡頭滲出的水流了他一整臉。儘管如此，船長還是沒有把帽子摘下；他大概從來沒把那頂帽子拿下來過。

「搞什麼！」他擦掉鼻子上的水珠。「我們被吹到哪裡去了？這是哪條河的分流嗎？還是舊河道？這裡的水幾乎是靜止的……」

「我們還是有順水流走。」

菲斯朝水中啐了一口痰，並看著那口痰的動靜。他已經沒了那頂乾草帽，一定是被風颳走了。

「水流很弱，但還是有在動。」他重複道。「我們是在島嶼之間的狹流上。普德沃拉克，順著這條水流走，它最終一定會把我們帶向水道的。」

「水道大概是在北邊。」船長低頭看著指南針說。「如果是這樣，我們需要的是右邊的分流。不是左邊，是右邊的……」

「你在哪邊看到兩條分流？」菲斯問。「只有一條分流。我說了，順著水流走。」

「剛剛就有兩條分流。」普德沃拉克堅持說。「不過，也有可能是水濺到我的眼睛，不然就是這片霧的關係。好啦，就讓水流載著我們走吧。只是……」

「又怎麼了？」

「指南針，根本就不是這個方向……不、不，沒錯。我看錯了，我帽子上的水滴到玻璃上了。我們啓程吧。」

「我們啓程吧。」

霧氣忽濃忽淡，風已完全靜止。四周變得十分溫暖。

「這水……」普德沃拉克出聲說：「你們沒感覺嗎？臭味好像變得不一樣了。我們在哪裡？」

霧氣升起，就在此時，他們看到水岸草木茂密，腐木隨處可見。島上原是長著松樹、冷杉與紫杉的地方，被枝葉茂密的河樺與底部成圓錐形的高聳落羽松佔據。凌霄的藤蔓纏繞在落羽松的樹幹上，鮮紅花朵是這片腐綠的沼澤植物中唯一充滿生氣的亮點。浮萍布滿水面，讓水色顯得混濁，而這水確實散發出腐敗般的難聞氣味，水底也不斷冒出巨大的水泡。普德沃拉克依舊親自掌舵。

「這裡可能有沙洲。」船長突然感到不安。「在那邊！一個人拿鉛錘去船首！」

他們就著孱弱的水流繼續航行，四周依舊是清一色的沼澤風光和不斷傳來的腐臭味。船首的水手時不時用平板的語氣喊出水深。

「獵魔士先生，」普德沃拉克低頭看著指南針，敲了敲玻璃表面。「您看一下這個。」

「看什麼？」

「我以為我的玻璃上有水氣……可是如果指針沒發瘋的話，那我們是往東走。也就是說，我們在走回頭路，回去我們離開的地方。」

「但這不可能啊，水流載著我們走，河水……」

他突然打住。

一棵巨樹低垂水面，沒了部分樹根，有些粗樹幹已禿，其中一根上頭站著一個女人，穿著貼身的連身長裙。她一動也不動地站在那裡，看著他們。

「船舵。」獵魔士小聲地說：「船舵，船長。打向那邊的河岸，遠離這棵樹。」

女人消失了。一隻巨大的狐狸在粗樹幹間快速移動，躲進茂密的樹林裡。那隻動物看起來像是黑色，只有蓬鬆尾巴的末端是白色。

「她找到我們了。」阿達里歐．巴赫也注意到了。「母狐找到我們了……」

「見鬼了……」

「你們安靜，兩個人都一樣。別引起恐慌。」

他們繼續航行。岸邊枯樹上的鶺鴒正在觀察著他們。

插曲

一百二十七年過後

「那座山丘的後頭就是伊瓦洛了，小姑娘。」商人拿馬鞭指著前方說：「距離不超過半頃地，一轉眼就能走到。我在這個路口要往東走，回頭去馬利堡，所以是時候道別了。再會，保重。願眾神為妳指路，一路保護妳。」

「也願眾神保護您，好心的先生。」妮穆耶跳下馬車，拿了自己的包袱與行囊，然後笨拙地欠了身，說：「非常感謝您帶我走這段路。那時在森林裡……非常感謝您……」

兩天前，商道把她引進一座黑漆漆的森林深處，裡頭的樹木大得嚇人，向外扭曲的粗大樹幹，在空蕩蕩的路面上方形成罩頂。她走在那條路上，突然變成一個人，只有她孤零零的一個人。當時她渾身都被恐懼籠罩，巴望著能掉頭往家裡逃，把獨自前往世界探險這種不切實際的想法全拋在腦後。一想到這些，她不禁吞了吞口水。

商人笑道：「天啊，不用謝，這沒什麼。出門在外互相幫助，這是人之常情，再會了！」

「再會了，一路順風！」

她站在路口盯著一根石柱看了一會兒。長年風吹雨打，石柱表面顯得非常光滑。這根石柱一定已經在這裡很久了，她心想。天曉得，說不定有一百年呢，說不定這根石柱記得彗星年？記得行經布倫納村附近，要去和尼夫加爾德作戰的北方諸王聯軍？

她回想了下早已背得滾瓜爛熟的路線，這是她每日例行的課題，就像魔法藥配方與咒語一樣。

韋爾瓦、谷阿多、西貝爾、布魯格、卡斯特福特、莫爾塔拉、伊瓦洛、多利安、安戈爾、葛思維冷。

伊瓦洛這個小鎮的位置從大老遠便可得知——從鎮裡傳出的吵鬧與臭氣教人無法忽略。

森林盡頭是岔路口，從這裡開始到第一批建築出現的地方，光禿一片，只有伐木後留下的樹樁，一路綿延到天邊。到處都是霧濛濛的，燒製木炭的鐵桶成行排列，不斷冒出濃煙。空氣中聞得到樹脂。越靠近小鎮，越是喧囂。奇怪的金屬撞擊聲不斷傳來，每撞一次，腳下的地面便震動一下。

妮穆耶踏進小鎮，眼前的景象讓她驚呼。撞擊聲與地面震動的來源是個機器，也是她所見過最奇怪的一個。那是極具肚量的大型銅桶，上頭有個巨輪，隨著巨輪轉動，活塞不斷加速，因為上了潤滑劑而顯得亮閃閃的。這機器嘶嘶作響，不斷冒煙，藉著沸水發出哼聲，不斷吐出白霧。到了某個時間點，它突然發出可怕又嚇人的哨音，讓妮穆耶一屁股坐到地上。她很快地穩住自己，甚至好奇地走近細看運作中的那些皮帶，是如何驅動這台可怕機器的每一條傳送帶，讓鋸木廠的鐵鋸全都以不可思議的速度鋸木。她花了點時間觀看，但耳朵也因為撞擊的響聲與鋸子的磨擦聲而發疼。

她走過小橋，底下的小溪水色混濁、味道奇臭，流水中有木屑、樹皮與水沫堆。

剛踏進伊瓦洛這個小鎮，她便聞到一股惡臭，好像身處巨大的茅房裡。更糟的是，這裡頭不知道是哪個人，硬要把不新鮮的肉拿來烤。妮穆耶最近這一個禮拜都待在草原和森林裡，現在幾乎要窒息了。這座小鎮伊瓦洛代表著又一段路程的結束，也是她可以稍微喘息的地方；但是現在她知道，除非必要，自己不會在這裡多加停留，也不會在伊瓦洛留下任何美好的回憶。

到了市集上，一如以往，她用一籃野菇與藥草根換了現錢。事情進行得很快，她現學現賣，知道該拿什麼貨去找怎樣的人。交易時，她一直裝成笨拙的樣子，所以貨品銷得很快。市集上的女販都爭相佔她便宜。她賺的錢很少，但是速度很快，而後者才是關鍵所在。

狹窄的小廣場上有口水井，是這一帶唯一乾淨的水源。妮穆耶得排到人龍裡，好將水壺裝滿。相較之下，採買上路的乾糧就進行得比較順利了。受到餡餅的香味引誘，她買了幾塊，卻在細看之後，發現那餡料有些可疑，似乎快要變質。於是，她在乳牛場旁坐了下來，趁餡餅還能吃、不會讓身體出什麼毛病前趕緊吞下肚。

對面有一家酒館叫「綠……下」。招牌少了最底下那條木片，讓酒館的名字成了一個謎，挑戰來客的智力。這道謎奪去了妮穆耶的注意力，有那麼一會兒，她腦中不斷猜想除了青蛙和生菜，還有什麼東西會是綠色的。酒館的階梯上站著幾名常客高聲交談，拉回她的注意力。

一人開始長篇大論：「我告訴你們，列布達先知號，那艘傳說中的雙桅橫帆船、那艘幽靈船，在一百多年前不聲不響地消失，整船的人都不見了。後來這船只要出現在河面上，就會發生不幸。很多人都見過，甲板上全是幽靈。聽人家說，只要這些幽靈還在，就沒人找得到這船的殘骸。不過，這船最後還是讓人給找到了。」

「在哪裡？」

「在河口村的舊河道那裡，沼澤正中央、一堆爛泥巴裡。他們把沼澤抽乾，看見那船長滿水藻，還有青苔。他們把這些藻類和青苔刮掉之後，看見上頭寫著『列布達先知號』這幾個字。」

「那寶藏呢？他們有找到寶藏嗎？那船上好像是有寶藏，在貨倉裡。他們有找到嗎？」

「不知道。聽說船的殘骸被祭司收走了，說那是什麼聖髑。」

「呿，鬼話連篇。」另一個常客說：「你們還眞像小孩，相信這些故事。有人找到艘什麼破舊的小船，就馬上把幽靈船、寶藏、聖髑拿出來說嘴。我告訴你們，這一切都是屁話、不入流的傳說、蠢到家的傳言、給娘兒們聽的故事。喂，那邊那個！丫頭！妳是誰？妳是誰家的？」

「我是我自己的。」對於該怎麼答應這種問題，妮穆耶已經有過很多練習。

「把頭髮撩起來，給我看妳的耳朵！因爲妳看起來像精靈的種！我們這裡不想要有精靈作居民！」

「你們別理會我。我又沒有妨礙到你們，而且我馬上就要上路了。」

「哈！那妳要去哪？」

「去多利安。」妮穆耶也學會了只給下一個目的地，絕對不要洩露旅行的眞正目的，因爲這只會惹來哄堂大笑。

「呵呵，那可是有好大一段路要走哩。」

「所以我才要馬上就走。各位高貴的先生，我再多和你們說一件事，列布達先知號上頭一件寶藏也沒載，傳說完全沒有提到這一點。那船當初會消失、成了幽靈船，是因爲被詛咒了，而船長不肯聽勸。當初在那船上有個獵魔士建議他們，在他還沒解除詛咒前，先把船掉頭，不要去走河水的分流。我有唸到這一段……」

「乳臭未乾的，倒是很聰明啊？」頭一個常客說：「乖乖去掃地、看火、洗大爺們的裡褲吧，丫頭。你們看見了嗎？這裡出了個會看書的娘兒們。」

「獵魔士！」第三常客哼了一聲。「這都只是故事，故事！」

「如果妳這麼聰明的話，」又一個人插嘴道：「一定也知道我們這裡的松鴉林吧？那我們就告訴妳，松鴉林裡有某個邪惡的東西睡在那裡，不過每隔幾年就會醒過來，到那時候，誰在森林裡晃，誰就倒楣。而妳要走的路，如果妳眞的是要去多利安的話，就一定會經過松鴉林。」

「那裡哪還有什麼森林？你們不是把這附近的樹都砍光了嗎？到處都是光禿禿的一片。」

「你們瞧瞧，她還眞是聰明呢，愛頂嘴的黃毛丫頭一個。森林就是要給人砍的，不是嗎？被我們砍了的就砍了，沒砍的就沒砍。至於松鴉林，就連樵夫也不敢去，那裡就是這麼可怕。等妳去到那邊，再自己去瞧，包準妳嚇到尿褲子！」

「那我最好現在就走。」

韋爾瓦、谷阿多、西貝爾、布魯格、卡斯特福特、莫爾塔拉、伊瓦洛、多利安、安戈爾、葛思維冷。

我是妮穆耶·維勒·弗雷迪·阿普·格文。

我要去葛思維冷，去塔奈島上的巫師學校阿瑞圖沙。

我們曾經擁有許多能力，能創造出神奇的島嶼幻象，能讓成千上萬的人看見群龍在空中跳舞。我們曾經可以製造出大軍逼城的情景，就連軍備上最微小的細節，與旗幡上的各種記號，城裡所有的居民都能看得一清二楚。然而，能做出這些的，就只有遠古年代那些無人能比、以生命換取魔法的母狐。從那時候起，我們這族的能力大幅退化——這一定是長期待在人類之中的後果。

《狼人聖傳》

——維克托・佩列溫

第十五章

「普德沃拉克，你幫我們安排得還眞是好啊！讓我們落到這步田地！」亞維．菲斯氣沖沖地說：「我們已經在這分流上繞了一個小時！這些沼澤，還有那些壞事我都聽過！很多人和船在這裡消失！河在哪裡？水道在哪裡？爲什麼……」

「他媽的，您閉嘴啦！」船長生氣了。「水道在哪裡？水道在哪裡？吶，在屁眼裡啦！您這麼聰明是吧？來啊！現在就是您表現的時候！水流又岔開了！這船要怎麼開啊？智多星？是要順著水流往左走？還是您要我往右走？」

菲斯哼了一聲，轉過身背對他。普德沃拉克抓仕舵盤，將單桅縱帆船駛向左邊的分流。負責用鉛錘探測水深的水手突然尖叫。過了一會兒，凱文納．凡．弗利特叫得更加大聲。

「普德沃拉克，不要靠近岸邊！」培特魯．科賓大吼：「右滿舵！離開岸邊！離開岸邊！」

「怎麼了？」

「蛇！你沒看見嗎？有蛇——！」

阿達里歐．巴赫咒罵一聲。

左岸上遍地是蛇，在蘆葦與岸邊的水草中不斷扭動，在半浸水中的樹幹上爬行，在外伸水面的枝椏上吊掛，不斷發出嘶聲。傑洛特認出當中有食魚蝮、響尾蛇、矛頭蝮、非洲樹蛇、鎖鏈蛇、鱗樹蝰、鼓腹蝰蛇、黑曼巴蛇，還有其他各種不知是什麼名堂的蛇。

先知號上的所有人員慌忙遠離船舷，尖叫聲此起彼落。凱文納．凡．弗利特跑向船尾蹲到獵魔士背後，渾身抖個不停。普德沃拉克轉動舵盤，改變航道。傑洛特一手按到他肩上，說：

「不，維持原本的航道，不要靠近右岸。」

「可是，蛇……」普德沃拉克指著掛在樹枝上、不斷發出嘶聲的那堆蛇，而他們正逐漸往那根樹枝靠近。「那些蛇會掉到甲板上。」

「根本就沒有什麼蛇！維持原本的航線，不要靠近右岸。」

主桅的支索勾到那根外伸的樹枝，幾條蛇纏上纜繩、幾條蛇掉落甲板，而當中有兩條是黑曼巴蛇。這些蛇高高立起，不斷發出嘶聲，朝擠在右舷的一群人發動攻擊。菲斯與科賓一溜煙跑到船首，一干水手則是尖叫著衝向船尾，其中一人跳進水中，連叫都來不及叫，便消失在水下，水面也頓時染成一片血紅。

「嗜血蝽！」獵魔士指著水浪與逐漸遠離的黑色物體。「和這些蛇不一樣，那是眞的。」

「我討厭爬蟲類……」縮在船舷的凱文納．凡．弗利特抽噎著說。「我討厭蛇……」

「現在已經沒有蛇了，剛才也沒有，那是幻覺。」

水手們紛紛大叫，並揉了揉眼睛。蛇消失了。不管是甲板上，還是岸邊的那些，全消失了，連個影子也沒有。

「剛才……」培特魯．科賓勉強把話擠出口。「剛才那是什麼？」

「幻覺。」傑洛特又重複了一次。「狐妖找到我們了。」

「你說什麼？」

「狐妖。她製造出幻覺讓我們迷失方向，只是我在想，她是從什麼時候開始這麼做的。那場暴風雨應該是眞的，不過分流有兩條，船長沒看錯，狐妖把其中一條用幻象遮住，並對指南針動了手腳。那些虛幻的蛇也是她變出來的。」

「這些都是獵魔士編的故事！」菲斯不屑地說。「是精靈才有的迷信！迷信！區區一隻狐狸能有這種能力？可以藏住分流、對指南針動手腳？憑空變出蛇來？胡扯！我告訴你們，那都是因爲這水的關係！是這水氣，是這沼氣與瘴氣毒害了我們！就是這樣，我們才會一個個都花了眼……」

「這是狐妖製造出來的幻覺。」

「你當我們是傻瓜嗎？」科賓嚷道：「幻覺？什麼幻覺？那些都是眞的毒蛇！你們所有人都看見了，不是嗎？都聽見斷聲了？我甚至還聞到牠們的臭味！」

「那是幻覺，那些蛇不是眞的。」

「這是錯覺，對吧？假象？這條蛇不是眞的？」

列布達先知號的支索再度勾到低垂的樹枝。一名水手伸出一隻手說：

「不！別動！」

粗樹枝上掛著一條巨大毒蛇，發出讓人瞬間血液凝結的可怕嘶聲，在電光火石間發動攻擊，將毒牙插進水手脖子，一次又一次。水手高聲慘叫，踉蹌兩步倒在甲板上，全身抽搐，枕骨規律地敲撞甲板。

獵魔士拿帆布蓋住屍體，說：

「該死，你們要小心點，各位！並非所有東西都是幻覺！」

「注意！」船頭的水手大叫。「注意！前方有漩渦！漩渦！」

舊河道再度岔開，左邊的分流，也就是載著他們的那條水流，開始翻滾，形成一道劇烈的漩渦。不斷旋轉的水流開始生泡，就像鍋裡滾沸的湯。樹枝與樹幹在漩渦中不停轉動，忽隱忽現，當中甚至還有樹冠盛開、完整的一棵樹。負責用鉛錘探測的水手從船首逃回來，其他人開始大叫。普德沃拉克冷靜地站著轉動舵盤，把船駛向右邊，也就是水色平靜的那條分流。

「呼！」他擦了擦額頭。「還好趕上！要是我們被這個漩渦拖下去，那可就糟了。嘖嘖，我們可會被轉得七葷八素……」

「漩渦！」科賓大叫道：「嗜血蛞！鱷魚！水蛭！根本用不著什麼幻覺，這些沼澤裡本身就擠滿了各種各樣可怕的東西，擠滿各種爬蟲、各種有毒的噁心東西。我們在這裡迷路，眞是太糟了。這裡有很多……」

「很多船失蹤。」阿達里歐·巴赫替他把話接完，並指向某處。「這一點，你大概剛好是對的。」右岸卡著一艘沉船，困在這片沼澤之中，腐爛殘破的舷牆上長滿水生雜草，爬滿藤蔓與苔蘚。在微弱的水流載著先知號從沉船旁漂過時，所有人都仔細看著那艘殘骸。

普德沃拉克用手肘撞了一下傑洛特，小聲說：

「獵魔士先生，指南針還是一直在發瘋。按照這個指針，我們的航線從往東換成了往南。如果這不是狐狸做出來的假象，那就不妙了。這片沼澤從沒有人徹底調查過，但大家都知道，這片沼澤是從主航道往南延伸，所以我們現在正被帶往這片濕地的正中心。」

「我們明明就是順水漂。」阿達里歐·巴赫說：「現在沒有風，是水流在載我們。而只要有水流，就代表我們和河是相連的，也就是說，我們與彭達爾河的水道是相連的……」

「這不一定。」傑洛特搖搖頭。「我聽說過這些舊河道，水流的方向會改變。這要看我們遇上的剛好是匯進湖裡，還是流往湖外的水流。而且，你們別忘了還有狐妖，這也可能是幻覺。」

河岸上依舊是密密麻麻的落羽松，但這裡也出現了形狀矮胖、底部大如洋蔥的紫樹。很多樹已乾枯死亡。幾近乾枯的樹幹與枝椏上，掛著滿滿的鐵蘭花，像花綵一樣，在陽光下發出閃亮的銀光。樹枝上的蒼鷺紛紛盯著先知號，一動也不動的眼珠中，反射著船隻的身影。

船首的水手大叫。

這一回，所有人都看見她了。她再度站在延伸水面的粗樹枝上，全身直挺挺的，不動如山。普德沃拉克不消人催便掌起舵，將船駛向左岸。母狐突然發出吠吼，如穿耳響雷。當先知號開往一旁時，她再度吠吼了聲。

一隻巨大的狐狸在粗壯的樹幹間快速移動，躲進了濃密的森林裡。

□

「那是警告。」待甲板上安靜下來後，獵魔士如是說道。「那是警告，也是挑釁。又或者應該說，那是要求。」

「我們本來是會放了那個女孩，這點毋庸置疑。不過我們沒辦法，因爲她死了。」腦袋清楚的阿達里歐・巴赫說出他的言外之意。

凱文納・凡・弗利特雙手抱頭，發出一聲嗚咽。又濕、又髒、還嚇壞了的他，看起來已不像是個錢多到能自己買一艘船的商人，而是個偷李子被逮到的小伙子。

「現在怎麼辦？現在怎麼辦啊？」他哀聲問。

「我知道該怎麼辦。」亞維．菲斯突然出聲。「我們把那斷了氣的丫頭綁到木桶上，丟到船舷外。母狐會忙著為小狐掉眼淚，我們就可以爭取到一些時間。」

「菲斯先生，這眞是太無恥了。」手套師傅突然說：「這樣對待大體太不敬、太不人道了。」

「所以，那是個人嗎？那是個精靈，而且已經有一半變成動物了。我告訴你們，那木桶是個好主意……」

「只有徹頭徹尾的白痴才會想出這種主意，而且還會害我們全都一起陪葬。」阿達里歐．巴赫說：「要是威森娜想通是我們殺了那小女孩，我們就全都完了。」

氣得臉色漲成豬肝紅的菲斯還來不及發難，培特魯．科賓便搶先說：「那孩子不是我們殺的。不是我們！是帕拉基做的。他才是有罪的人，我們是清白的。」

「沒錯。」菲斯附和道，不過他說話的對象不是凡．弗利特與獵魔士，而是普德沃拉克與一干水手。「有罪的是帕拉基，就讓母狐去找他報仇吧。我們把他和屍體一起放到獨木舟裡，讓他們在水上漂，我們就趁這時候……」

這主意讓科賓和幾名水手摩拳擦掌，高呼附和，但普德沃拉克馬上澆了他們一盆冷水。

「我不准你們這麼做。」他說。

「我也不准。」凡．弗利特臉色發白。「帕拉基先生或許有罪，而他的行為或許也眞的該受罰，但是把他丟到船外，讓他去送死？這是什麼？這樣不行。」

「不是他死，就是我們死！」菲斯吼道。「不然你要我們怎麼辦？獵魔士！那母狐爬上甲板的時候，你會保護我們嗎？」

「我會。」

眾人陷入一陣沉默。

列布達先知號拖著一串水草辮，在不斷冒泡的惡臭水面漂流。蒼鷺和鶺鴒從樹枝上觀察著他們。

□

船頭的水手大叫一聲，發出警告。沒一會兒，所有人都大叫了起來。他們看見一艘長滿藤蔓與雜草的破船。這和他們一個小時前看過的，是同一艘船。

「我們在兜圈子。」阿達里歐·巴赫道出事實。「這是一個圈子，我們被母狐的陷阱逮住了。」

「我們只有一條出路。」傑洛特指向左邊的分流與不斷沸騰的漩渦。「要穿過這個。」

「穿過這漩渦？」菲斯高嚷。「你是失心瘋了是不是？我們會被打成碎片的！」

「我們會被打成碎片，」普德沃拉克同意菲斯的說法。「不然就是翻船，又或是被拋進爛泥巴，最後落得和那艘沉船一樣的下場。你們看那些樹在滾水中飛掃的樣子，看得出這漩渦的力量大得嚇人。」

「說得沒錯，看得出來，因爲這可能是幻覺。我想，這大概又是狐妖的幻術。」

「大概？你是獵魔士，卻分不出來？」

「如果是弱一點的幻術，我可以分得出來。這些都是異常強烈的幻術，但是我想……」

「你想？那要是你想錯了呢？」

「我們沒有別的選擇。」普德沃拉克粗聲道。「不是穿過漩渦，就是一直原地打轉……」

「轉到死，而且是死得很慘。」阿達里歐．巴赫補充道。

□

在漩渦中轉動的那棵大樹，時不時便將粗枝伸出水面，簡直就像張大雙手的水鬼。漩渦不斷翻滾沸騰，積攢水泡，噴濺白沫。列布達號開始晃動，接著突然往前衝，被吸進滾水之中。受漩渦拉扯的樹砰地一聲撞在船舷上，濺起水沫。單桅縱帆船開始搖晃打轉，而且速度越來越快。

尖叫聲此起彼落。

突然間，一切都靜了下來。河水平歇，光滑如鏡。先知列布達號在長著紫樹的河岸間，十分緩慢地漂流。

「你是對的，傑洛特。」阿達里歐．巴赫清了清嗓子。「結果那是幻覺。」

普德沃拉克盯著獵魔士看了許久，一句話也沒說。最後，他拉下帽子。原來他的頭頂竟是像蛋一樣光禿禿。

「我會上河船，是應我妻子要求的。」他終於開口，聲音沙啞。「她說在河裡比較安全，比在海上安全。這樣每次我出航時，她就不會擔心。」

他把帽子戴回去，點了點頭，把舵盤抓得更大力。

「結束了嗎？」駕駛艙裡的凱文納．凡．弗利特哀聲問：「我們已經安全了嗎？」

這個問題，沒有人回答。

□

水草與浮萍讓水顯得非常濃稠。岸邊林景大多換成了落羽松，自沼澤與岸邊的平地中露出密密麻麻的呼吸根，也就是氣根，有些甚至近一<s>時</s>高。雜草形成的沙洲上，烏龜曬著日光，蛙群叫聲嘹亮。

這一回，他們還沒看到狐妖，便先聽見她的聲音。又尖又響的叫聲，像是吟唱，代表著威脅或警告。她以狐形出現在岸邊，站在傾倒的枯樹幹上不斷吠叫，並把頭揚得老高。傑洛特在她的聲音裡捕捉到一種奇怪的旋律，明白當中除了威脅，還有命令，但不是在命令他們。

樹幹底下的水突然開始冒泡，從裡頭出現一個怪物，體型非常巨大，全身的淚珠鱗片構成綠棕色圖案。怪物依照母狐的命令，濺著水花、咕嚕咕嚕朝先知號筆直游去。

「這也……」阿達里歐・巴赫嚥了下口水。「這也是幻覺？」

「不太像。」傑洛特持反對意見。「這是水怪！」他對普德沃拉克與水手大叫：「她用魔法控制水怪來攻擊我們！鉤頭篙！快拿起鉤頭篙！」

水怪來到船舷邊，潛進水中。只見牠頭部平坦，長著水草，兩顆魚眼外凸，嘴大如盆，牙尖如錐。怪物瘋狂撞擊船舷，一下，兩下，整艘先知號開始搖晃。等眾人帶著鉤頭篙跑過來時，怪物已經逃開，潛進水中，卻在過了一會兒，又撲通一聲從船尾冒出，就在舵葉旁。牠用牙齒咬住舵葉一扯，當場傳出斷裂聲。

「牠會把我們的舵拔掉！」普德沃拉克大叫，同時也試著用鉤頭篙刺向怪物。「牠會把我們的舵拔掉！你們把這該死的傢伙從舵那裡趕開！」

水怪對著船舵又咬又扯，沒有理會船上人的喊叫與鉤頭篙的刺擊。舵葉裂開，在怪物的齒間成了碎木片。接著怪物便潛進水中消失，不知道是牠覺得這樣就夠了，還是母狐的魔法已經失靈。

岸邊傳來狐妖的吠吼。

「接下來還有什麼？」普德沃拉克揮著雙手大叫：「她還要對我們做什麼？獵魔士先生！」

「眾神啊……」凱文納・凡・弗利特開始抽泣。「請原諒我沒有相信祢們……原諒我們殺了那個小女孩！眾神啊，救救我們吧！」

突然間，他們覺得臉上吹過一陣風。到目前爲止都垂頭喪氣的斜桁帆開始大力拍動，帆桿也嘎嘎作響。

「水道變寬了！」菲斯從船頭叫道：「那邊，那邊！那裡有一大片深水帶，一定有河！船長，把船開去那裡！開過去！」

水道的確開始拓展，綠色的蘆葦牆後頭，隱約可以看見像深水帶的地方。

「成功了！」科賓大叫：「哈！我們贏了！我們從沼澤脫身了！」

「第一格！」負責用鉛錘探測的水手大叫：「第一格——！」

「打滿舵！」普德沃拉克大吼，並推開舵手，親自執行自己的命令。「淺灘——！」

列布達先知號將船頭調往氣根蝟集的分流。

「你要去哪裡！」菲斯大吼：「你在做什麼？開去深水帶！那邊！那邊！」

「不可以！那是淺灘！我們會擱淺！我們從分流去深水帶，這裡的水比較深！」

他們再度聽見狐妖的吠吼，卻看不見她的蹤跡。

阿達里歐．巴赫扯了下傑洛特的袖子。

培特魯．科賓從艉艛出現，手裡還揪著帕拉基的領子。被他拖著走的帕拉基，幾乎站不住腳。他們後頭跟著一個船員，手裡抱著用斗篷包住的小女孩。其他四人站到他們旁邊，宛如高牆，一致面對獵魔士，手裡各拿著斧頭、魚叉或鐵鉤。

個頭最高大的那人聲清了清嗓子，說：「各位，我們要這麼做。我們想活命，是時候採取行動了。」

「你們放下那孩子。」傑洛特一個字一個字地說：「科賓，把商人放開。」

「不，先生。」水手搖搖頭。「這屍體和這做生意的都要下船，這樣可以絆住那怪物，我們就可以趁機逃走。」

「至於您，就別管了。」第二個人粗聲道：「我們對您沒意見，但別試圖妨礙我們，不然您可是會受傷的。」

凱文納．凡．弗利特縮在船舷邊，一邊抽泣，一邊不住地回頭看。普德沃拉克也滿臉閃躲，嘴巴閉得死緊，看得出來，他不會對自己船員的叛變做出任何反應。

「沒錯，就是這樣。」培特魯．科賓推了下帕拉基。「這商人和斷了氣的小母狐都得下船，這是我們活命的唯一機會。獵魔士，閃開！兄弟們，動手！把他們放到小船去！」

「要放到哪艘船？」阿達里歐．巴赫平靜地問：「是那邊那艘嗎？」

小船離先知號已有頗遠的距離。坐在裡頭的菲斯正彎著身，划槳往深水帶去。他划得非常賣力，船槳不斷濺起水花，把水草拋出水面。

科賓見狀，破口大罵：「菲斯！你這個混蛋！被人操的王八蛋！」

菲斯轉過頭，彎起手肘朝他們比一下後，便再度拾起船槳。

不過，他並沒有划得太遠。

小船當著先知號所有人的面，在好幾道突然噴發的間歇泉上跳來跳去。他們看見一隻巨大的鱷魚，滿口尖牙，不斷甩動尾巴。被拋到船外的菲斯一邊大叫，一邊往插滿落羽松氣根的平坦水岸游去。鱷魚追在他後頭，但尖針林立的氣根減慢了鱷魚速度。菲斯游抵岸邊，飛撲到一塊巨石上。只是，那其實不是一塊巨石。

體型龐大、外貌如龍的巨龜張開大嘴，一口咬在菲斯的手肘上方。菲斯慘叫一聲，劇烈晃動掙扎，把沼澤的爛泥濺得到處都是。鱷魚浮出水面，咬住他的一條腿。菲斯頓時放聲哀號。

有那麼一會兒，這兩隻爬蟲中不曉得是巨龜，還是鱷魚抓到菲斯，但最後兩隻爬蟲都得到了自己的一份。巨龜嘴裡有條手臂，一片血肉模糊之中，凸著棍棒般的白骨。菲斯剩餘的部分被鱷魚奪走。泥濘的地面上留下一大片紅漬。

傑洛特趁眾人還沒回神，從船員手中搶過斷氣了的小女孩，往船頭退。阿達里歐．巴赫站在他身旁，以鉤頭篙為武器。

但不管是科賓，亦或是水手當中的任何一人，都沒有人再度嘗試先前的動作。相反地，所有人搶著往船尾退，模樣姑且不說像火燒屁股，只說爭先恐後就好。眾人臉上突然一片死白。縮在船舷邊的凱文納・凡・弗利抽泣了一下，把頭藏在雙膝間，並用兩隻手擋住。

傑洛特看了看左右。

不管是普德沃拉克看傻了眼，還是先前被水怪破壞的船舵徹底喪失功能，單桅縱帆船不只直接航向一根外伸水面的粗樹幹，還卡在傾倒的樹幹間。狐妖利用這一點跳上船頭，動作靈巧輕盈，無聲無息。她是以狐狸的形態出現。獵魔士先前看到她的時候，背景是天空，當時只覺得她是黑色，像焦油一樣的黑色。但她並不是這個顏色。她的皮毛屬深色，而尾巴的末端是朵雪白的花，但毛色，尤其是她的頭，主調是灰色。她其實比較像沙狐，而不是銀狐。

她體態抽長，化身爲高挑女子，但有著狐頭、尖耳與長嘴。在她張嘴時，裡頭成排的尖牙發出寒光。傑洛特壓低身子，慢慢將小女孩的屍體放到甲板上，然後退了開來。威森娜尖聲長嚎，長滿利牙的嘴大力咬了一下，往他靠近。帕拉基放聲大叫，驚慌地揮動雙手，從科賓手中掙脫，跳到船舷外，但馬上便沉入了水底。

凡・弗利特哭個不停。科賓與一干水手聚到普德沃拉克身邊，普德沃拉克則拿下了帽子。

獵魔士脖子上掛的徽章劇烈震動。狐妖在小女孩身邊跪下，發出奇怪的聲音，不像是低喃，也不像是嘶聲。突然，她抬起頭，露出森牙，眼中閃過怒火。傑洛特沒有任何行動。

「是我們的錯。」他說：「發生了很不好的事，但別再讓情況變得更糟了。我不能讓妳傷害這些人，我不能讓妳這麼做。」

母狐抱住小女孩，站了起來，視線掃過所有人，最後停在傑洛特身上。

「你擋住我的路，就爲了保護他們。」她一個字一個字慢慢地說，聲音像吠叫，卻很清楚。

他沒有答話。

「我手裡抱著女兒。」她繼續說。「這比你們的生命還重要，但你卻站出來保護他們。白頭髮的，就憑這一點，我一定會來找你。總有一天，在你忘了這件事的時候，我就會找上門，不會讓你有心理準備。」

她跳上舷牆，再跳到一根傾倒的樹幹上，然後消失在密林中。

眾人皆無半點聲音，只聽得見凡・弗利特的抽噎。

風起，氣候變得濕熱。被流水推動的列布達先知號，從粗樹幹中掙脫，順著分流中央漂移。普德沃拉克用帽子擦了擦眼睛與額頭。

船頭的水手大叫。接著科賓大叫。剩下的人也全都大叫。

在茂盛的蘆葦與野稻後頭，突然出現好幾個茅屋頂。他們看見晾在竿子上曬乾的魚網。黃澄澄的沙灘。棧橋。再過去，半島上的樹木後頭，是一條在藍天底下的寬廣水流。

「河！河！終於有河了！」

所有的人都大叫。水手、培特魯・科賓、凡・弗利特全都大叫。只有傑洛特與阿達里歐・巴赫沒有加入這場合唱。

靠著舵盤的普德沃拉克也沒有出聲。

「你在做什麼？」科賓吼道：「要去哪裡？往河開啊！那邊！往河開！」

「沒有辦法。」船長的聲音裡有著沮喪與放棄。「無風。這船幾乎不受舵盤指揮，而水流越來越強——我們會漂走，被水流推開，再度被載進分流。回到沼澤去。」

「不！」

科賓咒罵一聲，跳過船舷，往沙灘游去。

船員也隨他跳進水中，所有人都是，傑洛特來不及阻止任何人。凡．弗利特也打算效仿，卻被阿達里歐．巴赫大力抓住，按在原地。矮人說：

「湛藍的天空、金色的沙灘、河水，美得有點不像眞的。也就是說，這不是眞的。」

說時遲，那時快，他們眼前的景象突然開始閃爍。有那麼一瞬間，獵魔士看見方才的漁戶、金色沙灘與半島後頭的河流，成了一片泡在水中、幾乎已枯死的樹林。那些樹的枝椏粗大，有如蜘蛛網般交織纏繞。泥濘的水岸、如針毯般的落葉松氣根、冒著泡的黑水潭、一整片的水草海——無盡的分流迷宮。

有那麼一瞬間，他看見狐妖這幅道別幻象底下所藏的東西。

游水的人突然開始尖叫，不斷掙扎，接連消失在水中。

培特魯．科賓浮出水面，不斷嗆咳大叫，全身都是肥如鰻魚的條紋水蛭。然後，他又藏入水中，並且再也沒有浮出來。

「傑洛特！」

一艘小船漂到了船舷邊，那是剛才遇見鱷魚時倖存下來的小船。阿達里歐．巴赫用鉤頭篙將它拉近，自己先跳上小船，再從傑洛特手中接過依舊渾身僵硬的凡．弗利特。

「船長！」

普德沃拉克拿帽子朝他們揮了揮。

「不，獵魔士先生！我不會棄船的。無論如何，我都會把它帶進港！如果不成，就讓我和這舵盤一起沉入水底吧！再會了！」

列布達先知號莊嚴而祥和地漂移，駛進分流，消失在他們眼前。

阿達里歐・巴赫朝手掌啐了一口，彎身拿起船槳。小船快速在水中移動。

「走哪邊？」

「去那邊的深水帶，在淺灘後頭。河在那裡，我很確定。我們可以從那裡去主水道，就可以遇見船隻。要是沒有，至少靠著這艘小船，也去得了拿威格拉德。」

「普德沃拉克……」

「他沒問題的。如果這是他的命，不會有問題的。」

凱文納・凡・弗利特時不時低聲啜泣。阿達里歐・巴赫負責划槳。

天色轉暗。他們聽見遠方響起雷聲。

「暴風雨要來了。該死，我們會變成落湯雞。」矮人說

傑洛特先是哼笑一聲，接著大笑，笑得眞心誠意，笑得極具感染力。因爲，不一會兒，兩人都笑了。

阿達里歐・巴赫賣力划槳，節奏規律。小船像箭一般在水上快速移動。

傑洛特一邊擦掉因爲大笑擠出的眼淚，一邊評論道：「看你划船的樣子，就好像這輩子專做這件事。我以爲矮人既不會划船，也不會游泳……」

「你這是刻板印象。」

插曲

四天後

拿威格拉德實際的主要幹道是主街，連接市場及恆火神殿，而波爾索迪兄弟的拍賣所就位在主街旁的小廣場上。這對兄弟初入行時，是做馬匹與水果買賣的，當時他們只能在城外村落買間棚屋。經過四十二個年頭，他們的拍賣所成了一棟外觀雄偉的三層樓建築，座落在城市中最具代表性的地段，生意依舊是家族事業，但拍賣的東西已經只有以鑽石爲主的寶石，還有藝術品、古董及收藏品。拍賣每季舉行一次，時間固定是星期五。

今天的拍賣廳幾乎滿座。按安特雅．德里思的估算，現場少說有上百人。

隨著主持人走到拍賣桌前，喧譁與私語也靜了下來。那是阿博內．德．納瓦雷特。

一如往常，他穿著絲絨黑長衫與錦緞金背心的耀眼衣著亮相，高貴的氣質與相貌足以讓王公子弟嫉妒，而儀表與風度也讓貴族名流妒忌。納瓦雷特原是貴族，因酗酒、揮霍、放蕩而遭家族除名，這是公開的祕密。若不是波爾索迪一家，阿博內．德．納瓦雷特想必會流落街頭行乞。波爾索迪家需要一位儀表高貴的拍賣主持人，而來應徵的人沒有一個相貌比得上阿博內．德．納瓦雷特。

「各位女士晚安，各位先生晚安。」他開了場，絲絨般的聲音一如他身上的長衫。「歡迎蒞臨波爾索迪之家的古董暨藝術品季度拍賣會。本次拍賣的主題將會是一套系列收藏，各位都已先在我們藝廊看過，全是私家珍藏，獨一無二。」

「在座絕大多數是我們的常客與主顧，相信對我們拍賣所的原則與拍賣時的規定都很清楚。因此，我就當作已經解釋過規則，而各位也清楚違反這些規則會有怎樣的後果。那麼，事不宜遲，我們開始吧。」

「第一號拍賣品：小型軟玉雕像，團體像，展現的是一個寧芙仙女……呃……與三個農牧神，依我們專家的意見，是出自地精之手，時間約爲一百年前。拍賣底價兩百克朗。我看到有人出兩百五十克朗。就這樣？還有人要出價嗎？沒有？成交，第一號拍賣品由三十六號先生奪標。」

坐在拍賣桌旁的兩名女性書記，快速記下交易結果。

「第二號拍賣品：《阿恩諾馬塔耶得默克》，精靈童話與寓言詩合集。插圖豐富，狀態十分良好。拍賣底價五百克朗。經商的賀夫梅耶爾先生出價五百五。德羅福斯議員，六百。賀夫梅耶爾，六百五。還有人要出價嗎？成交，第二號拍賣品由希倫墩的賀夫梅耶爾以六百五十克朗奪標。」

「第三號拍賣品：象牙製品，形狀爲……呃……加長圓柱體，用途是……呃……想必是按摩用的。來自海外，年分不詳。拍賣底價一百克朗。我看見有人出一百五。兩百，這位戴著面罩的四十三號女士。兩百五，戴面紗的八號女士。沒有人要出更高了嗎？三百，藥房老闆娘沃斯特克蘭茲太太。三百五！有沒有女士願意出更高的價錢？成交，第三號拍賣品由四十三號女士以三百五十克朗奪標。」

「第四號拍賣品：《解毒大集》，格勞皮安堡的大學於創校之初所出版的醫學論述。拍賣底價八百克朗。我看見八百五。九百，歐內索醫生。一千，馬蒂．索得根女士。還有人要出價嗎？成交，第四號拍賣品由尊貴的馬蒂．索得根女士以一千克朗奪標。」

「第五號拍賣品：《自然野獸集》，非常稀有珍貴的版本，山毛櫸外裝，插圖精美……」

「第六號拍賣品：《小女孩與貓》，四分之三肖像畫，油彩，畫布，琴特拉學派，拍賣底價……」

「第七號拍賣品：手鈴，銅製，矮人工藝，年分難以推估，但絕對是古物。鈴身有矮人盧恩文字樣：『你這混蛋搖鈴做什麼？』拍賣底價……」

「第八號拍賣品：油畫，蛋彩畫，畫布，創作者不明。大師級作品。請留意作者超凡的色彩表現、玩弄色彩的手法及光線動態的呈現方式。晦暗的氣氛與完美的色調，呈現出莊嚴的森林自然景觀。而中央部分，請仔細看，在這道神祕光影下的是畫作主體——繁殖季節的公鹿。拍賣底價……」

「第九號拍賣品：《世界形象》，另一個眾人知曉的書名爲《新世界》，非常稀有的書，在奧克森福特大學只有一本，而私人收藏也只有少數幾本。封面爲山羊皮製，彩色燙金壓花，書況十分良好。拍賣底價一千五百克朗。米梅．韋瓦第閣下，一千六。普羅哈斯卡祭司閣下，一千六百五十。一千七，坐在最後頭的先生。一千八，韋瓦第先生。一千八百五，普羅哈斯卡祭司。一千九百五，韋瓦第先生。兩千，太棒了，普羅哈斯卡祭司。韋瓦第先生，兩千一。還有人要出更多嗎……」

「那本書是無神論，內容充滿異端思想！應該要把它燒掉！我之所以想把它買下來，就是要把它燒掉！兩千兩百克朗！」

「兩千五！」米梅．韋瓦第順著修剪整齊的落腮鬍不屑地哼了一聲，說：「一天到晚只會燒香拜神的傢伙，你要再加上去嗎？」

「這太不像話了！金錢竟凌駕於正義之上！異教徒的矮人竟然受到比人類更好的待遇！我要向當局投訴！」

「本書以兩千五百克朗的價格售予韋瓦第先生。」阿博內·德·納瓦雷特平靜地宣布。「至於普羅哈斯卡祭司閣下，我要提醒您遵守波爾索迪之家的規定與原則。」

「我走！」

「再會。請各位見諒。波爾索迪之家的拍賣品既獨特又豐富，常會引發一些情緒。我們繼續。第十號拍賣品：絕對獨特、不可思議的發現，兩把獵魔士之劍。爲了向使用這兩把劍多年的獵魔士致敬，拍賣所決定不分售，而是以套組拍賣。第一把劍，鋼材取自隕石，劍身在馬哈喀姆打造磨礪，上頭的矮人烙印已由我們的專家驗證屬實。」

「第二把劍，銀製。護手與整個劍身，都覆滿盧恩文字與證明其原創性的字形。全套拍賣底價一千克朗。十七號先生，一千零五十。還有人要出價嗎？沒人要再出價了？這麼罕見的寶物？」

「這兩把破銅爛鐵，根本就不值錢。」最後一排的縣城官員尼克福·木伍斯嘀咕道。緊張的他，一會兒用沾了墨水的指頭爬梳稀疏的頭髮，一會兒將十根指頭握得死緊。「我就知道這根本划不來……」

安特雅·德里思噓聲要他安靜。

「霍瓦特伯爵大人，一千一。十七號先生，一千二。尼諾·奇安法內利閣下，一千五。戴面具的先生，一千六。十七號先生，一千七。霍瓦特伯爵大人，一千八。戴面具的先生，兩千。奇安法內利閣下，兩千一。戴面具的先生，兩千二。還有人要出價嗎？奇安法內利閣下，兩千五……十七號先生……」

拿十七號的男士突然被兩個不知何時進到廳內的健壯打手架出場。

「耶羅沙·弗也鐵，人稱長釘，通緝名單上的雇傭殺手。你被逮捕了，帶走。」第三名壯漢一邊用棍子戳著被架住的那人胸口，一邊咬牙切齒地說。

「三千！」人稱長釘的耶羅沙．弗也鐵大吼，並不斷揮動還緊抓在手裡的十七號牌子。「三——千——」

「很遺憾，規定就是規定。」阿博內．德．納瓦雷特冷冷地說：「競標者遭逮捕，取消資格。目前有效的喊價是奇安法內利閣下的兩千五。還有人要出更高的價格嗎？戴面具的先生，兩千七。奇安法內利閣下，三千。看來沒有人再出價了……」

「四千。」

「哦，莫納．吉安卡第閣下，太棒了、太棒了。四千克朗。有沒有人要出更高價？」

「我本想買給我兒子的。」尼諾．奇安法內利低吼道：「莫納，你生的明明都是女兒，要這些劍做什麼？不過，算了，隨便你吧。我放棄。」

「寶劍以四千克朗的價格，出售給莫納．吉安卡第先生。」德．納瓦雷特宣布。「我們繼續。各位女士、各位先生，第十一號拍賣品：猴毛披風……」

尼克福．木伍斯笑得合不攏嘴，像水獺一樣。他朝安特雅．德里思的肩胛拍了一下，很是用力。安特雅用盡所有的意志，才忍住不在他臉上賞一巴掌。

「我們走。」她咬牙切齒地說。

「那錢呢？」

「等拍賣會結束，手續都辦好再說。這需要點時間。」

安特雅忽視木伍斯的嘀咕，往門口走去。她覺得有股視線釘在自己身上，便用餘光瞄了一眼。一個女人。黑髮。全身的衣著只有黑白兩色。胸口有顆黑曜星石。

她覺得有股寒意竄穿過全身。

□

安特雅說的沒錯，辦理手續的確要花點時間。一直到兩天後，他們才能去銀行。那是某間矮人銀行的分行，裡頭就像所有銀行一樣，滿是錢味、蠟味和桃花心木鑲板的味道。

「可提領的金額扣掉銀行佣金，也就是百分之一，總共是三千三百六十六克朗。」櫃員說。

「波爾索迪兄弟百分之十五，銀行百分之一，所有人都想盡辦法要揩油水，一個比一個還要土匪！把錢拿來！」尼克福．木伍斯粗聲怒道。

「等一下。」安特雅攔住他。「我們先解決我們的事，你和我之間的事。佣金也得算上我一份。四百克朗。」

「什麼？妳說什麼？」木伍斯扯著嗓子叫道，引來銀行其他櫃員與客人的注意。「什麼四百克朗？我從波爾索迪兄弟那裡拿到的，不過才三千多那麼一點點……」

「按照合約，我該拿的是拍賣結果的百分之十。你拿了多少是你的事，而該付款的人也只有你。」

「妳在這邊給我……」

安特雅．德里思看了他一眼，而這樣就夠了。安特雅和她的父親之間沒有多少相似處，但安特雅懂得用和父親一模一樣的目光看人——和皮拉爾．普拉特一模一樣的目光。

「請從要提領的款項裡，」安特雅對行員發出指令。「開一張面額四百克朗的銀行支票。我知道銀行會收佣金，這點我沒問題。」

「但我的錢要付現！」縣城官員比著吃力揹在身上的巨大皮背包。「我要把這些錢帶回家，好好藏起來！不管是哪家土匪銀行，都別想從我這裡抽佣金！」

「這是筆不小的數目。」櫃員站了起來。「請稍待一下。」

櫃員在走出櫃檯的時候，將門打開了一下下。雖然只有那麼一瞬，但安特雅敢發誓，自己看到了那個身穿黑白兩色的黑髮女子。

她覺得有股寒意竄過全身。

□

「謝謝你，莫納。我不會忘記你幫的這份忙。」葉妮芙說。

「謝我什麼？」莫納．吉安卡第微微一笑。「我做了什麼？幫了什麼忙？買下妳要我買的拍賣品嗎？用妳私人帳戶裡的錢付？還是說，剛才妳在施咒的時候我轉過身？我轉過身，是因為我在看窗外的那個揹客離開，一扭一扭的，可好看了。雖然我一向對人類女性沒興趣，但我不諱言，那扮相高貴的上流貨正好是我的菜。妳的咒語也會讓她……有問題嗎？」

「不會。」女巫打斷他。「她不會有事。她拿的是支票，不是黃金。」

「當然。我想，獵魔士的劍妳會馬上帶走？畢竟這是為了他……」

「他的命運和它們相連。」葉妮芙幫他把話說完。「我當然知道，怎麼會不知道？他和我說過，而我甚至也開始相信了。不，莫納，我今天不會把那兩把劍帶走。讓它們留在保管箱裡吧。不久之後我會授權要人來拿，我今天就要離開拿威格拉德。」

「我也是。我要去特雷托格，我要去那邊的分行巡一下，然後回我那裡，回葛思維冷。」

「那麼，再次謝謝你。再會了，矮人。」

「再會了，女巫。」

插曲

從拿威格拉德的吉安卡第銀行領走黃金後的那一刻起
整整過了一百個小時

「這裡不准你進入，這點你很清楚。退下階梯。」保鑣塔爾普說。

「那這個你看到了嗎？混蛋？」尼克福．木伍斯晃了晃鼓鼓的錢袋，裡頭發出清脆的響聲。「你這輩子有一口氣見過這麼多金子嗎？別擋路，因爲大爺要過！有錢的大爺！閃一邊去，鄉巴佬！」

「塔爾普，讓他過！」費布斯．拉文加從酒館裡現身。「我不想要這裡有騷動，客人們都有點不安了。而你給我小心點，你已經騙過我一次，不會再有第二次。木伍斯，這次你最好付得了帳單。」

「木伍斯大人！」官員一把推開塔爾普。「是大人！開酒館的，注意你是在和誰說話！」他在一張桌前大剌剌坐下，然後大喊：「葡萄酒！給我拿最貴的來！」

酒館領班壯起膽說：「最貴的要六十克朗……」

「我付得起！整壺給我端來，動作快！」

「木伍斯，小聲點、小聲點。」拉文加提醒道。

「不要叫我小聲，你這個吸人血的傢伙！騙子！暴發戶！你算哪根蔥？敢叫我小聲一點？面子就算貼了金，裡子照樣還是一坨屎！屎再怎樣都是屎！看看這裡！你這輩子有一口氣見過這麼多金子嗎？你見過嗎？」

尼克福．木伍斯從錢袋裡抓出一把金幣，一股腦全撒在桌上。只見錢幣濺了開來，化成棕色糊狀物，四周也傳出一陣可怕的排泄物惡臭味。

「事物的本質」裡的客人頓時鳥獸散，一邊以帕子捂住口鼻，一邊又咳又嗆地逃向外頭。領班一個噁心彎下了身。酒館裡有人大叫，有人咒罵。費布斯．拉文加不動如山，只是雙手交胸，像尊雕像一樣站著。

看傻了的木伍斯甩甩頭，先是瞪大了眼，然後又揉了揉，直盯著桌巾上那坨發臭的屎看。最後，他回過神，把手伸進錢袋，再拿出來的時候，滿手都是黏糊糊的糊狀物。

「你說得對，木伍斯。屎永遠都是屎。把他趕出去。」費布斯．拉文加說，語氣有如萬年寒冰。

被拖往外頭的縣城官員甚至沒有反抗，方才發生的事讓他太過震驚。塔爾普把木伍斯拉到茅房後頭。僕人按拉文加的指示拿掉糞池木蓋，而這情景讓木伍斯回過神，又吼又叫，拳打腳踢，掙扎反抗，但也沒起多大作用。塔爾普把他拖到糞池邊，丟了進去。這年輕人在稀糞水中掙扎，但沒有沉下去。他攤開手腳成大字形躺著，但沒有沉下去；丟在裡頭的乾草、破布、樹枝，以及從各種科學、神學書籍撕下的頁面，和成了一池爛泥，把他撐在水面。

儲藏室的牆上有把用分岔樹枝做成的木叉，是用來剷乾草的，費布斯．拉文加把它從牆上拿下，說：「本來是一坨屎的，怎樣也是一坨屎，最後還是要進到屎堆裡。」接著便把叉子往下壓，將木伍斯壓進糞池裡，讓他滅頂。木伍斯「唰」一聲浮出水面，又叫又咳，不斷吐掉口中的穢物。拉文加讓他咳了幾下，喘過氣，又把他壓進池裡。不過這一回，拉文加把他壓進池水深處。

來回幾次後，拉文加扔掉木叉，命令道：

「讓他留在那裡，讓他自己爬出來。」

「要爬出來不容易，而且得花些時間。」塔爾普評估道。

「那就讓他慢慢來，不用急。」

在我回來的時候，唉，我很失望，
你用一個冰冷的吻迎接我。

——比埃爾．德．龍沙

第十六章

拿威格拉德的漂亮雙桅縱帆船潘朵拉帕爾維號，正滿帆開往港外錨地。這船眞是又快又漂亮。走下舷梯，要踏上繁忙碼頭的傑洛特在心裡想著。他在拿威格拉德看見這艘雙桅縱帆船，幾番打探後，得知這船比自己搭的槳帆船斯提納號整整晚了兩日才從拿威格拉德出發，卻是在同一時間抵達科拉克。也許當初該多等一下，搭這艘雙桅縱帆船才對。如果在拿威格拉德多待兩天的話，天曉得，說不定能獲得什麼情報？他心想。

這些都是不相關的旁枝末節，也許、或許、天曉得，想這些都沒用。事情發生就發生了，再怎麼樣也不會改變，也沒什麼好多想的。他在心裡這麼認為。

他朝雙桅縱帆船、燈塔、大海和地平線上逐漸轉黑的雷雨雲，再望一眼當作道別後，便踏著輕快的腳步往城市走去。

□

搬運工正把一頂轎子抬到別墅前，那是用金銀絲線、紫丁色窗紗裝飾的轎子。這天想必是星期二、星期三或星期四，也就是莉塔·奈德看診的日子。來看診的女性病患通常是出身上流社會的高貴仕女，而她們用的就是這種轎子。

門房二話不說便放他通行。這樣也好，因爲傑洛特的心情並不是太好，想必會用單字回對方，甚至可能是二字訣或三字經。

天井空無一人，噴泉水聲潺潺。孔雀石桌上放著一個玻璃水瓶和幾個杯子，傑洛特逕自倒了一杯。當他抬起頭時，看見了瑪賽可。她穿著白袍，繫著白圍裙，臉色蒼白，頭髮梳得很服貼。

「是你。你回來了。」她說。

「確實是我。」他平板地說：「我回來了。這葡萄酒絕對開始發酸了。」

「我也很高興見到你。」

「珊瑚呢？她在嗎？如果在的話，現在人在哪裡？」

瑪賽可聳聳肩，說：「剛才我看到她在病人的兩腿間，現在想必也還在那裡。」

「瑪賽可，妳確實沒有選擇。」他盯著她的眼睛，平靜地說：「妳必須成爲女巫。妳確實有很大的天賦和潛力。妳的黑色幽默在紡織工坊不會有人懂得欣賞，更別說是勾欄院了。」

「我還在學習，也不斷在成長。」她沒有斂下眼神。「我現在不會躲在角落裡哭了。我已經跨過那一道檻，把該哭的都哭完了。」

「不，妳沒有，妳在自己騙自己。前方還有很多事等著妳，而講話夾槍帶棍並不能保護妳，尤其這夾槍帶棍的話語是如此不自然，只學了半調子。不過這種話我已說夠了，妳的人生課題不該由我來教。我剛才問了，珊瑚在哪裡？」

「在這裡，你來啦。」

女巫如鬼魅般自布簾後現身。她和瑪賽可一樣，也穿著白袍，一頭紅髮則紮了起來，藏在布帽底下。平常看到她這種樣子，他會覺得可笑，但當下情況並不平常，在這種時候笑是不恰當的，因此他需要一點時間調整。

她朝他走去，不發一語在他臉頰親了一口。那對唇瓣是冰冷的，而那雙眼睛底下有著黑印。她身上都是藥劑的味道，還有那個她用來當作消毒劑的東西。那味道很難聞，讓人想要躲開。那是一種生病的味道，而在那味道裡有著恐懼。

「我們明天再見。」她搶在他前頭說：「你明大再把一切都說給我聽。」

「明天。」

她看著他，眼神似是來自非常遙遠的地方，好像兩人之間隔著道時間與事件構成的深淵，而那眼神便是來自深淵的彼端。他得花點時間去理解那道深淵有多深，兩人又被這些事件分隔得有多遙遠。

「最好是後天。進城去吧，去見見那個詩人，他很擔心你。現在請你走吧，我得去照顧病人。」

等她走開後，他把目光轉向瑪賽可，那眼神代表的含意想必不言而喻，因爲瑪賽可立刻開口解釋：

「我們早上碰到一例難產。」她的聲音微微起了變化。「情況很不樂觀，她決定要用鉗子，而所有能碰上的壞事，我們都碰上了。」

「我明白了。」

「我很懷疑你是眞的明白了。」

「再見，瑪賽可。」

「你走了好長一段時間。」她抬起頭。「她沒想到你會離開那麼久。里斯堡的人什麼都不知道，再不然就是假裝不知道。發生了什麼事，對嗎？」

「是有事發生。」

「我明白了。」

「我很懷疑妳是真的明白了。」

□

亞斯克爾的洞察力讓傑洛特驚艷。他點出了事實，而這個事實傑洛特顯然到現在還無法完全消化，也無法完全接受。

「結束了，對吧？隨風而逝？這是當然的，當初她和那些巫師需要你，你也做了你該做的，所以你可以退出了。而你知道嗎？我很高興你已經可以退出了。畢竟這段詭異的羅曼史總有一天得結束，而這段關係維持得越久，就表示後果越危險。你也一樣，如果你想知道我是怎麼想的，那麼你該要覺得高興，這件事已經解決了，而且解決得如此順利。你的臉應該要掛上一張大大的笑容，而不是這麼陰沉地黑著一張臉。相信我，這表情格外不適合你這張臉。你這樣看起來就像個宿醉得很厲害的人，更慘的是還吃壞肚子，不記得自己什麼時候撞斷一顆牙，或是撞在什麼東西上，也不記得褲子上的精液是打哪來的。」

對於獵魔士的毫無反應，吟遊詩人一點也不在意，自顧自地接著說：「還是說，你這副憂鬱的樣子是別有原因？難道是你原本打算以自己的風格來收場，卻被拒於門外？你本來打算一大清早開溜，只在小茶几上留下鮮花？哈，哈，我的朋友啊，在愛情的遊戲裡就像是在戰場上，而你的相好表現得像是經驗老到的戰略家，搶得先機，以攻為守。她一定讀過培力格藍元帥的《戰爭史》。培力格藍舉了很多獲勝的例子，靠的就是類似這種謀略。」

傑洛特依舊沒有反應，亞斯克爾看來也不像在等待回應，逕自喝完杯中的啤酒，朝酒館的女主人點點頭，表示要再來一杯。

「考量以上種種，」他一邊轉著魯特琴的弦軸，一邊說：「我基本上是贊成第一次約會就發生關係。我大力推薦你在未來也這麼做。除非必要，盡量避免和同一個人重複約會，因為這很乏味，又很費時間。既然我們都說到這裡了，你推薦的辯護人的確很值得。你不會相信……」

「我相信。」獵魔士再也忍不住，頗為粗魯地打斷他。「你不用說我就相信，所以你可以省了。」

「嗯，是啊。」吟遊詩人自顧自地下了結論。「抑鬱、緊繃、憂慮讓你變得尖酸刻薄、說話衝動。我看，這不只是和女人有關，應該還有什麼事。該死，我知道，我看得出來。你在拿威格拉德不順利嗎？沒有拿回你的劍嗎？」

儘管傑洛特向自己承諾過不要嘆息，卻還是嘆了一口氣。

「沒拿到，我去晚了。事情很複雜，發生了一些事。我們碰上一場暴風雨，然後船開始進水……然後有個手套皮料商生了一場大病……唉，這些煩人的細節我就不說了。簡單地說，我沒及時趕上。等我到達拿威格拉德的時候，拍賣已經結束了。波爾索迪兄弟的拍賣所三兩下就把我打發走。他們的拍賣是商業機密，不管是賣家，還是買家，都受到保護。他們商行的人員不會提供任何的資訊之類的，再見。我什麼也沒問到。那兩把劍是不是被賣掉了？如果是，又是被誰買走的？這些我都不知道。我甚至不知道，那個小偷到底有沒有把劍拿出來拍賣，畢竟他可能沒把普拉特的建議當一回事，可能自己有別的門路。我什麼都不知道。」

「你真是倒楣。」亞斯克爾點點頭。「屋漏偏逢連夜雨。我堂兄法蘭的偵查好像也碰上了死路。既然說到法蘭堂兄，我和你說，他一直在問我你的事。你在哪裡，我有沒有從你那裡聽到什麼消息，你什麼時候回來，你趕不趕得上王家婚禮，你有沒有忘了自己對艾格蒙王子的承諾。我當然一個字也沒告訴他，不管是你的歷險，還是拍賣的事，都沒說。不過我要提醒你，收穫節快到了，只剩下十天。」

「我知道，但說不定在這段時間裡會有事發生？比如說什麼好事之類的？屋漏偏逢連夜雨之後，也該來個雨過天晴吧。」

「這我是不反對啦，但要是……」

「我先想一想再決定。」傑洛特不讓吟遊詩人把話說完。「我其實沒有義務要在王家婚禮上當貼身護衛，艾格蒙和檢察官沒有找回我的劍，而這是當初說好的條件。不過，我也不會排除滿足王子願望的可能性。至少從物質方面來看，這是很值得接的差事。王子已經誇下海口，說自己不是吝嗇的人，而所有的跡象看起來，我會需要兩把全新的劍，而且是特製的，這會花我不少錢。唉，在這邊多說也沒用。我們找個地方吃點東西吧，然後再喝上一杯。」

「去拉文加那裡？事物的本質？」

「改天吧。我今天想吃點簡單、沒有加工、不複雜、單純的東西。你知道我在說什麼嗎？」

「我當然知道。」亞斯克爾站起身。「我們去海邊吧，去帕爾米拉。我知道一個地方，那裡有賣海令魚、伏特加，還有一種叫『雞油菇』的魚湯。不要笑！那湯真的是叫這個名字！」

「隨便他們怎麼叫吧，我們走。」

□

阿達樂特河上的橋塞得水泄不通，擠著一整串滿載的馬車，還有一群馬夫牽著沒上鞍轡的馬。傑洛特和亞斯克爾只得讓道，等對方先過。

這一串人馬的最後頭是個單獨騎著棗紅母馬的騎士。母馬甩頭朝傑洛特發出一聲長鳴。

「小魚兒！」

「你好啊，獵魔士。」騎士掀開斗篷的帽子，露出臉。「我正要去找你，不過我沒想到我們這麼快就會再碰面。」

「你好，皮內提。」

皮內提跳下馬。傑洛特注意到他身上佩著武器。這頗爲奇怪，魔法師佩武器非常罕見。巫師的鑲銅腰帶上掛著一把劍，劍鞘裝飾非常華麗。此外，那腰帶上還掛著一把短劍，劍身很寬，看起來很堅固。

獵魔士從巫師手中接過小魚兒的韁繩，摸了摸母馬的鼻頭與脖子。皮內提把手套脫下來，塞進腰帶裡，說：

「亞斯克爾大師，請您見諒，我想和他獨處一下。我要和他說的事，只能讓他聽見。」

亞斯克爾鼓起胸膛，說：「傑洛特在我面前沒有任何祕密。」

「我知道。我從你的詩歌裡知道了很多關於他私生活的細節。」

「可是……」

「亞斯克爾，去旁邊走走。」獵魔士打斷他。

獵魔士待詩人走開，只剩自己與巫師獨處後，說：「皮內提，謝謝你。謝謝你把我的馬帶來這裡。」

「我注意到你對牠很有感情，」巫師回答。「所以當我們在松樹村找到牠的時候……」

「你們去了松樹村？」

「對，是托奎爾隊長把我們找過去的。」

「你們有看到……」

「有。」皮內提突兀地打斷他。「我們全都看到了。我不明白，獵魔士。我不明白。為什麼你當時沒有宰了他？沒在那個地方宰了他？容我說一句，你當時的做法並不聰明。」

我知道，傑洛特忍住坦承的衝動。我怎麼會不知道？命運給了我機會，我卻表現得像個不懂得把握的蠢蛋。帳上再多添一具死屍又怎樣？又有什麼差別？對一個收錢辦事的殺手來說，這一點意義都沒有。被你們當成工具又怎樣？反正我一直都是別人的工具。應該要牙一咬，把事情辦完才對。

「這話你聽了一定很意外，」皮內提看著他的眼睛。「不過我們，我和哈嵐，馬上就趕去救你了。我們想到你可能在等待救援。我們在隔天遇上戴格隆德，他正在對付一群路上碰到的強盜。」

你們遇上戴格隆德，獵魔士忍著不去重複他的話。而且二話不說，就把他的脖子扭了。比我還要聰明的你們，沒有重蹈我的覆轍？最好是。如果是這樣，昆恩坎普，你現在就不會端著這麼一張臉了。

「我們不是殺手。」巫師紅著臉結巴道。「我們把他帶去了里斯堡，事情鬧得有點大……所有人都和我們敵對，但奇怪的是，歐特蘭表現得很克制，我們本來以為他的反應會是最糟的。但是，碧露塔．

伊卡爾緹、麻子臉和桑多瓦爾，甚至是之前與我們交好的詹格尼斯……我們聽了一堂以社群團結、兄弟情誼與忠心爲題的講座，非常冗長。我們得知，只有最沒有用的廢物，才會雇殺手出面，而且只有墮落到不知道什麼地步的巫師，才會找獵魔士來對付自己人。出自非常低級的動機。出自嫉妒自己兄弟的天賦與名望，嫉妒自己兄弟在學術上的成就與成功。」

拿圖凱山的意外、那四十四具屍體出來講也沒用。獵魔士忍住不予評論——如果聳肩不算的話。那冗長的講課裡想必也提到了科學的建立需要有所犧牲，提到了爲達目的不擇手段。

「戴格隆德被送到委員會聆訊，受到嚴厲譴責，」皮內提說：「罪名是召魔、利用惡魔殺害人類。他的態度很傲慢，看得出來他指望歐特蘭會介入。不過歐特蘭好像完全忘了他，一心一意專注在自己最新的嗜好上——研發效能高、用途廣的革命性肥料配方。戴格隆德在了解到只能靠自己後，便換了個口氣，哭哭啼啼，後悔萬分。他把自己變成受害者，說他受害於自己的雄心壯志與魔法天賦，說他就是因爲這樣才會召喚出如此強大、無法掌控的惡魔。他發誓會捨棄召魔的能力，說自己再也不會碰這項儀式。他發誓會全心奉獻在讓人類種族更臻完美的研究上，奉獻在超人類主義、種化和基因改造上。」

而他們相信他了。獵魔士忍著沒有評論。

「他們相信他了。歐特蘭出了手。他突然一身肥料熱氣地出現在委員會前，說戴格隆德是親愛的年輕人，說戴格隆德的確犯了錯，但孰能無過。他沒有去探究這年輕人是否會改正，也沒有爲此擔保，而是請求委員會暫且按下怒氣，展現同情心，不要譴責這個年輕人。最後，他還宣布戴格隆德是他的繼承人與繼任者，並且把他的私人實驗室『城塞』全權交給戴格隆德。他說他自己不需要實驗室，因爲他要在露天的田野菜園裡辛勤工作，好好鍛鍊身體。這正好合碧露塔、麻子臉和其他人的意。城塞與外界沒有聯繫，正好可以當作隔離的地方，戴格隆德這是弄巧成拙，讓自己受到軟禁。」

而醜事則被他們拿遮羞布給擋起來。獵魔士沒把評論說出口。

「我猜想，你本人和你的名聲可能也在這件事上發揮了影響。」皮內提說。

這話讓傑洛特挑起眉。

「你們的獵魔士守則好像禁止你們殺害人類，不過一般都說你並沒有太過尊崇這份守則。說曾發生過這樣、那樣的事，有幾個人因為你而與人生訣別。碧露塔和其他人怕你會回去里斯堡把事情辦完，順便也解決他們。而城塞則是個徹底安全無虞的避難所，是舊時地精要塞改成的實驗室，現在還有魔法保護，沒人有辦法進到城塞裡，不可能辦得到。所以，戴格隆德不只是被隔離，還很安全。」

里斯堡也很安全。獵魔士忍著沒把評論說出口。不會爆發醜聞，也不會蒙上恥辱。戴格隆德受到隔離，也就沒了醜事。沒有人會知道這個看重前途的狡猾傢伙欺騙了里斯堡的巫師，把他們耍得團團轉。而這些巫師向來自詡為魔法團體中的菁英。墮落的精神變態利用這些所謂菁英的天眞與愚蠢，輕輕鬆鬆便殺掉四十幾個人。

「戴格隆德在城塞裡會受到看守監視，不會再進行任何召魔儀式。」巫師的視線依舊盯著獵魔士。

從來就沒有所謂召魔這件事，而你，皮內提，對這點心知肚明。

巫師別開視線，轉看向錨地的船隻，說：「城塞是一群坐落在克雷摩拉山岩壁上的建築，而里斯堡則位在這座山的山腳下。要想攀上那座山，等於是一種自殺行為。不只是因為那裡有魔法保護。記得你那時候跟我們說的事嗎？遭到附身、被你殺掉的那個？為大局著想，只能兩害相權取其輕，並以此排除殺戮行為的非法性？那麼你現在應該能夠理解，現在的情況完全不一樣。以現實和安全的角度來看，被隔離的戴格隆德已構成不了威脅。就算只是碰了他一根手指頭，也都是非法、禁止的行為。如果你試圖要殺他，就會因意圖殺人再被送到法院。然而，我知道我們當中有些人，還是希望你走這一步，落得上斷頭台的下場。因此，我要建議你，放下吧。忘了戴格隆德，讓事情自行發展吧。」

「你沉默不語，不說出自己的評論。」皮內提點出事實。

「因為沒什麼好評論的。我只好奇一件事，你和札拉，你們會留在里斯堡嗎？」

皮內提放聲大笑，笑得平板又不真心。

「我們被要求退位，健康因素，我們兩個都是，我和哈嵐。我們離開了里斯堡，再也不會回去了。哈嵐打算去波維斯為李德王做事，而我傾向再走遠一些。聽說尼夫加爾德帝國把魔法師當工具用，不會過度尊崇，但是給的錢銀很大方。而既然我們已經說到尼夫加爾德……我差點忘了，我有個餞別禮要給你，獵魔士。」

他解開劍的繫帶，纏在劍鞘上，然後把劍交給傑洛特。趁對方還來不及開口時，搶先說：

「這是給你的。這是我十六歲生日收到的禮物。是我父親給的，當年我決定要上魔法學校，他對這件事一直無法釋懷，指望這份禮物可以改變我的決定。他希望我有了這把兵器，就會覺得有義務要遵循家族傳統，選擇軍旅生涯。不過，我讓我的父親失望了。我沒有一樣符合他的期待。我不喜歡打獵，寧可釣魚。我沒有和他摯友的女兒成親。我沒有成為一個戰士，把這劍擱在櫃子裡生灰塵。我和他一點都不像。這把劍對你來說比較有用。」

「可是……皮內提……」

「拿去吧，不用客套了。我知道你的劍沒了，你需要劍。」

傑洛特握住龍皮劍把，將一半的劍身抽出鞘。護手上方一吋的地方，可以看見太陽形狀的鏤空圖騰，平直與波浪狀的光芒穿插共十六道，以紋章學來說，象徵的是太陽的光輝與熱力。從太陽過去的兩吋處是字樣精美的銘文，這是著名的商標。

「薇洛雷達出品的劍。這一回是眞品。」他說。

「什麼？」

「沒有，沒什麼。我只是在欣賞這把劍，而且我還是不知道自己可不可以接受……」

「你可以接受。基本上，你已經接受了，畢竟你已經把劍拿在手中。該死的，我說了，不要客套。我給你劍是同情，也是讓你知道不是每個巫師都是你的敵人。對我來說，最有用的是釣竿。尼夫加爾德的河水都很漂亮又乾淨，裡頭滿滿的鱒魚和鮭魚。」

「謝謝你。皮內提？」

「怎樣？」

「你之所以會給我這把劍，不過是出於同情。」

「當然是出自同情，不然呢？」巫師壓低了聲音說：「但也許不純粹只是同情。話說回來，這裡會發生什麼事，你要拿這把劍做什麼，和我又有何關？我要告別這裡的一切，再也不回來。你有看到錨地裡那艘養眼的蓋倫帆船嗎？那是尤瑞艾莉號，母港在巴卡拉。我明天啓程。」

「你來得有點早。」

魔法師微微結巴地說：「對……我想要早點來這裡……與某個人道別。」

「祝你好運。謝謝你的劍，還有馬，我要再一次向你道謝。再會了，皮內提。」

「再會。」巫師毫不遲疑地握住對方伸出的手。「再會，獵魔士。」

□

他找到亞斯克爾，後者理所當然是在港口酒吧裡，稀里呼嚕地喝著碗裡的魚湯。

「我要走了，馬上就走。」他簡短地說。

「馬上？」亞斯克爾的湯匙僵在半空中。「現在？我以爲……」

「你以爲什麼不重要，我立刻就要走。好好安撫你的檢察官堂兄，我會回來參加王家婚禮。」

「這是什麼？」

「你覺得呢？」

「當然是劍。你從哪拿到的？從巫師那裡，對吧？那我給你的那一把呢？在哪裡？」

「沒了。回上城去吧，亞斯克爾。」

「那珊瑚呢？」

「珊瑚怎樣？」

「如果她問起的話，我該怎麼說……」

「她不會問的。她不會有時間問的，她得向某個人道別。」

插曲

密件

拿威格拉德

天賦與藝術參議會主席

敬愛的神父

偉大的納瑟斯・德・拉・羅胥大師

里斯堡，重生後第一二四五年七月十五日

主旨：

藝術大師魔法碩士

索雷爾・阿伯特・阿曼多・戴格隆德

宗師尊鑒：

關於今夏於特馬利亞西界所發生之數起意外事件，參議會想必已有所耳聞。一如參議會所料，這些意外事件中約有四十人喪生，詳細人數無法確定，死者主要爲身分不詳之林地工人。令我等遺憾的是，這些事件普遍被認爲與里斯堡建築群之研究團隊成員——索雷爾・阿伯特・阿曼多・戴格隆德個人有所關聯。

無論是這些事件的受害者家屬，或是每一位社會地位極度低下，酗酒成性，生活不檢點，與家人未有任何往來之受害者，里斯堡建築群研究團隊都與之同在，感同身受。

我等有意提醒參議會，戴格隆德大師爲歐特蘭宗師之學生與愛徒，是傑出的學者，也是基因領域之專家，於超人類主義、基因滲入及種化方面擁有無可估計之豐碩研究成果。戴格隆德大師所主持之研究，可能會成爲人類物種發展與進化之關鍵。一如參議會所知，人類物種在許多生理、心理及心理魔法等方面皆不如非人類物種。戴格隆德大師之實驗主要爲基因池交混與結合，目的在使人類物種能擁有與非人類物種平等之起跑點，遠程目標則是要透過種化主宰非人類物種，將之徹底征服。我們大概無需說明此事之關聯何其重大。若因某些細故而使上述學術工作之進展延緩或中斷，想必不會是各方所樂見。

至於戴格隆德大師本身，里斯堡建築群研究團隊全權負責其醫療照護。戴格隆德大師早些已被診斷出具有自戀傾向、缺乏同理心及具有輕微情緒障礙。犯下被控罪行之前，其情況已嚴重到出現雙極性情感疾患。可以確定的是，戴格隆德大師在犯下被控之罪行當下，無法控制自身情緒反應，喪失分辨善惡之能力。可以認定戴格隆德大師當時無法完全掌控自身精神狀態，因此失去行爲能力，故不該承擔其被指控之罪行所應負之罰責，正所謂行爲肇因狂怒，得以免罰。

戴格隆德大師暫時被安置於祕密地點接受治療，並持續進行研究。

我方認爲此事業已結案，渴望請參議會留意治安官伏倫斯．托奎爾隊長一人。此人正在偵查發生於特馬利亞之事件。治安官托奎爾隸屬葛思維冷城守，素有良心守衛者及律法捍衛者之評價，對上述村落發生之事件展現過度質疑，而且就我方之觀點，其追查之路線顯然不應該。應向其上司施加影響，令其稍稍降低對此事之熱忱。若此法無效，或許値得查看該治安官、其妻、父母、祖父母、子女或其他親屬之檔案，了解一干人等之生活、過去、犯罪紀錄、財產情況及性向喜好等。我等建議與「科林爵與分恩法律事務所」聯繫。我等斗膽提醒參議會，三年前於「穀物醜聞」一事中負責抹黑及損害證人可信度者，便是該事務所。

同時，我等渴望請參議會留意，本信所提之事件不幸有人稱利維亞傑洛特之獵魔士牽涉其中，此人曾親眼目睹於各村落發生之事件。我等亦有理由相信，此人已將此些事件與戴格隆德大師有所聯想。若此獵魔士探查太過徹底，應該也讓其噤聲。我等想指出，由於該獵魔士之反社會行爲、虛無主義及情感混亂不穩定，單純的警告可能無效，可能必須使用極端手段。該獵魔士長期受我方監視，我方隨時能使用此等手段，前提當然要參議會同意並建議此等作法。

我等希望以上說明之於參議會已足以結案，祝參議會諸公身體安康，我等在此致上最崇高之敬意。

以里斯堡建築群研究團隊之名

永遠忠誠的朋友

碧露塔・安娜・馬凱特・伊卡爾緹親筆

以拳抵拳，以鄙視抵鄙視，以命抵命，更要加倍奉還！以牙還牙，以眼還眼，四倍償之，百倍償之！

《撒旦聖經》

——安東・山鐸・拉維

第十七章

「時間還真剛好。」伏倫斯．托奎爾陰鬱地說：「獵魔士，你趕上了，快去觀賞席坐著，等會兒就要開始了。」

他躺在床上，臉色像刷白的牆，頭髮被汗水浸濡，貼在額頭上。他身上只穿著粗梳亞麻襯衫，傑洛特馬上便聯想到素服。他左邊的大腿從胯下一直到膝蓋都包著繃帶，而且滲滿血漬。

屋子正中央擺著一張桌子，上頭鋪著床單。一名穿著黑色無袖長衫的矮個子，正按次序把各種刀子、鉗子、鑿子、鋸子等工具一一擺到桌上。

「有件事讓我很遺憾。」托奎爾咬牙說：「我沒有逮到那些狗娘養的傢伙。這是眾神的旨意，不是我命中註定能做的事……而且也不會有輪到我的那一天了。」

「發生了什麼事？」

「和在紫杉村、獸角村，還有松樹村發生的事他媽的一樣，只是這次不太尋常，是發生在森林的最邊緣，而且不是在林中空地，而是商道上。路上的旅人受到攻擊，三個人被殺，兩個孩子被抓走。我和部隊剛好在附近，便立刻追上去，甚至都已經看到人影了。那是兩個塊頭大得像公牛的歹徒和一個古怪的駝子。我就是被那駝子的弩弓射中。」

隊長咬著牙，微微比向包著繃帶的大腿。

「我要手下把我留下，去追那些傢伙，但這些混帳東西沒聽我的，結果讓對方跑了。而我呢？他們救了我又怎樣？現在還不是得讓人把腿給切了？我他媽的寧可當場掛了。不過在闔眼之前，我要先看著那些人在絞刑台上蹬腳。這些混蛋沒照我的命令做，現在一個個都坐在那裡，不敢抬頭。」

隊長的手下佔據牆邊的長凳，每個人都頂著張面無表情的臉。他們旁邊還站著一個突兀的老婆子，一臉皺紋、滿頭灰髮，戴著頂不適合她的花環。

「我們可以開始了。」穿黑長衫的傢伙說：「把病人搬到桌上，用皮帶綁緊。旁人請離開。」

「讓他們留下。」托奎爾粗聲道：「讓我知道有人在看。這樣我就會為了保住面子，不會大叫。」

「等一下。」傑洛特挺直了身子。「是誰診斷有必要截肢的？」

「是我診斷的。」穿黑衣的傢伙也打直了背，但得將頭抬得老高，才能與傑洛特四目相對。「我是御醫盧皮，葛思維冷的城守特別派來的。根據檢查結果，我判定傷口已受到感染。這條腿必須切除，沒有別的辦法。」

「看這個診你收多少錢？」

「三十克朗。」

「這裡有三十克朗。」傑洛特解開錢袋，拿出三枚十克朗。「把你的器具收一收，打包走人，回城守那裡去。如果他問起，就說病人已經好轉了。」

「但是……我必須提出異議……」

「把東西收一收，回去。這句話你是哪個字聽不懂？至於妳，女人，妳過來這裡。把繃帶拆開。」

老婆子指著醫生說：「他不讓我把傷口縫起來，說什麼我是巫婆、是巫醫，威脅說要告發我。」

「別管他。再說，他現在就要走了。」

傑洛特一眼便認出這個女人是個草藥師。女人照著他的話做，不論托奎爾如何悶哼、抽氣、呻吟，她依舊小心翼翼地將繃帶拆開。

「傑洛特……」他吃力地說：「你在搞什麼？那看病的說了沒有別的辦法……丟一條腿總好過丟一條命。」

「那根本就是鬼話，那樣做不會比較好。現在給我閉上嘴。」

傷口看起來很糟糕，但是傑洛特看過更糟的。

他從包袱裡拿出裝鍊金藥的盒子。已經打包好的盧皮看了一下，搖搖頭說：

「藥汁起不了任何作用，騙人的魔法和巫醫的伎倆也一樣。作為醫者，我必須提出異議……」

傑洛特轉身看了醫者一眼，後者便識相地離開，腳步匆忙，還在門檻絆了一下。

「四個人來我這裡。」獵魔士拿起小藥瓶，拔掉塞子。「把他抓住。伏倫斯，把牙咬緊了。」

他把鍊金藥倒在隊長的傷口上，傷口頓時出現許多白沫。隊長非常壓抑地發出痛苦的聲音。傑洛特等了一會兒，再倒下第二種鍊金藥。這次傷口同樣也生出白沫，不僅滋滋響，還冒起煙。托奎爾放聲大叫，不斷甩頭，身子一僵，兩眼一翻，昏了過去。

老婆子從包袱裡拿出一個小罐子，從裡頭抓了一把綠色藥膏，在攤平的亞麻布上塗了厚厚一層，然後貼在傷口上。

「聚合草。」傑洛特猜出那東西的名堂。「這是用聚合草、山金車和金盞花作成的敷藥。很好，婆婆，非常好。如果還有金絲桃、橡樹皮……」

「看看他，還想教我草藥學呢。」老婆子打斷他，但依舊埋頭在隊長的雙腿上忙活，沒有抬起頭。

「小子，我用草藥治人的時候，你還在喝奶呢。至於你們這些棒槌，都給我退開點，光線都被你們擋住了。而且你們一個個都臭得要命，包腳布得要換，要換啊。每隔一段時間就要換。人都走了，我這是在和誰說話？」

「這腳得固定住，用長夾板……」

「我說過了，不用你教我怎麼做。你也給我到外頭去。你還站在這裡做什麼？你在等什麼？等我向你道謝，說你心胸這麼寬大，犧牲自己神奇的獵魔士之藥？等我向你保證只要他活著的一天，就不會忘了你這份情？」

「我有事想問他。」

「傑洛特，你發誓，說你會逮到他們。」伏倫斯．托奎爾不期然地出了聲：「你發誓不會放過他們……」

「我會給他點東西讓他睡，治他的發燒，因爲他在胡說八道。至於你，獵魔士，出去。到屋子前面等。」

傑洛特沒有等太久。老婆子走出來，拉拉裙子，調整好歪掉的花環，坐到屋角的一道矮土牆上，兩隻腳板互相搓了搓。她的腳板非常小。

「他睡著了。」她說：「如果沒有任何惡化，呸、呸、呸，大概可以撐得過去。骨頭會再長回來。你的獵魔士魔法救了他的腿。他這輩子是瘸了，我看上馬也是不可能的事了，但是兩條腿總強過一條腿啊，呵呵。」

她的手探進繡花背心底下的胸口暗袋，身上的草藥味也因此更加強烈。她拿出一個小巧的木盒，把它打開，猶豫了一下後，遞給傑洛特。

「你要吸嗎？」

「不，謝謝。我不吸飛天粉。」

「我呢……」草藥師將毒品吸進鼻中，先是一側鼻孔，然後再換另一側。「我呢，當然也不吸，只是有時候來一下。這東西天殺地好，可以讓腦子清醒，延年益壽，也有助青春。喂，你看一下我。」

他看了。

「謝謝你把獵魔士的藥給伏倫斯用。」老婆子的一顆眼睛流出淚水，她一把擦掉，並抽了下鼻子。「這件事我不會忘的。我知道你們向來不願和人分享那些藥水，而你卻連想都沒想就把這些藥給他用。你不怕自己之後可能不夠用嗎？」

「我怕。」

她把頭轉向側面。她以前一定是個漂亮的女人，但那是很久以前的事了。

「現在呢，」她把頭轉過來。「說吧，你想問伏倫斯什麼？」

「那不重要。他睡著了，而我得上路了。」

「說吧。」

「克雷摩拉山。」

「你還眞是單刀直入。你想知道那座山的什麼事？」

□

小屋位在村子後頭頗遠的地方，緊挨著林牆，從結實累累的蘋果園走出去便是森林。其他部分就像典型的鄉村那樣——穀倉、棚子、雞舍、幾個養蜂箱、菜園與堆肥，煙囪冒著香味四溢的一縷白煙。在籬笆邊開心喧鬧的那群珠雞首先看見他，爭先恐後地發出可怕叫聲，警告附近有人到來。在庭院裡玩耍的孩子——總共有三個——一溜煙往屋子跑。一個女人出現在門邊。他又騎近了些才下馬。

「你好。」他率先打招呼。「主人在家嗎？」

三個小孩清一色是女孩子，緊緊揪住母親的裙襬與圍裙。女人看著獵魔士，眼中找不到半點熱情。這也不奇怪。露在獵魔士肩頭上的劍把，她可是看得很清楚。他的頭上有徽章，手套上有銀釘，而獵魔士完全沒有遮掩那些銀釘，反倒刻意地展示它們。

「主人。」他重複道。「我是指歐圖．杜薩特。我有事找他。」

「什麼事？」

「私事。他在嗎？」

她微微偏著頭，仔細打量他，一句話也沒說。按他的估算，她的相貌看起來是標準的鄉村女人，也就是說，年紀約莫介於二十五至四十五之間。住在鄉下的女人看起來大多是這樣，因此他沒辦法再估得更精確。

「他在嗎？」

「不在。」

「那麼，」他把母馬的韁繩拋到樹枝上。「我等他回來。」

「你可能會等很久。」

「我自己會看著辦，但我其實比較希望能進屋去，而不是在這籬笆旁等。」

女人將他上下打量一番，看了看他和他的徽章，最後開口道：

「客人，請進門。」

「謝謝妳的邀請。既然妳一番盛情款待，那我就不失禮了。」他按俗套說。

「你是不失禮，不過帶了劍。」她拉長聲音說。

「這是我的職業所需。」

「劍能傷人，也能殺人。」

「人生也一樣。所以，這邀請到底怎麼辦？」

「請進屋吧。」

這屋子就像尋常鄉村人家，屋前設有玄關，光線昏暗，堆著許多雜物。屋裡則頗爲寬敞乾淨、光線明亮，只有靠近廚房與煙囪的牆面上有些煤灰。其他地方則是白色，有彩色繡幃裝飾，也掛著各種家用器皿、香料束、大蒜串和甜椒圈。一塊布料隔開了外廳與內室。空氣中有廚房的氣味，那是高麗菜的味道。

「請坐。」

女主人依舊揪著圍裙站著，孩子們則躲到爐子旁的長矮凳坐著。

傑洛特脖子上的徽章開始震動，非常強烈，持續不斷，像隻被抓住的鳥兒，不停在他胸前拍打。

女人一邊走向廚房，一邊說：「這把劍應該要留在玄關才對。帶武器到人家家裡坐有違常理，只有壞人才這麼做。你是壞人嗎？」

他斬釘截鐵地說：「妳很清楚我的身分。而這把劍哪裡也不去，就當作是種提醒。」

「提醒什麼？」

「提醒有心人，若是輕舉妄動，後果不堪設想。」

「這裡可沒什麼武器，所以……」

「好了、好了。」他驟然地打斷她。「女主人，我們就別這麼高來高去了。農舍與酒館都是火藥庫，倒在鋤頭底下的人不只一個，至於鐮刀與鐵叉更不用說了。我還聽過有個人死在攪奶油的木棒下。若是有人心懷鬼胎，又或是逼不得已，什麼東西都可以拿來傷人。既然我們都說到這話下，別去煩那鍋滾水了，也離廚房遠一點。」

「我沒有在打任何主意。」女人快速說道，而這當然是謊言。「而且那鍋裡的東西不是滾水，而是甜菜湯。我想拿來款待……」

「謝謝，但是我不餓，所以別去碰那鍋子了，也別站在爐邊。過來這邊坐，和孩子們在一起，然後我們一起安安分分地等主人回來。」

他們沉默地坐著，只有蒼蠅的嗡嗡聲干擾著這片寂靜。獵魔士的徽章不斷震動。

女人打破這片沉重的沉默說：「爐子裡有一小鍋高麗菜，就快好了，得把它拿出來攪拌一下，不然會燒焦的。」

「讓她去。」傑洛特指著年紀最輕的小女孩說。

小女孩緩緩站起來，隔著黃褐色的劉海瞄了他一下，然後抓住鐵叉的長柄，彎身探向爐子的小門。

突然，她像隻小貓一樣跳向傑洛特，打算用鐵叉把他的脖子釘在牆上，但是他身子一矮，扯過叉柄，將她摔在地板上。女孩還沒落地，便已開始變身。

女人和另兩個孩子也即時變身，化作三隻狼飛撲向獵魔士——一隻母灰狼和兩隻小狼，全都紅著眼、張著牙。三匹狼躍起後在空中分開，從各個方向朝他進攻，果然是狼群攻擊的架勢。他跳起閃過，把長凳扔向母狼，戴著銀釘手套的拳頭左右一揮，打掉兩隻小狼。只見牠們發出嗷叫，摔落地面，但依舊狠狠張著尖牙。母狼發出野性狼嚎，再度跳向他。

「不！愛德文娜！不！」

她摔在他身上，把他壓在牆邊，但已變回人形。三個小女孩也馬上變身，蹲到爐子邊。女人留在原地，跪在他的膝邊，眼中有著慚愧。他不知道她是在慚愧自己發動攻擊，還是慚愧自己攻擊失敗。

「愛德文娜！妳怎麼這樣？」身材高大的大鬍子雙手扠腰，洪亮地說：「妳在做什麼？」

「他是獵魔士！」依舊跪在地上的女人脫口喊道：「他是拿劍的壞人！是要來抓你的！他是殺手！身上都是血腥味！」

「女人，閉嘴。我認識他。傑洛特先生，請見諒。您沒事吧？請別見怪，她不知道……她以為既然您是獵魔士……」

他突然打住，不安地看了看。女人與女孩都擠在爐子邊。傑洛特敢發誓，自己聽見了小小的低吼。

「沒事。」傑洛特說：「我不會放在心上。不過你出現得正是時候，不早也不晚。」

「我知道。」大鬍子很明顯抖了一下。「我知道，傑洛特先生。您坐吧，到桌子前坐吧……愛德文娜！倒啤酒來！」

「不，杜薩特，我們出去吧。去外頭說幾句話。」

院子中央坐著一隻灰斑貓，一見獵魔士，便立刻躲進蕁麻叢中。

傑洛特說：「我不想害你的妻子太過緊張，也不想嚇到你的孩子。再說，我有件事想要和你單獨談。來吧，我是想請你幫個忙。」

大鬍子挺起胸膛說：「只要您開口，我一定答應。不管是您有什麼願望，只要我辦得到，一定爲您達成。我欠您一份情，一份非常大的恩情。多虧有您，我才能活在這個世上，因爲您當時救了我。我很感謝您……」

「不是我，你要感謝的是你自己。謝你自己即使變成狼形，也依舊保有人性，從未傷過任何人。」

「這話是眞的，我沒傷過人。但這又如何呢？鄰居只要心裡有懷疑，就馬上找獵魔士來砍我的脖子。儘管他們都很窮，卻還是一點一點攢夠錢，雇獵魔士來對付我。」

「我想過要把錢還他們。」傑洛特坦言道：「但這可能會啓人疑竇。我給過他們獵魔士的保證，說我已經解掉你身上的狼人咒，把你的變狼術徹底治好，說你現在是這個世上再正常不過的人。花這種工夫，必得要收錢。人們一旦付了錢，就會相信。只要付了錢，就會變成眞的，變成合法，越貴越有效。」

「每次回想起那一天，我就渾身打哆嗦。」儘管皮膚已曬成古銅色，杜薩特還是刷白了臉。「看見您拿著那把銀劍的時候，我幾乎都快嚇死，以爲自己的時候到了。獵魔士的故事誰沒聽過？都說獵魔士是殺手，喜歡刑求與鮮血？而您其實是正義的人，而且是好人。」

「我們別太誇張了。不過你聽了我的建議，從卦梅茲搬走。」

「我沒得選擇。」杜薩特幽幽地說：「卦梅茲的人雖然好像都信了我已經解咒，但您說的沒錯，一個前狼人要在人類當中生活並不好過。就像您說的，對人類來說，重點不在於我現在是誰，而是我以前是誰。我不得不從那裡搬走，到沒人認識我的外地漂泊。我四處流浪、無家可歸……最後來到這裡。我就是在這裡認識愛德文娜……」

「獸人結為連理是很少見的事。」傑洛特搖搖頭。「這種關係會生下後代，就又是更少見的事了。杜薩特，你眞是個走運的傢伙。」

「您知道就好。」狼人咧嘴一笑。「這些孩子都像從畫中走出來的一樣，長大後都會變成漂亮的姑娘。而我和愛德文娜，我們倆就像是天生一對。和她，我可以就這麼永永遠遠過下去。」

「她馬上就認出我是獵魔士，而且立刻準備好要保護家人。你絕對不會相信，她打算拿滾燙的甜菜湯來對付我。她一定也聽了一大堆獵魔士喜歡刑求與鮮血這類的狼人故事。」

「傑洛特先生，您就別見怪了。至於那個甜菜湯，只是要給您嘗嘗的。愛德文娜很會煮甜菜湯。」

「我最好還是別太放肆。」獵魔士搖搖頭。「我不想嚇到孩子，更不想讓你妻子提心吊膽。對她來說，我依舊是帶著劍的壞人。要她馬上相信我，未免強人所難。她說我身上都是血腥味；我想，這是比喻吧？」

「不太像。獵魔士先生，別見怪，但您身上有非常可怕的血味。」

「我沒沾血已經是……」

「我會說，差不多是兩個禮拜的事。」狼人替他的把話說完。「那是半凝固的血，死人的血，你碰過某個渾身沾血的人。另外還有比較舊的血味，超過一個月。那是冷血，爬蟲類的血。您自己身上也沾過血，是傷口的血，活人的血。」

「你眞是太讓我驚訝了。」

杜薩特驕傲地挺起胸膛說：「我們狼人的嗅覺是比人類要來得靈敏那麼一丁點。」

「我知道。」傑洛特笑了笑。「我知道狼人的嗅覺是自然界的眞正奇蹟，所以我才來請你幫忙。」

□

「尖鼠。」杜薩特嗅了嗅。「是尖鼠，我是說，荒漠尖鼠。還有田鼠，很多田鼠。糞便，很多糞便。主要是松貂，還有伶鼬的，就這些了。」

獵魔士嘆口氣，啐掉一口唾沫，失望之情溢於言表。這已是第四個洞穴，而杜薩特在裡頭聞到的，依舊只有囓齒類動物和捕食囓齒動物的猛獸這兩種，沒有其他的。還有這兩者滿滿的糞便。

他們走向岩壁上另一個洞開的入口。腳下石子不斷鬆動，往岩屑堆落下。岩壁陡峭，行走困難，傑洛特已開始覺得疲累。杜薩特按照地勢的改變，時而化身成狼，時而保持人形。

他探向另一個洞穴，聞了一聞，說：「一頭母熊，還有幾頭小熊。母熊原來在這裡，後來走掉，現在已經不在了。有土撥鼠。鼬鼱。蝙蝠，很多蝙蝠。一隻白鼬。一隻松貂。一隻狼獾。很多糞便。」

又是一個石窟。

「一隻母水鼬，發情了。也有一隻狼獾……不，是兩隻。是成對的。」

「地下水，水中帶了些微硫磺。小精靈。有一整群，大概十隻。有一些爬蟲類，大概是蠑螈……蝙蝠……」

上方高處有塊突出的石壁，一隻巨大的老鷹從上頭飛來，在他們的身邊盤旋，不斷發出叫聲。狼人抬起頭看看山頂，再看看在山頂後頭移動的黑雲。

「暴風雨要來了。這個夏天還眞是的，幾乎每天都有暴風雨……傑洛特先生，我們現在要怎麼做？去下一個洞穴嗎？」

「去下一個洞穴。」

要走到下一個洞穴，他們得先闖過從崖壁傾瀉的瀑布，水流不是很大，但也足以把他們淋個一身濕。這裡的石壁長著青苔，如肥皀般滑腳。杜薩特爲了通過這一段化成狼形。傑洛特幾次打滑，好不驚險，手腳並用，在咒罵中硬逼著自己挺過這一段。還好亞斯克爾不在，不然一定會把這段寫進歌謠裡，他心想。前頭是化成狼形的狼人，後頭是四肢貼地的獵魔士。人類聽了，想必又有得說了。

「獵魔士先生，這裡有一個大洞窟。」杜薩特聞了聞。「這個洞窟又大又深，裡面有山精，總共有五個或六個，都是個頭高大的山精。還有蝙蝠，和很多蝙蝠大便。」

「我們繼續走，去下一個洞穴。」

「山精……是和之前一樣的山精。這些洞穴是相通的。」

「有頭熊，還沒離巢的小熊。本來在那裡，但是走掉了。沒走多久。」

「土撥鼠。蝙蝠。葉鼻蝠。」

接下來的洞穴讓狼人像被燙到一樣，一把跳了開來。

「戈爾貢。」他竊聲說：「在這個洞穴的深處有隻巨大的戈爾貢，她在睡覺。裡頭只有她，沒有其他生物。」

「這我倒是不奇怪。」獵魔士喃喃地說：「我們走吧。小聲點，因爲她隨時會醒過來……」遠離這個洞穴時，他們還不放心地時時回頭張望。幸好下一個洞穴離戈爾貢所在的那個很遠。所謂小心不蝕本，這回他們十分緩慢地接近洞口。這份小心確實沒讓他們失望，但他們也發現這份小心其實是多餘的。接下來幾個洞穴裡，就只有藏在深處的蝙蝠、土撥鼠、老鼠、田鼠或尖鼠。還有成堆成山的糞便。

傑洛特累了、想放棄了。杜薩特顯然也一樣，但依舊維持風度，沒有試圖用言語和動作來讓傑洛特打消念頭，然而獵魔士心裡很清楚，狼人對這項行動的成功性抱著懷疑。克雷摩拉山一如傑洛特曾聽聞的，也像草藥師老婆子向他證實的那樣，西面非常陡峭，像起司一樣到處是洞，有數不盡的洞窟。當然，他們找到了數不盡的洞穴，但杜薩特很明顯地不相信可以靠嗅覺找到他們要的那個洞穴，也就是可以進入城塞這片岩壁建築的地下通道。

更糟的是，天空中劃過一道閃光，也傳出雷聲，應該快下雨了。傑洛特打從心底想吐口水、破口大罵、宣布這場行動結束，但他逼自己堅持下去。

「我們走吧，杜薩特，去下一個洞穴。」

「悉聽尊便，獵魔士先生。」

突然間，像是老掉牙的故事一樣，轉捩點出現了──他們看見岩壁上又有一個洞開的深窟。

「蝙蝠。」狼人邊聞邊說：「蝙蝠和……一隻貓。」

「山貓？斑貓？」

「是貓。」杜薩特打直了背。「普通的家貓。」

□

獵魔士拿出幾瓶鍊金藥。歐圖．杜薩特好奇地盯著那些小瓶子看，親眼瞧著獵魔士喝下那些藥水，然後仔細觀察傑洛特外貌上的改變，兩隻眼睛也因為訝異與恐懼而瞪得極大。

「請您別叫我和您一起進到這個洞穴裡。」他說：「您別介意，但是我不去。一想到裡頭會有什麼，就讓我嚇得狼毛都豎起來了……」

「我根本連想都沒有想過要這麼要求你。回家把，杜薩特，回去找你的妻子和孩子。你已經幫了我的忙，做了我請你做的事，我不能再要求了。」

「我在這裡等。」狼人提出異議。「我在這裡等您出來。」

「我不知道，」傑洛特調整了一下背上的劍。「自己什麼時候會從裡頭出來，也不知道自己到底會不會出來。」

「您別這麼說。我在這裡等……我在這裡等到黃昏。」

□

洞穴底部積著厚厚一層蝙蝠糞便。裡頭全是蝙蝠——大肚蝠，一群群吊滿洞穴頂端，不時動來動去，發出昏昏欲睡的叫聲。洞穴頂端一開始離傑洛特頭部還有很大一段距離，而且底部平坦，他可以自在地快速走動。然而洞穴裡的空間很快就變得難以行走。起先，他彎著腰走，然後越彎越低，接著不得不手腳並用改爲爬行，到最後只能趴在地上匍匐前進。

他因爲洞穴空間已經窄到可能讓他卡住而一度停下，打定主意回頭。但是他聽見水聲，臉頰上似乎也感覺到微微的冷風。他決定鋌而走險，繼續深入狹窄的石縫。直到窄縫逐漸開闊，他才鬆了口氣。這條通道突然往下傾斜，讓他直接滑落一道伏流。這條地下小溪是從一塊岩石底下流出，然後消失在對向的岩石底下。上方某處泛著微弱光線，而冷風也是從那裡——極高的地方——吹來。

小溪消失的落水洞看來積滿了水，獵魔士雖懷疑那底下有水道能通到另一端，卻不想要潛入水中。他決定與快速流動的溪水逆向而行，順著通往上方的滑道走。等他走出滑道，進入一個大廳後，已是渾身濕答答，沾滿成爲泥濘的石灰岩沉積物。

這座大廳非常巨大，充滿雄偉的灰華、流石、石簾、石筍、鐘乳石與石柱。溪水沿著洞底流動，形成彎道很大的曲流。這裡的上方一樣泛著光線，也能感受到空氣對流。除此之外，還有別的東西。獵魔士的嗅覺雖然比不過狼人，但現在就連獵魔士也感覺到先前狼人所說的東西——淡淡的貓尿味。

他停下腳步看了看四周。空氣流動的方向爲他指出出口位置，那開口的兩側有巨大溶岩石柱排列，看起來有如城堡的側面入口。一個裝滿細沙的盆子就擺在入口邊。就是這個盆子發出貓臭，沙上可以看見許多貓掌印子。

在那道石洞裡爬行時，他不得不拿下劍，這會兒又重新揹回背上，踏入石柱之間。

這條通道通往上方，不是很陡，裡頭的空間又高又乾。底部堆滿石塊，但還算能行走。他一直往前走，最後來到一道門前。那是道堅固結實的門。

到目前爲止，他一點也不敢肯定自己追的線索對不對，完全無法確定自己是不是進到正確的洞穴。這扇門看起來像是肯定的答案。

這道門在門檻的地方有個小開口，是不久前才鋸出來的。那是給貓走的通道。

他推了下門——門板文風不動，反倒是獵魔士的護身符微微動了一下。這道門具有魔法，受咒語保護，然而徽章只輕輕震了一下，代表這道咒語不是很強。他把臉湊向門板，說：

「朋友。」

上過橄欖油的鉸鏈轉動，門板無聲開啓。一如他所料，這道門是工廠大量生產的那種，防護咒語很弱，出廠時設有標準密碼，但他很走運，沒人想到要把這預設的密碼改成比較複雜的組合。這座建築周遭都是洞穴和各種生物，而那些生物連簡單的魔法也不懂得使用。

他用一顆石頭卡住門，爲自己確保退路。天然洞穴到這道門之後便結束了，接下來是一條用鐵鎬在石壁裡鑿出的通道。

儘管有這種種跡象，他心裡還是不太肯定，一直到他看見前方有道燈光。那搖曳的燈光應該是來自火把和油燈。過了一會兒，他聽見很熟悉的笑聲。那是一種咯咯笑。

「不唉——呵——唉呵——不唉呵——！」

光線與笑聲是出自頗爲寬敞的空間，而光源來自插在鐵架上的火把。牆邊堆著各種箱子、盒子和桶子。布艾與班格各把一個箱子和桶子當椅子坐，正玩著骰子。班格再看見自己擲出比較多點數，便咯咯笑了起來。

一旁的箱子上擺著一個細頸大玻璃瓶，裡頭裝的是人稱生命之水的烈伏特加，瓶子前擺著下酒菜。一條烤人腿。

獵魔士把劍抽出鞘。

「兄弟們，你們好啊。」

布艾與班格張大嘴盯著他看了一會兒，然後大吼一聲，快速起身，桶子也因此倒了一地。他們抄起武器——布艾拿鐮刀，班格拿寬彎刀——一起攻向獵魔士。

兩人的行動令他意外，但他也早料到他們不會就這麼放過他。只是，他沒想到這兩個手腳笨拙的大塊頭速度可以這麼快。

布艾舉起鐮刀往下一揮，幸好傑洛特往上跳起，不然雙腳就會沒了。班格接著進攻，彎刀在岩壁上砍出火星，傑洛特險些來不及躲過。

獵魔士知道怎麼應付速度快的對手，體型大的也是。不管是速度快的還是慢的，體型大的還是小的，都會有某個地方特別脆弱。

他們不知道獵魔士在喝下鍊金藥後，動作可以變得有多快。

布艾被砍中手肘，發出慘叫；班格被砍中膝蓋，叫得更加淒厲。獵魔士快速轉身閃躲欺敵，跳過鐮刀刀尖，以劍身末端砍向布艾的耳朵。布艾不斷甩頭大叫，然後揮起鐮刀發動攻擊。傑洛特將手指交疊，朝他打出阿爾得之印。被魔法打傷的布艾一屁股跌坐在地，牙齒發出脆響。

班格舉起彎刀大力一揮，傑洛特身子一矮閃過刀口，並順勢痛擊大塊頭的另一個膝蓋。傑洛特轉動腳跟，跳到試圖起身的布艾面前，朝他的眼睛又是一劃。然而布艾頭一縮，讓傑洛特失了準，砍中他的眉骨，矮人巨魔頓時滿臉是血。布艾怒喝一聲，爬起來往傑洛特瞎衝。傑洛特跳了開來，布艾和班格撞在一塊。班格推開布艾，在暴怒的吼聲中往獵魔士撞，反手揮出彎刀。傑洛特一個假動作加半迴身，俐落躲開刀刃，瞄準巨魔矮人的兩邊手肘揮出兩劍。班格發出慘叫，卻沒有放開彎刀，而是再度揮動武器大大砍出，卻是虛軟無力。傑洛特閃出攻擊範圍，順勢來到對方身後，而這麼一個大好機會，他自是不會放過。長劍一反，由下而上筆直切進班格兩瓣臀肉的正中間。班格抓住臀部，先是慘叫，然後連連哀號，零碎走了幾步後，雙膝一彎，尿了出來。

瞎了眼的布艾鐮刀一揮，命中目標，卻不是已經轉出他攻擊範圍的獵魔士。被他砍中的是依舊按著屁股的同伴，腦袋就這麼與身體分家。被切斷的氣管在空氣中嘶了一聲，而動脈裡流出的鮮血就像是從火山口爆發的岩漿，一路噴到了天花板上。

班格站在原地，鮮血不斷噴濺，宛如一尊噴泉裡的無頭雕像，被兩隻又大又平的腳板牢牢固定，但最終還是身子一斜，像塊積木一樣倒了下去。

布艾擦掉噴得他兩眼都是的鮮血，意識到發生什麼事後，發出水牛般的怒吼。他原地打轉，尋找獵魔士，但沒有找到，因爲獵魔士在他的背後。獵魔士朝他腋下劃過一劍，令他放掉抓在手中的鐮刀。他赤手往獵魔士衝去，兩眼再度淋滿鮮血，也因此撞到了牆上。獵魔士跳過去，再下一劍。

布艾顯然不知自己被切斷動脈，而且早該斷氣。他不斷大叫，揮著雙手原地打轉，直到雙膝一軟，才跌跪血窪之中。雙膝跪地的他不斷大叫，持續揮動雙手，但聲音越來越小，越來越遲緩。爲了一勞永逸，傑洛特走過去，一腳往他的胸骨踹。而這是一個錯誤。

巨魔矮人悶哼一聲，把劍的劍身、護手，連同獵魔士拿劍的那隻手，全都一把抓住。他的眼睛已漸漸轉為渾濁，但抓握的力道沒有絲毫放鬆。傑洛特雙腳踏到他的胸口，反向一抵，試圖掙脫。即使掌心已鮮血淋漓，布艾還是沒有鬆手。

帕士托踏進溶洞，雙弓鋼弩對準獵魔士，咬牙切齒地說：「你這個愚蠢的王八蛋，自己送進來這裡找死。麻煩鬼，你已經完了。布艾，把他抓好。」

傑洛特又大力掙脫了一下。布艾悶哼一聲，但沒有鬆手。駝子咧嘴一笑，扣下扳機。傑洛特縮起身子閃躲，沉重的弩箭箭羽擦過他的身側，重重射進牆中。布艾放開獵魔士的劍，正面倒地，接著抓住獵魔士的雙腳，然後便僵直不動。帕士托勝利般地高呼一聲，舉起弩弓。

但他沒來得及扣下扳機。

一匹巨狼宛如灰色子彈衝進溶洞，以狼的方式攻擊帕士托，從他的雙腳下手，扯斷膝蓋後方的肌腱與動脈。駝子慘叫一聲，倒落地面。一道脆響傳出，弩箭離弦，布艾發出哽咽——弩箭直接射進他的耳中，只剩箭羽留在外頭，而箭矢則從另一頭穿出。

帕士托發出怒吼。狼人張開血盆大口，一把咬住他的頭。怒吼頓時轉為慘叫。

巨魔矮人總算斷了氣，傑洛特把他從腳邊踹開。

杜薩克已經變回人形，從帕士托的屍體上抬起頭，擦了擦嘴唇與下巴，迎向獵魔士的視線說：

「我當狼人當了四十二個年頭，也該找個人來咬一下了。」

□

「我不得不進來找您。」杜薩特爲自己辯白：「傑洛特先生，我知道自己必須警告您。」

「警告我關於他們的事嗎？」傑洛特把劍擦乾淨，指著那些一動也不動的屍體說。

「不只這樣。」

獵魔士走進狼人所指的空間，隨即反射性地退了回來。

石磚地板上滿是凝固的血跡，黑壓壓一片。正中央開著一個黑洞，洞口周圍經過特別強化。一旁堆著一小座屍山。那些屍體混身赤裸、傷痕累累，有些被切開，有些被分成四塊，還有些被剝了皮，數量難以估算。

從洞穴深處清楚傳出骨頭折斷、撞碎的聲音。

「我先前沒辦法察覺到這一點。」杜薩克喃喃地說，聲音中有著滿滿厭惡。「一直到那底下有扇門打開，我才聞到這氣味……我們快離開這裡吧，先生，離這個死亡之地遠遠的。」

「我在這裡還有事要辦，但是你走吧。非常感謝你過來幫忙。」

「您別謝我，是我有欠於您。我很高興自己能還清這筆債。」

□

一道旋梯繞著岩壁圓井通往上方。儘管很難正確估算圓井高度，傑洛特還是大略抓了一下，若以一般塔樓階梯計算，順著這道旋梯，他應該可以爬到建物上一層，也許是上兩層。他邊走邊算，到第六十二階時，總算來到一扇門前。

這扇門和底下的那扇一樣，鋸有一個給貓用的通道，也同樣十分堅固，但沒有魔法保護。只消輕輕一壓門把，門扉便自動退開。

門後的空間沒有窗戶，照明微弱。天花板底下吊著幾顆魔法球，但只有一顆是啓動的。空氣中有著可怕的臭味，那是化學物品及世上所有噁心之物的集合。只消瞧一眼，便能看見裡頭的東西。架子上擺著許多大型玻璃罐、瓶子和附塞蓋的小瓶子。也有曲頸瓶、玻璃製的小圓罐和管子、鋼製的器具與工具。一言以蔽之，這是間實驗室，錯不了。

入口處有排架子，上頭擺著一整排巨大的玻璃罐。離他最近的那個，裡頭裝著滿滿的人類眼珠，在黃色液體中漂浮，簡直就像泡在罐子裡的糖煮黃李。第二個罐子裡裝著一個人造人，體型嬌小，不會超過兩個拳頭合起來那麼大。第三個罐子裡……

第三個罐子裡是一顆浮在液體中的人頭。臉部輪廓已經受損變形、浮腫褪色，隔著渾濁的溶液與厚實的玻璃更是難以看得清楚。他也許認不出來這張臉原本的模樣，但那是顆光頭。只有一個巫師是把頭髮剃光的。

原來哈嵐．札拉根本就沒有抵達波維斯。

再過去的那些罐子裡，同樣也泡著東西，都是些青紫、蒼白的噁心物體。不過除了剛才那個罐子，他沒再看到有任何腦袋泡在裡頭。

房間的中央有一張桌子，那是張裝了排水管的弧形鋼桌。

桌上躺著一副赤裸的屍體，一副小小的屍體，是孩子的屍體，一個金頭髮的小女孩。

這副屍首被人以丫字形切開，內臟被取出來擺在屍體兩側，整整齊齊，一目了然。看起來就像是解剖圖鑑上的圖案，唯一缺少的只有圖案編號——圖一、圖二之類的。

他從眼角瞄到動靜。一隻黑色大貓閃到牆邊，看著他發出嘶聲，接著從半掩的門扉跑掉。傑洛特跟著牠走去。

「先生……」

他停下腳步，轉過身。

角落擺著一個很矮的籠子，讓人聯想到雞籠。他先是看見抓著鐵欄桿的細瘦手指，然後是一對眼睛。

「先生……請救救我……」

那是個小男孩，最多不過十歲，全身縮成一團，不斷發抖。

「請救救我……」

「安靜。你現在暫時沒有危險，但是撐住，我馬上回來找你。」

「先生！您別走！」

「我說了，安靜。」

接下來先是一座佈滿灰塵、讓人鼻子發癢的圖書館，然後是個像客廳的地方，接著是臥室，裡頭有張大床和烏木爲柱的黑色天篷。

他聽見窸窣聲，轉過身。

索雷爾．戴格隆德站在門邊，頭髮經過梳理，身上繫著繡了許多金星的斗篷。戴格隆德的旁邊站著一個不是很大，全身灰色，帶著把澤利堪尼亞馬刀的東西。

巫師說：「變種人，我已經準備好一個裝滿福馬林的玻璃大罐子，要拿來裝你的腦袋。貝塔，殺了他！」

戴格隆德得意洋洋的話聲未落，劍光一閃，那灰色的東西便已「嗖」地一聲展開攻擊。這是道速度快得令人稱奇的灰色鬼影，也有如無聲無息的敏捷灰鼠。傑洛特閃過左右交劃的典型兩刀，第一刀讓他感覺到刀身劃過耳邊空氣，第二刀則輕輕擦過他的袖子。第三刀被他用劍擋下，雙方一度僵持。他看見那個灰色東西的相貌——眼睛又大又黃，瞳孔垂直，鼻子的地方是兩道狹長縫隙，還有兩隻尖耳朵。這東西根本沒有嘴。

兩人分了開來。那東西俐落轉身，輕巧踏出一步，瞬間展開攻擊。雙方再度交擊，而情況也在獵魔士的預料之中。那東西有著超人的靈活度，反應敏銳，速度快得令人無法置信，卻是不夠聰明。

那東西不知道獵魔士在喝下鍊金藥後，動作可以變得有多快。

傑洛特引導對方出手，只讓他揮出一劍，便奪回主導權，主動出擊，動作熟練。他身子飛快一個半旋，繞過那灰色的東西，使出佯攻欺敵，一劍殺向對方鎖骨。血還沒來得及噴出，獵魔士手中的劍一轉，又砍向那東西腋下，然後往後一跳，準備好面對接下來的攻擊。不過，他已經不需要再做任何事了。

那灰色的臉孔上張開一個大洞，有如一道傷口，很寬，連接兩側耳朵，但不超過半吋高；原來那東西是有嘴巴的。可是，那東西沒發出任何聲響，只是雙膝跪地，然後側身倒下。他抽搐了一會兒，時不時揮動手腳，像條正在作夢的狗。然後，他死了。在無聲之中死了。

戴格隆德犯了個錯誤。原該逃走的他，舉起雙手，開始唸咒，怒不可遏的低吼聲中溢滿憎恨與厭惡。他的掌心周圍開始出現光漩，形成一顆火球，看來有點像是在做棉花糖的樣子，就連那臭味也頗為相似。

戴格隆德沒來得及做出完整的火球。他不知道獵魔士在喝下鍊金藥後，動作可以變得有多快。傑洛特跳向前去，朝那光球和巫師雙掌一劍砍下。一聲巨響傳出，有如燒得正旺的爐子，火花四濺。戴格隆德慘叫一聲，放開火球，雙手滿是鮮血。火球熄滅，廳裡瀰漫一股焦石味。

傑洛特把劍扔掉，朝戴格隆德狠狠甩了一巴掌。巫師大叫一聲，縮成一團，轉身背向他。獵魔士一把將他扯過，抓住他的皮帶釦，用手臂扣住他的脖子。戴格隆德發出尖叫，開始拳打腳踢並大叫道：

「你不可以！你不可以殺了我！你不能這麼做……我是……我是人類！」

傑洛特收緊扣著他的脖子的手臂，起初並不是很用力。

「不是我！」巫師哀號：「是歐特蘭！是歐特蘭叫我這麼做的！是他逼我的！而碧露塔．伊卡爾緹全都知道！是她！是碧露塔！那個徽章是她的主意！是她叫我做的！」

傑洛特加重力道。

「來、人……救、命……不……」

戴格隆德呼吸急促，流了一下巴的口水。傑洛特把頭別開，前臂也收得更緊了些。

戴格隆德失去意識，任憑傑洛特扣著。傑洛特再次加重力道，戴格隆德的舌骨發出脆響。傑洛特再度加深力道，這回斷的是喉頭。傑洛特不斷加深力道，用力再用力。

頸椎應聲斷裂錯位。

傑洛特就這麼把戴格隆德扣著，再等了一會兒，接著將他的頭往旁邊用力一扭，以確保萬無一失，然後放掉他。巫師癱跌在地，軟軟地，宛如絲綢落下。

獵魔士把沾滿口水的袖子在帷幔上擦了擦。

黑色大貓不知從何處出現。牠蹭了蹭戴格隆德的身體，又舔了舔那隻已經沒有動靜的手，叫了幾聲。那是悲傷的哭聲。牠在屍體邊躺下，貼著屍側，一雙金色的眼珠張得老大，盯著獵魔士看。

「我別無選擇。當時的情況讓我不得不這麼做。別人不說，但你應該可以明白。」獵魔士說。

貓兒瞇起眼睛。這表示牠明白了。

看在神的分上！我們在地上坐下，好好談談
諸王逝世的悲傷故事吧。
他們有的遭到罷黜，有的戰死沙場，
有的飽受廢王幽魂糾纏，
有的被妻子毒害，有的於睡夢中遭人殺害，
全都不得善終。

《理查二世》
——威廉・莎士比亞
斯塔尼斯瓦夫・寇吉米安譯

第十八章

王家婚禮當日，大清早便風光明媚。科拉克的天空一片湛藍，沒有半朵雲彩。氣候從早上開始便很溫暖，而海上吹來的微風中和了晴空的熱氣。

上城從清早便動了起來。人人趕忙清掃街道與廣場，用彩帶與花圈裝飾門面，在旗杆上掛上旗幟。前往王家宮殿的那條路，從早上便擠滿長長一串爲宮殿供貨的人車，載滿貨物的馬車與推車不斷與從宮殿出來的空車交會。搬運工人、工匠、商人、信使和跑腿的，匆忙沿著山坡向上跑去宮殿。再晚一點，這條路上便擠滿轎子，裡頭坐的都是前來參加婚禮的賓客。據說，貝路宏國王是這麼宣告的：「我的婚禮可不是兒戲。我的婚禮要舉世皆曉，要讓人永世難忘，要成爲永遠的討論話題。」因此，在國王的一聲令下，典禮要從早上持續到深夜。典禮期間，賓客將可期待各種稀奇吸睛的活動。

科拉克是一個小小的王國，基本上地位不是太過重要，也因爲如此，傑洛特懷疑這個世界是否會特別在意貝路宏的婚禮，不過這人打算慶祝一整個禮拜，天曉得他想出了哪些活動。這個消息最多傳至方圓百哩，不會再遠了。不過大家都知道，對貝路宏來說，世界的中心就是科拉克城，而這整個世界的範圍則是這座城市周邊沒多大的幅員。

他和亞斯克爾都穿上兩人所能找到最體面的衣著，傑洛特甚至爲了這個場合買了一件全新的小牛皮外套，而且好像比這外套的原價還多付了許多錢。至於亞斯克爾，這人從一開始便宣布自己不把王室婚禮放在眼裡，也不會去參加。因爲，他雖然在賓客名單上，身分卻是王家檢察官的親戚，而不是世界知名的詩人與吟遊詩人。而且他也沒有收到表演邀請。亞斯克爾把這看作是一種輕慢，因此一肚子火氣。不過他的火氣通常不會持續太久，至多不超過半日。

順著山坡蜿蜒通往宮殿的道路上插滿旗竿，在微風的吹拂下，金色旗幟懶懶飄動。每面旗幟上都有科拉克的國徽——紅鰭紅尾、呈現泳姿的天藍海豚。

亞斯克爾的親戚法蘭．德萊騰霍在宮殿區前等候他們。陪同他的還有幾名穿著海豚國徽色，也就是藍紅兩色衣著的禁衛軍。檢察官向亞斯克爾打招呼，並喚來一名侍者協助詩人，帶領他們前往宴會地點。

「傑洛特先生，至於您呢，請隨我來。」

他們走在花園側邊的小徑上，穿過一個很明顯是伙房的區域，因爲那裡不時傳來鍋子與廚具碰撞的聲音，以及各個大廚對底下學徒難以入耳的叫罵。不過食物的香氣倒是很誘人。傑洛特知道菜單的內容，明白前來參加婚禮的客人在宴席上能嘗到哪些佳餚。幾天前，他和亞斯克爾一起去了「事物的本質」那家酒館，費布斯．拉文加不掩驕傲地向他們誇耀，自己和幾家餐廳一起籌備了一場宴會，構思菜單，再由城裡的一群菁英主廚負責烹調。拉文加告訴他們，早餐會上生蠔、海膽、蝦子及炒螃蟹。第二頓早餐上的是各式肉凍與肉醬、煙燻及醃漬鮭魚、水晶鴨、綿羊及山羊乾酪。午餐可自由選擇雞湯或魚湯，搭配小肉丸或魚丸，肝丸牛肚湯、蜂蜜烤鮟鱇及海鱸番紅花丁香。

拉文加像訓練有素的演說家那樣調整呼吸，然後陸續唱名接著會上的餐點：肉品搭配續隨子醬、蛋與芥末，天鵝膝佐蜂蜜，豬油塊圈閹雞，鷓鴣配百香果醬，烤乳鴿，還有羊肝蛋糕及珍珠薏仁。各種生菜鮮蔬。然後是焦糖、牛軋糖、餡餅、炒栗子和各式果醬。投散特的葡萄酒，至於供應量當然是沒有上限、沒有停歇。

拉文加的描述聲色俱佳，讓人聽了不禁口水直流。儘管菜色豐富，傑洛特卻很懷疑自己有辦法品嘗任何一道菜，因爲在這場婚宴上，他並不是客人。他的情況比忙進忙出的侍者還糟，他們至少還有機會從端出去的盤子上拿點東西，不然至少也能用指頭抹一點奶油、醬汁或肉醬來嘗嘗。

典禮主要是在宮殿的花園進行，這裡以前是神殿的果園，後經科拉克的歷代國王多次改建與擴建，但變更大多著重在柱子、涼亭與沉思亭。今日，在樹木與建物之間格外又搭了許多彩色棚子，而炙熱的陽光與熱氣則靠帆布帳子來遮掩。花園裡已聚集了一小群賓客。原先的規畫就沒有太多客人，大概只有兩百名左右。據說，賓客名單是國王親自擬定，只有被選中的賓客才會收到邀請函，而那些都是清一色菁英。事實證明，貝路宏眼中的菁英主要都是他的血親與姻親。除此之外，還有地方傑出人物、組織中堅分子、重點政府官員、身家最爲雄厚的本地世族、外國商賈及外交人士。這些所謂的外交人士，都是以貿易代表作爲掩蓋的鄰國間諜。名單上剩餘的賓客則是爲數眾多、對君主極盡阿諛奉承之能事的諂媚小人。

艾格蒙王子在其中一個宮殿側門等著。他身上穿著黑色長袍，上頭的金銀刺繡非常華麗。有幾名年輕男子陪伺著王子。所有人多留著一頭長長的鬈髮，穿著時下最流行的墊棉緊身衣配貼身褲，胯部的蓋片突出得極爲誇張。傑洛特不喜歡他們。這不僅是因爲他們打量他衣著的目光，也是由於他們和索雷爾·戴格隆德太像了。

一瞧見檢察官與獵魔士，王子便立刻要隨扈走開，只有一名男子留下。那人是短頭髮，穿的是正常褲子。即便如此，傑洛特還是不喜歡他。那人眼睛很奇怪，眼神也絕非善類。

傑洛特向王子鞠躬行禮，而想當然爾，王子沒有回禮。

一等傑洛特行完禮，王子便說：「把劍給我。你不能帶著武器在這裡大剌剌地走來走去。別擔心，雖然你不會看見你的劍，卻是隨時伸手可得。我已經下了命令，如果有事發生，我的人馬上會把劍拿來給你。這件事的負責人是在這裡的羅普上尉。」

「那麼，有事發生的可能性有多大呢？」

「如果這個可能性完全沒有又或是微乎其微，那麼我會勞煩你嗎？哦！」艾格蒙仔細端看了一下劍鞘與劍身，說：「這把劍是出自薇洛雷達！這不僅僅是把劍，而是一項藝術品。我之所以知道，是因爲我曾有過一把類似的劍，不過被我的親哥哥維拉克薩斯給偷了。當年他被父王驅逐，臨走前搜刮了不少珍奇東西，想必是打算拿來當紀念品。」

法蘭．德萊騰霍清了下嗓子。傑洛特想起亞斯克爾說過的話。遭到驅逐的長子之名在宮殿裡是禁語，但艾格蒙很明顯不把這個禁令放在眼裡。

「眞是件藝術品。」王子重複道，雙眼依舊觀賞著那把劍。「我不會深入探究你這把劍是怎麼得來的，不過我要恭喜你能擁有這把劍，因爲我不太相信你被偷走的那兩把劍會好過這一把。」

「這是個人喜好的問題，我寧可找回被偷走的那兩把劍。王子殿下和檢察官大人給了保證，說會找出偷劍的人。請容我提醒一下，這是我接受保護國王這個任務的前提，而這個前提顯然沒有實現。」

「顯然沒有。」艾格蒙冷冷承認，同時也把劍交給羅普上尉——一個眼神很不友善的人。「因此我認爲自己有必要獎勵你。我本來打算付你三百克朗，但現在你可以拿到五百。我還要補充：我們並沒有停止追查你那兩把劍的下落，你也許還可以把它們找回來。法蘭似乎已經找到嫌疑人，對吧，法蘭？」

法蘭・德萊騰霍平板地說：「偵查結果全都指向一名叫作尼克福・木伍斯的人，他是縣城及法院的官員。目前在逃中，但是要逮到他只是時間早晚的問題。」

「我想這個時間應該不會太久。」王子哼了一聲，說：「要抓到一個沾滿墨漬的小小官員，不是什麼難事。再說，這人老是坐在桌子後頭，想必也受痔瘡之苦，而身上長有痔瘡，不論是走路或騎馬，要想逃跑可沒那麼簡單。他到底是怎麼有辦法溜走的？」

「我們碰上的，」檢察官清了清喉嚨。「是個不太按常理出牌的對象，而且可能心智也不完整。他消失之前，在拉文加那裡鬧出一件頗爲噁心的事，是與……殿下請見諒，與人類的排泄有關……那場所不得不關閉一段時日，因爲……那些讓人不舒服的細節我就不說了。我們的人在搜查木伍斯住所時，並沒有發現遺失的劍，但是找到了一個背袋，裡頭裝著……殿下請見諒……滿到袋口的……」

「別說、別說，我猜得到是什麼。」艾格蒙皺起眉頭。「沒錯，這確實在很大的程度上說明這人是處於怎樣的心理狀態。獵魔士，在這種情況下，你的劍應該是找不回來了。就算法蘭抓到這人，也沒辦法從一個瘋子口中問出什麼。這種人甚至不值得拷問，因爲越是折磨他，越會讓他語無倫次，不知所云。現在，請兩位見諒，我得去盡我的義務了。」

法蘭・德萊騰霍領著傑洛特走向宮殿的主要入口，兩人很快便來到鋪著石板的庭院。宮廷的管事們在那裡迎接賓客，而禁衛軍與侍者護送賓客向裡頭走，前往花園深處。

「我該有怎樣的心理準備？」

「什麼？」

「今天這裡會發生什麼事，我該有怎樣的心理準備？你是哪個字聽不明白？」

「有人親耳聽見，」檢察官壓低聲音說：「山德王子說他明天就會成為國王。不過這已經不是他第一次這麼說了，而且每次他這麼說的時候，都喝醉了。」

「他有能力進行刺殺嗎？」

「不太可能。但是他有一團祕密顧問，都是他的親信與擁戴者，這些人就比較有能力做這種事。」

「貝路宏今天就會宣布新任王妃所懷的兒子為王位繼承人，這件事的眞實性有多少？」

「不少。」

「即將失去登基機會的艾格蒙雇獵魔士來守衛父親。嘖嘖，這份兒子對父親的愛還眞是教人敬佩。」

「不要意見那麼多。你接受了任務，就把事情辦好。」

「我接受了任務，會把事情辦好，即使情況很不明朗也一樣。我不知道要是有個萬一，與我敵對的會是誰。然而我應該要知道，這個萬一出現的時候，誰會支援我。」

「有必要的話，就像王子承諾過的那樣，羅普上尉會把劍交給你。他會支援你。我也會盡我所能幫你，因為我希望你一切順利。」

「你是什麼時候開始這麼想的？」

「什麼？」

「到目前為止，我們從來沒有單獨交談過。亞斯克爾每次都在，而我不想在他面前提起這件事。那些所謂我的騙局的書面細節，艾格蒙是從哪裡拿到的？是誰捏造的？絕對不是他自己。是你捏造的，法蘭。」

「這跟我一點關係都沒有。我向你保證……」

「作爲一名法律守護者，你眞的很不會說謊。眞不知道是怎樣的奇蹟，讓你爬上了這個位子。」

法蘭．德萊騰霍先是抿住雙唇，然後說：

「我不得不這麼做。我得完成任務。」

獵魔士盯著他看了許久，最後才開口說：

「類似這種話我聽過幾次，說出來你不會相信。令人欣慰的是，說這種話的人，通常都是即將被吊死的人。」

□

莉塔．奈德也在賓客之中。他輕而易舉便能認出，因爲她很顯眼。一襲襟口深開的鮮綠色雙縐綢連身裙裝，正面有著用細小亮片繡成的蝴蝶裝飾，閃閃發亮。裙襬以荷葉邊裝飾。凡是超過十歲的女人穿上有荷葉邊的裙裝，都會讓獵魔士諷刺地爲她們感到同情，但這套裙裝穿在莉塔身上卻非常協調，而且說是誘人還謙虛了。

女巫脖子上戴著一片經過琢磨的祖母綠頸飾，每一顆都不會比杏仁小，其中一顆較其他的大上許多。

她的一頭紅髮有如森林大火。

瑪賽可站在莉塔身旁。她穿了絲綢與雪紡做的黑色裙裝，款式意外大膽，肩膀與袖子都是透明的。

女孩的脖子與胸口罩著一種以雪紡精心抓縐、類似襞襟的東西，和黑色長手套搭在一起，為她營造出奢華神祕的形象。

兩人都穿著四吋高的跟鞋，莉塔的是鬣蜥皮，瑪賽可的則是黑色漆皮。有那麼一會兒，傑洛特猶豫著是否要上前，但也只有那麼一會兒。

「你好啊。」她頗有節制地與他打招呼：「這還真是巧，很高興見到你。瑪賽可，妳贏了。白色跟鞋是妳的了。」

「妳們下注的內容是什麼？」傑洛特心裡已經有底。

「你。我認為我們已經不會再見到你，我賭你不會再出現。瑪賽可接受了，因為她有別的看法。」她用一雙碧眼深深看了他一下，顯然是在等他發表意見。等他開口，不管說什麼都好。傑洛特什麼話也沒說。

「兩位美麗的小姐好啊！」亞斯克爾突然從地下冒出來，著實是個天外救星。「我給兩位深深一鞠躬，向兩位的美貌致敬。奈德小姐、瑪賽可小姐，我沒有花，請兩位見諒。」

「您言重了。藝術圈有什麼新鮮事呢？」

「藝術圈就是那個樣子，說有是有，說沒有也沒有。」一旁有個侍者經過，亞斯克爾從侍者的托盤上拿走兩杯葡萄酒，遞給面前的女士們。「你們不覺得這宴會有點無聊嗎？不過葡萄酒不錯。艾斯艾斯，一品脫要四十。紅酒也不錯，我嘗過了。只有希波克拉【註】你們別喝，他們不會調。你們注意到了嗎？到現在還有賓客不斷進場，而那些當然都是身分地位比較高的人，這是一種反過來的競賽，倒過來的比賽，最晚現身的人才是獲得桂冠的贏家，而且會有華麗的進場。我們現在應該已經看到決賽了。原已邁向終點的連鎖鋸木廠主人與妻子，輸給了在他們後頭出現的港口總管及妻子。而這後者又輸給了這個我不認識的優雅男士……」

「那是科維爾的貿易代表團團長。」珊瑚解釋：「他和夫人一起來，就不知道那是誰家的夫人。」

「你們看，皮拉爾．普拉特正加入那群精英中的精英，這老賊。和他身邊的女伴比起來……該死！」

「怎麼了？」

「普拉特旁邊的那個女人……」亞斯克爾突然腳步不穩。「那是……那是艾特娜．阿希德……把劍賣給我的那個寡婦……」

「她是這樣向你自我介紹的？」莉塔哼了一聲，說：「艾特娜．阿希德？這樣重組字眞是夠沒創意的了。那個人是安特雅．德里思，普拉特最大的女兒，不是什麼寡婦，因爲她根本就還沒嫁人。有傳言說她不喜歡男人。」

「普拉特的女兒？這不可能！我去過他那裡好幾次……」

「卻從沒在那裡看過她。」女巫沒讓他把話說完。「這沒什麼好奇怪的。安特雅和家裡的關係不是很好，甚至沒有用家族姓氏，而是使用兩個名字合起來的化名自稱。她只在生意上和父親有往來，而這生意她其實經營得很活絡。不過看見他們兩個一起出現在這裡，倒是讓我覺得奇怪。」

「想必是有生意要做。」獵魔士反應很快地指出重點。

譯註：希波克拉（hipokras）是加入香料、糖或蜂蜜調製而成的加熱葡萄酒。其名稱源自醫學之父希波拉克底。

「光是想那會是什麼生意，就教人頭皮發麻。檯面上，安特雅做的是貿易仲介，但是她最喜歡的運動是騙術、詐欺與設局。詩人，我想拜託你一件事。你常常出入這種場合，但瑪賽可不是，帶她去走動走動，爲她介紹值得認識的人，也給她指點哪些人不值得認識的吧。」

亞斯克爾向珊瑚保證使命必達後，便勾起手臂伸向瑪賽可。他們走後，就只剩下傑洛特與珊瑚。

「來吧。」珊瑚打破無盡延長的沉默說：「我們去走一走。去那邊的山坡。」

山坡上，一座沉思亭居高臨下，環視整座城市、帕爾米拉、港口與大海。莉塔伸出一隻手掌遮在眼睛上方。

「正駛進錨地的那艘是什麼船？正在下錨的那一艘？三桅快船，結構很有趣。船帆是黑色的，呵，這可不是每天都能看見的景象……」

「別管三桅快船了。妳把亞斯克爾和瑪賽可支開，現在只剩我們兩個，四下無人。」

「而你，」她轉過身。「在想這是爲什麼。你在等我要和你說什麼，你在等我向你提問。我說不定只是想告訴你最新的小道消息？巫師圈裡的？唉，不是，不要怕，和葉妮芙沒關係。是里斯堡的事，你也知道那個地方。最近那裡發生許多改變……我在你眼裡沒看到什麼感興趣的光彩。要繼續說嗎？」

「怎麼會，說吧。」

「事情是從歐特蘭死掉後開始的。」

「歐特蘭死了？」

「他的死是不到一星期前的事。根據官方版本，他是被自己正在研究的肥料毒死的。不過有傳言說死因是腦溢血，因爲他突然接到一個愛徒的死訊。那名愛徒死於某種實驗中，而那個實驗似乎非常可疑，好像是某個叫戴格隆德的。你聽過他嗎？你在城堡裡的時候見過他嗎？」

「有這個可能。我在那裡見過很多人，不是所有人都值得我記住。」

「歐特蘭似乎把愛徒的死怪罪到里斯堡的整個管理團隊，氣急攻心之下而腦溢血。他的年紀也確實已經很大，多年來一直有高血壓的問題，而他吸食飛天粉成癮的事也不是祕密，飛天粉加高血壓就成了一顆不定時炸彈。不過那裡一定還有發生什麼事，因為里斯堡裡頭有許多重要人事更換。而且在歐特蘭過世前，那裡發生了幾場衝突，最後阿爾格農．昆恩坎普——更為人熟悉的名字是皮內提——等人被迫離開。你肯定知道他是誰，因為要說那裡有誰值得記住，那就一定是他。」

「的確。」

「歐特蘭的死，」珊瑚謹慎地看著他。「引起參議會的快速反應。參議會在早先便已收到一些令人不安的風聲，和古怪屍體及他的愛徒有關。有趣的是，一顆小小石子就能引起山崩，而這種事在我們的時代裡也越來越重要。區區一個凡人，一個過度追根究柢的巡警或治安官的。那人逼著自己的長官，也就是葛思維冷的城守要有所行動，這事報上了國王的議會，再從那裡傳到了參議會。長話短說，他們認為這些人之所以會犯錯，是因為少了監督。碧露塔．伊卡爾緹不得不離開管理團隊。回到校園，也就是回去阿瑞圖沙。痲子臉阿克瑟與桑多瓦爾也走了。詹格尼斯告發這些人，把錯都推給他們，得到參議會垂憐，保住了位子。你聽了覺得怎樣？也許你有事要告訴我？」

「我有什麼好說的？這是你們的事，也是你們的醜事。」

「是在你去過那裡沒多久就爆發的醜聞。」

「珊瑚，妳太抬舉我，也太高估我的能力了。」

「不管是什麼事，我從來就不會高估，也很少會不重視。」

「瑪賽可和亞斯克爾過一會兒就要回來了。」他看著她的眼睛，兩人的距離很近。「而妳要他們走開絕不是沒有原因，妳的打算到底是什麼，直說吧。」

她沒避開他的注視。

「你很清楚是什麼。」她答道：「所以別因爲我的聰穎而惱怒，做出貶低自己的事。你已經一個多月沒來找我。不，不要以爲我渴望情感過剩的通俗劇碼或是可悲感性的姿態。對於即將結束的關係，我所期望的只有美好回憶。」

「我好像聽到妳用了『關係』這個字眼？這個字眼的意義之廣，著實讓人訝異。」

她決定把他的話當作耳邊風，但兩眼依舊看著他，說：「我要的就只有美好回憶，再無其他。我不知道你覺得怎麼樣，但是如果是我的話，那麼，坦白說，這樣並不是很好。我想，可以朝這個方向再添上幾分努力。依我看，應該不用太多。嗯，只要一點點，卻很迷人，一個迷人的最後和弦，某個會讓人留下美好回憶的東西。你能辦到這種事嗎？你會想來看我嗎？」

他沒來得及回答。鐘樓開始發出震耳欲聾的鐘聲，總共敲了十下。然後樂手吹響喇叭，銅製號角響起，聲音嘹亮得有些刺耳。身穿天藍與紅雙色衣著的禁衛軍將原本聚在一起的賓客分開，隔出一條通路。宮廷總管出現在宮殿入口的門廊下，脖子上戴著一條金鏈子，手上拿著一根大如木樁的手杖。跟在總管後頭大步走的是一群傳令官，而傳令官的後頭則是管事。在那些管事之後的，則是頭上戴著黑貂帽、手裡拿著權杖，骨瘦如柴、皮膚青筋滿布的科拉克國王貝路宏。走在他旁邊的是個身材十分苗條、戴著頭紗的金髮小妞，其身分除了國王的選妃，即將成爲國王未來的配偶、一國之后外，不會有其他可能。金髮小妞穿著雪白婚紗，渾身掛滿鑽石，甚至稍嫌過多，成了暴發戶的樣子，而且和品味也沾不上邊。像國王一樣，她的肩上也披著厚沉沉的白鼬披風，並有一票侍者在後頭拉著。

然而，王室成員卻是走在王家新人，以及拉白鼬披風的一干侍者後頭十幾步遠處，王室成員在新人眼中的地位相信已無需贅言。艾格蒙理所當然地爲王室成員的一份子，身旁跟著一個膚色淡得和白子一樣的男子，想必是他的弟弟山德。其他親戚則走在這對兄弟後頭，幾名男性、幾名女性，再加上幾名少男、少女，顯然是正統後裔與私生子女。

在彎腰鞠躬的賓客與深蹲行禮的仕女中，這一列王家隊伍抵達了目的地。那是座高台，但結構讓人聯想到斷頭台。高台上方罩著華蓋，四周吊著掛毯，中間擺著兩張寶座。國王與新娘坐到寶座上頭，其餘家人則奉命站著。

喇叭的銅色咆哮聲再度摧殘眾人耳朵。總管像管弦樂團的指揮般揮動雙手，要賓客高聲歡呼喝采，爲新人祝賀。一時間，賓客與侍僕爭相道賀，祝福新人身體健康、幸福美滿、事事順心、萬事如意、長命百歲。貝路宏國王依舊維持一臉高傲，沒有動容，對於送給自己及新后的祝福僅是微點權杖回應。

總管要賓客安靜，然後開始演說，說得又長又久、滔滔不絕，內容不是言詞浮誇，便是華而不實。傑洛特全神貫注地觀察人群，也因此總管的演說只有一半進了他的耳朵。總管向在場的所有賓客宣稱，貝路宏國王打從心底地高興有這麼多客人前來，滿心歡喜地歡迎眾人，在如此隆重的一天，他也將賓客獻上的祝福回賜給眾人。婚禮儀式將在正午舉行，在那之前請賓客盡情吃喝，享受王家爲這場合規畫的各種表演。

喇叭的尖叫聲宣告正式的部分已經結束。王家隊伍開始退出庭園。在這段時間裡，傑洛特已經在賓客當中看見幾個舉止頗爲可疑的小團體。其中一個尤其讓他很不喜歡，因爲那群人向王家隊伍鞠躬的姿勢不如其他人低，而且不斷試著擠向宮殿入口。他微微移往列隊成行的天藍紅軍。莉塔走在他身旁。

貝路宏直視前方，大步行走。新娘環視左右，時不時朝與她招呼的賓客頷首。一陣風吹過，掀起了她的頭紗。傑洛特看見一雙湛藍色的大眼，看見那雙大眼在人群中突然找到莉塔．奈德，也看見了那雙眼中燃起的憎恨。那可是徹底、清楚、明白的憎恨。

那只維持了一秒鐘，然後喇叭聲響起，隨員隊伍通過，禁衛軍正步離開。他發現這令人起疑的一小群人，目標原來是擺著葡萄酒與點心的餐桌；他們搶在前頭跑去將桌子圍住，不讓其他人越雷池一步。

好幾個地方都架設了舞台，表演紛紛揭開序幕——民俗樂團演奏古斯爾琴、里拉琴與管笛，合唱團高聲歌唱。表演拋接雜技的換成了變戲法的，大力士將場地讓給表演雜耍的，走鋼索的則變成了衣著暴露的鈴鼓舞者。氣氛越來越熱鬧。女士的臉頰開始發紅，男士的額頭因汗水而亮閃閃的，人們的交談聲十分高亢，而且稍稍含糊不清。

莉塔將他拉到棚子後頭，嚇跑了在那裡的一對情侶；那對情侶之所以會在那裡，自是關乎情慾，與他們一樣。女巫沒有在意，她幾乎沒有理會他們。

「我不知道在這裡醞釀的是什麼事。」她說：「我不知道，但我想得到你在這裡的目的與原因。不過我的眼睛是雪亮的，所有你打算做的事，都要小心謹慎去做。國王的未婚妻不是別人，是伊迪蔻．布雷茨可。」

「我沒有問妳認不認識她，我有看見妳看她的眼神。」

「伊迪蔻．布雷茨可。」珊瑚又說了一次。「這是她的名字。她在三年級的時候被阿瑞圖沙開除。

看得出來，她過得很不錯。她沒有當成女巫，但是再過幾個鐘頭，就會成爲王后，成爲他媽的鮮奶油上的紅櫻桃。十七歲？老糊塗。伊迪蔻至少有二十五歲。」

「而她不喜歡妳？」

「彼此彼此。這女人打在娘胎起心機就很深，總是惹是生非。不過這還不打緊。那艘掛著黑帆進港的快船。我已經知道那是什麼船，我聽過那艘船的事。那是阿赫隆提亞號，名聲很不好。通常只要這船出現，就會發生不好的事。」

「比方說？」

「這是一支傭兵團，似乎什麼案子都能接。依你說，傭兵都是做什麼的呢？砌牆嗎？」

「不好意思，珊瑚。我得走了。」

「不管到時候會發生什麼事，」她看著他的眼睛緩緩說：「不管是什麼，我都不能被牽扯進去。」

「別擔心，我並沒有打算要請妳幫忙。」

「你誤會我的意思了。」

「當然。珊瑚，我得走了。」

□

他隨即便在爬滿常春藤的柱廊碰到瑪賽可。在這片熱鬧歡騰的喧囂中，她竟是出奇地平靜與冷淡。

「亞斯克爾在哪？他丟下妳自己一個嗎？」

「他把我丟下了。」瑪賽可嘆了口氣。「不過他很有禮貌地請我見諒，也託我向你們致歉。有人私下請他去表演。在宮殿裡頭，給王后和她的女眷看，他沒辦法拒絕。」

「是誰來請他的？」

「一個看起來像軍人的男子，而且眼神很奇怪。」

「不好意思，瑪賽可。我得走了。」

在一座掛滿彩帶的棚子後頭聚著一小群人，侍者爲賓客上菜——肉抹醬、鮭魚和水晶鴨。傑洛特一邊爲自己開路，一邊尋找羅普上尉和法蘭·德萊騰霍的身影，卻撞上了費布斯·拉文加。他雖然身爲餐廳老闆，但看起來像名貴族，穿著錦緞緊身上衣，帽子上有束漂亮的鴕鳥羽裝飾。伴著他的是皮拉爾·普拉特的女兒，穿著一身優雅的黑色男裝。

「哦，傑洛特。」拉文加高興地說：「安特雅，請容我爲妳介紹，這位是利維亞來的傑洛特、大名鼎鼎的獵魔士。傑洛特，這是安特雅·德里思小姐、貿易仲介商。和我們一起喝葡萄酒吧……」

獵魔士道歉：「很抱歉，我在趕時間。至於安特雅小姐，雖然沒有親眼見過，但我已經認識了。費布斯，如果我是你，就不會向她買任何東西。」

王宮入口的門廊上方有道橫幅，某個博學的語言學家在上頭用拉丁文寫著：生養眾多。衛兵見傑洛特走來，一左一右放下斧槍，形成一個交叉，擋住傑洛特的去路。

「這裡禁止進入。」

「我有急事要見王家檢察官。」

「這裡禁止進入。」衛兵首領自斧槍後頭現身，左手拿著一把短矛，右手伸出一根髒兮兮的指頭，直直指著傑洛特的鼻子說：「禁止進入，你聽不懂嗎？」

「如果你不把手指從我面前拿開，我會把它折成好幾段。喔，對嘛，這樣好多了。現在，帶我去見檢察官！」

「只要一碰上守衛，你就馬上生事。」法蘭．德萊騰霍從獵魔士背後出聲，想必是跟在他後頭來的。「這是嚴重的個性缺陷，可能會爲你帶來不幸的後果。」

「我不喜歡有人擋住我的去路。」

「但這畢竟是守衛與哨兵的作用。如果到處都可以任人隨意進出，那就不需要他們在這裡了。讓他過去吧。」

哨兵隊長皺起眉頭，說：「國王親自下了命，任何人未經搜身，不得通過！」

「那你們就搜他的身啊。」

搜身的過程進行得很徹底。這群守衛盡忠職守，並不僅僅是在他的身上摸摸拍拍，而是將他從頭到腳確實搜過。他們什麼也沒找到。傑洛特通常會在鞋筒裡放一把小劍，但這回參加王室婚禮並沒有帶在身上。

「滿意了嗎？」檢察官俯視哨兵隊長。「那麼你們就退開，讓我們過。」

「大人請見諒。」隊長咬牙說道：「國王的命令很清楚，所有人都必須遵守。」

「什麼？隊長，別忘了你的身分！你知道自己是在跟誰說話嗎？」

「所有的人都要搜身。」隊長朝其他守衛點了點頭。「國王的命令很清楚，請大人別讓我們難做。別讓我們……或自己難做。」

「這裡今天在做什麼？」

「這點要請大人去問上面的人，我們得到的命令是來者都要搜身。」

檢察官喃喃咒罵了聲，便讓對方搜身。他身上甚至把連折疊刀都沒有。

當他們終於通過守衛，走在走廊上時，檢察官說：「獵魔士，我想知道這一切是什麼意思。現在這個情況讓我很困擾，讓我非常不安。」

「你有看到亞斯克爾嗎？他好像被叫去宮殿裡表演唱歌。」

「我完全沒聽說這件事。」

「那你知道阿赫隆提亞號進港了嗎？這艘船的名字有讓你想到什麼嗎？」

「有，非常多。我現在更加不安了，而且是一秒糟過一秒。我們快走吧！」

曾是神殿花園的門廳裡，拿著闊頭槍的禁衛軍四處走動，迴廊上也不時閃過穿天藍色與紅色制服的身影。腳步聲與交談聲從走廊傳來。

「喂！」檢察官朝一名路過的軍人點頭。「軍士！這裡在做什麼？」

「大人請見諒……我有令在身要趕著去辦……」

「我說，站住！這裡在做什麼？給我解釋清楚！這裡有發生什麼事嗎？艾格蒙王子在哪裡？」

「法蘭·德萊騰霍先生。」

貝路宏國王本人站在門裡的數面天藍海豚旗下，身旁還有四名體型魁梧、穿皮外套的打手陪同。他已經換下身上的王家行頭，因此看起來已沒有國王的樣子，而像是個家裡母牛剛生下一頭漂亮小牛的鄉下人。

「法蘭・德萊騰霍先生。」國王聲音中也帶著牛犢新生的喜悅。「你是王家檢察官，也就是我的檢察官。還是說，你不是我的，而是我兒子的？我沒有召喚你，但你卻在這裡出現。基本上，在特定時候出現在這裡，是你的職責，但我沒有召喚你來。我就想了，讓法蘭去玩吧，讓他去吃點東西、喝點東西，給自己找個伴，去涼亭裡出出火。我沒有召喚法蘭，我不想要他在這裡。你知道我爲什麼不想要你在這裡嗎？因爲我不確定你是聽誰的命令。法蘭啊，你是聽誰的命令呢？」

檢察官深深鞠躬，說：「我是聽國王陛下您的命令，我只服從國王陛下您一個人。」

「大家都聽到了嗎？」國王戲劇性地看了看四周。「王家檢察官只服從我一個人！好，法蘭，好。王家檢察官，你可以留在這裡，你會派得上用場。我馬上就交辦一些任務給你，正好適合檢察官！等等！那這個人呢？這個人是誰？等一下、等一下！這是不是就是那個設下騙局的獵魔士？女巫告訴我們的那一個？」

「結果他是無罪的，女巫遭人誤導。告發他的人……」

「他就是有罪才會被告發。」

「法院已經做出判決。因爲罪證不足，案件已經撤銷。」

「不過事情的確有立案，也就是說，確實有事情不對勁。法院的處分與判決是憑空想像，是司法官員的天馬行空，但這當中的不對勁是來自於事情本身。這些說得夠多了，我不會把時間浪費在法學講座。今天是我大喜的日子，我可以慷慨大方，不命人把這個獵魔士關起來，不過他得立刻離開我的面前，再也不准出現在我的視線範圍之內！」

「國王陛下……臣惶恐……阿赫隆提亞號好像進港了。在這種情況下，出於安全考量，陛下得有人保護……獵魔士可以……」

「他可以怎樣？用他的胸膛擋住我？用他獵魔士的魔法來對付刺客？畢竟這就是我那親愛的兒子艾格蒙交代給他的任務？保護父親、確保父親的安全？法蘭，跟我來吧。呵，管他的，你也來吧，獵魔士。我給你們看樣東西。你們看看他是怎麼注意自己的安全，確保自己不會有生命危險。你們仔細看清楚了，聽清楚了。也許你們可以從中汲取一些教訓，也知道一些事，關於你們自己的事。來吧，跟我來！」

被國王催著走的他們邁出腳步，身旁圍著一群穿著皮外套的打手。他們進到一間大廳，以海浪與怪物繪飾的天花板下，擺著一張墊高的寶座，貝路宏坐上去。他的對面是一片濕壁畫，壁畫前有張長凳，左右另有一群打手看守，而科拉克兩名王子——髮色黑如烏鴉的艾格蒙與淡如白子的山德——就坐在那張長凳上。

貝路宏大刺刺地靠著寶座，居高臨下地看著兩個兒子，那是屬於勝利者的眼神，站在戰役中兵敗如山倒、只得跪地求饒的敵人面前。然而，在傑洛特所看過的畫作中，勝利者的表情通常都是莊嚴、尊貴、對敗者保有敬意；在貝路宏的臉上找不到半點這樣的態度，上頭畫的只有狠毒的嘲諷。

「我的弄臣昨天病了。」國王開口道：「拉肚子。我本來想，眞不走運，這樣就沒人講笑話，沒人做滑稽可笑的表演了。但我錯了。這也挺可笑的，讓人笑到合不攏嘴。因爲你們兩個，我的兒子，你們很可笑。很可悲，但也很可笑。我向你們保證，我和我的王后這輩子，每每在寢宮裡翻雲覆雨、顚鸞倒鳳之後，就會想起你們兩個，想起這一天，然後笑到掉眼淚。畢竟，沒有比蠢蛋更好笑的了。」

不難察覺，山德在害怕，兩隻眼睛不斷張望，冷汗直流。艾格蒙則相反，沒有顯露出一絲懼意，雙眼直視父親，眼神同樣狠毒。

「老祖宗的智慧說：『凡事都應該往好處著想，從壞處打算。』所以我就從壞處打算，因爲有什麼事能糟過被自己的親生兒子背叛呢？我在你們最信任的同夥中安插了自己的手下。我一對你們的共謀者施壓，他們馬上就出賣了你們。你們的心腹與親信這會兒正忙著逃出城。」

「對，我的兒子們。你們以爲我看不見也聽不見？以爲我是個糊塗沒用的老頭子？以爲我看不見你們兩個都巴望著我的寶座與王冠？不知道你們對這兩樣東西的渴望程度，就像豬在找松露一樣？豬只要一聞到松露的味道就會昏頭，因爲牠一心渴望松露，想要松露，喜歡松露，巴不得能趕快吃到松露。在這種時候，豬會發狂、大叫，用鼻子在地上亂蹭，完全不理會周遭，只在乎自己能不能挖到松露。要把這樣的豬趕走，就得給牠狠狠一記棍子。兒啊，你們兩個的舉止就像這豬一樣，聞到松露的味道，就瘋狂地想要得到、吃到。不過你們得到的會是一坨屎，而不是松露。當然，你們也會嘗到棍子的滋味。兒啊，你們站出來對付我，想搶奪我的王位。與我作對的人通常都會從原本的健健康康，突然變得渾身是病，這可是經過醫學證明的事實。」

「阿赫隆提亞號之所以會在港裡下錨，是因爲我命令它進港，是我雇船長來這裡的。法院明天早上會開庭，在中午前做出判決。到了中午，你們兩個人都會在那艘船上。一直要到船開過了海魚岬的燈塔，才准你們兩個下船。說白了就是，你們兩個未來的住所在納澤爾、艾冰格、邁阿赫特。再不然就是尼夫加爾德，又或者你們傾向流浪到世界的邊緣和地獄的開端。因爲你們這輩子再也回不來這裡，回不來這一帶。除非你們不想要你們的項上人頭，不然你們永遠也回不來。」

「你想把我們趕走嗎？」山德嚷了起來：「就像趕走維拉克薩斯那樣？你也要禁止大家在宮廷裡提

起我們的名字嗎？」

「維拉克薩斯是我在盛怒之下，沒有經過法院判決便趕走的。這不代表若他膽敢回來，我不會叫人去取他的性命。不過你們兩個都會受到法庭驅逐，正當又有法律效力。」

「你就這麼肯定？我們等著看吧！我們等著看法院對於這種沒有法理基礎的行爲會說什麼！」

「法庭知道我要的是怎樣的判決，也會做出這樣的判決，完全按照我的意思去做。」

「最好是會完全按照你的意思去做，這個國家的法院是獨立的！」

「法院是，但法官不是。山德啊，你眞是愚蠢。你母親蠢得像塊木頭，而你和她是一個樣子。這個刺殺行動絕對不是靠你自己一個人想出來的，所有一切都是你的哪個親信幫你計畫的。不過我其實很高興你密謀要造反，我很樂意把你打發掉。艾格蒙就不一樣了，是啊，艾格蒙很聰明。他是關心父親安危的兒子，雇用獵魔士來保護父親，喔，這件事你藏得多好啊，所有人都知道了。然後再用接觸性的毒藥來謀害我。棘手的是，不管是吃的，還是喝的，都有人先爲我試過，不過誰會想到國王寢室的壁爐撥火棍呢？只有我會用，沒有我的允許，不會有人去碰的那根撥火棍。你眞是狡詐，兒子，眞是狡詐。只不過，爲你製毒的人背叛了你，事情就是這樣，叛人者，人恆叛之。艾格蒙，你爲什麼都不出聲？你沒有話要和我說嗎？」

艾格蒙的眼神很冰冷，但當中依然沒有絲毫畏懼。傑洛特明白遭到驅逐這件事，並沒有在他心中引起半點恐懼。他沒有在想被驅逐出境或流亡海外的事，沒有在想阿赫隆提亞號的事，沒有在想海魚岬燈塔的事。那麼，他在想什麼呢？

「兒子，你沒有任何話要說嗎？」國王又問了一次。

「只有一件事。」艾格蒙咬牙切齒地說：「是你那麼喜歡的老祖宗智慧講過的一件事——最最糊塗，莫過於老糊塗。親愛的父親，等大難臨頭的時候，你可別忘了我這句話。」

「把他們帶走，關起來看好。」貝路宏命令道：「這是你的任務，法蘭，這是王家檢察官的角色。現在，把裁縫、總管和公證人給我叫來。其他人，滾。至於你，獵魔士……你今天學到了點東西，對吧？知道了些關於自己的事？也就是說，你是個天真的蠢蛋？如果你明白這點，那麼今天你走這一趟至少還有點益處，而這趟冒險也到此結束了。喂，那邊兩個人過來我這裡！把這邊這個獵魔士帶去丟到宮門外。把人給我看緊了，別讓他順手摸走哪個銀器！」

□

羅普在門廳外頭的走廊上擋住了他們的去路，一旁還跟著兩個人，和他有著同樣眼神、同樣動作及同樣架勢。傑洛特敢打賭，這三個人以前曾在同一個單位做事。突然間，他明白了。突然間，他想通了，知道接下來會發生什麼事，知道事情會怎麼發展。因此，在羅普宣稱由他接手戒護並叫禁衛軍退開的時候，他並不感到意外。他知道羅普會叫他跟在後頭走，而剩下的兩人也一如他所預期的那樣，走在他的身後。

他已經有預感自己會在他們走進去的那個廳裡找到誰。

亞斯克爾的臉白得像屍體，而且顯然嚇壞了，不過他應該沒有受傷。他坐在一張椅背很高的椅子上。椅子後頭站著一個削瘦的傢伙，頭髮梳成辮子。那傢伙的手裡握著一把慈悲之劍【註】，劍身長而薄，劍刃總共有四面，劍尖則是斜擺在詩人的顎骨下方，對準他的脖子。

「你千萬別做傻事。」羅普警告他：「千萬別做傻事啊，獵魔士。任何一個輕舉妄動，哪怕你只是輕輕抖一下，薩姆薩先生就會像刺豬肉一樣，把劍刺在這彈琴的身上，不會有任何猶豫。」

傑洛特知道薩姆薩先生不會猶豫，因為薩姆薩先生的眼神比羅普的更加糟糕。那是一種非常特殊的眼神，在停屍間和解剖室偶爾能看見有這種眼神的人。這種人之所以會在那些地方工作，絕不是因為要維持生計，而是為了能有機會實現他們的祕密癖好。

傑洛特現在已經明白，為什麼艾德蒙王子的反應那麼平靜。為什麼他不害怕面對未來，也不害怕迎接父親的目光。

「我們要的是讓你聽話。」羅普上尉說：「乖乖照我們的話做，你們兩個都可以活命。」

「你做我們要你做的事，」上尉繼續說謊：「那我們就會放你和寫詩的自由。如果你反抗，那我們就把你們兩個給殺了。」

「羅普，這是不智之舉。」

羅普沒有接受他的警告，說：「薩姆薩先生會和這個彈琴的留在這裡。我們，也就是你和我，要去王家廳室。那裡會有守衛。正如你看到的，我有你的劍。我會把劍交給你，而你就負責解決守衛。還有在你殺光所有守衛之前，不管是誰，只要是被守衛喚來的，也全都要解決。屋裡的人聽見騷動的話便會把國王帶去祕密出口，而利荷特及特維多魯克這兩位先生會在那邊等。他們會把這裡的王位繼承順序和這裡的君主統治歷史做一點小小的改變。」

「羅普，這是不智之舉。」

「現在，」上尉朝他走來，靠得非常近，說：「現在，你和我確認你明白自己的任務，而且會把它完成。要是你不這麼做，等到我在腦中數到三，薩姆薩先生就會刺穿詩人的右耳耳膜，而我會繼續算下去。如果等不到我要的結果，薩姆薩先生會再刺穿他的第二隻耳朵，然後是他的一隻眼睛，以此類推，直到最後，也就是刺穿他的大腦。獵魔士，我現在開始算了。」

「傑洛特，別聽他的！」亞斯克爾奇蹟般地從鎖緊的喉嚨擠出聲音：「他們不敢碰我的！我是知名人士！」

「他大概沒把我們當一回事。薩姆薩先生，右耳。」羅普冷聲說。

「不！住手！」

「這樣好多了。」羅普點點頭說：「這樣好多了，獵魔士。和我確認你明白自己的任務，會把它完成。」

「先把劍從詩人的耳朵旁拿開。」

「哼，」薩姆薩先生把劍高舉過頭，說：「這樣可以嗎？」

「這樣可以了。」

傑洛特左手抓住羅普的手腕，右手抓住自己的劍把，猛然一扯，將上尉拉向自己，使勁全力用額頭撞他的臉。斷裂聲響起。在羅普倒地前，獵魔士唰的一聲抽劍出鞘，動作流暢地短短一轉，砍掉薩姆薩先生高舉拿劍的那隻手。薩姆薩慘叫一聲，雙膝跪地。利荷特與特維多魯克抄起短劍跳向獵魔士，獵魔

編註：慈悲之劍（misericorde）是種錐形劍，形狀易於刺入盔甲縫隙，是中世紀騎士用以終結對手痛苦的武器。

士身子半旋，闖進兩人中間，並順勢一劍抹過利荷特的脖子，鮮血甚至濺到掛在天花板的大吊燈上。特維多魯克在一連串刀光劍影的佯攻中出招，卻被躺在地上的羅普絆倒，一時失去了重心。獵魔士不等他站穩腳步，從下方一劍砍在他的胯下，然後再從上方砍下一劍，命中脖子動脈。特維多魯克倒在地上，縮成一團。

薩姆薩先生趁獵魔士不備發動攻勢。即使沒了右手，即使斷肢血流如注，他還是靠左手在地板上找到那把慈悲之劍，對準了亞斯克爾。詩人雖放聲大叫，但依舊保有清楚的思緒，先從椅子跌落，再用椅子擋住對方。傑洛特沒讓薩姆薩先生有更多動作。鮮血再度噴灑在天花板、大吊燈及吊燈的殘燭上。

亞斯克爾跪地起身，額抵牆面，實實在在地吐了一地。

法蘭・德萊騰霍闖進屋內，身旁還跟著幾個禁衛軍。

「這裡是在做什麼？這裡發生了什麼事？尤里安！你沒事吧？尤里安！」

亞斯克爾抬起一隻手，表示等會兒再說，因為他現在沒時間回答，然後就又開始吐了。

檢察官命令禁衛軍離開，並在他們走後將門關上。他查看了下那些屍體，留心腳步，免得踩到流得到處都是的鮮血，也注意不讓從吊燈滴下的鮮血沾污了他的緊身上衣。

「薩姆薩、特維多魯克、利荷特，還有羅普上尉，這些都是艾格蒙王子的親信。」他認出了那些屍體的身分。

「他們只是聽令行事。」獵魔士看著劍，聳聳肩說：「你也一樣。他們很盡忠職守，而你對這件事一點也不清楚。法蘭，我這話說得沒錯吧？」

「我對這件事一點也不清楚。」檢察官迅速給了保證，並不斷往後退，直到背部抵到了牆面。「我發誓！你該不是懷疑……你該不是以爲……」

「要是我眞這麼認爲，你已經是死人一個了。我相信你，畢竟你不會危害亞斯克爾的性命。」

「我得把這件事上報國王。這對艾德蒙王子來說，恐怕代表著起訴書的內容得修訂更正。我看羅普好像還活著，他可以作證……」

「我很懷疑他還有這個能力。」

檢察官查看了下躺在地上的上尉，他全身僵直，躺在一灘尿中，口水流了滿臉，全身不斷抖動。

「他怎麼了？」

「鼻骨斷裂，掉進了腦中。眼珠子裡可能也有碎片。」

「你撞得太用力了。」

「這正是我的意圖。」傑洛特拉下桌巾擦拭劍身。「亞斯克爾，你怎樣？還好吧？站得起來嗎？」

「還好，還好。」亞斯克爾含糊不清地說：「我已經好多了，好很多了……」

「你看起來不像是有比較好一點。」

「拜託，我才剛死裡逃生耶！」詩人站起來，靠矮櫃支撐著。「該死的，我這輩子還沒這麼害怕過！我以爲自己要脫肛了，而且所有東西等等都會從下面跑出來，連牙齒也一樣。不過當我看到你的時候，就知道你會救我。我的意思是說，我不知道，但是我強烈指望……該死的，這裡是有多少血……這裡怎麼那麼臭！我大概又要吐了……」

「我們去見國王。」法蘭．德萊騰霍說：「獵魔士，把你的劍給我……還要把它稍微擦一下。尤里安，你留在……」

「最好是這樣。我一刻也不要獨自留在這裡，我寧可跟著傑洛特走。」

□

進入國王寢室前廳的入口有禁衛軍看守，但他們認出來人當中有檢察官，便放他們通行。從入口到他們要去的房間就沒那麼順利了，擋在前頭的一名傳令官、兩名管事和四名打手，堅決不肯放行。

「國王正在試穿婚服，下令不准任何人打擾。」傳令官說。

「我們有重要的事情稟報，一刻也不能拖延！」

「國王的命令很清楚，不准任何人打擾。而國王似乎已經下令要獵魔士先生離開王宮，所以他還在這裡做什麼？」

「這我會向國王解釋，請讓我們通過！」

法蘭撥開傳令官，推開管事。傑洛特跟著他走。即便如此，他們也只成功來到房門口，便被一群背對他們的侍僕擋住。在傳令官一聲令下，一票穿著皮外套的打手將他們逼到牆邊。那些人的動作粗魯，但傑洛特決定效法檢察官，不加以抵抗。

國王站在一張矮凳上。裁縫嘴裡咬著珠針，爲他修改燈籠褲。宮廷總管站在一旁，還有一個穿黑衣、看起來像公證人的男子。

「待結婚典禮一過，我就宣布王位繼承人是今天新后會爲我生的兒子。」貝路宏說：「呵呵，這一步應該可以爲我確保她的心意與順從，也能給我一段平靜的日子。大概要二十年後，小傢伙才會長到開始密謀造反的年紀。」

「不過，」國王傾身低聲對總管說：「若我心血來潮，就把這一切都取消，指定一個完全不一樣的人來接替我的王位。畢竟這可是貴庶通婚，這種婚姻生出來的孩子不能繼承頭銜，不是嗎？而且誰又有辦法算得出來我能忍受她多久？難不成這世界上沒有比她更漂亮、更年輕的小妞？所以我叫人撰寫些合適的文件，比如婚前協議或類似的東西。凡事都應該往好處著想，從壞處打算，呵呵呵。」

房裡的僕人將一個擺滿珠寶的盤子呈給國王。

貝路宏一見，便皺起眉說：「給我拿開。我不要全身掛得亮晶晶的，像個花花公子或暴發戶。我只要戴這一個。這是我的新婚妻子送的，東西雖然小，卻很有品味。這徽章項鍊上頭有我國國徽，戴上也是應該的。這是她的話：『國徽掛在脖子上，社稷放在心裡面。』」

被逼到牆邊的傑洛特花了點時間才想通那徽章項鍊是怎麼回事。

用肉掌拍打徽章的貓兒。掛在鏈子上的金色徽章。天藍色的搪瓷海豚。以黃金，以自藍天游下之海豚，綁起，以皮繩，抓住，在下巴與嘴上烙印吧。

但他已經來不及反應了，他甚至來不及大叫發出警告。他看見金鏈突然緊縮，勒住國王的脖子。貝路宏臉色漲紅，張大嘴巴，但他既沒辦法呼吸，也沒辦法大叫，只能雙手抓著脖子，試圖把項鍊扯掉，再不然至少也把手指塞進鏈子底下。不過他沒有成功，鏈子深深絞進他的身體。國王掉下凳子，踉蹌幾步，撞到裁縫。裁縫絆了一下，喉頭突然哽住，應該是把珠針吞下去了。他跌在公證人身上，兩人一起倒下去。貝路宏的臉色在這個時候轉為青紫，瞪大雙眼，重重往地上摔，雙腳抖了幾下之後，身子一僵，再也不動了。

「來人啊！國王倒下了！」

「醫生！」總管大叫：「叫醫生來！」

「眾神啊！發生什麼事了？國王發生什麼事了？」

「叫醫生！快點！」

法蘭・德萊騰霍雙手按住太陽穴，臉上的表情很奇怪。那是一個人逐漸想通事情始末的時候，臉上會出現的表情。

眾人把國王抬到沙發上，被喚來的醫生花了許多時間替他檢查。他們禁止傑洛特靠近，也不准他查看。即便如此，他還是看見鏈子在醫師趕到前便鬆開了。

「中風。」醫生挺起身子說：「窒息引起的中風。空氣中的有害水氣進入身體，毒化了賀爾蒙。問題出在那些下不停的暴風雨，加高了血液的熱度。在這種情況下，醫學無用武之地，我什麼也做不了。我們所敬愛的國王已經身故，告別這個世界了。」

總管高聲哀號，雙手掩面。傳令官兩隻手按在貝雷帽上。侍僕中的一人嗚嗚咽咽哭了起來，另幾人則跪到地上。

走廊與前廳突然迴盪起沉重的腳步聲，一名足足七呎高的彪形大漢出現在門邊。來人穿著禁衛軍服，但軍階較高，跟隨他前來的還有戴頭巾、穿耳環的一群人。

彪形大漢在一片寂靜中說：「各位先生請去王座廳，現在就去。」

「去什麼王座廳？」總管一把火氣上來，說：「要去做什麼？德桑提斯先生，您知道這裡剛剛怎麼了嗎？知道這裡發生了怎樣不幸的事嗎？您不明白……」

「去王座廳，這是國王的命令。」

「國王已經過世了！」

「國王萬歲。請移步王座廳，所有人都要去，現在就去。」

天花板上畫著海浪、海神護衛隊、海妖及馬頭魚尾怪裝飾的王座廳裡，聚集了幾名男子。有些人的頭上綁著五顏六色的頭巾，有些人則是戴著繫了彩帶的水手帽。所有人的皮膚都曬得黝黑，而且耳朵上全都戴著耳環。

不難猜想，這些人全是傭兵，是阿赫隆提亞號上的人。

擺在高台的寶座上坐著一名男子，他的頭髮和眼珠是黑色的，鼻尖微翹。他也同樣一臉黝黑，但耳朵上沒有戴耳環。

寶座的旁邊添了張椅子，上頭坐著伊迪蔻．布雷茨可。她的身上還穿著雪白的禮服，全身也還是掛滿鑽石。不久前還是貝路宏國王的未婚妻與寵愛對象的她，凝視著黑髮男子，眼神中滿是崇拜。這些事件的發展或原因，傑洛特都已揣測了一段時間，也想通了一些事實，並將它們串連起來。然而現在，在這一刻，即使是想像力再怎麼有限的人，都一定看得出來，也想得明白，伊迪蔻．布雷茨可與那名黑髮男子彼此認識，十分相熟，而且應該已經很久了。

「維拉克薩斯士子，科拉克的公爵，前一刻還是王座與王冠的繼承人，」德桑提斯的男中音隆隆響起：「在這一刻是科拉克國王，這個國家的正統君主。」

宮廷總管頭一個向黑髮男子行禮，然後單膝跪地。傳令官也跟在他後頭向黑髮男子宣誓效忠。餘下的管事則依樣畫葫蘆，深深朝男子行禮。最後一個行禮的是法蘭．德萊騰霍：

「國王陛下。」

「暫時用『殿下』就好。」維拉克薩斯妥協道：「完整的頭銜等我加冕之後再用，反正加冕這件事我們也不會有所拖延，越快越好。總管先生，您說是吧？」

在場非常安靜，連某個侍僕的腸胃蠕動都能聽見。

維拉克薩斯向眾人說道：「我敬愛的父親已經辭世，加入傑出的先祖之列。我的兩個弟弟，不意外，都被指控叛國，審判將依照先王的旨意進行，兩人將獲判有罪，並依法院判決永久離開科拉克。他們將搭乘我所雇用的阿赫隆提亞號……由我情操高貴的友人及保護者戒護離開。我知道先王並未留下有效的遺囑，亦沒有就王位繼承一事頒布任何政令。倘若有如此政令頒布，我必會遵循先王旨意，但眼下沒有這樣的政令，因此王位繼承權屬於我的。在場有人想要對這點提出反駁嗎？」

在場並沒有這樣的人。在場所有的人都有相當程度的理智與自我保護的本能。

「那麼，請各位各司其職著手準備加冕儀式。儀式將與婚禮一同舉行，因為我決定恢復科拉克諸王的古老習俗、幾世紀以前所制定的律法——新郎若在婚前過世，未婚妻應與其血脈最近的未婚親人結為連理。」

從伊迪蔻．布雷茨可神采飛揚的神情可以看出，她已經準備好要遵從古老習俗，甚至願意立刻就範。在場的其他人全都默不作聲，努力回想是誰在什麼時候、怎樣的場合下制定了這樣的習俗，而且又是以怎樣的方式才能在幾世紀前就定下這個習俗，畢竟科拉克王國建立還不到一百年。不過，沒有任何一個人能想得起來。然而，想破頭的侍僕們很快便鬆開眉頭，做出一致的結論——縱使加冕儀式還沒舉行，縱使維拉克薩斯現在只是殿下，他實際上已經是國王，而國王永遠是對的。

「獵魔士，離開這裡。」法蘭．德萊騰霍把劍塞到傑洛特的手中，竊聲說：「帶尤里安離開這裡。你們兩個都走。你們什麼都沒看見，什麼都沒聽見，別讓任何人把你們兩個和這一切聯想在一起。」

維拉克薩斯環視眾人道：「我能明白，也能理解對在場的某些人來說，當前的情況很令人震驚。對另一些人來說，這些改變頗為突然且劇烈，而事情的發生也頗為快速。我也不排除在場有部分的人認為，事情並不是依照他們預期的方式發展，而當前情況也不是他們所樂見的。德桑提斯上校馬上便選擇了正確的一方，對我宣誓效忠。我期待在場的各位也能做出同樣的選擇。」

維拉克薩斯點點頭，接著說：「我們從那名對先王矢志效忠，同時又聽命於我那謀害父親的王弟開始——從王家檢察官法蘭．德萊騰霍先生開始。」

檢察官鞠了一個躬。

維拉克薩斯預告：「偵查不會漏掉你，會揭露你在兩名王子的陰謀中扮演怎樣的角色。這場陰謀是個徹底失敗的事件，也因此點出參與這場陰謀的都是能力不足的人。我可以原諒失誤，但不能容忍無能。身為法律守護者的檢察官不可無能。不過這是之後的事，我們先從基本的事情開始。法蘭，靠過來。我們想要你對我們致上該有的敬意，在王座前下跪，親吻我們的王家之手。」

檢察官順從地往王座台的方向移動腳步。

臨走前，他趕忙竊聲對傑洛特再說了一次：「離開這裡，獵魔士，盡快離開這裡。」

□

花園裡的宴會依舊十分熱鬧。

莉塔・奈德馬上便注意到傑洛特翻袖上的血跡。瑪賽可也注意到了，和莉塔不一樣的是，這讓她刷白了臉。

亞斯克爾從走過他們身邊的侍者托盤上拿了兩杯酒，一口氣接連灌下，然後又拿了兩杯，遞給兩位女士。她們婉拒，他便自己喝掉一杯，然後把剩下的那杯交給傑洛特。珊瑚瞇起雙眼盯著獵魔士看，顯然全身緊繃。

「發生什麼事了？」

「等等妳就知道了。」

鐘塔的鐘聲再度響起，聽起來是如此不祥，如此陰沉，如此哀傷，讓宴會上的賓客都靜了下來。

宮廷總管及管事走上看起來像斷頭台的平台。

「我必須很沉重地向各位達官貴人宣布一個哀慟的消息。」宮廷總管在寂靜中向眾人發言：「在命運的殘酷之手作弄下，我們最爲愛戴、最爲仁慈的好國王貝路宏一世，痲痹猝死，與世長辭。但是，科拉克依舊挺立！一王駕崩，一王登基！維拉克薩斯國王陛下萬歲萬萬歲！陛下是先王長子，王座與王冠的正統繼承人！維拉克薩斯國王一世！願國王長命百歲！萬歲！萬萬歲！」

一干滑頭諂媚、逢迎拍馬之人立即同聲歡呼。總管出手示意他們安靜。

「維拉克薩斯國王與整座宮殿都在哀悼，宴會取消，請各位貴客離開王宮範圍。國王計畫近期舉行婚禮，屆時宴會將重新舉辦。爲免浪費，國王下令將食物搬進城裡的市集廣場，同時也送給帕爾米拉的人民。科拉克即將迎來幸福與繁榮的時代！」

「好吧。」珊瑚撥了撥頭髮，說：「這份聲明說得很有道理，新郎的死對婚宴確實有很大影響。貝路宏生前不是個零缺點的人，但也不算是最糟的，就讓他安息於九泉之下吧。我們走吧。反正這裡本來也開始變得無趣了。今天天氣這麼好，我們去露台散散步、看看海吧。詩人，能請你像紳士一樣，把臂膀借給我的學徒嗎？我要和傑洛特走，因爲我想他有事要和我說。」

正午剛過，還有大半天的好時光，教人無法相信這天已發生了這麼多事。

戰士不會平白喪命。死亡若想撂倒戰士，必須先與他激戰一場，而戰士不會輕易向死亡低頭。

《時間之輪》

——卡洛斯·卡斯塔尼達

第十九章

「喂！你們看！老鼠！」亞斯克爾突然叫道。

傑洛特沒有反應。詩人是怎樣的個性他很清楚，知道不管是什麼東西都能讓詩人害怕，不管是什麼東西都能讓詩人讚賞，把根本與轟動搆不上邊的事當作轟動大事。

「老鼠！」亞斯克爾不願放棄。「看！第二隻！第三隻！第四隻！該死！傑洛特，你看啊！」

傑洛特先是嘆了口氣，然後正眼一瞧。

露台的下方是座斷崖，而斷崖底部擠滿了老鼠。帕爾米拉與山丘之間的區域是活的，看得出來正在微微移動，波濤起伏，不時傳出尖細的叫聲。好幾百隻，甚至也許是好幾千隻的嚙齒動物集體逃離港區與河口，擁向山腳，沿著削尖的木柵衝往山上衝，逃進森林。路上的行人也注意到這個現象，驚訝與害怕的叫聲此起彼落。

「老鼠正在逃離帕爾米拉和港區，」亞斯克爾說：「因為牠們被嚇到了！我知道發生了什麼事！一定是捕鼠船靠岸了！」

沒有人想回應他的說法。傑洛特擦掉眼瞼上的汗珠。天氣熱得嚇人，炙熱的空氣讓人無法呼吸。他看了下天空，一片澄清，沒有半片雲朵。

「風暴要來了。」莉塔說出了他心中的想法：「強烈的風暴。老鼠可以感受得到，我也可以感受得到。我可以在空氣中感受得到。」

我也是。獵魔士心想。

「暴風雨。暴風雨要從海上過來了。」珊瑚又說了一次。

「怎麼又要下暴風雨了？」亞斯克爾拿帽子搧了搧。「從哪裡來？天氣好得像一幅畫，天空是那麼清澈，幾乎沒有風。眞是可惜了，在這麼酷熱的時候，要是有點風就好了。從海上來的微風……」

他話還沒說完，一陣風便吹來。徐徐的微風帶來海水的味道，讓人覺得神清氣爽，精神爲之一振。但這微風很快便增強了力道。不久前還慵慵懶懶掛在旗桿上的幡幟紛紛動了起來，在風中拍打。

地平線那端的天色轉暗。風聲逐漸起了變化，從原本的輕喃轉爲高呼，最後變成咆哮。

旗桿上的幡幟大聲拍打。屋頂與塔樓的風向雞嘎嘎響。煙囪上的鐵頂蓋隆隆震動。窗扉大聲拍打。沙塵飛揚。

亞斯克爾的帽子差點沒被風吹走，幸好他及時用雙手按住。

瑪賽可抓住裙襬，一陣風突然吹來，將雪紡掀到幾乎看見臀部的高度。在她按下被風掀起的布料之前，傑洛特已將她的一雙腿欣賞一番。她注意到他的視線，卻沒有避開眼神。

「暴風雨……」珊瑚轉過身才有辦法說話，因爲風勢已經大到會吞下她的每一句話。「暴風雨！風暴來了！」

「眾神啊！」亞斯克爾大叫，但他其實根本就不信神。「眾神啊！發生什麼事了？這是世界末日嗎？」

天色很快暗了下來，而地平線也從原本的深藍轉爲暗黑。

風勢愈發強烈，呼嘯聲也更加瘋狂。

海岬的錨地浪花濤濤，不斷拍擊防波堤、濺出白沫。浪濤聲不斷變大，天色漆黑如夜。錨地裡的船隻搖搖晃晃。包含郵輪回音號及雙桅縱帆船潘朵拉帕爾維號在內的幾艘船隻，趕忙升起船帆，準備駛向大海避難。其他船隻則降下船帆，留在錨地。傑洛特記得其中有幾艘船，他在珊瑚別墅的露台上看過。奇達里士來的寇克船阿爾克號、他不記得是從哪裡來的倒掛金鐘號，還有幾艘蓋倫帆船——懸掛藍十字旗的琴特拉榮耀號，從蘭埃克塞特來的三桅帆維提哥號，桅桿有三根、船首到船尾總共有一百二十呎的雷達尼亞信天翁號。還有幾艘其他船，當中也包含了黑色船帆的快船阿赫隆提亞號。

風聲已不再呼嘯，而是咆哮。傑洛特看見帕爾米拉的一片茅屋頂被吹向天空，散了開來。沒多久，另一片茅屋頂被吹上了天，接著是第三片、第四片，風勢持續增強。原本隨風飄動的旗幡在空中不斷大力甩動。窗扉拍打，屋瓦與簷槽如冰雹落下，煙囪坍倒，盆栽摔碎在石磚道上。強風吹襲，鐘塔的鐘聲大作，斷斷續續，訴說著恐懼與惡兆。

風不斷吹，越吹越強，把一道高過一道的浪潮驅向海岸。海濤聲愈發強烈，越來越大聲。沒多久，海濤聲變成了單調、震耳欲聾的大聲響，好像某種魔鬼機器的隆隆聲。海浪翻高，頂著白色浪頭捲到岸上。大地在腳下震動，狂風怒吼。

回音號及潘朵拉帕爾維號沒來得及逃開，雙雙返回錨地，落下船錨。

聚在露台上的人們心中滿是驚訝與驚嚇，叫得更大聲了。他們紛紛比著大海。

滔天巨浪自海上來襲。龐大的水牆不斷升高，看起來足足有蓋倫帆船的船桅那麼高。

珊瑚抓住獵魔士的手臂，說了些什麼，又或者試圖想要說話，卻被強風有效地堵住了口。

「……逃！傑洛特！我們必須逃離這裡！」

浪頭打進港口。眾人尖叫。在大量水體的壓力下，棧橋破裂成零星碎片，木條、木板飛滿天。碼頭坍塌，起重機與吊塔倒落。船埠裡的小船與駁船往上衝，好像小孩的玩具，好像在街上遊蕩的孩童用樹皮做成、放進排水溝裡流動的小船。較靠近海灘的小屋及棚屋直接被水沖掉，沒有留下半點痕跡。海浪搶進河口，瞬間將河水變成翻滾的急湍。帕爾米拉的巷道被水淹沒，大批人潮匆忙逃離，大部分都奔向崗哨所在的上城。這些人獲救了。一部分人選擇沿河岸逃去，傑洛特眼睜睜看著他們被大水吞噬。

「第二道浪來了！」亞斯克爾大叫：「第二道浪來了！」第二道浪確實打過來了。然後是第三道、第四道、第五道、第六道，這一道又一道的水牆接連往錨地與港口逼近。

浪濤猛力撞擊，靠錨鍊固定的船隻瘋狂搖晃，傑洛特看見甲板上有許多人落水。

船隻紛紛掉轉船首，正面與狂風對抗。船桅接連斷裂，船隻開始被波濤掩蓋，一會兒消失在浪花中，一會兒又浮出水面。

頭一艘不再浮出水面的船是郵輪回音號，它就這麼消失了。過了一會兒，同樣命運也降臨在倒掛金鐘號上，這艘蓋倫帆船是直接解體。阿爾克號緊緊扣在錨鍊上，船體卻因爲拉扯的力道而破裂，這艘寇克船轉眼消失在水淵中。信天翁號的船首與艏樓承受不住水壓而斷裂，破損的船身如大石般沉入海底。維提哥號的船錨鏈斷開，這艘蓋倫帆船在浪脊舞動一會兒後，方向一轉，在防波堤上砸得四分五裂。

阿赫隆提亞號、琴特拉榮耀號、潘朵拉帕爾維號，以及另兩艘傑洛特不知道名字的蓋倫帆船拋掉船錨，海浪把它們帶往岸邊。表面上這看起來是絕望的自殺之舉。各船船長有兩個選擇：在錨地坐以待斃或是冒險駛進河口。

不知名的兩艘蓋倫帆船完全沒有機會，甚至不懂得把船調整到正確方向，在突堤砸了個稀巴爛。

琴特拉榮耀號與阿赫隆提亞號也沒能掌握舵向，撞在一起，扣住對方，被浪濤拋到碼頭，摔成碎片，殘骸任水載浮。

潘朵拉帕爾維號在浪濤中如海豚般舞動跳躍，但一直保持固定的航向，讓海水將它直接帶往有如一大鍋沸水的阿達樂特河河口。傑洛特聽見船上的人大聲爲船長加油。

珊瑚指著前方大叫。

第七道浪來襲。

先前的浪頭都是到船桅的高度，傑洛特估計約有五、六噚，也就是三、四十呎高。這回從海上來的這道浪蓋住了天空，是先前的兩倍高。

從帕爾米拉逃出來的人全都擠在崗哨邊不斷大叫。強風蓋去他們的聲音，把他們緊緊壓在地上，推到尖木柵邊。

海浪打向帕爾米拉，毫不留情地席捲一切，將之從地表抹去。大水在轉瞬間來到柵欄邊，吞沒擠在那裡的人群。夾帶大量木材的水浪打向尖木柵，沖斷木樁。崗哨應聲倒塌，漂在水中。

勢不可擋的破城水槌撞向斷崖上，撼動山丘，亞斯克爾和瑪賽可跌到地上，傑洛特則好不容易才穩住雙腳。

「我們得逃跑！」珊瑚緊抓著欄杆大叫：「傑洛特！我們趕快離開這裡！下一波浪又要來了！」

一道水浪朝他們迎頭打下。露台上的人們若是先前沒有匆忙躲開的，現在也全都倉皇奔逃。急著逃命的人們不斷尖叫，只希望能盡量往高處逃，往山頭逃，往國王宮殿所在的方向逃。有少數幾人留在原地，傑洛特認出那當中也有拉文加及安特雅・德里思。

人們尖叫指著某處。水浪已經沖上他們右邊別墅區底下的崖壁。第一幢別墅像紙牌屋一樣倒塌，順著山坡滑下，直奔洶湧的波濤。第二幢房子也跟著第一幢房子的腳步，然後是第三幢、第四幢。

「這座城要垮了！要塌了！」亞斯克爾哀叫道。

莉塔・奈德舉起雙手，唸出咒語，然後消失了。

瑪賽可緊緊攀住傑洛特的手臂。亞斯克爾放聲大叫。

水已經來到他們的露台底下，而水裡有許多人。一些人從上方遞撐竿、鉤頭篙給他們，丟繩子給他們，拉起他們。離他們不遠的地方，有個身形高大的男人跳入混亂的水面，游水去救一名溺水的女人。

瑪賽可尖叫一聲。

傑洛特看見一片殘餘的屋頂在水中舞動，有孩子——三個孩子——緊緊抓在屋頂上頭。他拿掉背上的劍，說：

「亞斯克爾，拿著！」

他扔掉外套，跳進水中。

這可不是一般的游水，尋常泳技在這當口根本發揮不了作用。一道道浪潮將他推上推下、推左推右，不斷把在湍急水中旋轉的木條、木板與家具送過來撞他，而木塊積成的巨大量體更可能把他碾得血肉模糊。等他抓到屋頂時，已渾身是傷。屋頂在浪潮中像陀螺一樣不停跳動旋轉。孩子們的尖叫聲此起彼落。

三個孩子，他心想。*再怎麼樣，我都沒有辦法把他們三個全抱起來。*

他感覺到手臂旁有另一隻手。

「你帶兩個！」安特雅．德里思吐掉口中的水，抓起其中一個孩子。「兩個！」事情沒那麼簡單。他把小男孩拉下屋頂，夾在腋下。小女孩慌了，把屋椽抓得死緊，他花了許多時間也沒辦法把她拉下來。幸好一陣浪打來，澆了他們一頭水，也讓小女孩冷靜了下來，放開屋椽，傑洛特把她夾在另一邊腋下。然後他們三個人開始一起往下沉。孩子們不斷嗆水掙扎，傑洛特持續奮鬥。

他不知道自己是怎麼辦到的，但是他成功浮出水面。海浪把他壓到露台圍牆邊，讓他無法呼吸。他沒有把孩子放掉。上方的人群紛紛大叫，試圖幫他們，把所有手邊抓到的東西都丟給他們，但還是救不了他們。水漩把他們捲走，抬起。他撞到了一個人，那是雙手抱著小女孩的安特雅．德里思。她還在努力掙扎，但是他看見她也和自己一樣，即將耗盡力氣，很勉強才能把自己和孩子的頭維持在水面上。

旁邊突然撲通一聲，有人大呼一口氣。是瑪賽可。她從他那裡抓過一個孩子，然後游開。他看見海浪送來一根木樁，撞在她身上。她大叫一聲，但是沒有放開孩子。

海浪再度將他們擠到露台的牆邊。這一回，上頭的人群已準備就緒，甚至搬來了梯子，攀在上頭朝他們伸出手。人們從他們手中接過孩子。他看見亞斯克爾抓住瑪賽可，將她拉上露台。

安特雅．德里思看向他。她有雙漂亮的眼睛。她給了他一個微笑。

從柵欄被扯下的尖木樁乘著浪頭一股腦撞向他們。

安特雅．德里思被一根木樁刺中，釘到露台邊。只見她口吐鮮血，大量鮮血，然後頭往胸口一垂，消失在水中。

傑洛特被兩根木樁撞到，一根撞在他的肩頭，第二根撞在他的髖部。撞擊的痛楚瞬間麻痺他全身，讓他無法動彈，嗆了一口水後，便往下沉去。

有個人抓住他，像鐵鉗一樣，力道大得痛人，猛地將他拉向白亮的水面。他伸手反抓，摸到一塊十分發達、堅硬如石的二頭肌。這名大力士不斷踢動雙腳，如海神護衛般破浪前進，並用空著的那隻手揮開在他們周遭漂流的木頭，以及任洪水翻攪的溺水者屍體。上方傳來尖叫與歡呼，人們紛紛伸手要拉起他們。

他在水窪裡躺了一會，又是咳嗽，又是嗆水，把露台的石磚吐了一地。亞斯克爾半跪在他身邊，臉色白得像紙一樣。瑪賽可在他的另一邊，臉上也不見一絲紅潤，雙手抖個不停。傑洛特困難地坐下。

「安特雅呢？」

亞斯克爾搖搖頭，別開了臉。瑪賽可把頭埋進膝蓋中。他看見她哭得全身發抖。

他的救命恩人坐在一旁，一個大力士。更正確的說，是一個女力士。剃得光溜溜的頭上有道不大整齊的剛毛，肚子像綁著繩子的火腿，肩膀魁得像摔跤選手，小腿則壯得和鐵餅運動員一樣。

「我欠妳一條命。」

「哪兒的事……」哨所指揮官漫不經心地揮了揮手。「這沒什麼好提的。而且說起來你是個混蛋，我們對你可有氣了。我和我的姊妹們，那次結下的梁子。所以你最好別找碴，不然我們會給你好看。明白了嗎？」

「明白。」

「不過我不得不承認，」指揮官粗魯地吐了一口口水，甩掉耳朵裡的水說：「你還眞是個有種的混蛋。來自利維亞的傑洛特，你是個有種的混蛋。」

「那妳呢？妳叫什麼名字？」

「薇兒蕾塔。」指揮官說，但臉色隨即暗了下來。「那她呢？那邊那個……」

「安特雅．德里思。」

「安特雅．德里思。」她撇著嘴複述了一次。「真是令人遺憾。」

「真是令人遺憾。」

人們紛紛來到露台，讓這裡的空間變得擁擠萬分。情況已不再那麼危急，天色放亮，強風也不再吹襲，皤幟垂掛旗桿。浪潮轉弱，大水退去，留下一片戰後的廢墟及遭螃蟹橫行的屍首。

傑洛特吃力地站起來。只要稍有動作，只要呼吸稍微深一點，腰側就會傳來讓人動彈不得的痛楚，一邊膝蓋也痛得教人發狂。襯衫的兩隻袖子都被扯掉了，他不記得這到底是什麼時候的事。左手肘和右手臂，好像還有肩胛，全都皮開肉綻。渾身多處傷口都還在滲血。總地來說，他沒什麼大礙，沒什麼需要特別擔心的地方。

太陽從雲層後頭露臉，在逐漸恢復平靜的海面上發出閃閃金光。海岬末端的燈塔屋頂發出亮光。那是一座以紅白兩色磚頭砌成的燈塔，是精靈時代留下的遺跡，歷經了無數次的暴風雨，而且看起來也還能挺過將來的暴風雨。

河水已恢復平靜，但河口積滿了漂浮在水中的垃圾。雙桅縱帆船潘朵拉帕爾維號將河道清乾淨後，便升起所有的船帆，以遊行之姿駛向錨地。群眾高聲歡呼。

傑洛特幫忙瑪賽可站起身。女孩身上剩下的衣著不太多。亞斯克爾遞給她一件披風蔽體，並意有所指地清了清喉嚨。

莉塔．奈德站在他們面前，肩上揹著一個藥袋。

「我回來了。」她看著傑洛特說。

「不，妳走掉了。」他不同意她的說法。

她看著他，眼神很冷、很疏遠，然後馬上把視線移到獵魔士的右肩後頭，一個很遠、很遠的地方。

「所以你想這麼玩。」她冷冷地說：「留下這樣的回憶。好吧，這是你的想法、你的選擇，不過你其實可以更有風格一點。那麼，再會了。我要去幫助傷者和有需要的人。你很顯然不需要我的幫助，也不需要我本人的陪伴。瑪賽可！」

瑪賽可搖搖頭，抱住傑洛特。珊瑚見狀，不屑地哼了一聲。

「所以是這麼回事？這是妳想要的？用這種方式？好吧，這是妳的想法、妳的選擇。再會了。」

說完，她便轉身離開了。

□

露台上開始聚集人潮，費布斯．拉文加出現在其中。先前的救援行動想必也有他的一份，因爲他身上的衣服已成了濕答答的破布。某個心腹殷勤地爲他送來帽子，或者說是帽子剩下的部分。

「現在怎麼辦？」人群中有人問道：「議員先生，現在怎麼辦？」

「現在怎麼辦？現在該怎麼做？」

拉文加盯著他們看了許久，然後打直了背，將帽子的水擰掉，戴到頭上，說：

「把死者安葬，生者好生照料，然後開始準備重建工作。」

□

鐘塔的鐘聲響起，似乎想告訴世人它也從這場災難中存活下來，告訴世人即使物換星移，有些事依舊亙古不變。

「我們離開這裡吧。」傑洛特從領子裡頭拉出濕答答的水草，說：「亞斯克爾，我的劍在哪裡？」

亞斯克爾晃著身子比向牆邊空蕩蕩的一處，說：

「剛剛……剛剛都還在這裡！你的劍和外套剛剛都還在這裡！有人偷走了！操你媽的王八蛋！有人偷走了！喂！你們！這裡剛才有一把劍！請把它還來！喂！哼，你們這些狗娘養的！教你們一個個都摔斷腿！」

獵魔士突然覺得很不舒服，瑪賽可趕忙撐住他。如果我得靠女孩子支撐，那我真是太糟了，太糟了。他心想。

「我受夠這座城市了。我受夠這城市所代表的一切，所呈現的一切了。我們離開這裡吧，越快越好，越遠越好。」他說。

插曲

十二天過後

噴水池輕聲濺著水花，散發著濕石頭味。空氣中瀰漫著花香，那是攀在天井牆上的常春藤所散發出來的香氣。大理石小桌的圓盤飾架裡，蘋果的香味迷人。裝著冰涼葡萄酒的兩個酒杯冒著汗珠。

小桌前坐著兩名女子，兩名女巫。若是這時剛好有個人對藝術具有敏感度，擁有滿滿的畫家想像力，有能力表達詩意的寓意，這人若要呈現兩名女子的話，肯定不會有任何困難。一頭火紅秀髮的莉塔·奈德穿著朱紅碧綠的連身裙，整個人有如九月的夕陽。而來自凡格爾堡的葉妮芙髮色烏黑，衣著以黑白兩色搭配，讓人聯想到十二月的早晨。

葉妮芙率先打破沉默說：「這附近的別墅大多破裂倒塌，躺在斷崖腳下，而妳的別墅卻毫無損傷，甚至連一片屋瓦都沒掉。妳眞是個幸運兒啊，珊瑚。我建議妳考慮買一張彩券。」

莉塔·奈德笑道：「那些祭司可不會稱這爲幸運。他們會說這是眾神與天國之力的庇護。眾神總是保護正義與正直之人，獎勵誠實與公義之人。」

「當然是這樣。如果祂們剛好在附近，也想這麼做，祂們是會給予獎勵。好朋友，敬妳的健康。」

「敬妳的健康，好朋友。瑪賽可！給葉妮芙小姐倒酒，她的酒杯空了。」

「至於這座別墅，」莉塔看著瑪賽可走開。「目前待售中。我要把它賣掉，因爲……因爲我得搬走。科拉克的氣場已經不再適合我了。」

葉妮芙挑眉等她解釋，而莉塔也沒讓她多等，用幾乎難以察覺的嘲諷語氣說：

「維拉克薩斯國王的統治從頒布各種王家命令開始。首先，他把加冕日定爲科拉克王國的國慶日與假日。再者，他宣布赦免……罪犯，政治犯則繼續服刑並禁止會面，也不能通信。三者，港口稅與規費提高百分之百。四者，所有對國家經濟有害、剝奪純種人類工作的非人類與混血族群，一律得在兩週內離開科拉克。五，若非國王同意，科拉克境內全面禁止使用魔法，也不允許魔法師擁有土地或不動產。科拉克的巫師得處置現有的不動產並取得執照，不然就是離開王國。」

葉妮芙不屑地說：「這眞是一個表達感激的完美例子。有消息說，把維拉克薩斯拱上王位的正是一群巫師，是他們安排、金援他的回歸，是他們幫助他接掌王權。」

「這消息很正確。維拉克薩斯得大大酬謝參議會，而這也正是他提高關稅，指望沒收非人類財產的目的。王家諭令是針對我，科拉克裡沒有任何一個巫師擁有房產。這是伊迪蔻．布雷茨可的復仇，也是維拉克薩斯的參士對我的報復，他們認爲我爲這裡的女性提供醫療與諮詢是不道德的事。參議會大可爲我的事施壓，但他們不會這麼做。參議會在貿易特權、造船廠及海事商行股東等方面，從維拉克薩斯那裡沒拿到什麼好處。他們正持續與他談判，不會想削弱自己的優勢。因此，被列爲不受歡迎人物的我，是時候該爲自己找個新窩了。」

「不過我認爲妳似乎不覺得可惜。依我看，在目前政府的領導下，科拉克沒有太大機會能成爲太陽底下最友善的地方。這座別墅妳賣了，再去買新的，就算去山區的利里亞也好，利里亞的山區現在很熱門。不少巫師都搬去那裡，因爲那裡風景漂亮、稅賦合理。」

「我不喜歡山上，我情願待在海邊。別擔心，憑我的專長很快就能找到新的落腳處，不會費太多工夫的。普天之下，女人到處都是，每個都需要我。葉妮芙，喝吧，敬妳的健康。」

「妳一直鼓勵我喝，自己卻幾乎沒沾嘴。難道妳生病了嗎？妳的氣色看起來不是很好。」

莉塔戲劇性地嘆了口氣。

「最近這幾天事情很多。宮廷政變、那場可怕的暴風雨，唉……再加上每天早上的無精打采……我知道只要撐過三個月就好，不過還有整整兩個月……」

一片靜默籠罩下來，連在蘋果旁飛來飛去的黃蜂聲都能聽得見。珊瑚打破靜默說：

「哈哈，我開玩笑的，可惜妳看不見自己的表情。妳被騙了，哈哈。」

葉妮芙把視線往上移，盯著長滿常春藤的牆頂看了許久。

「妳上當了。」莉塔說：「而且我敢打賭，妳的腦中一定馬上出現畫面。承認吧，妳馬上就把我可能受孕的事和……不要露出這種表情，不要露出這種表情。妳一定有聽到一些風聲，畢竟謠言總像水中的漣漪，一圈一圈不斷往外擴。不過妳冷靜一點，那些謠言沒有半點是真的。我能受孕的機率不會大過妳，在這一方面並沒有任何改變。而我和妳的獵魔士之間只有利害關係，純粹公事，沒有別的。」

「喔。」

「老百姓就是老百姓，喜歡流言蜚語，看到一個女人和一個男人在一起，就馬上聯想到風流韻事。我承認獵魔士的確經常在我這裡出入，也確實常有人見我們在城裡出雙入對，不過我要再說一次，我們之間只有利害關係。」

葉妮芙擱下酒杯，雙肘枕在桌面，十指相連，把雙掌擺成屋頂的形狀，看著紅髮女巫的雙眼。

「首先，」莉塔微微清了下嗓子，但沒有避開葉妮芙的目光。「我絕對不會對自己的好朋友做出任何類似這樣的事。再者，妳的獵魔士對我一點興趣也沒有。」

「一點興趣也沒有？」葉妮芙挑起了眉毛。「眞的嗎？這是什麼情況呢？」

「也許，」珊瑚微微一笑。「年長的女性已不再讓他感興趣？不管她們現在的容貌如何，都不再讓他感興趣？也許他現在偏好那些眞正年輕的？瑪賽可！請過來我們這裡。看吧，葉妮芙，花樣年華，而且不久前還天眞無邪。」

「她？」葉妮芙哼了一聲。「他和她？和妳的學生？」

「來啊，瑪賽可，妳說吧。和我們講講妳的愛情冒險，我們很感興趣呢，我們最愛聽羅曼史了。悲慘的愛情故事，越慘越好。」

「莉塔小姐……」本該羞紅臉的女孩卻一臉白得像死屍一樣。「拜託……妳在這件事上已經懲罰過我了……同一個過錯要懲罰幾次？別再叫我……」

「講！」

「好了，珊瑚。」葉妮芙揮了揮手。「別爲難她了。再說，我一點也不感興趣。」

「這一點我正好不相信。」莉塔．奈德憤憤一笑。「不過好吧，我就放過這個女孩。我的確已經處罰過她，也原諒她的過錯，讓她繼續跟著我學習。而且她含糊的自白也不再讓我覺得有趣了。一言以蔽之，她愛上獵魔士，跟他跑了。而他在對她膩了之後，就這麼稀鬆平常把她拋棄了。某天早上她醒來後，只剩下她孤單一人。愛人躺過的床單已經冷了，而愛人也無影無蹤。他離開了，因爲他不得不離開。他像煙一樣消散，隨風飛逝。」

葉妮芙原以爲瑪賽可的臉已經夠蒼白了，但現在又變得更白了，且雙手不停地抖動。

「他留下了花。」葉妮芙小聲地說：「他留下了一束花，對吧？」

瑪賽可抬起頭，但沒有回答。

「一束花與一封信。」葉妮芙又說了一次。

瑪賽可沉默不語，但血色慢慢回到她的臉上。

「一封信。」莉塔．奈德審視女孩說：「妳沒和我說過信的事，沒提過這件事。」

瑪賽可咬緊雙唇。

「所以是因爲這樣。」莉塔一派平靜地把話說完：「即便知道回來可能要面臨嚴厲的懲罰，雖然妳後來得到的懲罰比妳想像中輕微，但妳還是回來了，原來是因爲這樣。是他要妳回來的。如果不是這樣，妳絕對不會回來。」

瑪賽可沒有回答。葉妮芙也沉默不語，只是用一根指頭繞著黑色的鬈髮。她倏地抬頭看進女孩雙眼，然後笑了一下。

「他要妳回到我的身邊。」莉塔．奈德說：「即便他可以想像妳在我這裡可能會遇到什麼事，他還是叫妳回來。我得老實說，我沒想到他會做出這種事。」

噴水池輕聲濺著水花，散發著濕石頭味。空氣中有花香，有常春藤的氣味。

「他這一點讓我意外了，我沒想到他會做出這種事。」莉塔重複道。

「因爲妳不認識他啊，珊瑚。妳根本一點都不認識他。」

你是何物，我不能言；
唯有一事，我心了然——
今日觸碰你臉龐
花瓣頓時紛飛落

——西格夫里・薩松（Siegfried Sassoon）

第二十章

前天傍晚已先拿到半枚克朗的馬僮，已將馬兒上好鞍，等主人到來。亞斯克爾一邊打呵欠，一邊抓了抓後頸說：

「我的老天，傑洛特……我們眞的得這麼早嗎？天都還是暗的呢……」

「不暗，這天色剛剛好。太陽最慢再一個鐘頭後就會露臉。」

「還要再一個鐘頭。」亞斯克爾七手八腳爬上騸馬的鞍上，說：「我寧可把這一個鐘頭拿來睡覺……」

傑洛特俐落地跳上馬鞍，思忖了下，又遞了半個克朗給馬僮。

「現在是八月。」他說：「從日出到日落大約是十四個鐘頭，我想趁這段時間盡量趕路。」

亞斯克爾打了個呵欠，而且好像這會兒才看見那匹花斑灰母馬。馬兒被關在隔間裡、擋在柵欄後頭，沒有上鞍。母馬甩了甩頭，像是要提醒旁人自己的存在。

這景象讓詩人醒了過來：「等一下。那牠呢？瑪賽可呢？」

「接下來的路她不會和我們一起走，我們在這裡分手。」

「怎麼會？我不明白……你可以好心解釋一下……」

「不可以，現在沒辦法。上路吧，亞斯克爾。」

「你確定你知道自己在做什麼嗎？一清二楚？」

「不，我不確定。別再說了，我現在不想談這件事。我們出發吧。」

亞斯克爾嘆了口氣，催著騸馬加快腳步。他四周張望了一下，然後又嘆了口氣。他是個詩人，所以可以想嘆息就嘆息。

這家叫「祕辛竊語下」的旅店在朝霞的襯托下、破曉的朦朧曙光中，看起來像是間高級旅店。讓人聯想到沉浸在蜀葵中，受旋花與長春藤擁抱的仙女宮殿，或是隱於林木之中的祕戀神殿。一時間，詩人陷入了沉思。

他先嘆了口氣，又打了個呵欠，再大聲清出一口痰，然後拉緊外袍，要馬兒加快腳步。出神的這一小段時間讓他落在後頭，霧氣中幾乎已不見傑洛特的身影。

獵魔士騎得很快，沒有顧盼。

□

「來，葡萄酒來了。」客棧老闆把一個彩陶壺擺上桌，說：「這是兩位要的，利維亞產的蘋果酒。太太要我問兩位覺得豬肉怎麼樣？」

「我們覺得豬肉配大麥飯很好。」亞斯克爾答道：「我們不是很常吃，只有偶爾才吃得到。」

他們這一天的行程終點是這家門口掛著彩色招牌的客棧「野豬與鹿下」，而這個地方供應的野味也就僅限於此，在菜單裡是找不到的。這個地方的招牌菜是淋上濃濃洋蔥醬的肥豬肉大麥飯。亞斯克爾基於某些原則，對這太過平民的食物大概有些微詞，傑洛特則沒有半點埋怨。豬肉沒什麼可以挑剔的地方，醬汁也還過得去，而大麥飯則有煮透——尤其是這最後一樣，可不是每間路旁客棧裡的廚娘都能煮得好的。他們有可能碰上更糟的，尤其是他們現在的選擇有限。傑洛特堅持白天要盡量趕路，先前他們也有經過幾家旅店，但他都不想停下來歇息。

看起來，把「野豬與鹿下」這家客棧當作是白天旅程最後階段的人不只是他們。牆邊其中一張長板凳上坐著幾名路過的商人。他們與傳統的商人不一樣，觀念很時髦，不會藐視自己的僕人，沒有把和他們同桌吃飯當作是污辱。當然，他們再怎麼時髦與包容，終究也還是有底線——商人們坐在桌子一側，僕人則坐在另一側，壁壘分明，不難察覺。這從他們的菜餚也可以看出端倪。隨從吃的是客棧招牌菜，也就是豬肉大麥飯，喝的是摻了水的啤酒。而經商的大爺們則是每人一隻雞，還有用細頸瓶裝的葡萄酒。

對面野豬頭標本底下的那張桌子，有對男女在用晚餐——一名淺色頭髮的女孩及一名年紀較大的男人。女孩衣著華麗，樣式非常成熟，一點也沒有年輕女孩的樣子。男人看起來像名官員，但絕對不是位在頂端的那種。這對男女一同用餐，交談頗為熱絡，不過兩人是不久前才認識的，而且應該只是碰巧認識，這點從官員的表現可以看得出來。他一直向女孩攀談，顯然是希望能從女孩身上知道更多事，而女孩客氣應對，不過很明顯地可以看出她語帶嘲諷、有所保留。

至於那些比較短的板凳，其中一張坐著四名女祭司。從她們身上的灰袍和緊緊蓋住頭髮的斗篷，很容易就能看出她們是出門在外的治癒師。傑洛特注意到她們用的餐點很簡陋，好像是沒和油脂的珍麥。女祭司治人從不收費，她們醫治所有人，卻不取分文。如果她們請求對方招待食宿，那麼對方照慣例就得為她們張羅。「野豬與鹿下」這家客棧的老闆知道這個慣例，但顯然不當一回事，只打算盡量不要在這上頭花錢。

隔壁鹿角底下的長板凳上，大剌剌坐著三個本地人，只見裝著黑麥酒的小瓶子在三人之間遞來遞去，而他們顯然已經喝了不只一瓶。因為他們在滿足了每晚必要的渴望後，便四處張望找樂子。當然，他們很快就找到了。只能說，那些女祭司今天運氣不佳，不過她們一定已經很習慣這樣的事了。

屋子角落的那張桌子只坐了一個客人。那人也與桌子一樣，藏在陰影中。傑洛特注意到這個客人既沒有吃東西，也沒有喝東西。對方背倚著牆面，一動也不動地坐著。

那三個本地人不斷地向那些女祭司找碴、開玩笑，而且內容越來越粗鄙下流。祭司們維持一派平和，完全沒有理睬他們。那些本地人很顯然被她們的反應激怒了，隨著酒瓶裡的黑麥酒越少，他們的怒氣也就越高。傑洛特加速舀動湯匙。他決定要給那些酒鬼一些教訓，卻不想因此讓大麥飯給冷了。

「來自利維亞的獵魔士傑洛特。」

角落的陰暗處突然亮起火光。

獨自坐在桌前的那個男人把一隻手擱到了桌上。一道道舞動的火舌從他的指頭裡射出。男人把手掌靠向桌上燭台，一一點燃了上頭的三根蠟燭，讓光線把自己照個清楚。

他的髮色有如灰燼，兩鬢各有一綹雪白；臉色慘白，鷹鉤鼻；淡黃色的眼睛，垂直的瞳孔。掛在他頸上的銀色徽章從襯衫底下露出來，在燭光的照射下閃閃發光。那是個齜牙咧嘴的貓頭。

屋子裡一片寂靜，男人又說了一次：「來自利維亞的獵魔士傑洛特。我想，你是要去維吉馬吧？要去領佛特斯特國王承諾的賞金？要去拿那兩千歐蘭？我猜的沒錯吧？」

傑洛特沒有回答，甚至連眉頭也沒有皺一下。

「我不會問你知不知道我是誰，因爲你一定知道。」

「你們的人已經不多了。」傑洛特平和地答道：「眞要算起來也很容易。你是布倫亨，也叫伊耶羅之貓。」

戴著貓徽章的男人不屑地說：「哎呀呀，鼎鼎大名的白狼竟然知道我的名號，這眞是無比榮幸啊。至於你打算偷走我的賞金這件事，想必我也得把它看成是無比的榮幸吧？也許我應該要讓出優先權，鞠個躬，再道個歉？就像在狼群裡一樣，雖然打到獵物，卻要退開，然後搖起尾巴，一直等到首領吃飽？等到首領大發慈悲，把吃剩的留下？」

傑洛特默不作聲。

「我不會把優先權讓給你，不會與你分享。」人稱伊耶羅之貓的布倫亨說：「白狼，這維吉馬你是去不了，這賞金你是拿不了了。聽說維瑟米爾對我做出了裁決，你現在有機會可以執行。到客棧外頭的空地去。」

「我不會和你打。」

戴著貓徽章的男人從桌後起身，速度快得讓人只看見一道模糊的影子。只見他從桌上抄起劍，白光一閃，手裡便抓著其中一個女祭司的斗篷帽子，將她扯下長凳，摔跪地面，劍刃也抵到了她的脖子上。

「你要和我打。」他看著傑洛特冷冷地說：「在我數到三之前，你會走去外頭空地。不然，這祭司的血就會濺上牆面、天花板和家具。然後，我會把剩下的祭司也都殺了，一個接著一個。全都不准動！連動都不准動一下！」

客棧籠罩在靜默中，無聲無息的全然靜默。所有的人都僵住，瞪大了眼、張大了嘴看著他們。

「我不會和你打。」傑洛特平和地又說了一次。「不過你要是傷了這個女人，你就會死。」

「在外頭的空地上，我們兩個當中有一個會死，這是一定的，不過應該不會是我。聽說你那兩把舉世聞名的劍被人給偷了。至於新的劍，依我看，你也沒費心去買。確實啊，一個人得要極度狂妄自大，才會沒先配備兵器，就打算去偷別人的賞金。也許鼎鼎大名的白狼是這麼了得，不需要用劍？」

椅子推動的聲音響起，淺髮女孩站了起來，從桌下拿出一個長形包袱，擺到傑洛特面前，然後退回原位，在官員旁邊坐下。

他知道那是什麼。在他還沒解開皮繩、掀開毛氈之前，他就知道那是什麼了。

那裡頭是一把由隕鐵之鋼打造而成的劍，全長四十吋半，劍刃本身是二十七吋又四分之一，重三十七盎司。劍首與護手的設計雖然簡單，卻不失高雅。

還有另一把長度、重量都和頭一把類似的銀劍。當然，全劍只有部分是銀的，如果用純銀打造，劍身會太軟，沒辦法打利。護手上有著咒文，整個劍身則都覆了滿盧恩文字。

皮拉爾．普拉特的鑑價師無法判讀劍上文字，顯然他們的鑑價能力也不過爾爾。那古老的盧恩文寫的是杜布痕哈恩阿姆格蘭德亞爾，莫爾赫阿姆飛安阿恩辛——吾之光芒穿透幽黑，吾之亮明嚇退黑暗。

傑洛特站起身，從劍鞘裡抽出鋼劍，動作緩慢但一氣呵成。他的視線不在布倫亨身上，而是在劍刃上。

「放掉那個女人。」他平靜地說：「現在就把那個女人放掉，不然就換你死。」

布倫亨的手抖了一下，女祭司的脖子上留下一涓鮮紅，她甚至連呻吟都沒有。

伊耶羅之貓嘶聲說：「我有需要，那筆賞金必定得是我的！」

「我說了，放掉那個女人，不然就換你死。不是死在外頭的空地上，而是這裡，就地解決。」

布倫亨弓起背，呼吸沉重，眼中閃爍惡光，嘴唇嚴重扭曲變形，緊握劍把的手指關節泛白。倏地，他放掉女祭司，推開她。客棧裡的人們全都震了一下，好像從惡夢甦醒，有人鬆了口氣，有人吐了大氣。

「冬天要到了。」布倫亨吃力地說：「而我和有些人不一樣，沒有可以過冬的地方。舒適又溫暖的卡爾默罕，沒有我的容身之所！」

「不，卡爾默罕沒有你的容身之所，你很清楚原因是什麼。」傑洛特答道。

「卡爾默罕是你們這些善良、公平又正義的人專用的，是吧？你們這群虛僞的混蛋。你們和我們一樣都是殺手，和我們沒有區別！」

「出去。離開這個地方，上你的路吧。」傑洛特說。

布倫亨收起劍，打直了背。在他走出客棧時，雙眼起了變化，瞳孔塡滿了整個虹膜。

當布倫亨與傑洛特擦身而過時，傑洛特說：「說什麼維瑟米爾對你做出裁決，這都是謊話。獵魔士不會與獵魔士對打，他們的劍也不會相互交擊。不過要是又發生了像伊耶羅那種事，要是讓我聽見任何這樣的風聲……我就會破例。我會找到你，殺了你。你要認眞看待這警告。」

布倫亨關上門後，客棧裡依舊有段時間靜得聽不見任何聲音。亞斯克爾徹底鬆了一口氣的聲音顯得格外清楚。沒多久，客棧裡的氣氛又活絡了起來。那票醉醺醺的當地人一溜煙全跑得不見人影，甚至沒把杯裡的酒給喝完。深諳世道的商人即使全白了臉色，不敢出聲，卻還是命令桌邊的僕人離開，顯然是要他們趕緊去看守車子和馬匹；附近有這麼樣可疑滑頭的一票人在，車子和馬匹都不安全。女祭司們爲同伴包紮好脖子上的傷口，無聲地朝傑洛特行禮答謝後，便去休息了；大概是去穀倉，因爲客棧老闆不太可能讓她們睡在客房裡的床。

傑洛特朝爲他找回劍的淺髮女子點了點頭，並以手勢邀請對方同桌。她顯然很樂意接受邀請，對身邊的同伴，也就是那名官員，一點也不留戀，將他和他臉上的不悅表情拋下。

「我是緹吉亞娜．芙雷維。」她自我介紹道，並朝傑洛特伸出一隻手，很男子氣概地握了握。「很高興認識你。」

「這是我的榮幸。」

「剛才的氣氛有點緊張，是吧？路旁的客棧在夜裡常讓人覺得無趣，今天卻挺讓人玩味。有那麼一刻，我甚至開始害怕起來了呢。不過，依我看，那只不過是男人間的較勁？較量誰的睪酮素比較多，又或是在比長短？沒有實際上的威脅？」

「沒有。」他謊稱。「主要是想感謝妳，多虧有妳，我才能拿回這兩把劍，不過我倒是很好奇這兩把劍是怎麼到妳手中的。」

「這本該是個祕密。」她一派從容地說：「有人委託我要無聲無息、不動聲色地把劍帶給你，然後消失。不過情況突然有變，礙於形勢，我不得不以看得見的方式和你……我這麼說吧，和你正面交接。如果我現在不向你解釋一下，倒顯得失禮了，所以我不會拒絕說明，也會負起洩密的責任。這兩把劍是凡格爾堡的葉妮芙交給我的。我剛在一位女巫大師那裡結束修業，意外碰見葉妮芙。她在得知我要往南走，再加上有我的大師爲我擔保後，便把這個任務交給我。她爲我寫了封推薦函，要給她在馬利堡認識的一個女魔法師，我現在打算要去那邊修業。」

「葉妮芙她……」傑洛特嚥了下唾沫。「她怎麼樣？一切都好嗎？」

「我想她一切都很好。」緹吉亞娜．芙雷維隔著睫毛看著他。「她很好，讓人看了都要妒火中燒。如果要我老實說的話，我挺嫉妒她的。」

傑洛特站了起來，走向客棧老闆，後者嚇得差點沒昏過去。

過了一會兒，老闆爲他們端來一壺產自投散特、最貴的白葡萄酒艾斯艾斯，還有幾個插著蠟燭的舊瓶子。緹吉亞娜客氣地說：「哎呀，眞的不用這樣……」

下一刻，桌上又添了一盤風乾的生火腿片、一盤燻鱒魚和一盤綜合起司。「獵魔士，你眞的太客氣，也太破費了。」

「只是剛好有機會，也剛好有絕佳的對象作陪。」

她頷首道謝，笑了一笑。

那是個很好看的笑容。

從魔法學校畢業後，每個女巫都得做出選擇。可以留在校園，成爲指導教師，也就是高階魔法師的助手。也可以請求其他高階魔法師收留，成爲對方正式的學徒。又或者可以選擇踏上修行之路。

這是個借鏡公會的系統。許多公會會讓學徒到外頭遊歷，並在遊歷的這段期間裡，從各個工坊、師傅那裡接受各式各樣的兼職差事，到處都做一點，幾年後再回來申請考試，晉升爲師傅等級。然而，這當中還是有所不同。被迫出門遊歷的學徒若是沒能找到工作，常常餓得前胸貼後背，原本的遊走歷練也就變成了流浪街頭。女巫的修業則是出於自願與興趣，而巫師參議會也會爲出門修業的女巫提供特別的修業基金，這基金的數目就傑洛特所聽到的，可是一點都不吝嗇。

「那個可怕的傢伙戴了一個和你類似的徽章。」詩人加入他們的談話。「他是貓派的人，對吧？」

「對。亞斯克爾，我不想談這件事。」

「鼎鼎大名的貓派。」詩人轉向女巫說：「他們是獵魔士，但是是不成功的那種。變種失敗，成了一群瘋子、神經病與虐待狂。」

「他們把自己取名爲貓派，因爲他們其實就和貓一樣，具攻擊性、殘忍、難以捉摸，也難以預測。而傑洛特故意輕忽這件事，好讓我們安心，這是他一慣的伎倆，因爲剛才我們的確遇上了危險，而且是重大的危險，最後和平收場，沒有砸場，沒有見血，也沒有屍體，眞可說是個奇蹟了，不然可會是一場殺戮。就像四年前伊耶羅那樣。我剛才無時無刻都在等……」

「傑洛特說了不想談這件事，我們就尊重他的意思吧。」緹吉亞娜．芙雷維打斷他，口氣很有禮貌，卻不容拒絕。

他看著她，心中有著好感。他覺得她很善良，也很漂亮，甚至是非常漂亮。

他知道女巫會修整容貌，這是她們的職業要求她們要讓人驚艷，不過經過修整的美貌從來就無法臻至完美，總會留下蛛絲馬跡。

緹吉亞娜．芙雷維也不例外。她的額頭在挨著髮線的地方，有幾處幾乎看不見的水痘痕跡，想必是在沒有免疫力的孩提時代留下的。嘴唇上方的一小道波浪疤痕稍稍破壞了漂亮的唇線。傑洛特不知道這是第幾次生自己的氣，氣自己爲什麼會注意到如此微不足道的小處，這種細節對眼前的事實一點意義都沒有。緹吉亞娜就跟他坐在同一張桌前，喝著艾斯艾斯，吃著燻鱒魚，對他綻放笑靨。獵魔士所見過、認識的女性中，能有著無瑕容貌，又會對他微笑的，機率相當於零。

「他提到什麼賞金……」亞斯克爾一旦打開話匣子，就很難要他放棄。「你們兩個誰知道那是怎麼回事？傑洛特？」

「我一點頭緒也沒有。」

「我知道。」緹吉亞娜．芙雷維炫耀道：「我很驚訝你們沒有聽過這件事，因爲這已經傳得沸沸揚揚了。這個賞金是特馬利亞王佛特斯特頒布的，要解救他被下了咒的女兒。她被紡錘針刺到，沉入長眠；聽說這可憐的小傢伙就躺在長滿山楂的城堡中，睡在一副棺材裡。其他傳言是說，她睡的是一副玻璃棺，被擺在玻璃山的最頂端。也有人說，公主變成了一隻天鵝。還有一種說法是，她變成了一隻怪物，變成了斯奇嘉。這是詛咒的關係，因爲這個公主是亂倫的果實。這些謠傳大概是雷達尼亞王維吉米爾想出來的，也是他散播出去的。他和佛特斯特有領土糾紛，兩人鬧得很僵，所以他想方設法要讓佛特斯特難看。」

「這看起來的確像是從童話或民間故事編造出來的。」傑洛特評論道：「詛咒與變了身的公主，亂倫的懲罰是詛咒，而解咒則有獎賞，既經典又老套。想出這些謠言的那人並沒有下太大的工夫。」

「這件事顯然帶有政治色彩，因爲參議會禁止巫師牽涉其中。」修業的女巫補充道。

「不管是不是童話故事，那貓派的傢伙可是完完全全買了帳。」亞斯克爾說：「他顯然正趕著去維吉馬找那個受詛咒的公主，好解除她的咒語，把佛特斯特國王承諾的賞金收入袋。他懷疑傑洛特也有同樣的打算，並且要搶先他一步到達那裡。」

「他想錯了。」傑洛特平板地說：「我沒打算要去維吉馬，沒打算要去蹚這灘政治渾水。就像布倫亨自己說的，這種差事最適合像他這樣有需要的人。我沒有這種需要。我的劍找回來了，不需要再花錢去買新的。至於維持生計，我也沒有問題。多虧了里斯堡的那些巫師……」

「您是來自利維亞的獵魔士傑洛特？」

「沒錯。」傑洛特打量了下站在一旁、滿臉不悅的官員。「請問你是？」

「這不重要。」官員一派趾高氣揚，試圖塑造嚴肅的形象。「重要的是這封法院傳票，按法律規定，在證人的見證下，就此交給您了。」

那名官員把一個不大的紙卷交給獵魔士，順便用寫滿鄙視的眼神瞧了緹吉亞娜．芙雷維一下，然後便走掉了。

傑洛特拆掉封蠟，拉開紙卷，將內容唸了出來：

「里斯堡日誌，重生後一二四五年七月二十日。致葛思維冷治安法庭。告訴人：里斯堡民事合夥綜合設施。被告訴人：利維亞傑洛特。告訴原由：歸還金額一千元整，數字大寫壹仟拿威格拉德克朗整。我方請求：第一，勒令被告利維亞傑洛特歸還一千拿威格拉德克朗並加附利息。第二，裁處被告依法繳納裁判費用。第三，賦予判決立即生效之強制性。理由：被告向里斯堡民事合夥綜合設施訛騙一千拿威格拉德克朗。證據：銀行往來紀錄副本。該金額為被告提供服務所收取之預付款項，但被告從未提供該服務，並蓄意不提供該服務……證人：碧露塔．安娜．馬凱特．伊卡爾緹、阿克瑟．米古爾．埃斯帕札、伊果．塔維克斯．桑多瓦爾……這群狗娘養的。」

緹吉亞娜斂下眼神，說：「我把劍還給了你，卻也把麻煩帶給你。有個車夫來找我。他今早偷聽到我在渡船頭查訪你的事，就馬上像橡皮糖那樣黏上來。現在我知道是為什麼了，這份告訴是我的錯。」

亞斯克爾鬱鬱地說：「你會需要一名律師。不過我不推薦科拉克的那名辯護人，因為她的能力比較屬於法庭之外的那種。」

「律師我就免了。你有注意到傳票日期嗎？我敢打賭，開庭的日子已經過了，審判的結果也已經宣布了，而且他們也已經凍結我的帳戶。」

「我眞的很抱歉。這是我的錯，原諒我吧。」緹吉亞娜說。

「沒什麼好原諒的，妳並沒有任何過錯。管他們那些人去死。老闆！如果可以的話，請給我們一壺艾斯艾斯！」

□

不久後，他們成了屋裡唯一的客人。不久後，酒館的主人刻意打了個大呵欠，示意他們該走人了。頭一個回房的是緹吉亞娜．芙雷維，亞斯克爾不久也跟在她後頭離開。

傑洛特沒有走向他和詩人住的那間房，而是悄悄敲著緹吉亞娜．芙雷維的房門。她立刻便打開門。

「我一直在等你。」她一邊將他拉進房，一邊輕喃：「我知道你會來。就算你不來，我也會去找你。」

□

她不得不用魔法令他入睡，不然他一定會在她離開的時候醒來。而她必須在破曉之前、天還沒亮的時候離開。她只留下一縷幽香，那是鳶尾和佛手柑的清香，還有另一種味道。是玫瑰嗎？

小桌上擺著他的兩把劍，上頭擺著一朵花。玫瑰。那是從酒館前那一大盆白玫瑰摘下的花。

□

酒館後頭的山谷裡有片年代久遠的廢墟，想必曾是富麗堂皇的建築。沒人記得這裡曾是個怎樣的地方，是誰建的，又是建給誰、做什麼用的。這些建築事實上已經沒有留下任何東西，只剩地基的殘留物，雜草叢生的窪地，到處都有石塊。這些是被人洗劫一空後剩下的東西。這些建築材料很值錢，不能浪費任何東西。

他們來到只剩斷垣殘壁的入口處，曾經壯觀的拱門如今看起來像絞刑台，纏繞其上的常春藤懸掛半空，宛若割斷的絞繩，更加強了絞刑台的印象。他們沿著林木夾道的小徑走。兩旁的樹木都已乾枯、畸變，不成形狀，好似不堪負荷籠罩於此的詛咒，被壓得打不直背。小徑通往一座花園，或者該說是通往曾為一座花園的地方。想必曾經有專人精心修剪的刺檗、金雀花及薔薇花壇，如今已成為一團糾纏不清的野生枝椏、刺藤與枯莖。殘存的塑像與雕刻品從這片糾葛中探出頭，大部分看起來都很完整。其餘的則幾乎零碎到讓人無法辨識這些作品呈現的是人像，還是物體。話說回來，這並沒有什麼意義。塑像代表的是過去，無法留存至今的過去，也因此不再具有意義。這裡留下的僅是一片廢墟，而這片廢墟看來將永遠繼續在這裡保持下去。

廢墟。殘破世界的紀念碑。

「亞斯克爾？」

「嗯？」

「最近這段日子裡，所有能出錯的事都出錯了，而我覺得搞砸這一切的人是我。最近不管遇上什麼事，我都做得不對。」

「你眞的這麼覺得？」

「我是這麼覺得。」

「那就一定是這樣啦，別期待我會做出任何評論。我已經說膩了。現在，你就安安靜靜地去自怨自艾吧。我可是在創作，你的唉聲嘆氣會讓我分心。」

亞斯克爾坐在傾倒的石柱上，把頭上的帽子往腦後推，蹺起腳，轉了轉魯特琴的弦軸。

風吹人冷

燭光搖曳，燭火熄滅

確實起風了，這風來得既突然又猛烈。亞斯克爾停下手中的琴，大大嘆了一口氣。

獵魔士轉過身。

她站在小徑入口，站在一尊底座龜裂、教人認不出樣子的雕像，以及被乾枯山茱萸纏繞的樹叢之間。她個子很高，穿著緊身裙裝，頭部的毛色是灰的，看起來其實比較像沙狐，而不是銀狐，尖耳長嘴。

傑洛特沒有動。

「我說過，我會來找你。」母狐的嘴中亮出一整排尖牙。「我說過，遲早有一天會來找你，而今天就是那一天。」

傑洛特沒有動。他感覺到他那兩把劍在背上的熟悉重量，這是他一個月以來所思念的重量。這份重量向來帶給他平靜與踏實，但今天，在這一刻，這份重量就只是重量。

「我來了……」狐妖亮出獠牙。「我自己也不知道我為什麼來。也許是要來向你道別吧，也許是要讓她來向你道別。」

母狐的身後出現一個穿著緊身裙裝的苗條小女孩。她的臉色蒼白，僵硬得很不自然，而且還有一半人類的樣子，不過還是比較像母狐，而不是小女孩。改變發生得很快速。

獵魔士搖搖頭。

「妳把她醫好了……妳把她救活了？不，這不可能。也就是說，她在那艘船上的時候還活著。她當時還活著，只是在裝死。」

狐妖大聲吠了一下。他花了點時間才了解那是笑聲，才知道那狐妖是在笑。

「我們曾擁有許多能力！能創造出魔幻島嶼、群龍空中舞等幻象，能製造出大軍逼近城下的情景……那是以前的事了，很久以前。現在世界變了，我們的能力逐漸退化……而我們的身體也逐漸縮小。我們當中的母狐數量多過狐妖，但就算是最年幼的母狐，也有辦法做出幻象，來欺騙你們這些還停留在原始程度的人類感官。」

「這是我生命中第一次為自己受騙上當感到高興。」他在過了一會兒後說。

「你所做的事並非全都是錯的，而我給你的獎賞就是你可以碰我的臉。」

他看著她尖銳的牙齒，清了下嗓子，說：

「所謂的幻象，是你腦中所想的事，是你害怕的事，也是你夢想的事。」

「呃……」

「什麼？」

母狐輕輕吠了一聲，然後改變形態。

三角形的蒼白臉孔上，出現一對炙人的黑暗紫眸。風暴般的烏黑鬈髮有如瀑布般傾瀉肩頭，亮閃閃地，像孔雀羽毛般反射光線，隨著每個動作曲捲波盪。胭脂底下的蒼白嘴唇細窄得如此完美。脖子上有條黑絲絨帶，帶子上有顆黑曜星石，絢爛奪目，反射出千萬光輝……

葉妮芙微微一笑，而獵魔士碰了碰她的臉頰。

就在此時，乾燥的山茱萸開花了。

然後一陣風吹來，擾動了樹叢。白色花瓣隨風飄旋，形成一道面紗，而世界就消失在這道面紗之後。

「幻象。」他聽見狐妖的聲音。「所有一切都是幻象。」

□

亞斯克爾一曲歌謠唱畢，但魯特琴依舊拿在手上。他坐在傾倒的石柱碎塊上，盯著天空看。

傑洛特坐在一旁，左思右想，將心中的千頭萬緒分出條理，又或者該說是試圖理出眉目。他沉浸在各種計畫之中，但這些計畫大多數一點都不切實際。他對自己許下了各種承諾，但心中又同時強烈懷疑自己是否有辦法說到做到。

「你從來沒稱讚過我的歌謠。」亞斯克爾突然說道：「我在你面前寫了那麼多首歌謠，還唱給你聽，而你卻從沒對我說過：『這首歌謠很好聽，希望你可以再唱一次。』你從來沒這麼說過。」

「沒錯，我沒說過我想聽。你想知道為什麼嗎？」

「為什麼？」

「因為我不想聽。」

「這對你來說是很大的犧牲嗎？」吟遊詩人不死心。「有這麼困難嗎？你就說：再彈一次吧，亞斯克爾，彈〈時間如何流逝〉。」

「再彈一次吧，亞斯克爾，彈〈時間如何流逝〉。」

「你說得一點說服力也沒有。」

「那又怎樣？反正你還是會彈。」

「你知道就好。」

燭光搖曳，燭火熄滅

風吹人冷

任憑時序遞嬗

任憑光陰荏苒
無聲無息，不知不覺

你依舊在我身邊，我倆依舊
有所連結，卻仍不完美
因爲時序遞嬗
因爲光陰荏苒
無聲無息，不知不覺

記憶中走過的道路與路線
已留在我們腦中不可抹滅
儘管時序遞嬗
儘管光陰荏苒
無聲無息，不知不覺

所以，親愛的，我們以勝利之姿
再度重複副歌吧
如此時序遞嬗

如此光陰荏苒

無聲無息，不知不覺

傑洛特站起身。

「亞斯克爾，該上路了。」

「是嗎？要去哪裡？」

「不是都一樣嗎？」

「也對，我們上馬吧。」

尾聲

山丘頂端有座殘存的白色建築，在許久前便成了廢墟，已徹底地雜草叢生。常春藤爬滿圍牆，幼小的樹木突破龜裂的地板。這曾是一座神殿，祭司的所在，侍奉著某個已遭遺忘的神祇——妮穆耶不可能知道這些。對妮穆耶來說，這只是一片廢墟，一堆石頭，也是一個路標。這是代表她沒走錯路的標誌。

一越過山丘與廢墟，商道便岔成兩條不同的道路。一條穿過石楠原，通往西邊。另一條指向北方，消失在濃密黑暗的森林中。這條路探進了黑色密林深處，沒入了陰森的黑暗之中，黑漆漆一片。

而那就是她要走的路。往北方的路，會穿過十分有名的松鴉林的那條路。

妮穆耶對伊瓦洛那些人拿來嚇她的故事並沒有特別在意，這一路上她碰過很多類似的事，每個地方都有自己嚇人的民間傳說、當地的可怕故事，這些都是用來嚇唬旅人的。妮穆耶已經被人用湖裡的水鬼、岸邊的女妖、岔路口的矮人及墓地裡的幽靈嚇過了。每兩條橋下就會藏著一個山精，每兩棵形狀扭曲的柳樹底下就會出現一個斯奇嘉。到最後，妮穆耶已經習慣了，恐懼的感覺體驗久了就不再那麼讓人恐懼。她得踏進森林，走在兩旁都是隱於霧中的墳塚之間，或是水氣氤氳的沼澤小徑上，而一股奇怪的不安感襲來，讓她怎麼也按捺不下。

站在森林的黑牆前，這會兒的她也受到這份不安，令她口乾舌燥，覺得後頸有蟻群爬走。

這條路常有馬車經過，她在腦中一直重複這個想法，一路上全是車輪痕跡，被馬匹與牛隻不知道踏過了多少遍。這片森林看起來很可怕又怎樣？這不是什麼野外叢林，只是廣大原始森林的一小部分，僥倖活過了斧頭與鐵鋸的刀口。這是通往多利安的繁忙道路，只是穿過了這一小片林子。不管是駕車還是步行，有很多人都走這條路，我也可以走。我不怕。

我是妮穆耶・維勒・弗雷迪・阿普・格文。

韋爾瓦、谷阿多、西貝爾、布魯格、卡斯特福特、莫爾塔拉、伊瓦洛、多利安、安戈爾、葛思維冷。

她四周張望了下，想看看有沒有人駕車前來。要是有人作伴上路，氣氛會比較開心，她心想。不過這條商道似乎要和她作對，剛好就在今天，就在這一刻，路上沒有平常的熙攘。相反地，商道上一片死寂。

妮穆耶沒有辦法，只得清了清嗓子，調整好肩上的包袱，大力抓緊手中的拐杖，然後踏進森林。

周遭的樹木大多是橡樹、榆樹和枝椏糾纏的古老角樹，另外也有松樹和落葉松。這些樹木的底部長著由山楂、榛樹、稠李和忍冬交織而成的濃密灌木。這種大樹底下的矮樹叢通常有許多鳥類盤踞，然而在這片森林中瀰漫著一種不祥的寂靜。妮穆耶兩眼緊盯著地面走。在森林深處的某個地方傳出啄木鳥敲擊樹幹的聲音後，她鬆了一口氣。這裡還是有活的東西，她心想，這森林裡不是只有我一個。

她突然停下腳步，快速轉身。她沒看見任何人，也沒看見任何東西，但是有那麼一刻，她很肯定有人跟在她後頭。她覺得有人在觀察自己，那是一種偷偷摸摸的監視。恐懼的感覺掐住了她的喉嚨，一股寒顫流竄她的後背。

她加快了腳步。她覺得森林看起來好像開始變得稀疏、變得明亮，也更加綠意盎然，因爲四周林木開始變成大多是樺樹。再轉一個彎，再拐兩次，她的思緒飛快轉動，再一下下就到森林的盡頭了。到時我就可以把這片森林，還有那個一直偷偷摸摸跟在我後頭的東西，全都拋在腦後，然後繼續走我的路。

韋爾瓦、谷阿多、西貝爾、布魯格……

她在眼角捕捉到一個影子，但她甚至連一點窸窣都沒聽見。一個東西從濃密的蕨類中衝出來，灰色，形狀扁平，有許多隻腳，而且速度快得令人覺得不可思議。那東西有著大如鐮刀、不斷開合的鉗子，爪子上豎滿尖刺與剛毛，頭上有好幾顆眼睛繞成一圈，簡直就像皇冠一樣，讓妮穆耶看了不禁放聲大叫。

她覺得自己被人猛然一扯，然後抓起來，狠狠摔出去。她四腳朝天地摔在新芽有如彈簧的榛樹叢上，抓緊了枝椏，準備掙脫逃跑，卻在看見路上發生的混亂景象後，整個人僵住了。

多腳生物不斷跳動，轉來轉去，而且牠轉動的速度異常地快，一邊轉一邊揮舞爪子，不斷張合嚇人的嘴巴。而牠的四周有一個跳動速度更快、讓她看得眼花的人。那人身上有兩把劍。

嚇得僵成一塊石頭的妮穆耶，眼睜睜看著一條被砍斷的臂肢從空中飛過，然後是第二條，接著是第三條。劍刃不斷落在那東西的扁平身軀上，隨即噴出好幾道綠色黏液的水柱。怪物奮力掙扎，不斷攻擊，最後縱身一躍，逃進森林。但牠沒能逃開。帶著兩把劍的人追了過去，一腳踩在怪物身上，同時用兩把劍大力將牠插在地上。怪物的腳在地上抓耙許久後，才終於不再有任何動作。

妮穆耶把雙手壓到胸口上，試圖藉此穩下瘋狂跳動的心。她看見救命恩人在已經斷氣的怪物身前跪下，用刀從牠的甲殼裡挖出一個東西，然後把劍身擦乾淨，收進背上的劍鞘裡。

「妳沒事吧？」

妮穆耶花了點時間才理解他是在問自己，但她還是連一點聲音都發不出來，也沒辦法從榛樹叢裡爬起來。她的救命恩人並不急著要把她從樹叢裡拉出來，因此她費了一番工夫才為自己脫困。她的雙腳抖得十分厲害，幾乎要站不住。嘴裡乾巴巴的，怎麼也滋潤不了。

「一個人上路，走森林可不是個好主意。」救命恩人一邊說，一邊朝她走近。

他掀掉兜帽，現出雪白頭髮，在半昏暗的森林中看起來甚至有點發亮。妮穆耶差點尖叫，下意識用拳頭堵住自己的嘴巴。這不可能，她想，這絕對不可能。我大概是在作夢。

「不過現在起走這條路可能不會有危險。因爲我們碰上了什麼東西？*IDR UL Ex IX 0008 BETA*。哈！第八號實驗體，我的帳上就是少了你。現在我的帳都清了。小姑娘，妳還好嗎？噢，抱歉。嘴巴裡乾得要命，對吧？舌頭感覺像木頭一樣？我懂，我懂。來吧，喝一口。」

她抖著雙手接下對方遞來的水壺。

「我們這是要上哪去啊？」

「多、多……多、多……」

「多？」

「多……多利安。剛才的那個是什麼？在那邊的……那個？」

「是一個曠世巨作，編號第八號的傑作。不管牠是什麼，反正不重要。重要的是，事情已經結束了。妳是誰？妳打算去哪裡？」

她點了下頭，嚥下口水，然後鼓起勇氣開口，連她自己都被這份勇氣嚇到。

「我是……我是妮穆耶．維勒．弗雷迪．阿普．格文，我要從多利安去安戈爾，再從那裡去葛思維冷，然後去塔奈島上的女巫學校阿瑞圖沙。」

「是嗎？那妳是從哪來的？」

「從韋爾瓦村來的，一路走過了谷阿多、西貝爾、布魯格、卡斯特福特……」

「我知道那條路線。」他打斷她的話說：「弗雷迪的女兒妮穆耶啊，妳的確是走了大半個世界。阿瑞圖沙應該要因此給妳在數學考試加分。不過，她們並不會把這當一回事。韋爾瓦村的小姑娘啊，妳爲自己設了一個很有挑戰性的目標，非常有挑戰性。跟我走吧。」

「好心的……」妮穆耶依舊僵著雙腿。「好心的先生……」

「嗯？」

「謝謝你救了我。」

「該接受道謝的人是妳。我已經在這裡看了好幾天，就是想找像妳這種人。經過這裡的都是好幾個人結伴同行，一路吵吵鬧鬧，帶了武器；像他們這種人，我們的第八號傑作不敢發動攻擊，不會從牠躲藏的地方探出腦袋。是妳把牠引了出來。牠甚至大老遠就能分辨出哪個是簡單的獵物，知道誰是隻身上路，而且體型不大。妳別介意。」

妮穆耶後來才發現，其實森林的盡頭幾乎就在前方，而白髮男子的馬就等在往前一點，有幾棵樹的地方。那是一匹棗色的母馬。

「從這裡到多利安大概是四哩路。」白髮男子說：「對妳來說，要花上三天。如果把今天剩餘的時間也算上，那是三天半。這點妳清楚嗎？」

一股歡欣突然迎上妮穆耶心頭，消去了僵麻和驚嚇所造成的影響。*這是夢*，她心想。*我大概是在作夢，因爲不可能這麼眞實。*

「妳怎麼了？妳還好吧？」

妮穆耶鼓起勇氣說：

「這匹母馬……」興奮之情讓她幾乎話不成聲。「這匹母馬叫小魚兒，因爲你的每匹母馬都叫這個名字。因爲你是來自利維亞的傑洛特，來自利維亞的獵魔士傑洛特。」

他盯著她看了許久，默不作聲。妮穆耶也沒有出聲，只是死盯著地面看。

「我們現在是哪一年？」

「一千三百……」她抬起疑惑的視線。「重生後一千三百七十三年。」

「如果是這樣的話，」白髮男子用戴著手套的一隻手抹過臉說：「那麼利維亞的傑洛特早就不在了。他在一百零五年前就死了。不過我想他會很開心的，如果……人們在這一百零五個年頭過後還記得他的話，他會很開心的。呵，要是有人記得他是誰，甚至記得他的馬叫什麼名字的話。是啊，如果他有辦法知道這件事的話，我想他會很開心的……來吧。我送妳離開。」

他們一起沉默地走了許久。妮穆耶一直緊咬雙唇；心中覺得不好意思，她決定不要再開口說話。

「我們的前方是一個岔路口及一條大路，」白髮男子打破緊繃的靜默：「那是去多利安的路。妳可以很安全地到達那裡……」

「獵魔士傑洛特沒有死！」妮穆耶脫口而出：「他只是離開了，他只是去了蘋果樹之國。但是他會回來……他會回來，因爲傳說是這麼說的。」

「傳說、民間故事、童話、傳奇、故事，來自韋爾瓦村，要去塔奈島的女巫學校求學的妮穆耶啊，我早該想到了。要不是從小聽著傳說與故事長大，妳不會有這份勇氣踏上如此瘋狂的旅程。不過，這只是童話，妮穆耶。這只是童話。妳已經離家太遠，所以看不清這一點。」

「獵魔士會從冥府回來！」她沒有放棄。「如果邪惡再度籠罩世界，他會回來保護人們的。只要有黑暗存在，只要人們需要獵魔士，他就會回來。而黑暗一直都在！」

他看著一旁沉默了許久，最後轉回頭，面向她的臉，對她笑了一下。

「黑暗一直都在。」他同意她的說法。「即使世界有所改變，並且要我們相信這種改變可以照亮黑暗，消弭威脅，驅逐恐懼，黑暗還是一直都在。目前爲止，所謂的進步在這件事上並沒有帶來太多成功。目前爲止，所謂的進步只是不斷說服我們，黑暗僅是掩去光明的迷信，不用害怕。但這不是眞的，我們應該要害怕。因爲黑暗永遠、永遠都會存在，而黑暗之中永遠都會有邪惡籠罩，永遠都會有尖牙與利爪，永遠都會有殺戮與鮮血。而人們也永遠需要獵魔士。傳出求救呼聲的地方，呼喚他們的地方，但願受到呼叫的他們會手握利劍地出現在這樣的地方。帶著光芒會穿透黑暗的劍，光輝會填滿幽冥的劍。很好聽的故事，對吧？而且最後也像每個童話故事該有的那樣，有個很好的結局。」

「可是……」她頓了一下：「可是明明一百年……怎麼可能會……這怎麼可能？」

「阿瑞圖沙未來的學徒是不可以提出這種問題的。」他打斷她的話，但臉上依舊帶著微笑。「那是一所教人明白凡事皆有可能的學校，因爲今日的不可能，將會成爲明日的可能。這間不久將成爲妳學院的校園入口上方，應該可以看見這樣的標語。一路順風，妮穆耶。再會了，我們就在這裡分手。」

「可是……」她突然有種放鬆的感覺，變得不再結巴：「可是我想要知道……知道更多事，葉妮芙的事、奇莉的事，我想知道當年的事到底是怎麼結束的。我在書上看過……我知道這個傳說，我什麼都知道。獵魔士的事、卡爾默罕的事，我甚至連獵魔士的所有法印叫什麼都知道！拜託你，告訴我……」

「我們就在這裡分手。」他溫和地打斷她的話：「妳的前方是通往妳命運的道路，我的前方是一條完全不同的途徑。故事總是說不盡，歷史也沒有完結的一天。至於那些法印……有一個是妳不知道的，叫墜眠印。妳看著我的掌心。」

她看了，同時聽見某道遙遠的聲音說：

「幻象，所有一切都是幻象。」

「喂，女孩！別睡了，不然我就要偷妳的東西了！」

她驟然抬頭，揉了揉眼睛，然後從地上跳起來。

「我睡著了？我睡著了？」

「而且睡得可熟了！」坐在駕駛座上的魁梧女人笑道：「像豬一樣！像死人一樣！我朝妳喊了兩次，而妳一點反應都沒有。我都已經打算下車查看了……妳自己一個人嗎？妳這東張西望的是在看什麼？妳在找人嗎？」

「我在找一個人……白頭髮……他本來在這裡……還是說……我自己也搞糊塗了……」

「我在這裡沒看到任何人。」女人答道，身後的車篷裡探出了兩顆小腦袋瓜，是兩個孩子。

「依我看，妳這是要出遠門。」女人瞅了下妮穆耶的包袱與拐杖。「我要去多利安，如果妳剛好也是往這個方向，就上車吧。」

「謝謝。」妮穆耶七手八腳地爬上駕駛座。「真的非常謝謝妳。」

「好了！」女人揮動韁繩，說：「我們走吧！搭車比用兩隻腳趕路來得舒服，對吧？呵，妳一定是累壞了，才會在大馬路上倒頭就睡。我告訴妳，妳可是睡得像……」

「睡得像豬一樣。」妮穆耶嘆了口氣說：「我知道。我累壞了，然後睡著了。而且我還……」

「怎樣？妳還怎樣？」

她四周張望了一下。在她的身後是一片黑森林，在她的前方則是柳樹夾道，而這條道路通往她的命運。

故事總是說不盡，歷史也沒有完結的一天，她心想。

「我作了一個奇怪的夢。」

《獵魔士：風暴季節》完

國家圖書館出版品預行編目資料

獵魔士：風暴季節／安傑・薩普科夫斯基（Andrzej Sapkowski）；
葉祉君譯——初版・——台北市：蓋亞文化，2021.01
冊；公分.——（Fever；FR076）
譯自：Sezon burz
ISBN 978-986-319-524-5（平裝）

882.157 109019995

Fever FR076

獵魔士 風暴季節

作　　者	安傑・薩普科夫斯基（Andrzej Sapkowski）		
波文譯者	葉祉君	波文審訂	陳音卉
封面插畫	Alejandro Colucci	地圖插畫	爆野家
裝幀設計	莊謹銘		
編　　輯	章芳群		
總 編 輯	沈育如		
發 行 人	陳常智		
出 版 社	蓋亞文化有限公司		

地址：台北市 103 承德路二段 75 巷 35 號 1 樓
電話：02-2558-5438　傳真：02-2558-5439
電子信箱：gaea@gaeabooks.com.tw
投稿信箱：editor@gaeabooks.com.tw
郵撥帳號 19769541　戶名：蓋亞文化有限公司

法律顧問　宇達經貿法律事務所
總 經 銷　聯合發行股份有限公司
地址：新北市新店區寶橋路二三五巷六弄六號二樓
電話：02-2917-8022　傳真：02-2915-6275
港澳地區　一代匯集
地址：九龍旺角塘尾道 64 號龍駒企業大廈 10 樓 B&D 室
電話：+852-2783-8102　傳真：+852-2396-0050
初版一刷　2021年01月
定　　價　新台幣 399 元
Published and Printed in Taiwan

ISBN／978-986-319-524-5